토지

토지

박경리
대하소설

4부 2권

14

다산책방

차례

제2편

귀거래(歸去來)

제2편

귀거래(歸去來)

6장 - 12장

6장 생일잔치

담금질하듯 정수리를 태우던 복더위는 갔고 매미 소리도 요즈막엔 뜸했다. 흙담을 타고 올라갔다가 늘어진 호박 넝쿨은 누릿누릿, 잎새들이 많이 성글어 뵌다. 그간 날씨가 계속 가물기는 했었다. 환갑, 진갑을 지낸 지 십 년이 넘었으며 이미 상배(喪配)까지 한 길노인의 생신을 뭐 그리 번폐스럽게 벌일 것도 없었을 터인데, 자반고기나 몇 마리 굽고 조갯살 넣어서 나물 무치고 미역국을 끓여 식구끼리 먹으면 족할 것이요, 또 그게 상례였었는데. 그러나 지금 길노인댁에는 적잖은 남정네들이 푸짐한 음식상을 받고 있었다. 생신에 많은 손님들을 초대했다는 것은 그만큼 아들의 효성이 지극했다 할 수 있겠고, 남원(南原) 장터 그 어귀에서 삼대에 걸쳐 싸전을 펴왔으니 알음도 많고 중요한 거래 손님도 있을 것인즉, 이런 날을 기하여 그러저러한 사람들을 불러서 대접하는 것도 있을 수 있는 일이다. 그러나 모여 앉은 면면(面面)들을 보아서 반드시 그런 것만은 아닌 듯, 단순한 생일잔치는 아닌 듯싶다. 잔치라면 으레 시끌벅적한 것이지만 연로한 분의 생신이어서 조용한 것은 그렇다 하더라도, 그러나 적어도 길노인의 장수를 축하하는 정도의 화기는 돼 있어야…… 한데 방 안의 기류는 저압 상태였으며 살벌하고 으시시한 분위기였다.

방 두 개를 터서 음식상은 기다랗게 차려져 있었다. 길노인을 제외하고 몸집들이 좋은 남정네 여덟 명은 과히 비좁잖게 자리를 잡고 있었는데, 늘어뜨린 발을 통해 위채가 건너다보였다. 집은 오래되어 기둥이며 서까래며 모두 잿빛으로 변하였으나 규모는 꽤 크다. 부엌과 안방, 널찍한 대청과 작은방으로 안배된 위채는 방위가 남향이었고, 위채와 마주하여 북향인 아래채는 길노인의 거처방과 손주 내외의 방, 그리고 까대기 골방이 연이어져 있었다. 아래 위채에 맞물리듯 동쪽, 그러니까 길거리로 향한 것이 곡식을 쌓아두는 고방에다 싸전의 전포와 대문인 것이다. 서쪽은 호박 넝쿨이 늘어진 흙담, 흙담에 붙은 장독대에는 큰 독들이 즐비했다. 위채와 아래채에는 다 같이 넉넉한 뒤란이 있었다.

장가든 지 일 년이 될까, 큰손주는 쌀을 싣고 여수로 떠났으며, 밤을 새워 음식을 장만한 자부는 작은손주와 함께 장날이 아니어서 한산한 가게에 나앉아 거리를 바라보고 있었다. 손님들 음식 시중은 손주며느리와 손녀가 감당한다.

"여기는 손이 좀 빠지지요."

윤도집의 아들 윤필구가 물었다. 길노인이 고개를 끄덕인다.

"가게를 장터 안쪽으로 옮겨보시지 그랬습니까."

"글씨……."

하다가,

"그, 그거야 자식 놈이 알아서 헐 일이고…… 허나 내가 평생을 여기서 살았는디."

조심스런 말투였으나 자기 생전에는 이 집을 떠나지 않을 것이란 의지가 담겨져 있었다. 머리는 배코를 쳤고 코 밑, 턱 밑의 수염이 반백인 길노인은 말 한마디 한 것이 뭐 그리 민망한가, 우물쭈물 어색한 헛기침을 했다. 아들 또래인 사십 대의 건장한 사내들과 오십 줄에 접어든 사내들, 어쨌든 길노인에게 그들은 모두 청춘이었던 것이다. 게다가 각기 처지는 다르다 하겠으나 다만 한 사람, 좌중에서는 새신랑같이 결이 고와 보이는 사내가 있었는데 길노인의 아들 길막동(吉莫童)이었다. 마흔세 해를 풍파 없이 부친과 마찬가지로 고지식하게 살아왔으니, 나머지 사내들은 산전수전 다 겪어 성질들이 괴팍하고 드세고 아금받고, 어떤 면에서는 상처투성이, 피멍투성이, 부딪치며 눈에 불을 켜거나 으르렁거릴 험난한 이력의 사내들, 그들 속에 끼어든 길노인은 설사 명목뿐일지라도 잔치의 주인공이요, 나이를 보아서도 공경을 받을 만한데 잔뜩 주눅이 들어 있었다.

'쓸모없는 늙은것이라 걸거적거리는 게 아닌지 워째 맴이 편틀 못혀. 날을 잘못 잡았는개 비여.'

쓸쓸하기도 했다. 아들 막동은 부친의 그런 심정을 몰랐다. 그 자신이 안절부절이어서 윤필구와의 대화도 귀담아듣고 있지 않았던 것이다. 막동은 내색 않으려고 무던히 애를 쓰고 있었지만 내심 공포에 가까운 불안을 안고 있었던 것이다. 당초 연학이 의논도 할 겸 몇 사람이 이곳에 모였으면 좋겠다는 말을 꺼내었을 때 길노인은 쾌히 승낙을 했고 막동도 동의를 했었다. 그리고 부친의 생신날이 머지않았으니 그때 모이는 것이 좋겠다는 말을 덧붙였던 것이다. 의논이란 토지에 관한 것이었다. 삼십 년 전 우관선사(牛觀禪師) 생존시 김환의 몫이라 하며 오백 석지기의 토지를 길노인에게 관리해달라고 부탁한 바 있었는데 그 토지가 박복한 어둠의 자식을 위해 윤씨부인이 내놓은 것임을 알 턱이 없는 길노인은 김환의 부친이자 우관스님의 실제(實弟)요, 동학의 접주인 김개주의 유산으로 짐작하여 성심껏 관리해온 터이다.

우관스님 사후에는, 생전에도 그랬었지만 추수하고 환금(換金)이 되면 금액은 혜관에게로 보내어졌는데, 그 돈이 동학 잔당 비밀조직에 쓰이고 있다는 것은 길노인도 아는 사실이다. 그러나 그것만으로는 충당되지 못하였던지 땅은 조금씩 처분이 되었고, 지금은 백 석지기도 채 못 되는 실태였다. 그나마 혜관이 만주로 떠난 후 소식이 두절되고부터 땅과 수곡해서 얻어진 다소의 금액은 그냥 길노인 수중에 남아 있었다. 그러나 의논이란 그 토지에 관한 것은 아니었다. 새로운 오백 석지기의 토지, 그러니까 최서희로부터 나온 것인데 연학은 그 경위를 설명하지 않았다. 연학이 자신도 갑자기 땅을 내놓는 서희의 진의까지는 헤아리지 못하였고. 삼십 년 전 오백 석지기의 땅은 할머니 윤씨가, 지금 또다시 오백 석지기의 땅은 그의 손녀 최서희가, 그러나 실정을 말한다면 그 땅의 혜택을 받은 사람들은 모두 최참판댁과는 무관의 중생들이다. 대의(大義)를 위하여 내놓은 땅도 아니었으며, 한 사람의 비극적인 인연으로 인하여 그것뿐이었다. 그러나 한 사람으로 인한 인연의 줄은 거미줄같이 얽히고설켜, 대의를 위함이 아니었다 하더라도 최참판댁의 수난과 이 나라 백성이 겪어야 하는 고통은 동질적인 것. 원했든 아니했든 간에 이들은 어느덧 한배를 타게 된 것이며, 이르지 못하게 될지도 모를 강토탈환이라는 희망봉을 향해 망망대해를 표류하고 있음을 부인 못한다. 어쨌거나 과거의 땅을 아는 이는 우관선사와 김환으로서, 그들은 이미 고인이 되었으므로 풀지도 채울 수도 없었던 한과 연민의 대속(代贖)과도 같은 그 비밀[土地]을 당주인 최서희조차 알지 못하였으니……. 여하튼 남아 있는 토지와 새로운 것을 합하여 길노인에게, 보다 정확하게는 길막동에게 관리를 위임하면서 이 모임을 계획한 것인데 면면들이 나타나기 시작하자 막동은 아뿔싸! 마음속으로 당황한 것이다. 삐걱하는 날에는 집안이 박살 나겠구나 하는 생각이 번개처럼 뇌리를 스쳤다. 땅에 대한 의논이란 구실에 지나지 않았다. 따라서 생일잔치는 거듭하여 목적이 달라지고 만 것이다. 길노인이 주눅 든 것도 그 때문인데 따지고 보면 토지의 관리를 맡았다는 그 자체, 우관선사나 혜관이 이리될 것을 예상하고 길노인에게 미리 못 박은 일은 아니었다 하더라도, 일의 흐름을 따라온 이상 길노인은 이들에게 가담하지 않았다 할 수 없고 시초에는 연소하여 영문을 몰랐겠지만 가업을 이어받으면서 막둥이 역시 암암리에 납득했던 사실이다. 그러니까 길노인 부자는 오랜 옛날부터 관여하였고 동사(同事)해왔다 할 수 있겠는데, 하나 일에는 안팎이 있는 법, 겉돌면서 모른다는 안전책이 없지도 않았는데 이제는 그럴 상황이 아니었다. 다른 방향으로 일이 전개된 것이다. 모르는 척, 무관한 척 그럴 수 없게 되었을 뿐만 아니라 범 같은 사내들 속에서 도저히 빠져나갈 수 없는 것을 막동은 느낀 것이다. 언제 어떻게 해서 함정에 빠져버렸을까, 그런 생각까지 하면서 막동은 연학에게 원망스런 시선을 보내곤 했었지만 연학은 시치미를 딱 떼고, 그것은 또한 상당히 위협적인 것이기도 했다. 길노인과 연학의 부친은 친구지간이라 어릴 적부터 동기같이 지내온 연학이었건만 지금은 머리칼 한 오라기 정 때문에 흔들리는 것 같지가 않다. 막동은 더욱더 두려움을 느낀다.

'처음 말이 났일 직에 딱 거절을 허는 것인디, 까닭 모를 땅을 맡은 것부터가 잘못이여. 얼레설레하다가 그만, 누가 이렇그름 일이 벌어질 줄 알았남. 뿌러지게 말 못허는 내 성질 땀시…… 어이구, 만의 일이라도 일 그르치는 날이면 그때는 우리 집안이 쑥밭 되들 않겄어?'

길막동과는 사정이 다르지만 와본즉 내키지 않는 자리여서 떨떠름해 있는 사람은 소지감이었다. 술잔을 기울이고 있긴 했으나 짐작되는 바가 있어서 내심으론 심히 마땅찮았다. 길막동같이 공포를 느낄 만큼 알뜰한 그 자신의 현실도 아니었으며, 이들 속에서 빠져나가지 못하리라는 걱정 때문에 벌벌 떠는 터수도 아니었으며, 쑥밭이 될 집안은 벌써 옛날에 깨어지고 노모가 한 분 있다고는 하나 혈혈단신 과객 같은 소지감. 이런들 저런들 무슨 일이 생기든 추호 경천동지할 처지는 아니었고, 또 상관치 않으려면 않는 것으로 그만이다. 그러나 과거의 양반이나 오늘날 식자들을 발싸개만큼도 생각지 않는 호기는 이들의 자유, 개의할 바 아니로되 소지감은 자신의 상투까지—상투가 어디 있어. 이 좌석에 상투 튼 사람은 아무도 없다—마음대로 끄덕이려 드는 심산이 불쾌했던 것이다.

소지감이 지리산에 머물기론 한 보름쯤 된다. 지연이 때문에 서울서 내려온 것인데 일이 좀 성가시게 되어 그것도 불쾌하고 짜증나게 하는 이유의 하나였다.

"젊고 아리따운 여인네가 저러고 있인께로 산 밑에서 좀 말이 많을 것이여. 신도들의 발걸음도 뜸해지고. 그거야 워쨌거나 중이 부처님 뫼시지 신도들을 뫼시는 것은 아닌께로. 또 내가 불공 받자고 절을 보수헌 것도 아니고오, 다만 염려허는 것은 저러다가 못 견디어 시님이 훌쩍 떠나부리지는 않을란가 그것인디. 아 금매 그러잖애도 지금 시님은 탁발 나가시고 아니 계시지라우. 안 돌아오시면 워쩔거나 걱정이 태산 아니겄소?"

소지감이 서울서 내려왔을 때 길노인이 한 말인데 어지간히 속을 썩였던 모양이다. 얼굴이 벌게져서 말했던 것이었다.

"제가 경솔했습니다, 송안거사. 일진한테도 면목 없게 됐지요. 이번에는 꼭 그 아이를 데리고 가야겠습니다. 이거 뭐라, 죄송합니다."

얼굴이 화끈거려 소지감은 사과하는 도리밖에 없었다.

"선상님 잘못이랄 것도 없제요. 시님을 뫼시게 된 것도 선상님 덕택인디. 그러나 꼬지는 타고 개기는 설더라고, 지금 내 맴이 그렇단께로. 한평생 아무 헌 일 없이 제 앞만 가리고 살았는디, 눈곱만 헌 공덕이라도 있다 헐 것 같으면은 풀이 우묵장성 산짐승이 드나들게끔 퇴락된 절을 일으키 세운 그 일뿐인 게라우. 이제는 저승 가기도 덜 민망허겄다 혔는디……. 다 전생의 업일 것이요마는 출가헌 분을 생각허면 워찌여? 혼인을 허고 자식을 낳아 살다가도 머리 깎으면은 속연이 끊어지는 법 아니겠소. 참말로 딱한 일이지라우."

길노인으로서는 상당히 강경한 표현이었다. 그러나 지연은 길노인이, 또 소지감이 원하는 대로 선뜻 서울로 가려 하지 않았다. 가더라도 일진이 돌아온 후 가겠다 하는가 하면 형식만이라도 상관없으니 결혼식을 올려준다면 잊고 살겠다는 둥 엉뚱한 고집을 피우는 것이었다.

'빌어먹을, 이게 다 범준이 그놈 탓이다. 경망스런 놈, 사내자식의 주둥이가 그리 가벼워서야. 그런 놈이 무슨 일을 하겠다고 동분서주인고.'

소위 급진주의, 다혈질인 이종 범준을 화가 치밀 때마다 욕하곤 했었다. 일진의 소재를 알리지 않았던들 성가신 일은 생기지 않았을 것이기 때문이다. 관수를 소개한 것도 범준이었고, 혜관이다 석이다 하며 서로 얽히게 된 것도. 그것까지 탓하는 것은 아니었지만, 아무튼 형평사운동을 지원하기 위해 진주(晋州)를 오고 가고 했었던 범준이 때문이었다.

잔칫집의 술은 독하고 술맛이 좋았다. 그리고 술기는 쉬이 돌았다.

'제 놈이 백정이야? 백정이란 말이야? 주제넘게 무슨 놈의 형평사운동, 뭐 알기나 알고 날뛰는 겐가. 아직 젖비린내 나는 놈이. 광대란 본시 천민의 업이거늘 양반의 혹이 하나 붙었으니 이건 곱셈의 어릿광대가? 꼴불견이다. 하여간에 이 소지감을 필두로 하여 서울놈들 배꼽 터지게 웃긴다, 웃겨. 세상이 바뀌니까 상놈들이 격상하여 뽐내지 못한 분풀이라도 할 양인지 천민을 더욱 핍박하니, 속죄라도 하는 겐지 이제는 제 나라 넘겨준 양반놈 자손들이 천민의 비위를 맞추고 야합을 하는 지경이라, 삼국지가 따로 없다. 시시각각 개인이든 무리든 인간인 한에서는 언제나 어느 곳에서나 삼국지 판국이라, 신식으로 말하자면 마키아벨리즘, 찬물 마시고 속 차리는 놈들은 아마 천민뿐일라? 허허허헛…… 허허헛헛…… 이 산적 같은 놈들아, 날더러 서림(임꺽정에 나오는 지식분자인 모사꾼)이가 되라 그 말이렷다? 누구 마음대로, 술이나 진탕 퍼마셔라! 이 산적 같은 놈들아.'

뭐 그렇다고 소지감이 못 견디게 속이 부글부글 끓는 것은 아니었다.

'루바시카 걸치고 올백한 놈들. 진보파라고도 하고 혁명가라고도 하는데, 조강지처 내쫓고 유식한 계집 끼고서 평등을 외치는 놈, 바쿠닌이 이러고저러고, 크로포트킨이 이러고저러고, 무성한 수염 속에서 음산하고 심약하게 웃는 무정부주의자라는 것들…… 이런 겉멋 든 절름발이 말고도 형형색색 실로 부지기수. 중국에선 중국대로, 만주, 연해주, 미국, 일본, 국내, 도처에서 당이야 조직이야 난마(亂麻)같이 무성한데 왜놈들 잠자리 편하다면 그건 거짓말일 것이며, 참으로 조선놈들 활성(活性)이야말로 세계 으뜸일 것인즉, 그러면 여기 저 상

판들은 어떠한고? 이것들도 소위 혁명가는 혁명가다. 위에서 아래까지 모두 혁명이다 혁명. 혁명 안 하고 애국충성 안 하고 살 수 없나? 그거 안 하는 놈은 하다못해 반역이라도 해야 하는 겐가? 그것도 안 하면 쓰레기다, 닭장 속에 처넣은 수탉이다 그 말이지. 잔인무도한 왜놈의 피 묻은 칼도 애국충성이란 수건으로 닦아내면 숭고하고 거룩하고 아름다워진다. 슬프기조차 하다. 이런 제에기랄! 이 같은 배리(背理) 때문에 인간은 짐승이 아니다 그 말이야? 흥, 사악하고 극악하고 하지만 그들 역시 애국하고 애족하고 혁명도 한다. 혁명이란 무엇이냐. 애국하는 겐가, 애족하는 겐가. 하긴 요즘엔 애국을 생략하는 축도 있고 민족을 인간으로 대치하는 축도 있긴 있더라만 결국 공평하자는 거다. 고루 나누어 먹자는 거다. 그게 바로 정의 아닌가. 정의…… 가사를 바꾸고 곡조를 바꾸어 가면서 수천 년 동안 사람들은 지겹도록 애국 애족, 아니 정의, 정의를 되풀이 계속해서 아직도 그것은 최고 최대의 도덕이요, 문자가 있건 없건, 개명인이든 미개인이든 각기 나름대로. 그것이 분명 뭣이기는 뭣인 모양이라……. 정의. 지금 왜놈의 어린것들이 다음 침략에 대비하여 입이 찢어지게 불러대는 정의의 노래, 가만있자, 뭣이기는 뭣인 모양인데 과연 그게 있었던가? 있긴 있었다. 어떻게 있었는가 하면은 실패한 자는 정의를 환상한 자였느니, 희생된 자는 정의의 사슬로 발목을 묶였던 수많은 백성이었고, 성공한 자는 정의를 칼끝에

꽂고 그것을 무기로 삼는 자였느니라. 하항, 그러면 역사는 무엇이냐. 역사란 정의를 날조한 문서다.'

삼복더위에 국수 가락처럼 문적문적 밀리는 때 모양으로, 소지감은 생각을 밀고 있었다. 내부의 언어들은 실에 꿰볼 만한 값어치도 없는 구슬같이 구르고 흩어지고 있었다. 그의 나이로서는 치기 어린, 심술에 가득 찬 것이기도 했다.

'한데 그 날조된 문서 때문에 나는 아직도 부끄러워하고 있다. 왜 그래야 하는가. 하지만 나는 혁명가도 산적도 싫어이. 무념무상(無念無想), 그거야 득도를 꾀하는 해도사 소관이겠으나 민족, 국가, 가문 다 상관없네. 나하고는 무관일세. 죽지 못해 살아남았다. 그 팻말 하나 치켜들고 이곳까지 왔는데 이제는 그것도 버릴라네. 들판에 큰대자로 드러눕는 거다. 아아 피곤하다, 그 말밖에 뇔 것이 없을 게야. 바람이 실어가든 까마귀가 쪼아 먹든 확실한 것이 있다면 그것은 해골이 된다는, 그것뿐이네. 살아 있다는 것은 어떤 이유 구구한 변명으로 규명할 수 없는 것, 살아 있다는 현실 그 자체일 뿐. 행복한 이 산적 같은 놈들아! 누가 네놈들을 박복하다 하였나. 살아서 깃털이 바람에 나부끼는구나. 달 보고 우는 이 늑대 놈들아! 네놈들은 네놈들이 행복한 것을 모를 게야. 네놈들은 네놈들이 강자인 것을 모를 게야. 헌데 이 산송장을 찢어 먹겠다구? 뜨거운 피 한 방울, 발가먹을 살 한 점, 그것이 있었다면 왜 내가 허송세월을 하였겠나. 이 한심한 먹물 받아서

뭐에다 쓸려고, 자네들 뼈가 새까맣게 썩을 뿐이네. 가만히 있자, 어느 놈이더라? 날더러 선비의식의 잔재라 한 놈이? 먹물 탓이라고도 했었지. 살고 싶은 것은 인간의 본능, 무릇 모든 생명의 본능 아니냐, 하기도 했었고, 아암 물론 그것은 사실이며 뻔한 얘기지. 그러나 생명치고는 더럽게 구걸하고…… 추악하고 치사하고 음탕하고 탐욕스럽고 사악하고, 작기로는 구더기에서 쥐벼룩, 크기론 호랑이, 사자, 코끼리, 그 모든 것의 생명에의 속성을 다 가진 게 인간이라. 그러고도 전후좌우이 숱한 연장들은 무엇을 의미하는고. 지혜롭다, 만물의 영장이니까. 흥, 만물의 영장이라 죄 없는 사람은 깔리고 악이 승리하는데 만물의 영장이라고? 영장이기는커녕 만물의 악령이다. 영악하다는 맹수도 배부르면 사냥은 아니한다. 모든 것을 초토로 만들어버릴 그게 바로 인간인 게야. 영장의 연유가 되는 정신까지 살해할 수 있는 게 인간이야. 얼마나 사악하기에 인간은 그것들을 다 견디어내는고.'

어지럽게 술기는 전신을 맴돈다. 사람들의 얼굴이 안 보일 정도는 아니었고, 술이 취기를 몰고 온다기보다 마음 한구석에 충동이 아우성처럼 취기를 몰고 오는 모양이었다.

'흥, 가문의 절손을 막기 위하여, 홀로 남은 어머님을 위하여, 그런 시늉만 했으면 오죽이나 남 보기 좋아? 민족의 구적(仇敵)이요 부모 형제의 원수, 그 원수와 하늘을 같이하지 않으리, 해서 보복의 칼을 갈기 위하여 남았다, 더욱더 훌륭하지 아니한가. 효자도 좋고 독립투사도 좋지. 허허어, 내가 또 왜 그 생각을 하누. 나이 몇 살인데, 허허어, 자네 나이가 몇인고?'

소지감은 전혀 자신은 나이를 먹지 않았다는 생각을 한다. 치켜들고 온 팻말을 내동댕이치고 들판에 큰대자로 드러눕겠다던 생각과는 영 거리가 멀다. 삼십 년 사십 년의 세월이 빗발 속을 달리는 나그네처럼 갑자기 자취를 감추고 휘영청한 달밤 나무와 정자가, 모시옷 스치는 소리까지 선명한 감각으로 되살아난다. 청년과 소년의 사잇길, 을씨년스런 두보(杜甫)와 멱라수(汨羅水)에 빠져 죽은 굴원(屈原)의 생애를 동경했었던 시절, 소지감은 자신 속에 아직 그 시절이 남아 있었다는 것을 깨닫는다. 자기모멸에는 이력이 나 있는 소지감이었으나 순간 얼굴이 벌게진다.

"소선생은 무슨 생각을 하시오. 꿈을 꾸고 계시오?"

해도사가 말을 걸어왔다. 소지감은 엉겁결에,

"송안거사께서는 자신이 늙었다는 생각을 해보셨습니까?"

궁여지책처럼 냅다 말을 던졌다.

"예?"

하다가 길노인은 쓰다는 듯 입맛을 다셨다. 그렇잖아도 소외감에 잔뜩 사로잡혀 있던 길노인은 그 말뜻을 자리를 비우라 그렇게 받아들인 것이다.

"늙은 것이 틀림이 없는디 생각허면 워찌여. 귀한 곡식 축내어 미안스럽다는 생각은 허지라우."

볼멘소리다.

"저는 도모지 나이 들었다는 생각을 못하니 말씀입니다."

"말해 머하겄소. 홀아비도 아니고 총각인데, 늙었다는 생각하게 되었겄소."

관수의 핀잔이다. 돼지고기에 김치를 얹으며 해도사가,

"아까 듣자니까 이 집에서 송안거사가 평생을 사셨다, 하면은 이 집이 적어도 백 년은 넘었겠습니다."

얘기를 채가듯 물었다.

"백 년까지는, 그렇게는 안 될 것이고, 내가 이 집에서, 이 집 지은 뒤 났다 했인께 칠십 년은 넘었다, 그렇게 봐야 헐 것이오."

언짢아했던 것이 마음에 걸렸던지 이번에는 허둥거리며 길 노인이 말했다.

"그 당시 이만한 규모의 집을 지었다면 살림이 본시부터 요부(饒富)했던 모양이지요."

"집이라는 것은 살다가 달아내어 또 지을 수 있는 것 아니더라고. 장사를 하다 본께로."

"살림이 늘었다 그 말씀입니까."

"글씨…… 는 것도 준 것도 없지라우. 웃논에 물 실어놨다 헐 만큼은 못 되야도 내 평생 넘헌티 빌러 간 일은 없었인께로."

"그게 어디 예사 복이겠습니까."

소지감의 말이었다.

"다 부처님의 음덕으로 생각허지요."

"분수를 지키고 과욕이 없는 덕분이지요."

해도사의 말이었다.

"욕심이란 가질라면 끝이 없는 것 아니겄소? 허나 사람이 제아무리 푼수껏 살았다 헌들 자랑헐 만헌 거는 못 되고 극락왕생허기도 쉽들 않을 것이오. 새끼 낳은 암호랑이가 굶주려 있는 것을 보시고오 당신 몸을 던져주신 부처님을 생각허면은 나 겉은 거야 죽어 개돼지로나 환생허겄소?"

"하여간에 집터는 좋습니다. 살림이란 늘어도 시끄럽고 줄어도 시끄럽고, 산 밑에서 이만하면 조촐하지요."

"지관의 말씸인디 어련허겄소. 말이 났으니 허는 말이요마는, 이 집에서 별 험헌 꼴은 안 보았인께로."

길노인이 웃는다.

"반풍수 집안 망한다는 말도 있으니 믿고 안 믿고는 재량껏 하시요만, 이 집터는 정정제제(整整齊齊), 욱욱청청(郁郁靑靑)하오."

해도사 말에 소지감이 픽 웃는다.

"정정제제 욱욱청청, 그기이 무신 말입니꺼. 무식해서 알아들을 수가 있이야제요."

조막손이 손가, 손지두의 아들인 손태산(孫泰山)이 물었다.

"흐트러짐이 없고오 맑으며 깨끗하다는 뜻이네. 천지간의 기(氣)와 물(物)이 모두 그러하다면은 이(理)가 무슨 소용일꼬. 그것이 바로 극락이라, 허허헛헛……."

동의하는지 야유를 하는 것인지 소지감이 크게 소리 내어 웃었다.

"좀 시운 말로 해주었이믄 좋겄소. 싸전 지붕 밑에서 풍월 읊어본다고 통영갓 쓰겄소?"

"손장사."

손태산의 코가 벌름했다. 그러나 펴들었던 합죽선을 확 접으며 그것으로 벌름거리는 손태산의 콧등을 치듯 해도사는,

"손장사 아들, 손태산은 앞으로 귀동냥이나마 좀 해야지. 싸전 지붕이건 갈대 지붕이건 하늘 밑에 있는 것이 지붕이라."

손태산은 들은 척 않고 화난 목소리로,

"장사는 나고, 울 아부지는 장수요."

그들의 말싸움이야 어찌 되든 길막동의 얼굴에는 안도의 빛이 역력했다.

"해도사, 내 술 한 잔 받으시오."

송관수가 술잔을 내밀었다.

"가상(家相)을 보아주었으면 집 임자가 술을 권해야 옳고, 나그네가 왜 이러시오."

"아 참, 그랬던가?"

막동이 술잔에 술을 친다. 술을 들이켠 해도사는,

"송안거사나 길서방도 애주가는 아닌 것으로 아는데, 술맛을 보아하니 안에서 즐기는 형편 아니오?"

"무신 말씀을."

"남정네 술값은 두 푼이요, 안사람 술값은 두 냥이란 말도

있긴 있지."

"술 못허는 사람이 술맛은 더 잘 안다 허던디요."

"그려. 그 말은 맞는 말이여. 술 빚는 사람 따로 있고 술 마시는 사람 따로 있인께로."

길노인이 입언저리를 닦으며 아들을 거들었다. 너스레를 떠는 해도사에게 이런 경우 타박을 주는 사람은 강쇠였는데 말이 없다. 그는 초장부터 입을 봉한 듯 술잔만 기울이고 있었다.

"그나저나 좌중을 보아하니 주인보다 객식구가 많은 듯한데 그렇지 않소? 형씨."

동의를 구하듯 송관수를 바라본다. 순간 송관수의 표정이 미묘해진다.

"참 내, 잔칫집에 객보다 주인이 많은 법도 있는가?"

손태산이 또 입을 내밀었다. 서른아홉 살, 이 자리에서는 가장 연소한데 아까도 그랬었지만 당돌하고 장유유서를 무시한 언동이다. 텁텁하면서, 성미는 급했으나 사람이 좋았던 조막손이 손지두와는 딴판이다. 우선 손태산은 생김새부터가 험상궂었다.

"아직 대통 구멍으로 하늘 보는군."

"야? 대통 구멍으로 하늘 본다고요? 누구는 시루 구멍으로 하늘 봅니까?"

시비를 거는데 해도사는 그냥 스쳐버리고,

"송안거사 부자께서는 본시부터 절 식구나 다름없고오, 소선생하고 나를 말할 것 같으면 역마살이 골수에까지 박혀서 병 고치기는 어려운 사람. 김장사, 장서방도 동학은 아니었다 들었소이다."

못 박듯 말을 했는데, 그러니까 이 모임의 주인들은 동학당이란 뜻일까. 나머지 세 명은 송관수와 윤필구, 손태산이다.

"하기야 이 개명천지, 상투도 아니 물려받는 세태에 부전(父傳)한다고 자수(子受)하라는 법도 없지. 동학도 이제 볼 장 다 본 거 아닌지 모르겠구먼."

"그런 소리 마소. 아직 신새벽 초장이고 신총 갓 심 내놨소."

이번에도 손태산이 우쭐해서 말했다. 윤필구 입가에 엷은 웃음이 감돌았다. 수하 사람한테 수차례나 대거리를 당했건만 개의치 않고 해도사는 술잔을 들었다. 얼핏 듣기에는 그저 그렇게 지나가는 말로 생각할 수도 있었다. 그러나 대통 구멍으로 하늘 본다고 야유를 당한 손태산을 제외한 나머지 사람들, 타산지석(他山之石) 격인 소지감까지 해도사의 말은 매우 의미심장한 것이며 어려움을 안고 있는 이 모임의 핵심을 발가낸 것임을 깨닫고 있었다. 관수는 다른 사람 이상으로 심각하게 받아들였으나, 한편으론 해도사의 능력을 높이 평가하며 만족하는 것이었다. 특히 집터 얘기를 꺼냄으로 해서 길막동의 불안을 일소해준 데 대해서는 고맙게 여기기까지 했다.

'엉키기 시작한 두부맨크로 흐물흐물하다. 깡다구 있는 말도 저자가 하믄은 별말 아닌 것같이 들리고 사람됨이 종잡을 수가 없긴 없지마는…… 응컴시럽운지 속이 깊은 긴지 아무튼지, 좀 모리겄다. 점쟁인지 도사인지, 둔갑 잘하는 여신지, 미련한 곰인지 하야간에 종잡을 수는 없지마는 똑똑한 것만은 확실하다.'

관수는 질겅질겅 문어 다리를 씹듯 생각해보는 것이었다. 동학 쪽을 일컬어 주인이라 비치며 추켜세운 것도 이 모임을 원만한 방향으로 끌고 가기 위한 의식적인 것으로 볼 수 있었다. 여하튼 해도사가 그런 정도로 전후좌우의 사정을 파악했다는 것은, 그 자신 동학교도가 아니었을 뿐만 아니라 그간 은둔 생활을 했었다는 것을 상기한다면 이상한 일인지 모르지만, 그러나 그의 외삼촌이 양재곤이었다 한다면 그럴 만한 연유가 전혀 없는 것도 아니다. 그렇다고 해서, 해도사가 속사정의 정곡을 찔렀다고 해서 바닥까지 들추어 시시콜콜 다 안다 할 수 없음은 물론이다. 해도사는 송관수와 윤필구, 손태산을 동학으로 묶었다. 적어도 표면상으로는 그러했으니까. 그러나 정확하게 얘기하자면 정통(正統)은 윤필구 혼자라 하여도 과히 틀린 말은 아닐 것이다. 종교적으로도 그러했지만 동학의 사상, 강렬하게 현실에 작용했던 정치적 철학이라는 측면에서도 송관수와 손태산의 관련은 희박하다. 그들은 동학이 처한 상황의 단순한 산물 혹은 동학전쟁의 후유증이 빚어낸 인물들이라 할 수 있겠다. 왜 그런고 하니, 보부상이던 아비가 동학란에 참가하여 죽었다는 얘기를 들은 것은 관수가 아홉 살이던 해 초겨울의 일이었다. 그러니까 1894년 동학이일차 봉기에 이어 그해 시월달에 또다시 전국적인 규모로 기병(起兵)하여 관군과 일본군 연합군과 맞섰다가 패배하고 붕괴된 직후였다. 장돌뱅이였던 아비는 관수가 어렸을 적부터 한 달에 한두 번씩 나타나면 코가 삐뚤어지게 잠만 잤다. 그리고 떠날 때는 관수의 턱을 치켜들고,

"애기 설 때 묵고 접은 거를 못 묵었나? 눈이 와 이리 작노."

그것이 애정 표시의 전부였으며, 아비에 대한 기억도 대강 그런 정도로서, 동학당이란 말을 들은 일이 없었고, 종교의식 같은 것을 행하는 것도 본 일이 없었다. 또 동학당과는 적대관계—일차 봉기시에는 관군과 보부상군이 합세하여 동학군과 교전했었다—에 있는 아비가 어떤 경로로 하여 동학당이 되었는지 전혀 알 길이 없었다. 다만 모친이 아비는 동학당이었다고 말했을 뿐이다. 동학 잔당을 규합하여 김환이 조직에 착수했을 때도 이들 무리에 보부상 장가가 있긴 있었다. 아무튼 관수의 동학과의 관계는 모친이 한 말 그것으로 시작된다. 찢어지게 가난한 속에서 과부와 어린것이, 더욱이 동학군의 아낙과 자식이 받아야만 했던 핍박과 수모를 그는 잊지 못한다. 모친의 품팔이로 겨우 생장하면서 체득한 것은 세상이 불공평해서는 안 되겠다는 것이었다. 아비의 죽음이나 동학교와 동학란을 그는 그런 차원에서 해석하고 자기 가족의 수난, 나아가서 모든 핍박받는 사람, 가난에 시달리는 사람, 그들 모

두의 슬픔은 공평치 못한 세상 탓으로 확신하면서 동학의 종교적 측면은 일절 고려하지 않았다. 그가 윤보를 따라 최참판댁을 습격하고 산으로 들어가게 된 것도 민족의식, 또 그는 최참판댁의 작인이 아니었으므로 농민봉기 그런 것과는 달리 순전한 반항 의식에서였다고 보는 것이 옳다. 왜 세상은 불공평한가. 화적 떼로 몰리어—일본은 의병을 화적 떼라 일컬었다—쫓겨다녔을 때 은신처가 진주의 백정네 집이었던 인연도 그의 생애에 매우 중대한 계기가 되었다. 백정의 딸을 아내로 맞으면서 백정의 사위, 즉 백정의 가족이 되었다는 것은 그의 자식들과 더불어 지울 수 없는 낙인이 찍혔다는 얘기가 된다. 그리고 아들이 산으로 들어간 뒤 조준구에 의해 마을에서 쫓겨난 모친이 이십여 년 세월이 지난 오늘까지 어느 산야에서 기진하여 숨을 거두었는가 그 생사조차 알지 못한다는 사실, 그것은 모두 혈육이 엉킨 피맺힌 기억. 그 기억들은 더욱 확고부동한 투쟁으로 그를 굳혔으며, 형평사운동으로 인하여 진보적인 젊은 세대와 접촉함으로써 그의 신념과 행동은 더욱 구체적으로 전개되어갔던 것이다. 그러나 그는 몸으로, 발바닥으로 배우고 깨달은 사람이다. 사상이니 이념이니, 식자들의 풍월 같아서 끝내 아니꼬웠으나 철저하게 긁어내는 일제의 쇠스랑 밑에서 비명을 지르는 겨레의 강토와 더불어 민족의식이 각성되어간 것도 사실이다. 왕시 이동진이 말하기를 이 나라 강산을 위해 강을 넘는다, 그것과 일맥상통하는 것이었는지. 그러나 그것은 대명제(大命題)이기 앞서 은폐되어온 소박한 감정이었는지도 모른다. 백정이라는 용어만 빼면 평정을 잃는 일이 없었고 항상 그는 칼날같이 냉혹했으니까. 동학과의 관련은 대강 이 정도로 설명이 된 듯하고 다음은 손태산인데, 손태산이야말로 삼국지적인 인물이다. 소지감의 비유하고는 썩 다르지만. 그는 본시부터 싸움꾼이었다. 즐겨 쓰는 그의 말 가운데 칼 갈아놓고 기다리겠다, 표현대로 거칠고 물불 가리지 않는 망나니다. 동학의 경전을 백번 읽어주어도 쇠 귀에 경 읽기. 그럼에도 그는 동학당임을 자처하고 영광으로 생각하는 것이다. 실정을 말한다면 조막손이 손가는 본래 농민 출신으로 민란 때 선봉을 섰던 사람으로서 동학란 때 합류했으며, 찬란한 승리와 참담한 패배의 큰 물굽이 치던 그해 손태산은 겨우 세 살의 어린아이였었다. 조막손이 손가는 그 후에도 생존했고 동학의 잔당과 깊은 관계를 맺어오다가 병사했다. 해서 송관수와는 달리 아비는 한이 맺힌 추억은 아니었다. 무용담의 인물, 자랑스럽고 아비인 동시 두목으로서 손태산의 영웅심리에 군림했던 것이었다. 아비인 조막손의 일화는 언제나 그를 신나게 하였다. 아버지같이 나도 살리라, 사내장부 세상에 태어나 어찌 따뜻한 아랫목에서 골통만 후빌 것인가, 바다를 마시고 적지를 난도질하는 기개야말로 장부라 할 것이며, 손태산은 그렇게 기고만장이었다. 무식하고 영악하고 배짱 좋고, 그러나 그는 교활하지는 않았다. 물욕도 없었고, 다만 아비의 생애를 그 나름의 허영 섞인 절대적 가치로, 말하자면 나의 아버지는 농사꾼으로 태어나 동학군의 용맹스런 장수가 되었느니라. 용맹스런 동학의 장수, 그 자랑스러움이야말로 손태산과 동학의 관계이며 분골쇄신도 불사할 연유이기도 하다. 윤필구, 이따금 눈빛이 칼날처럼 희번득일 때가 있지만 선병질(腺病質)적이며 귀골로 생겼다. 옛날 강쇠와 지삼만이 혈투를 벌였을 때 지삼만의 편에만 서서 김환과 맞섰던 윤필구. 그 후 지삼만은 청일교의 교주가 되더니 김환을 밀고하여 죽게 했고, 눈 뜨고 볼 수 없는 타락의 길로 빠져들어 결국 비명횡사했는데, 그 일을 상기한다면 윤필구도 이 자리가 편치는 못했을 것이다. 세력 다툼이 전혀 없었다 할 수는 없고 윤도집이 김환과 그의 부친을 위험인물로 사갈시한 점, 그러나 그 당시의 반목은 동학을 전면에 거느냐 후면에 거느냐, 전략적인 이견(異見) 때문이었던 것도 사실이다. 과거지사는 어찌 되었건 윤필구는 결코 만만한 인물은 아니었다. 그 당시는 부친인 윤도집 그늘에 가려 있었지만, 그는 동학의 골수분자다. 비록 육임(六任)의 제삼위(第三位)인 도집이 직책이나 상당한 지식과 뛰어난 지략가이기도 했었던 부친에 비하여, 지략은 떨어지나 학문의 깊이는 부친을 훨씬 능가하여 동학경전에 투철하다. 그는 동학의 트인 곳 막힌 곳을 잘 알고 있었다. 동기가 어디 있었든 관수와 손태산에게 동학이 행동을 위한 전복(戰服) 같은 것이라면 전에도 말하였듯이 윤필구는 정통파 골수분자다. 그러나 그렇다고 해서 종교의 속성인 신비성(神秘性)의 맹종자는 결코 아니다. 동학 자체가 제세구민(濟世救民)에서 출발하여 인간의 주체성을 강조하고 만민은 평등하다는 인내천(人乃天), 즉 지상천국을 표방한 현실적 종교로서 정치적인 실천을 농후하게 내포하고 있다. 단시일 내에 동학이 확산된 것도 바로 그 점 때문인데, 농민조직을 흡수하고 또 스스로 농민조직에 흡수되는 자연유동을 거친 후 그들의 강령이나 동학당 조목(條目)을 보아도 그들은 제도 변혁을 강렬히 요구하고 있으며, 한걸음 나아가 축멸양왜(逐滅洋倭)의 기치를 높이 들었는데…… 그러니까 기병의 요인이나 목적만 하더라도 동학교—교세의 확장, 교리의 전파, 교도박해에 대한 순교정신—에 있었다기보다는 동학당—정권과 제도변혁을 위한 정치적 행위, 국가와 민족의 존립을 위한 외세타도—에 있었던 것은 거의 확실한 이야기다. 물론 동학교냐 동학당이냐, 전략적인 차원이지만 북접(北接)과 남접(南接) 사이에 야기된 갈등을 간과할 수 없고 남접 내부에서도, 김환과 윤도집 사이에서도 끌고 왔던 문제였다. 뿐이겠는가. 지금 이 모임의 자리 역시 그 두 흐름은 흐르고 있다. 그러나 서로가 다 전략적이라는 말뚝을 박아놓고 있는 점에는 동일한 입장이다. 윤필구는 동학의 창조 이념으로 삼은 수기정심(守己正心)이 보국안민(輔國安民), 광제창생(廣濟蒼生)과 상반된 듯하나, 수기정심을 수도(修道)의 측면에서 도덕에 가깝다 생각했기에 상반이 아니라 생각하였고, 타 종교에서의 신비와 현실, 피안(彼岸)과 차안(此岸)같이 간격이 멀지 않아 쉬이 다리를 놓을 수는 있다는 바로 그러한 점이 본질적인 인간의 고뇌를 해소하는 길잡이로썬 동학이 미흡한 종교적 약점이라는 것을 느끼고 있었다. 그렇기 때문에 윤필구는 윤도집보다 한 걸음 더 나아가 지적인 두뇌로 동학에다 신비성을 윤색할 가능성은 있다고 볼 수도 있다. 독불장군인 손태산과는 달리, 또 송관수같이 조직되어 있지는 않으나, 윤필구는 언제든지 용병이 가능한 식자층의 많은 동학 교도들을 쥐고 있었다. 윤도집의 내림도 있었지만 새로운 젊은 층도 상당수 윤필구와 관련을 갖고 있었던 것이다.

"저기, 아무래도 편하기 묵고 마시고 헐려면 이 백발이 걸거적거릴 것인디……."

길노인이 때를 보아 몸을 일으켰다.

"아입니다. 어르신네가 기시야지요."

옆에 앉은 관수가 길노인의 무릎을 눌렀다. 그리고 헛기침을 한 뒤,

"실은 이 자리에 한두 사람 더 오기로 돼 있었는데 사정이 있어서……."

하고 말을 시작하려는데,

"더 올 사람이 있었다? 그 사람은 서울놈이가, 아니믄 왜놈, 되놈이가?"

술잔을 든 채 강쇠가 말했다.

"무신 소리를 하노."

"어디서 오는 놈이고 무신 빽다군가 그걸 물었다."

순간 관수 얼굴에 당황하는 빛이 돌았다.

"말뜻은 알겠는데 와 그리 삐딱하니 말을 하노. 무신 유감이라도 있다 그 말가?"

"송관수!"

"귀청 떨어지겠네. 여기는 지리산 꼭대기가 아닌께 사알살 말하는 기이 좋겠다."

"네 이놈 송관수야! 나 좀 따라 나와주어야겠다."

강쇠는 술잔을 메어치고 자리에서 일어섰다.

"왜들 이러신다요?"

막동이 놀라 따라 일어섰다. 강쇠는 막동을 한 팔로 제지하고 나서,

"니 내 말 안 들리나?"

"나중에 얘기하자. 어르신네도 기신데 무신 짓고."

소지감은 술상 앞에서 물러나 벽에 등을 기댄다.

"잔소리 마라. 육두문자가 나와야 일어서겠나?"

"정 나가자믄 못 나갈 것도 없다. 대관절 무신 일 때문에 이라노."

"술기운도 아직은 덜 돌았일 긴데, 와들 이러요. 흥, 누구 말마따나 주인보다 객이 많아서 이러는 긴가?"

손태산이 신둥건둥 말했다.

"나가자믄 나가는 기지 무신 잔말이 그리 많노. 이 백정 놈아! 그래도 못 나가겄나?"

순간 송관수의 콧마루가 하얗게 변한다.

"일 크게 벌어지겠구먼."

해도사가 중얼거렸다.

"관수형님, 나가보시는 게 좋겠십니다."

장연학이 처음으로 입을 떼었다. 강쇠는 방문을 열고 나갔다. 마당에서 바지춤을 추키고 나서 밖으로 휭하니 나가버린다.

"소 겉은 놈이, 사램이 모일 적마다 치고받고 하는 기이 저 놈 버릇인께."

얼굴에 경련이 일었으나 관수는 침착하게 말했다. 사람이 모일 때마다 치고받고 한다는 말은 지삼만과 혈투를 벌였던 그때 일을 이르는 것이다.

"그 시절엔 혈기왕성했으니까."

윤필구는 동요 없이 태연하게 말했다.

밖으로 나온 관수는,

"어디까지 가는 기고!"

그러나 강쇠는 뒤돌아보지 않고 곧장 간다.

텅 비어버린 장터였다. 거적때기가 굴러 있었다. 좌판이 뒤집혀져 있었다. 차일을 치기 위한 말뚝도 군데군데 솟아 있었다. 그곳에서 강쇠는 돌아섰다.

"내가 니놈 아니었으믄 그 자리에서 배애지를 쑤시 직있일 기다."

관수는 파아랗게 되어 다가가며 지껄였다. 순간 강쇠의 솥뚜껑 같은 손바닥이 관수의 귀싸대기를 갈겼다.

"이 백정 놈아!"

귀싸대기를 얻어맞은 것보다 백정 놈이란 말에 관수는 이빨을 드러내며 으르렁거렸다. 또다시 강쇠의 손이 날아왔다. 두 번 세 번, 다음에는 주먹으로 눈 밑을 내질렀다. 관수 코에서 피가 흘러내린다. 대항하려다 말고 관수는 으르렁거렸을 뿐.

"네놈을 직이비릴라 캤더마는, 다 소앵이 없는 일이제."

김이 빠진 듯 강쇠는 땅바닥에 주저앉는다. 관수는 하늘로 얼굴을 치켜들고 흐르는 코피를 막고 있었다.

"세상 더럽아서, 내가 멋 따문에 이 길로 들어섰는지, 밥이 나나 옷이 나나."

강쇠는 중얼거리며 곰방대를 꺼내어 담배를 잰다.

"백정 놈이라? 흥, 사생결단할 생각이던 모앵인데 싱겁게 끝나서 미안하구마는."

얼굴을 하늘로 치켜든 채 관수 입도 놀고 있지는 않았다.

"끝이 났는가 안 났는가 그거는 두고 보아야 알 일이고, 갈밭 쥐새끼맨크로 니가 약으믄 얼매나 약을 기고. 하늘을 이고 도래질을 한다 캐도, 손가락에 불을 키고 하늘로 올라간다 캐도 니는 김환이가 아닌 기라."

"그놈의 되잖은 소리 그만두지 못하겄나? 딛기 좋은 노래도 한두 분이고 부처님도 실삼스럽기 하믄 돌아앉는다는 말은 니도 들었일 기다."

두 사람이 다 나올 때 기세와는 달리 공기 빠진 고무풍선처럼 주고받는 말에도 힘이 쑥 빠져 있다. 두 사람의 심정이 다 복잡했던 것이다. 코피가 멎었는지 피 묻은 손을 옷자락으로 쑥쑥 문지르며 관수도 땅바닥에 주저앉는다. 서로가 서로의 속을 너무나 빤히 알고 있었다.

"나는 일 없어지믄 포전이나 쫏고 광주리나 엮어서 파는 편이 더 좋은 사람이다. 내가 와 이 길로 들었는가, 죽은 성님이 원망시럽기 생각될 때도 있다. 어매가 세상을 버리고 여식아아가 그리 되고부터는 더욱더 그렇다. 나는 니놈하고는 다르다."

"다르고 같고 간에 솥전만 돌지 말고 딱 뿌리지기 얘기를 해라. 때리놓고 보이 와 때맀는고 모리겄나?"

"니 잘 들어라."

담뱃대를 입에서 뽑아 든 강쇠는,

"이 짓 때리치우고 세상하고 담을 싼다믄 모리까, 그리 안하는 한 니놈 맘대로 하게 내비리두지는 않을 기다. 나는 니 바지저고리도 아니고 동네 어구에 우두커니 서 있는 벅수도 아니라 그 말이다."

"……."

"일이 우떻게 되어 꾸미졌는가, 돈이 우찌 되었으며 땅이 오건 가건 더더구나 나는 오늘까지 그런 거 모리고 왔다. 알 필요도 없었인께. 고공살이하는 놈도 앙이고 새경 받는 머슴도 아닌께. 그러나, 그러나 말이다! 이 백정 놈아!"

강쇠는 별안간 소리를 높였다.

"우째서 이분 일에 니 마음대로 어디서 멋을 해쳐묵었는지 모릴 낯선 놈을 니 마음대로 끌어딜이노 그 말이다! 옛날에는 양재곤어른하고 도집어른, 환이성님 세 사람만 일을 꾸밌다. 혜관시님도 겉다리였인께. 우리네야 까맣게…… 동으로 가라 카믄 동으로 가고, 서로 가라 카믄 서로 가고, 이놈아! 니가 멋고!"

소리가 또 높아졌다.

"꼭대기다 그 말가? 그래 꼭대기도 좋고 꼬랑지도 좋다! 그러나 세력을 쥐겄다, 그런 야심으로 이놈 저놈 끌어넣어 일 그르친다믄, 어느 놈이던지 그런 요량이믄 대가리를 바스어뿌리지 그냥은 못 젼딜 긴께."

"나는 연학이가 대강 얘기를 한 줄 알았다."

"핑계 대지 마라! 음흉시럽기는…… 하필이믄 입이 굼뜬 연학이한테 밀어붙이?"

"서로 이렇기 나갈라 카믄 끝이 없다. 소지감이 그 사람을 두고 하는 말, 그기이 전부가 아니라는 것도 내가 알고, 또 자네만 하더라도 소지감이 그 사람으로 인해서 일 그르치게 될 기라는 생각은 하고 있지 않을 기다. 핑계는 내가 대는 기이 앙이라 자네가 대고 있다. 결국은 내가 좌지우지하는 것 같애서 그기이 비우에 거슬린다, 그거 앙이겄나."

"그라믄 내가 샘나서 그런다 그 말이겄다?"

"내가 아니믄 다 그렇기 생각하겄지. 요새 자네 맴이 비감하고."

"흥, 눈물이 똑똑 떨어지게 생각해주는고나. 내가 치마 두룬 계집가? 내가 할라는 말은 여태꺼지 우리들은 일을 그렇게 해오지 않았다. 제에기랄! 와 이리 말주변이 없노! 언변 좋은 놈들은, 제기랄 결국에는 주먹밖에 믿을 기이 없다 카이."

관수는 강쇠를 멀끄러미 쳐다본다.

"고만두자. 서툰 언변 끄잡아낼 것도 없다. 백정 놈 소리도 말없이 들었고 때리는 대로 맞았는데, 만일에 사감으로 그랬다 카믄 맞고 있일 내가?"

"강약이 부동이지, 안 맞이믄 우짤 기든고?"

"기왕 말이 났으니, 이 말 저 말 다 집어치우고 최참판댁 땅 애긴데……."

"땅? 땅이 나하고 무신 상관이고."

강쇠는 또 화를 낸다.

"끝까지 들어보고 할 말 있이믄 해라. 그러니까 최참판댁에서 무신 까닭으로 오백 석지기 땅을 내놨는가?"

"그거를 내가 우찌 알 기고."

"이거는 내 혼자 짐작인데 얼마 안 있어 길상이가 까막소에서 나온다."

"그래서?"

“그라고 환국이어머님이 예사 사람가? 하기야 오늘날꺼지 대소사 그 댁 신세가 많기도 했지마는 땅 오백 석지기라 카믄 그기이 어디 적은 기가. 그럴 만한 이유가 있일 거 아니겠나.”

“그야…….”

강쇠는 옛날의 오백 석지기의 땅, 그것은 막연하고 희미한 느낌이었으나 최참판댁과 관련이 있지 않을까, 김환의 가까이서 그의 고뇌를 지켜본 강쇠는 생각한 일이 있었다.

“연학이한테도 말하지 않은 일이지마는 내 생각에는 아무래도 까막소에서 나올 길상이 발목을 잡아두자고…….”

“머라고?”

“까막소 밥을 묵었다고 해서 일 안 할 사람이 아니거든. 만주로 또 달아나부린다믄 그때는 최참판댁도 결딴이 날 기고.”

“여기서 일한다 캐도 만일의 경우 결딴나기는 매일반 아니겠나.”

“그건 그렇지. 그러나 여기서는 우리가 아직꺼지 견디어왔인께. 그러고 아무리 최참판댁 여인네들이 기승하기로 가장하고 함께 있고 접다는 여자 맴이야 매일반 아니겠나, 혹 모르지. 그분의 맴이 변했는지도 모릴 일이제. 이분 사건 때문에 둘째가 경찰서를 들고 나고 또 집을 나가서 애를 태우고 했던 일이 있어서 아들의 뜻을 받드는, 그렇기 생각할 수도 안 있겠나?”

“…….”

"양단간에 우리로서는 고마운 일이제. 그라고 우리 처지도 환이성님 없어진 후 도시 쪽으로 뻗었다 하더라도 지리산 근동은 계속해서 잠재워놨인께…… 자금도 자금이지마는, 길상은 환이성님을 대신할 만한 인물인 것만은 틀림이 없고오."

그 말에는 강쇠도 충격을 받는 모양이다.

"해서 길상이 나와서 일을 하자면 소지감 겉은 거물장*도 필요하겄다, 그것도 머 내 생각일 뿐 그 사람이 들어묵을란지 모릴 일이제. 소 겉은 네놈이 들어 상통을 다 깨부렀지마는…… 하기야 사내자식이믄 그랬다고 가부가 달라지는 거는 아닐 기다마는…… 그라고 머 오늘을 기해서 중요한 일을 결정하자는 것도 아니고 윤필구나 손태산 모두 얼굴들이나 마주 보자 그것뿐이었고, 땅 문제는 발설할 필요도 없는 기다."

강쇠는 말없이 곰방대를 털고 다시 담배를 재서 붙여 문다.

"우찌 니는 그리 언변이 좋노."

빈정거렸으나 용무는 이제 다 끝났다는 강쇠의 표정이었다.

"그러나 네놈보다 열 배 백배 언변 좋은 유식쟁이들, 고릿적부터 우리는 그것들 종밖에 될 수 없었인께, 나라든 백성이든 팔고 사는 것은 그놈들 소관이었인께, 왜놈을 몰아내자는 마당에서 모도 협심해야 한다는 거를 모르지는 않지만 휘둘리지는 말아야. 약은 쥐가 밤눈 어둡다는 말도 안 있더나. 약은 놈 둔한 놈, 유식한 놈 무식한 놈 다 있이야, 양념을 쳐야 국도 되고 김치도 된다."

7장 적요(寂寥)

"왠간히 찌네. 여름도 다 갈라 카는데 가슬볕이 와 이리 뜨겁노."

짜증스럽게 말하며 관수는 적삼 소매를 걷어 올린다.

"덤풀 밑이 아직 안 보이는데 가을이겄소. 또 내처 걸어왔인께 더울 수밖에요."

뒤따르던 연학이 말했다.

"봄에는 딸을 들판에 내보내고 가을에는 며느리를 들판에 내보낸다는 말이 있지."

해도사가 말했다. 관수가 돌아보며,

"시에미 심사가 그렇다, 흥!"

"가을볕이 더 뜨겁다 그 말이오?"

"내가 듣기로는, 가을 들판에도 묵을 기이 많아서 딸 보낸다 하더마는."

"연학이 니도 그런 말 할 줄 아나?"

"아는 기이 아니라 들었지요."

"제기랄! 들판도 아니고 산속인데 덕 좀 뵈주믄 어떻노. 나무들이 허옇기 사람 치다보네."

"우리는 견딜 만한데 눈두렁을 내리지르는 그 면 탓일 게요. 허기는 사람이 더우면 산도 나무도 땀 흘리기는 매일반이라."

"해도사 탓이구마는."

"하하핫핫…… 암, 해도사 덕택이지요. 이 더위 없이 땅의 생물이 엉글 수 있을까. 하잘것없는 쇠붙이도 불간에서 달구어져야 낫이 되고 쇠스랑도 되고."

"태펭시런 소리만 하네. 그나저나 땀 좀 딜우고(바람에 날리고) 가입시다."

관수는 썩은 나무 밑둥에 걸터앉는다.

"어렵잖지. 해는 중천에 떠 있으니."

해도사와 연학은 개울가로 내려간다. 저만큼 앞서 올라가던 강쇠가 돌아보다가 엉거주춤 멈추고 맨 나중에 오던 소지감은 곧장 걸어 올라간다. 어제 과음한 탓인지 허리가 휘청거리는 것 같았다. 자기를 향해 오는 소지감을 본 강쇠는 돌아서서 걸음을 계속할까 말까 망설이듯, 그리고 어색해하는 얼굴이다.

"사방이 후줄근한 거를 보아서 비가 내릴 것 같은데."

강쇠 가까이까지 온 소지감은 손수건을 꺼내어 땀을 닦으며 중얼거렸다.

'기분이 좋을 까닭이 없는데 무신 말 할라꼬 내 옆에 왔노. 새삼시럽기 찍자(시비) 붙일라 카믄. 그렇다믄 시레비자석이다.'

"담배 태우겠소?"

소지감은 강쇠 말은 못 들은 척 않고 담뱃갑을 내밀었다.

"야?"

하다가 강쇠는 슬그머니 궐련 하나를 뽑는다. 저 아래서 말소리가 들려왔다.

"형씨, 형씨도 개울에 가서 얼굴 좀 담가보시오. 아주 날아갈 것같이 씨원하외다."

얼굴을 닦으며 해도사는 약을 올리듯,

"이거 와 이라요. 불난 집에 부채질하는 거요?"

퉁퉁 부어오른 눈두덩을 만져보며 관수는 화난 듯 말했다.

"하기는, 딱하게 됐수다. 그래가지고 발밑이나 제대로 보일지 모르겠구먼. 호박에 손톱 자죽 같았던 그 눈마저 아주 간곳없이 됐으니."

"아아니, 망석중 놀리듯기 종내 그럴 기요."

연학이 웃었다. 아닌 게 아니라 찢어진 눈두덩은 무섭게 부어올라 한 눈은 완전히 감겨진 상태였다. 눈두덩뿐만 아니라 볼도 부어서 입술이 엉뚱한 곳에 가 붙어 있는 것 같았다.

"마 셈 난(수염 난) 아재비가 참은 기지. 미련한 소를 갈불 수도 없고, 꿈자리가 사아납더라니."

"아재비 패는 조카 얘기는 처음 듣소."

"왜놈우 세상인 걸 모리요? 그놈들은 생피붙는 것도 예사라 카던데 조카가 아재비 패는 거야 양반 축에 들 기구마. 그라고 저기 저놈은 산놈이라 주먹밖에 쓸 기이 없고 보이."

"법은 멀고 주먹은 가깝다, 힘이 부치는 데야 별수 없지."

"머라 카요? 힘이 부치다니."

"허허헛헛…… 허허헛……."

"모리거든 말 마소. 힘이 부치다니, 성질대로 할라 캤이믄 저눔의 소가 지금 저기 서 있일 상싶소? 다리몽댕이 잼강 뿌르티리서 지금쯤 통시 출입도 못하고 있었을 기요."

우렁우렁 잘 울리는 관수 목소리는 한참 떨어져 있는 강쇠와 소지감 귀에까지 똑똑히 들려왔다.

"김장사."

"야."

강쇠는 소지감을 힐끗 쳐다본다.

"송형 말이 틀림없소?"

하고 물으며 소지감은 미소 짓는다.

"깡다구가 있인께 과히 틀린 말은 아닐 기요마는, 내 다리가 뿌러졌이믄 지 다린들 온전했겄소. 나를 소라 하는데 저놈은 독사요."

"허허어, 이거 아무래도 내가 사람을 잘못 사귄 것 같소."

"아마도, 그럴 깁니다. 소는 뿔만 피하믄 되겄지마는 저눔아아는 안개를 피운께. 그러다가 슬그머니 물어부리믄 안 놓운께요."

농담도 진담도 아닌 투로, 그러나 강쇠는 여전히 개운찮은 얼굴이다.

"소뿔도 피하고 독사 혓바닥도 피하려면 새가 돼야겠소, 나는 새가 될까? 하핫핫핫."

"날라갈라고요?"

"날라가는 게 아니라 날라다니려고요. 나는 다소 청개구리가 돼놔서…… 반평생을 남의 눈총만 받으며 살다 보니.”

“…….”

“괄세받는다고 빨근빨근할 처지도 아니지만. 하하핫…… 하하.”

“머 선상님을 괄시해서 그랬던 거는 아닌 기라요. 그런저런 것 다 우리 집안 사정이제요.”

볼멘소리다.

“그런 사정은 알 만합니다.”

“아무튼지 간에 일이 그렇기 되고 본께 미안시럽십니다. 선상님한테 유갬이 있어서 그랬던 거는 아닌께 양해하이소.”

“김장사가 나한테 유감이 있을 리 없지요. 만일에 있었다면 양반인지 소반인지, 그것도 한 시절 전의 얘기요만 그것 때문이겠지요.”

“…….”

“대가리 속에 먹물 좀 든 것도 보기에 따라서.”

“맘에 없는 말씸한다고는 못하겄소. 예전에는 천방지축을 모리고 살았는데 요새 보이 쓴물 단물 다 빨아묵고 우리들을 팔아묵은 기이 누군데, 하는 생각이야 들지요. 작년 여름에 내가 고반소(파출소)에 끌리가서 조선놈 순사한테 매를 맞았일 직에 숭어든지 망둥이든지 나라 팔아묵는 거는 식자고 절개를 꺾은 놈이 왜놈보다 무섭고나 생각했소.”

소지감은 그 말에 대답은 아니한다. 한동안 쉬고 있던 일행

이 일어선 기척이다. 소지감과 강쇠도 자연스럽게 걸음을 떼어놓는다. 소지감은 혼잣말처럼,

"양반이 될려고 양반집에 태어난 것도 아니며 상놈이 될려고 상놈집에 태어난 것도 아니며 양반, 상놈 씨가 따로 있는 것도 아닌데, 밥그릇 크고 작은 것으로 인하여 수세기에 걸쳐 횡포와 설움이 대립하여 싸워왔다면 마음이 비고 찬 것은 그 누구와 누구의 싸움이던고."

나무꾼이 지게 받침대를 두드리며 사설을 뽑듯 지껄이며 소지감은 걷는다.

"양반의 후손이 아니었더라면, 머릿속에 먹물이 아니 들었더라면…… 허물도 없을 것이요, 아는 데서 오는 괴로움도 없을 것인데, 상민으로 태어나서도 큰 허물 없이 기막힌 꼴 아니 보고 줄줄이 자식들 지켜보는 속에서 임종하는 사람도 있고, 진토에 묻힌 옥골선풍(玉骨仙風)이 있는가 하면 비단에 감싸인 썩은 육체가 있더라. 강줄기 하나로 갈라놓고 저쪽은 모두 복 받은 사람이요 이쪽은 모두 한 많은 사람이라, 정녕 그러할까. 김장사!"

"야."

"김장사는 강 이편저편, 복 많은 사람 한 많은 사람, 그렇게 갈라놓고 생각하시오?"

"어렵운 거야 우찌 알겄소. 그러나 그렇기 생각하는 편이지요."

"그러면 복 많은 쪽에 굶어 죽는 사람이 있고 한 많은 사람 쪽에 배 터지게 묵는 사람이 있다면, 사실 있지요."

"한 많은 쪽에서 배 터지게 처묵는 놈은 돼지라 카고 복 많은 쪽에서 굶어 죽는 놈은 귀하다, 청빈하다, 안 캅니까. 그것도 복이고 한이 아니겄소오? 백정이 삼시로 개기 처묵는다고 한이 없겄십니꺼."

"죄 없이 능지처참을 당하여도 그렇다 그 말이오?"

"수많은 사람들 눈물에 비하믄은…… 능지처참이 그리 흔한 일이겄소."

소지감은 걷다 말고 강쇠를 빤히 쳐다본다. 다음 성난 것처럼 그는 앞서가는 것이었다. 양어깨가 축 처진 데다 허리마저 휘청거리고 있는 것 같았다. 냉정하며 여유가 있어 뵈었고 양반의 태가 부잣집 뒤주만큼이나 무겁고, 확실하게 눌러앉은 것만 같았는데, 그의 뒷모습은 바람 탄 메밀밭의 하얀 꽃처럼 어지럽게 흔들리는 것만 같이 강쇠에게는 느껴졌다.

'절간에서는 석자(席子) 걷고 성당에서는 걸상 동개버리고, 누구 붙잡는 사람도 없었지만…… 매 맞고 쫓겨나고 미친놈 취급, 문중 친지, 세상은 나를 따돌렸다. 아니 따돌림당하기를 빌었다. 나는 나와 마주 보기만을 원했다. 내가 나를 비웃고 내가 나를 빈정거리고 따돌림을 당한 게 아니라 따돌려가며 외톨이가 되지 않으면 숨을 쉴 수가 없었다. 한데 왜 이리 쓸쓸한가. 저자들이 나를 배신한 것같이 괘씸하고 외롭다.'

"김장사, 허허헛…… 흐허헛!"

돌아보지 않고 걸으며 소지감은 웃었다.

"당신네들이 어른 같고 나는 아이 같구려. 당신네들하고 싸워 봐야 이길 수 없지. 이길 수 없게 돼 있지요. 하하핫핫하핫……."

크게 소리 내어 웃는다.

"그러나 말이오, 김장사."

여전히 돌아보지 않고 앞서가며 말했다.

"밥그릇 때문에 죽지 않는 사람이 있는가 하면 삼강오륜 때문에 죽는 사람이 있소이다. 귀하고 청빈하다 할지 모르나 죽어 자빠지는 사람한테 그게 무슨 소용이겠소. 목구멍 때문에 죽는 거야 어디 인간뿐이겠소. 짐승도 그걸 위해 생사를 거니 말씀이오. 이건 내 얘기가 아니오. 다른 사람의 얘기요만……."

소지감은 고개를 숙인다. 그의 눈에서는 눈물이 흐르고 있었다. 부친에 대한, 형에 대한 저항이 소리 없이 무너지는 것을 느낀다. 불시에 당한 습격 같은 것이었다. 그는 걸음을 빨리하며 가고 있었다. 강쇠는 소지감의 뒷모습에서 이상한 것을 느낀다. 그리고 조금 전에 웃던 그의 웃음소리가 귓가에 맴도는 것이었다.

'성님은 그렇기 웃인 일이 없는데 와 성님 생각을 할꼬?'

어느 한 군데 김환을 연상할 만한 것이 소지감에게는 없었다. 닮은 데가 없는 것이다. 닮은 데가 없다기보다 모든 면에서 오히려 상반된다. 환이는 거의 말이 없는 사내였다. 눈으로 말하는 일도 드물었다. 대부분 그는 눈을 내리깔고 있었으니까. 그러나 그의 몸 전체는 늘 하고많은 얘기를 하고 있는 것이었다. 강쇠의 느낌이지만 소리도 눈물도 없이 통곡하고 그 시기가 지나면 축 늘어지던 그. 그러나 눈부시게 반전(反轉)하여 살갗의 땀구멍마다 바늘이 돋친 것처럼 매섭고 치열하게 자기 자신을, 주변을 몰고 갔었다. 천 길 높이 외줄 위에서 차라리 떨어져 가루가 되기를 바라는 그 역설적 여유 때문에 지탱하였던 삶.

'그라믄 성님은 어느 쪽이까. 목구멍 따문에 죽었이까…….'

새삼스럽게 강쇠는 그 의문에 부딪친다. 절망적인 삶이기는 김환이나 소지감이 같은지 모른다. 소지감은 말이 적은 사내는 아니었다. 그의 견문은 풍부하였고, 낡은 것에 뿌리를 박고 있었으나 새로운 사조에 민감했으며, 견해는 명쾌하고 타당하였다. 그러나 그것들은 그의 육신이나 정신과 유리된 별개의 것, 그림자 같은 것이라 해야 할까. 그것은 또한 양반의, 선비의 그 독특한 관념의 낡은 종이 냄새 같은 것이었는지 모른다. 감정보다 명분, 유교에 길들여진 충효사상의 잔재도 결코 청산하지 못한 채 인간의 존재 이유를 부정하고 성토하고…… 어쩌면 그것은 추구였는지도 모른다. 인생 초반에서 가장 비극적인 상실을 목도하면서 살아남은 처지, 절망적 삶에의 출발은 비슷할지 모르나 김환은 존재의 이유를 부정하거나 추구한 것은 아니었다. 명분이나 충효사상의 잔재 같은 것은 없었다. 강렬한 감정, 그는 존재의 신비를 사랑했다. 부친과 모친을, 그리고 별당아씨를 존재의 신비, 그 대상으로 사랑하였지만, 생명의 배태와 더불어 그의 상실은 예정된 것이었다. 사람마다 상실이 예정되어 있지 않는 사람은 없다. 그러나 김환은 세상에 나오자마자 모친을, 이십 전후 하여 부친과 별당아씨를 잃었다. 어느 누구보다 철저하게, 대치(代置)가 불가능하였기에 그토록 철저하게 잃은 것이었다. 내세에다 가냘픈 희망의 거미줄을 걸면서, 한 마리 도요새가 되기를 꿈꾸며. 아비 도요새, 어미 도요새, 아아 별당아씨, 그 여자 도요새와 더불어 만경창파 구만리 장천을 나는 것을 꿈꾸며 진달래 빛 눈보라, 진달래빛 빗속에서의 처절한 통곡을 거치며 그의 절망적 정열은 그의 불행과 행복과는 상관없이 생동하는 생명의 지속이었던 것이다. 때 묻지 않았던 산 사나이 강쇠가 김환에게 뜨거운 애정을 갖는 것은 슬픔이 빚는 진실, 슬픔이 포용한 크나큰 사랑 때문일 것이며, 마음속 깊은 곳에 김환이 살아 있는 것도 너와 내가 아닌 우리의 채울 수 없는 공통의 소망 목마름 때문일 것이며, 하여 형제의 관계든 주종의 관계든 어떠한 형태로든 강쇠는 김환의 모든 것을 용납했던 것이다. 왜 강쇠는 소지감에게 반발하였는가. 과거의 신분에 대한 단죄 같은 것은 어쩌면 피상적인 것이었는지 모른다. 절망적인 삶의 공통점을 지녔음에도 소지감은 가수(假睡) 상태, 의식했던 것은 아니었겠지만 강쇠는 막연하게 그것을 느꼈는지 모른다. 삼강오륜을 위해서도 사람은 죽는다. 김환의 죽음은 무엇 때문이냐.

'성님은 삼강오륜도 아니고 목구멍 때문에도 아니고 사람들 한을 풀기 위해 죽은 기라.'

산은 깊어져 있었다. 그늘도 짙었다. 떡뚜게만큼 바위에 눌러붙은 이끼에서 푸르름과 함께 냉기가 번져 나오는 듯했다. 산죽이 나타나기 시작한다. 어딘가에서 오는 바람은 아니었다. 숲속에 잠겨 있던 기류(氣流)는 서서히 몸을 일으키는가, 나뭇잎들이 부드럽게 흔들리며 나부낀다. 평온한 산속의 헤일 수 없이 많은 애처로운 생명들은 한때나마 평화와 생의 기쁨을 누리는가. 풍설을 견디어야 하는 계절은 멀리서 길 떠날 채비를 차리고 있겠지만.

해도사의 오두막 앞에서 강쇠는 뒤에 오는 사람들을 기다린다. 해도사의 떠드는 소리와 함께 그들이 나타났다.

"소선생은 어디 가싰노?"

관수가 물었다.

"모르겄다. 아마 집에 들어갔는가 배."

강쇠 말에 관수 눈이 날카로워진다.

"니랑 함께 안 왔나?"

"함께 오다가 한발 먼저 가데. 호랑이가 물어가지도 않았인께 날 세우지 마라. 그라믄 나는 집에 가야겄는데 너거들은 우짤라노?"

"연학이 자네는 저기 산놈 따라가게. 느지막이 나도 올라갈 긴께."

해도사는 관여하지 않고 가만히 서 있었다.

"그라믄 해도사, 나는 가요."

강쇠는 걸음을 옮겼고, 연학은 해도사에게 인사한 뒤 강쇠를 뒤쫓는다.

"저 빌어묵을 놈의 인사가 소선생한테 시비 건 거는 아닌지 모리겄소."

"그렇지는 않을 게요. 들어갑시다."

관수와 해도사가 오두막의 방문을 열고 들어갔을 때 소지감은 혼자 우두커니 앉아 있었다.

"몽치야! 몽치 이놈, 썩 나오지 못하겠나!"

해도사가 고함을 질렀으나 대답이 없다.

"이놈이 또 거기 간 모양이군."

"몽치라니?"

관수가 물었다.

"그런 아이가 하나 있지요."

"아들이오?"

해도사는 껄껄껄 웃는다.

"그럼 술상 봐올 테니 소선생하고 얘기나 나누시오."

해도사는 방에서 나간다.

"해도사 혼자 사는 거 아니오?"

소지감은 픽 웃었다.

"웬 아이요?"

"짐승 새끼 같은 아인데 산에서 줏었지요. 아비를 따라다니다가 산속에서 아비는 죽고, 형편없이 된 송장을 우리가 묻어주었는데 아이는 걸핏하면 그곳으로 간답니다."

"처처에 우찌 그리 고(苦)가 많은고."

부어터진 얼굴에 순간 적요(寂寥)와 고뇌가 스친다. 집 나간 아들 영광을 관수는 생각했던 것이다. 흐느껴 울던 모습이 떠올랐다.

"다시는 집에 돌아오지 않을 깁니다!"

외치며 뛰쳐나가던 아들의 뒷모습.

"영광아! 영광아! 아가 이놈아!"

울부짖던 아내의 모습도.

"다 내 죄 아니겠소. 아이구 다 내 죄, 이녁한테도 못할 짓 시키고, 머할라꼬 나 겉은 거를 만냈십니까."

영광은 어미 쪽을 닮아 잘생긴 아이였다. 아비는 못난 편이지만 친할머니도 젊은 시절에는 인물이 고운 여자였었다. 장인이 생존해 있을 때,

"백정의 자식 인물 좋으믄 머하노. 인물 좋은 것이 화근이라……."

혼자 한탄하곤 했었다.

"별말씀을 다 하십니다. 이제 세상은 달라져가고 있인께 너무 걱정 마시이소."

장인에게 타박을 주며 위로하기도 했었다. 문제의 발단은 강혜숙(康惠淑)이라는 여학생 때문인데, 그들은 양가의 부모 몰래 편지를 주고받는 사이였던 것이다. 혜숙이 집에서 그 일을 먼저 알았고, 그것까지는 좋았는데 어떻게 해서 밝혀지게 되었는지 백정의 외손자라는 것이 탄로되어 일이 크게 벌어졌던 것이다. 관수는 신변에 위험을 느끼게 되었으며 영광은 학교에서 퇴학을 당했다. 강혜숙이 사는 곳은 뛰어넘을 담조차 없는 철벽인 것을 영광은 비로소 깨달은 것이다. 자랑스러웠던 그의 청춘은 산산조각이 났다. 크나큰 충격은 자신을 낳아준 부모에 대한 증오심으로 변해갔던 것이다. 그가 나간 뒤 두 달이 넘어서 관수는 아들이 일본으로 건너갔다는 소식을 들었고, 아들의 친구를 통해 얼마간의 돈을 부쳐주긴 했었다. 관수는 그 생각을 털어버리듯,

"소선생!"

불렀다.

"왜 그러시오. 슬그머니 물어버리려고 그러시오? 한번 물었다 하면 안 놓는 사람."

"그놈우 자석이 모략을 했구마요. 보나 마나 독사라 했일기고."

관수와 소지감은 서로가 다 웃을 심정이 아닌데 낄낄거리며 웃는다.

"소뿔도 무섭고 독사 혓바닥도 무섭고 해서 나는 새가 될까

하고 지금 궁리 중이오."

"아무튼지 눈치 하나 빠르구마요."

"반평생 눈칫밥에 이골이 나 있었다는 것은 몰랐소?"

"그럴 리가 있겠소. 우리네야 처마 밑에 서 있어 봤자 기명물 뒤집어쓰기 일쑤지마는, 이 조선천지 어디로 가나 글 잘하는 사람이믄 괄시하는 법 없제요."

"그것도 옛말이외다. 벌 떼 같은 상민, 천민들이 죽일 놈 살릴 놈 상투 뿌리가 뽑혀날 지경이오."

"언중유골인데 설마 어제 일을 마음에 끼고 하시는 말씀은 아니겄지요?"

"글쎄, 눈칫밥에 살찐다는 말도 있으니 마신 술을 토해낼 지경은 아니었지요."

"남자끼리 자꾸 이럴 깁니까?"

"허허헛헛헛, 남자는커녕 사람 되기에도 한참 걸릴 게요."

"신소리는 그만하시고 우짤 기요. 우리 편 안 될랍니까!"

"땅 밑의 조상들이 머리 풀고 나와서 곡하면 어쩌려구."

"와 곡을 합니까?"

"양반 잡는 게 동학 아니오."

"동학은 무슨 동학, 독립이지. 설사 동학이라 하더라도 동학의 교조는 양반 아니던가요?"

"수운제(水雲濟), 그 사람이 어디 온전했소? 한 다리가 짧았지*."

"개도 안 물고 갈 소리는 그만하소. 이 판국에 동학은 어디 있고 서학은 어디 있겠소. 더운밥 찬밥 가릴 처지도 아니구마는."

"밥은 누가 먹는데? 내가 먹는 거요, 송형 그쪽에서 먹는 거요?"

"허허, 소선생 그런 거 지금 따져서 머할랍니까? 내가 이 나라 임자가 되겠소, 소선생이 이 나라 임자가 되겠소. 메치나 둘리치나 다 마찬가지요. 왜놈 간 뒤 박이 깨어지든지 코뼈가 뿌리지든지, 우리끼리 싸울 자리나 있어서 이러시는 거요?"

"내가 사람의 자식이었다면은 지금쯤 북만주 벌판에서 담요 한 장 걸머지고 뛰는 판국일 게요."

"……."

"쥐새끼가 되어서라도 살고 싶어서 오늘 이날까지 왔는데 새삼 무슨 일을 한단 말이오."

소지감은 곁눈질을 하며 관수를 보았다. 하는 말에 심지가 들어 있지 않다는 것은 확실했다.

"과거지사는 우찌 되었건…… 답댑이 사람들은 일한다 할 것 같으믄 죽는 말부터 먼지 하는데, 와들 그러는지 모리겠소. 한 시절 전만 하더라도 선비라 카는 사람들은 물론 다 그렇기야 했일까마는 좌우간 누가 털미라도 붙잡는지 허겁지겁 자기 목심을 끊는데 그기이 이름 때문이라 하더구마요. 호랭이는 가죽을 남기고 우짜고 함시로 참 내, 기껏해야 이름 석자, 그거 냄기서 머할 깁니까. 우리 상놈들은 하기야 본시 반반한 이름인들 있일까마는, 그까짓 이름 석 자 때문에 목심 버리지는 않지요. 죽는 것보다 사는 기이 큰일이고 죽지 않기 위해서 뛰는 기지요. 소선생만 하더라도 죽지 못해 한이 되는 사람 아니겄소? 생각해보시오, 소선생. 양반, 선비들은 나라를 잃어부리고 나서 그제서야 제 목심 짜르고 할 일 다 했다 그래 되겄십니꺼?"

관수는 소씨 가문의 내력을 알고 있었기 때문에 일부러 내리친다.

"소선생 말씸대로 하자믄 살자고 발버둥치는 놈은 모두 쥐새끼란 말이오? 내 소견으로는 나라고 민족이고 간에 그거는 다 사람이 살아남기 위한 울타리가 아니겄소? 생각해보시오. 왜놈들이 우리 백성을 청풍당석에 앉히놓는다면 어느 누가 칼 들고 나갈 깁니까. 그러나 지금 바로 이 시간에도 왜놈은 우리 백성들 갑데기를 벗기고 있으며 조만간에 우리 조선 사람들 씨를 말리고 말 것이오. 그러니 우리 모두 목이나 매달아 죽어부리까 그래야만 되겄소? 공부깨나 했다는 사람, 너남 지간에 한다는 말이 일본은 심이 세다, 세계에서는 강국이다, 대항해보아야 바위에 계란 던지기다, 그럴 바에야 더 배워서 시기를 기다리는 기이 낫다, 제에기랄! 호랭이 앞에서 기다리보아야 잡아묵히기밖에 더하겄소. 살아남을라 카믄 심약한 인간은 창을 맨들고 함정도 파고 덫도 놓고, 환하게 다 알믄서 소선생은 와 딴전을 피우는 깁니까?"

관수가 얘기를 더 계속하려 하는데 해도사가 술상을 들고 들어왔다.

"하나 마나의 얘기 용쓸 것도 없지."

해도사는 술상을 놓으며 말했다.

"능청스럽기는."

"능청스럽다니."

소지감은 먼저 술상 앞으로 다가앉으며,

"자리 마련하노라 잔꾀를 부려놓고 구멍이 숭숭 뚫려 있구먼."

해도사는 낄낄거리며 웃는다. 관수도 술상 앞에 다가앉았다.

"그런 게 아니라 몽치 놈 찾아나섰던 거지요."

"반역을 해도 크게 반역할 상호라 하면서 챙기기는."

술잔에 술을 붓고 각각 마신다.

"이치가 그렇소이다. 대역도가 있어야 대충신도 있는 법, 흥망도 권한 속에 있고오, 천지만물은 음양에서 벗어난 것은 하낫도 없지요. 그것에서 벗어날 때 천지는 깨어지고 개벽이 오는 거요."

"도사다운 말씀이오. 개벽이 올 때 혼자 살아남으시오."

처음부터 대단한 긴장은 아니었지만 관수나 소지감은 피차 깔끄러운 면이 없지 않았다. 그러나 술잔은 그런 것을 말끔히 닦아주었다.

"송형!"

"예."

"저기 저 둔갑의 명수, 저 여우를 조련할 자신 있소?"

소지감은 술잔 든 손으로 해도사를 가리켰다.

"있지요. 소선생보담은 좀 어렵울 기요마는, 그는 그렇고 이러다가는 굴비 엮듯 엮어서 서울 창경원에 가겠소."

"그건 또 왜? 엮었다 하면 형무소로 가야지."

해도사 말에,

"소가 없나 독사가 없나, 새에다가 이분에는 여우라 카이 하는 말 아니겠소."

"하하아, 그래서 창경원 동물원이라, 듣고 보니 그럴듯하기는 하오만 하늘 밑은 다 동물이요, 본래 모두가 동물원에서 살고 있을진대 오고 가고 할 것도 없지."

"신선 같은 소리 하네. 아, 가고 접어서 가고, 오고 접어서 오는 기요? 동물원이든 까막소든 간에."

"허 참, 그게 어디 자연의 소치던가? 큰 도적, 중간 도적 식곤증 탓이지."

"자세히 듣고 싶구만."

"그것도 모르고 무슨 놈의…… 생각해보슈. 배부르고 헐 일 없으면 창자 구멍이 막히는 법이오. 해서 온갖 잡동사니를 만들게 되는데, 그러고 보니 자연 좀도둑이 생기고 구경꾼도 생기고 따라서 까막소 동물원이 생길밖에. 남의 나라를 통째로 들어먹은 왜적도 그렇지. 남의 것 빼앗아 벼락부자 된 것들치고 안 그런 게 없는데, 이것저것 오만 짓 다 해보고 이것저것 오만 잡것 다 맨들어보고, 그러자니 등골 빠지는 것은 조선놈이요, 주머니 털리는 것도 조선놈이라. 하여 실속 없는 구경꾼 좀도둑, 거기다 거지, 뿐이던가. 나라 잃은 제 강산 임자는 또 얼마던고? 여기서 와글바글 저기서 와글바글, 여기서 터지고 저기서 터지고, 여기 막으면 저기서, 저기 막으면 거기서, 종국에 가서는 할 짓 못할 짓 다 하게 되는데, 그러나 어떤 용천지랄을 한들 필경에는 잔망스런 인간의 소위, 조물주가 한번 노했다 하면은 자망(刺網)에 걸린 멸치 꼴이고오. 그러니 인간이랍시고 한 푼 뽐낼 것도 없을 터인데."

엄숙하게 심각하게 하는 말은 아니었으나, 그렇다고 해서 적당히 넘어가는 말도 아니었다.

"사설이 그럴싸하긴 하요마는 해도사도 하느님 아닌 사람인데 우째."

"허 참, 왜 이러시오. 누가 하느님을 들먹이기라도 했단 말이오? 하느님은커녕 하눌님도 나는 믿지 않는 사람이오."

"일구이언도 유분수지, 소선생도 듣지 않았소? 하느님이 노하믄 사램이 멸치가 된다 어쩌구 하던 말 말이오."

"해도사 말이 맞아요. 인간은 자망에 걸린 며루치."

소지감은 딴전을 피웠다. 해도사는 싱글벙글 웃는다.

"동녘 동 한께 서녘 서 하는구마."

"송형은 뭔가 잘못 생각하였소. 조물주라 하긴 했소만."

"조물주나 하느님이나 피장파장 아니오."

"시체를 따라 말하자면 하느님은 서학이요, 하눌님은 동학이라. 양편 어느 쪽과도 나는 상관이 없는 사람이고오, 또 하늘 천(天)이나 하나 일(一)만을 믿는 사람도 아니외다. 그리고 조물주가 누구인지 그 누가 알 것이오. 다만 하늘과 땅, 햇빛과 물, 그것들의 운행을 믿을밖에요. 하여 사람도 나무와 같이, 풀잎과도 같이 제 몫을 먹고 과식을 아니하며 넘보지도 않는다면은 모두 더불어 살 수 있다, 무릇 모든 생명들이 더불어 살 수 있다, 다 있어야 할 것이 있는 것이며 없어야 할 것은 없는 법인데, 인간은 있어야 할 것을 없애려 하고 없어야 할 것을 만들어내니, 가상 총알이라는 것을 생각해보더라도 남을 겨누어 죽음에 이르게 한다면은 그 총알은 동시에 자기 자신에게도 겨누어져 죽음에 이르게 한다는 이치, 그것은 하나에 하나를 보태면 둘이 된다는 것만큼이나 명약관화……."

"그만하고 치우소. 온, 염불을 듣고 있지. 옴대가리 죽 쑤어 묵는 소리."

"길이 가까워졌는데, 송형 너무 그러지 마시오."

소지감이 농담 반 진담 반 말했다.

"인종이란 신들린 무당 말이나 눈앞에 보이는 엽전 한 닢을 더 믿으니, 바늘구멍만 들여다보지 화산구멍은 눈앞에 없고,"

"개미한테는 접시 물도 망망대해 아니겠소."

"개미도 흙 위에 살고 하늘 밑에 살고 햇빛 보고 물 마시고."

"개미도 구데기 뜯어묵소."

"구데기뿐이던가? 사람 몸뚱인들 안 뜯어먹을까. 백 사람이 소 한 마리 먹는 것도 여반장이고오."

"그라믄 와 자꾸 그러요. 신선이 아닌 다음에야 고름도 나고 똥도 싸고."

"산중에서는 냄새가 안 나지. 날라가고 흘러가는 것을 안 막으니까."

"이자 그만, 박은 그만 킵시다. 시라아봐야(실랑이해봐야) 개미 쳇바퀴 도는 기고, 그보다도 소선생은 언제 서울로 올라가실랍니까."

관수는 도망치듯 말했다.

"글쎄올시다."

소지감은 술잔을 비워 해도사에게 넘기며 어정쩡하게 말했다. 뻐꾸기가 운다. 구성지게, 그런가 하면 한가롭게 운다.

"가더라도 소선생 매씨가 나서주어야 가지."

해도사는 어적어적 김치를 씹으며 말했다. 그의 얼굴은 길노인 집에서 본 그 얼굴이 아니었다. 세상 물 다 마시고 쓰고 짠 것 다 맛보아 세상 물정에 이골이 난 그런 능란하고 요사스런 얼굴이 아니었다. 기름기가 짝 빠져버린, 무너지면 흙으로 바스라질 듯, 그러나 붕괴를 앞둔 허약하고는 전혀 다른 느낌이다.

"안 가겠다면 끌고서라도 가야 할 형편이오."

"일진스님은 아직 절에 돌아오지 않은 모양이던데, 잘못하면 뜨지 않을까 모르겠구먼."

"보통 아이 같으면 단념을 해도 벌써 했을 터인데 저러한 집념은 신상에 좋지 않아요. 내 이종매(姨從妹)지마는 그만……."

소지감은 혀를 찼다.

"가는 베[細布] 재놓은 듯 고운 노인이 할 말은 못하고 절에 올라오기만 하면 환장하겠는 모양이더군요."

"길노인한테는 볼 낯이 없소이다."

"의상(義湘)을 사모한 선묘(善妙) 같은 경우라면 그건 기막힌 얘긴데, 소선생한테는 실례가 될지 모르나 어째 매씨의 경우는 으시시합니다."

사정을 다소 알고 있는 관수는 얘기에 끼어들지 않았다. 의상이 누구인지, 선묘가 누구인지, 또 무슨 얘긴지 관수로서는 알지 못했으나, 그러나 뭔지 모르지만 예감은 좋지 않았다.

"범준이 그놈 땜에, 덤비는 게 탈이거든."

혼잣말 같았으나 소지감은 관수를 쳐다보았다. 그 말에는 동감을 하면서도 관수는 우물쭈물,

"맘이 좀 약한 것 같더마요."

"그놈 자신은 그래도 술수에 능하고 영악하다고 자신을 착각하고 있지요. 이번 일만 하더라도, 따지고 보면 송형에게도

책임이 있소."

"그, 그거는, 일이 잘못되기는 된 모앵인데 누가 속사정이 그런지 알았이야제요. 사사로운 일이고 집안끼리니 아는 줄만 알았지요. 소선생께서 귀띔이라도 해주었으믄."

관수는 뒤늦게 당황한다.

"송형이 범준이 놈한테 일진의 얘기만 하지 않았더라도...... 책임지시오."

우스갯소리였으나,

"책임을 지라 하지마는 우떻기 하믄 되겠소. 낯선 여인네를 업고 갈 수도 없고 자루에 넣어서 서울까지 메고 갈 수도 없고, 허허헛 헛헛......."

"대처승이 되면 문제는 간단할 터인데...... 안 그렇소?"

"대처할 바엔 중질 그만둘 사람이오."

"그렇다면 법력으로 물리칠밖에, 도망 다닌다고 해결이 나겠소."

"그러믄 해도사 도술을 써서 지리산 밖으로 내몰아보소."

"그 얘기는 그렇고, 듣자니 삼림조합을 반대하여 그 때문에 함경도에서 폭동이 있었다 하던데."

"산중에서 귀도 밝거마는."

관수가 핀잔을 준다.

"귀만 밝을까, 눈도 밝아서 꼬부장 꼬부장한 송형 창자가 훤하게 들여다보이구먼."

"그렇다믄 물어볼 것도 없이 축지법으로 밤새 가보는 편이 안 낫겠소?"

"송형은 술이나 축내시오. 집에 가서 지리산 두견주 생각이 안 나게."

소지감은 술잔에 넘치게 술을 붓는다.

"자, 드시오."

한동안 침묵이 흐른다. 누구랄 것도 없이 분위기는 가라앉는다. 관수의 얼굴이 망가졌기 때문만은 아니다. 주석을 피하기는 했으나 강쇠가 관수의 얼굴을 망가뜨린 행위는 첫째 소지감의 코뼈를 부러뜨린 것이었으며, 심약한 길노인 부자에게는 두려움을, 가닥이 다른 손태산이나 밑바닥에 쌓인 감정의 찌꺼기로 해서 쌍방이 다 그러했으나 어색하기로는 윤필구가 으뜸인데 어쨌든 그들에게 쓴맛을 안겨준 것만은 틀림이 없다. 그러나 그것은 모두 표피적인 것에 지나지 않았다. 이 자리에서도 일진과 지연의 문제가 거론되어 모두의 마음이 떨떠름했으나 그러나 그것도 표피적인 것. 해도사가 무슨 소리를 어떻게 하든 어제나 오늘 모이고 흩어지고 또 모인 사나이들 마음을 관통하고 있는 것은 막연하나마 보다 가혹해질 앞날과 자신들의 무력함이 아니었을까.

"함경도 얘기나 하시오."

해도사가 말했다. 소지감이 입을 열었다.

"낸들 뭐 소상히 알기야 할까마는, 그 일이 있기 전에 장풍

탄광(長豊炭鑛)에서 광부들의 폭동이 있었는데…… 광주학생사건의 꼬리를 문 게 아닐까 싶소."

"……."

"당국에서는 일을 온건하게 수습하기보다 오히려 의식적으로 사건을 확대하고…… 물론 학생운동이 전국적으로 파급되긴 했으나 그들은 벌집을 쑤시는 행동을 계속하는데, 계산이 있는 것 같단 말입니다. 우선 신간회가 작살이 났고……."

하다 말고 소지감은 관수를 쳐다본다.

"아무튼 그러저러한 일로 계속 조선인들 마음을 자극하고 있는데, 그런 차에…… 삼림조합 사건이 터진 단천(端川)이라는 곳은 원래부터 반일 세력이 강했다 하더군요. 연해주가 가까운 관계로 공산당 조직도 상당히 뿌리가 박혀 있고, 그간에도 농민동맹과 청년동맹이 주축이 되어 누에고치 공동판매 반대, 관제인 군농회(郡農會) 반대, 농촌야학 취체(取締) 반대, 화전민 정리 반대 등등 대항이 계속되었는데, 삼림조합 반대에서 일은 크게 터진 거지요."

"장풍탄광에서 일이 터졌을 직에 전국에 번진 학생운동맨크로 전국의 노동자들이 들고일어나지 않을까 사람들은 생각했는데, 그기이……."

관수의 말이었다.

"한쪽은 쑤시고 한쪽은 초병 마개만큼 단단하게 틀어막아야, 다 쑤시면 일 안 되지. 게다가 조선놈 공부하는 거는 달갑지 않아도 노동자들이야 부려먹어야 하니까."

해도사의 말이었다. 소지감은 쓰게 웃었다.

"물론 전국적으로 노동자들이 들고일어날 소지가 마련돼 있다고 볼 수는 없으나, 여하튼 일본이 그쪽 방면에 과민한 거는 사실이지요. 그러나 그것을 무기로 삼는 냉철함이 일본 위정자들의 전통이랄까, 동경 진재 때 조선인과 사회주의자들을 위기의식에 광란한 국민들 손으로 때려잡게 한 것도 그 예의 하나지만, 광주학생사건 뒤처리 역시 민족주의라는 것은 깔아뭉개고 공산주의를 표면에 내세워 대량 검거, 대량 투옥을 합리화하고 있는 게지요. 일본 자체, 저이들 국내에서도, 사회주의다 공산주의다 하는 흐름은 상당히 심각한 문제고, 중국에까지, 중국이 공산화된다면 일전도 불사하겠다는 식이니까."

"그래 단천은 어떻게 해서 발단이 된 거요?"

"반일 감정이 팽배해 있던 차에 불을 붙인 것은 흔히 있었던 일 때문인데, 불법벌채(不法伐採)를 했다 하여 군청에서 조사하러 나간 놈이 남정네도 없는 집에서 아낙을 모욕했던 모양이라. 그런 일쯤이야 일제 치하에 들어간 후 다반사가 아니겠소. 결국 쌓이고 쌓인 곳에 그게 불씨였겠지요. 이천여 명의 군민들이 군청과 경찰서로 밀고 들어가서 시위를 했는데, 또 조사하러 나간 놈이 조선인이라 처음부터 험악했던 모양이오. 군청과 경찰서를 때리부싰는 지경에 이르러 사상자가 많았다 하더구먼."

"경찰에서는 죽은 놈이 없었고 십여 명이 다쳤일 뿐이라 했지만, 군민들이 네댓 명 죽고 다친 사람도 상당수라 하더마요."

보충하듯 관수가 말했다.

"아무리 군중이 많아도 총 가진 놈은 그쪽이니까…… 그러면 삼림조합이라는 그게 어떤 것이오. 혹 동척(東拓)과 상통하는 그런 거 아니오?"

해도사가 물었다.

"글쎄올시다. 본질은 같은 것이겠지요. 애림사상의 진흥이니 삼림의 재해를 방지하고 임업 발전을 육성한다, 취지는 그러하나 결과적으로 산주(山主)는 일절 자기 산에 손을 못 댄다, 게다가 조합비마저 물게 하면서…… 당장 목줄이 달려 있는 농토하고는 그 양상이 다르다 하더라도, 또 삼림 녹화라는 명분이 없지 않으나…… 그러나 이천여 명, 그 군민들이 모두 산주(山主)라 할 수는 없고, 소요의 원인이 이해 문제에 있기보다 물론 민족감정에서 출발……."

이때 밖에서,

"도사님! 도사님!"

외치는 소리가 들렸다. 몽치였다.

"도사님! 도사님! 절에서 각시가 죽었소오! 도사님!"

"뭣이!"

세 사람은 동시에 일어섰다.

8장 어머니와 아들

간밤에는 조부의 제사를 모시느라 식구들은 모두 새벽녘에 잠자리에 들었다. 한두 시간쯤 잤는지, 뒤창 너머 소나무 숲에서 까치가 울었다. 까치 우는 소리에 두만이 눈을 떴을 때 들창은 훤했다. 기성(期成)네는 방에 없었다. 방에 있으나 마나 이쪽 벽과 저쪽 벽을 향해 서로 등을 돌린 채 잠이 들었고, 지척이 천 리 같은 내외간 사이인지라 잠이 깨어 옆에 없다 해서 관심할 바가 아니었다. 물론 관심할 바 아니었다. 그러나 불쾌한 것만은 어쩔 수 없었다. 부모의 눈살에 치여 억지 춘향격으로 한방을 쓰기는 썼으되.

'저 무식하고 흉물 같은 계집이 내 여편네라니 참 내, 남사스럽아서. 내가 누군데, 진주 바닥에서 김두만이 모리는 사람이 어디 있더노. 저거를 남이 알믄 내 위신은 머가 되노 말이다.'

"언해 꼬꾸랭이나 좀 아는지 모리겄다. 서기(書記) 없이는 문서 하나 제대로 못 볼 거로."

뒤에서 흉 잡히는 것을 아는지 모르는지 두만은 기성네를 탓할 때마다 무식꾼이라 했으며, 기성네가 있음으로 해서 자기 자신의 과거가 청산되지 못하는 것처럼 피해의식에 사로잡히는 것이다. 저게 왜 죽어주지 않는가. 자식의 앞날도 막을 것이며 집안의 불화도 저 계집 탓이 아닌가. 그러나 죄의식이 전혀 없는 것도 아니었다. 없어져주기를 바라는 마음이 강하면 강할수록 무서워지기도 했다. 자신이 살인이라도 범하지 않을까 싶어서.

'제사 모시고 그 길로 가야 했는데, 제에기.'

남들도 다 그렇게 생각했지만 두만이 자신도 어쩌다가 제사라든지 부모 생신이라든지 그리고 명절 같은 때 집에 왔다 가는 날 새기 전에 황황히 도망치다시피 진주로 되돌아오는 것을 서울네의 투기 때문이라 착각하고 있었다. 기성네를 보거나 상기할 때마다 일어나는 자기 자신도 어쩔 수 없는 분노, 기실 서울네의 투기보다 그 분노의 감정에 쫓기어 두만은 진주로 내뺐는지 모른다. 재떨이를 끌어당겨 담배를 피우려다 말고 두만은 후다닥 일어났다. 주섬주섬 옷을 챙겨입고 소리 나지 않게 방문을 여는데,

"기성애비 일어났나."

안방에서 모친의 음성이 들려왔다.

"야."

두만은 마음속으로 혀를 차며, 부엌에서 나오다 말고 당황하여 눈 둘 곳을 몰라 하는 기성네를 노려본다.

'미운 강아지 웃주둥에 똥 싼다 카더마는.'

"설마 지금부터 진주로 나가는 거는 아니겄제."

"와요."

"와라니."

"나가는 길인데요."

"나가는 길이라고?"

"화급한 일이 있어서 가봐야 합니다."

부친의 헛기침 소리가 났다.

"나도 나갈 일이 있인께 아침 묵고 함께 가도록 하자."

덜미를 잡듯 부친이 말했다. 대범하고 너그러웠던 두만네. 지금도 그 성품은 옛날과 변함이 없건만 아들 얼굴만 보면 그 답지 않게 앙앙거리는 것은 수삼 년 동안 얻어진 버릇인데, 그러나 이평노인은 좀해서 말이 없었다. 그러던 그가 웬 까닭인지 못 가서 안달인 두만을 잡는 것이었다.

"그랬으믄 좋겄십니다마는 피치 못할 일 때문에 먼지 가야겄는데요."

"으흠, 하라믄 하라는 대로 해!"

두만은 이맛살을 찌푸리며 안방문을 열고 얼굴만 디민다.

"누가 죽어서 초상났다는 기별이라도 받았더나."

두만네는 아들을 똑바로 쳐다보며 날카롭게 말했다. 잠자리에는 들지도 않았던지 어젯밤 멧상을 들 때 입었던 깨끗한 무명 치마저고리의 단정한 모습으로 앉아 있었다. 이평노인은 막 자리를 걷고 일어난 것 같다. 이불자락이 걷혀진 채였다.

"어무이는 우찌 사사건건 그렇기 잡아 비틀어서 말을 합니까."

"화급하고 피치 못할 일이라믄 사람 죽는 일밖에 더 있겄나."

두만네 말에 곰방대를 찾아든 이평노인은 아들을 힐끗 쳐다본다.

"와 그리 장석겉이 서 있노. 작은방으로 가든지 큰방으로 들어오든지 해야 할 거 아니가."

이평노인 말에 잠시 숙어들다가 그러나 역시 한다는 말은,

"그럴 시간이 없십니다."

"치아라! 집에 왔다 카믄 언제나 하는 그 소리, 얼굴 간지럽지도 않고 남부끄럽지도 않나. 부모 자석 간에는 염치도 없단 말가. 일 년에 서너 분 집이라고 왔다 카믄 코 벤 죄인도 아닐 긴데 와 새북에 달아나노. 친구지간에도 오래간만에 만나믄 할 말이 있일 긴데 이거는……."

"들으나 마나 노상 하는 그 말 아니겄소. 다음에 어무이가 진주 나오시믄 듣기로 하고 오늘은."

한사코 빠져나가려 한다.

"내 입에서 좋은 말 나올 때,"

"어무이 정 이러실랍니까? 나도 이제는 오십 밑자리 깔았소. 자식도 유만부동, 진주서도 행세하고 남의 웃자리에 앉는데 언제꺼정 이럴 기요!"

"자식 나이도 모리게 내가 노망들었더나. 잘나도 내 속에서 빠졌고 못나도 내 속에서 빠졌다. 잘나믄 부모도 없나?"

"시끄럽소! 말해봐야 개미 쳇바퀴 도는 기지. 난 가겄소."

두만은 소리를 팩 질렀다.

"보자 보자 하니이! 이노오음! 이래도 되는 기가!"

이평노인은 재떨이에 담뱃대를 뚜드리며 아들을 노려본다. 두만은 얼굴이 벌게져서 방에 들어와 무릎을 꺾고 앉는다. 서당개 삼 년이면 풍월을 안다던가, 이밥이 분(粉)이요, 옷이 날개라고도 했다. 돈의 위력이 대단하다는 것도 새삼스런 얘기지만 아무튼 양조장을 경영하는 사업가 김두만 씨, 누가 뭐라 하건 중후한 중년 신사인 것만은 틀림이 없다. 연장망태 어깨에 걸머지고 다니던 김목수, 술 도매상이랍시고 차린 좁은 점포에 웅크리고 앉았었던 김씨, 그런 모습들은 세월의 물결에 실리어 가버린 지가 오래다. 아들형제 기성과 기동이가 다니던 중학교 학부형 회장직의 관록도 이제는 몸에 배었으며 천장절(天長節)이다, 명치절(明治節)이다 하며 일본인 국경일의 의식에는 귀빈으로, 그것도 어지간히 자연스러워졌고 사람들은 뒷구멍에서 험담을 하면서도 앞에서는 꾸벅꾸벅 절을 했으며 서장 나으리, 시장 나으리, 그런 높은 사람들 모인 자리에 참석도 하고, 싫든 좋든 진주서는 손꼽히는 명가 양교리댁의 당주인 양재문도 김두만을 만나면 손을 내민다. 비빔밥집은 걷어버리고 안방 어부인으로 자리를 굳힌 서울네, 해서 김두만은 양조장나으리라 아양을 떠는 기생집에도 드나들게 되었다.

"돈 좋지. 돈 좋고말고, 아암 돈같이 좋은 기이 어디 있노."

김두만이 하는 말인 동시 그를 바라보는 주변 사람의 말이기도 했다. 자리에 앉은 두만은 양복 조끼 주머니 속에서 회중시계를 꺼내어 본다.

"시계는 와 보노."

두만네도 상당히 집요하게 나온다.

"바쁘다 안 캤습니까."

화를 낸다.

"제집 눈이 무섭아 그렇지 바쁘기는 머가 바쁠 기든고."

"어무이는 우째서 그리 말끝마다 그 사람 일이라 카믄, 한 해 두 해 세월이 간 것도 아니고 이자는 정도 들 때가 안 됐십니까. 상충살(相沖煞)이 들어서 그런지, 아무래도 돼지머리 안쳐 고사라도 지내야겠구마는."

화를 내다 말고 생각을 고쳐먹은 두만은 얼렁뚱땅 넘어가려 한다.

"쓸개 빠진 놈."

"허허어, 참."

"쓸개 빠진 놈, 그 제집보다 니 해구는 꼴이 더 밉다. 까놓고 하는 말이지마는 우리 집안 볼 구석이 어디 있노. 양반은 커녕 상사람 축에도 못 끼는데, 하지마는 니겉이 모질고 독한 놈은 없었네라. 죽은 홍이아배 생각이 절로 난다. 강청댁이, 죽은 사람 험담할 거는 아니지마는 조선 천지 그렇기 강짜 심한 여자는 없일 기다. 니도 어릴 직에 이웃에서 봤인께 강청댁이 우떤 여잔지 알제? 인물이 잘났나, 이세가 야무나, 가장 알기를 이거는 머 논가에 선 허세비라. 자식 하나라도 낳아주었임사? 그것저것 다 모릴 이 서방이더나. 사램이 엄전(얌전)한께 그 꼬라지를 봤제. 법으로 만낸 기이 무섭고 부모가 맺어 준 사램이니, 죽자사자 은앙새 겉은 월선이가 있었건만 본댁에 대한 도리를 지킨 기지. 머 내가 긴 이야기 안 해도 평사리에서는 모리는 사람이 없는 일 아니더나."

"처지 따라서 다 다르지요."

"처지 따라서 다르다고?"

"홍이아배 그 사람은 일개 농군이라꼬."

하는데 이평노인이 받아서,

"요새 깼다는 놈들, 용이 똥이나 묵으라 캐라. 니가 그 사람 발밑에나 갈 기라고 그런 말 하는 기가. 일개 농군이라꼬?"

두만은 머쓱해진다.

"오늘은 아부지 어무이가 협동해서 지를 몰아붙일라꼬 작심한 모앵인데."

부친의 말을 회피하며 얼버무린다. 미우나 고우나 자식이다. 두만네는 다소 수그러진 어세로 말했다.

"운냐. 작심했다. 오늘은 세상 없어도 쌓이고 쌓인 말을 좀 듣고 가야 할 기다."

"모리겄십니다. 진주 일은 죽이 되든 밥이 되든, 말해보이소."

비로소 두만은 떠나는 것을 단념한다. 잠시 동안 침묵을 지키던 두만네는 타협조로 말했다.

"남자가 잘나믄 열 제집도 거느린다 안 하더나. 서로의 뜻이 안 맞아서 사람을 얻고 딴살림하는 거사 할 수 없는 일이라 치고, 또 니 아부지나 내가 그 일 때문에 니를 나무라는 거는 앙이다. 묵기 싫은 밥은 웃묵에 밀어놨다가 배고프믄 또 묵지마는 사람 싫은 거는 그럴 수 없다, 그런 말도 있인께. 그라고 밤낮 하는 말이 그 말이라 했는데 니가 조맨치라도 맘을 써준다믄 한 말을 와 또 할 기고. 우리 기성네, 시집온 연후에는 이적지까지 그런 머슴이 어디 있일꼬. 시부모 공경하고 형제간 우애 있고 참말로 그렇기 피나게 살림하는 제집 없다. 자식을 못 낳았다 말가, 서방 없는 시집살이. 어디 한분 군담하까, 설움이 목구멍까지 찼을 긴데 울고 갈 친정이 있단 말가."

옷고름으로 눈물을 찍어낸다. 며느리 불쌍하여 흘리는 눈물이기도 했으나 어떡하든 아들의 마음을 조금이라도 돌려보려는 눈물 작전이기도 했다.

"그런께 못 내쫒았지요."

건성이었다.

"팔자 좋은 사람 여름에는 그늘 찾아다닐 적에 우리 기성네는 호미 자루 놓을 새가 없고오, 팔자 좋은 사람 광목이다 옥양목이다 필필이 들여놓고 그것도 사람 사서 바래건만 우리 기성네 게울이믄 주야장천 길쌈이고."

팔자 좋다는 사람은 물론 서울네다.

"안 하믄 될 거 아입니까. 누구 굶어 죽고 얼어 죽는 사람이라도 있다 캅디까."

"그라믄 니는 굶어 죽고 얼어 죽을 사램이 있을까 봐서 남의 입질에 오르내리믄서까지 돈을 못 벌어 환장이더나."

"사내로 태어나서 야심이 없다믄 그거는 못난 놈 아니겄소."

"잘난 사람은 본처 박대한다 카더나."

"자꾸 이라시믄 지라꼬 할 말이 없겄소? 처음부터 지운 짝을 지워놨으니 이리될밖에 더 있겄소."

"아아 그래 장개 안 갈라 카는 놈 멱살을 잡고 대례판에 끌어냈더라 그 말가?"

두만은 아무 말 못한다.

"개구리 올챙이 적 모리믄 그거 사람 아니다. 혼사할 적에는 꾸린 입도 안 뗀 놈이 이제 와서 머라 카노. 그때 동네 사람들은 딸도 잘 치우고 며누리도 잘 본다고 했다. 와 그랬는지 니도 알겄제? 니 것 내 것 없이, 그럴 수 없이 잘 지내다가도 혼인길에 가서는 근본을 따지는 세상 아니더나. 기성네만 하더라도 친정 아부지가 살아기싰다믄 아니할 말로 우리 집에 주었일지 그거는 모릴 일이구마."

"어무이 말대로 하자 카믄 우리 자식들은 속절없이 혼인길이 막히겄소!"

눈을 부릅뜨고 두만은 메어치듯 말했다.

"짚신도 짝이 있다 카는데 나라님하고 사돈 맺일 기든가, 혼인길이 와 막힐 기고. 대대로(비슷하게) 만내믄 될 거 앙이가."

누그러졌던 감정이 다시 뒤틀리기 시작한 두만네는 아들의 속셈을 알기 때문에 비꼰 것이다.

"어지간해야지. 생긴 꼬라지 하며 에미가 그 쪼다리니 자식 새끼까지 난쟁이 소리."

"서울네 그 제집은 전봇대맨크로 크다 그 말가?"

그 말에는 두만도 픽 웃어버린다.

"그 제집이 우리 기성네 머리 크다고 호박 이고 가는 것 겉다 그런 말 했다믄서?"

"……."

"제 년은? 팟대가리겉이 내사 옆에만 가도 노린내가 나는 것 겉더라. 주제넘은 주둥이를 문지러부릴라 카다가 참았다 마는."

"그런 씰데없는 말을 누가 와서 전합디까."

"누구기는, 니 아들이지 누구겠노. 자석 그거 다 소용없네라. 제기나(최소한) 그놈이 자석이믄 그런 말 듣고 가만있일 기든가. 아아를 다 베리서. 중학하고 대학하믄 머하노. 연지부터 세룰 따라가는 그런 놈 사람 되기 다 글렀다. 그 제집이 얼매나 했이믄 새끼들꺼지 지 에미를 배척하노 말이다. 서방 뺏고 자석 뺏고, 숭악한 년."

"아아들이야 공부 땜에 와 있는 기고 뺏기는 누가 뺏소."

"안 뺏았다믄? 그런 말 듣고 그만 있일 기가. 에미 알기를 부석에 처박힌 강아지쯤, 아무리 세상이 똥치망태기로."

"무식한께 지 에미하고는 말이 안 통하고, 그러이 자연."

"그래? 그라믄 서울네 그 제집은 공자 맹자 다 깨쳤다 카더나?"

두만네는 흥분하기 시작한다.

"그렇다믄 내 한 가지 물어보자. 공자 맹자가 남우 가장 뺏으라고 가르치고 또 남우 앞(첩)이 되었이믄 단 하루도 본댁 옆으로 보내면 안 된다고 가르쳤다 카더나. 그기이 사람우 도리라고 가르쳤다 카더나!"

억지소리 한다는 것을 두만네 자신 모르지는 않았다.

"나도 옛날에는 월선이로 불쌍키 생각했다. 죄 받을 말이지마는 홍이아배가 노심초사하는 거를 볼 직에는 그만 월선이 데꼬 달아나지 하는 생각도 했인께, 어느 편이 어질고 어느 편이 독한고, 어느 편이 착하고 어느 편이 악한가, 그걸 두고 말하는 기라. 독사 겉은 년, 겉으로는 헌연시럽기 어머님 아버님 형님 함시로 김 안 나는 물이 더 뜨겁더라고 노리끼끼한 얼굴만 치다보아도 절로 정이 떨어진다. 타곳 사람이라꼬 모두 그러까."

"대강 해두소. 그런 식으로 되받으믄 얘기가 안 되지요. 설사 다소의 잘못이 있다 하더라도 너그럽기 봐줄 수도 있일 긴데 어무이가 너무 그러니 자연 나도 그 사람이 불쌍하게 여겨지는 거 아니겄소. 나 하나 믿고 불원천리 낯선 곳에 와서 살아보겄다고, 노류장화로 만낸 여자도 아닌데."

"니 말 잘했다. 니 마음이야 내 마음이야, 우찌 그리 꼭 같노. 니가 너무 그런께 나도 기성네가 더 불쌍해진다. 그라고 또 니 하나 믿고 불원천리 낯선 곳에 왔다고 했는데 기성네는 그라믄 시부모 믿고 시집왔다 카더나. 서방 없는 시집이 세상에 어디 있노."

"허 참, 어무이는 우째 그리 새알심겉이 말이 똑똑 떨어집니까. 정말 못 당하겄소."

"나는 이치대로 말했을 뿐이다."

물러나듯 했으나 만날 때마다 기성네의 위치를 강조하지 않고는 참을 수 없는 두만네, 물론 의식하지는 않았으나 아들을 독점해버린 서울네에 대한 어미로서의 본능적인 마음도 가미된 것이지만, 그와 마찬가지로 두만이 역시 꼭 하지 않고는 입술이 근질근질한 말이 있었다. 말의 결과가 어떨 것이란 것을 뻔히 알면서도.

"하지마는 하나는 알고 둘은 모리는 애기요. 오늘이 있는 거는 누구 덕입니까. 다 그 사람으로 인해서 보리죽 묵어야 하는 농사꾼 신세를 면하게 된 거 아입니까. 그것뿐이라믄, 이자는 누가 머라 캐도 진주 바닥에서 김두만이 모릴 사람은 없소. 관(官)도 쥐었다 놨다 하는, 우째 어무이 아부지는 그리 고집만 빡빡 세웁니까. 그 사람이 없었다믄."

"치아라!"

이평노인이 소리치며 담뱃대로 재떨이를 쳤다.

"부모 말에 일일이 대거리하는 버르장머리는 니 말마따나 관도 쥐었다 놨다 한다 카이, 세상도 망조가 들었고, 또오 부모가 못 가르친 죄도 있겠제. 해서 나는 오래전부터 입 다물기로 했다."

"……."

"그러나 한 가지 알아둘 일이 있제. 나 농사꾼 그만두지 않았다. 니 어매, 니 처, 니 동생 다 농사꾼이다. 농사꾼 면한 것은 네놈 하나 아니가. 그라고 서울내기 그 아아 덕 보고 접은 생각은 터럭만큼도 없고오, 덕본 것도 없다! 사램이란 제 푼수를 모리믄 그기이 바로 환장 아니겠나. 보자 보자 하니 네놈 하는 짓이 사람 아니다. 아무리 왜놈우 세상이 되었기로 니한테는 위아래도 없나! 뉘 앞에서 오다가다 만낸 계집 역성을 드노 말이다! 불효막심한 놈!"

입 다물었다 했으나 끝판에는 역시 아들의 안하무인 격인 그 버르장머리를 나무란다.

"오래 산께로 이 일 저 일 다 본다마는 이후에도 니 입에서 그런 말 나올라 카믄 이 집에 발을 끊어라. 그라고 임자도 이자 그만하소. 실이 노이 되겠소."

이평노인은 일어나 밖으로 나간다. 모자는 한동안 침묵한 채 앉아 있었다. 말하자면 휴전 상태에 들어간 셈인데 그러나 쌍방이 추호도 양보하는 기색은 없었다. 두만은 호주머니를 뒤적이더니 성냥과 궐련을 꺼냈다.

"만날 적마다 한다 한다 함시로 그 말은 못했는데."

"또 무신 말 할라 캅니까. 정말이지 머리 골치가 지근지근 아프요."

담배를 피워 물고 연기를 뿜어내며 올곧잖게 말했다.

"오만상 찌푸리지 마라. 에민께 하는 말이다. 넘 겉으믄 뒷구멍에서 숭을 보다가도 니 앞에서는 언제 그랬느냐 하더라마는, 넘들이 자식 말하는 기이 머 그리 듣기가 좋겠노."

"다 배가 아파서 하는 소리제요. 사촌이 논 사믄 배 아프다 안 합디까."

"그 말은 니를 두고 하는 말이다. 최참판댁 잘되는 기이 머가 그리 억울해서, 참말로 니는 그리할 처지 아니다. 듣자니께 가는 곳마다 참판댁을 헐뜯는다 카는데 와 그라노. 그 댁에서 은혜를 입었음 입었지 무신 해악을 끼칬다고 니가 그러노."

"은혜는 무신 은혜요!"

얼굴이 벌게지며 김두만의 눈이 이글이글 탄다.

"우리 근본이 머꼬?"

"종이라 말이지요!"

"그래 그 댁은 우리 상전댁이다."

"지금이 어느 세상이라고, 피멍 든 옛날을 들춥니까!"

"우리는 최참판댁에서 면천된 사람이다. 그라고 니는 그 댁에서 종살이 한 일이 없는데 와 원한을 가지노. 옛날 상전댁이라 어렵운 일 있이믄 찾아가고 그뿐가, 돌아가신 할아부지

할무이 제우답으로 금싸래기 겉은 땅도 주싰다. 할 짓을 못했다믄 우리가 못한 기지.”

“팔촌도 넘는데 할아부지 할무이는 또 멋인고.”

“한집안에서 팔촌 난다는 소리도 못 들었더나.”

“그까짓 땅 그나마 뺏기지 않았소.”

“조가네가 빼앗았지 최참판댁에서 빼앗았더나. 만장 겉은 최참판댁 땅도 다 빼앗긴 판국에.”

“영만이가 아직도 그 제사 지냅니까?”

“지내제.”

“미친놈.”

“영만이는 사람이다. 온 천지 사람이 영만이 같음사, 법이 무신 소용이고.”

“벵신 육갑하는 짓이제요. 제우답도 뺏깄는데 제사는 무신 놈의 제사.”

씹어뱉는다. 며느리 때문에 기를 쓰고 언쟁한 탓인지 두만네는 이제 맥이 빠진 것 같다. 어성을 높이지 않는다. 자탄하듯,

“옛날에는 작은할아부지 작은할무이 하던 니가, 오늘겉이 부자가 안 됐이믄 영만이 하는 짓이 기특하다 함시로 니는 칭찬했일 기다. 우째서 이렇그롬 사램이 변했이꼬…….”

두만은 신경질적으로 재떨이에 담뱃재를 턴다.

“나라 금상님도 다 뜻대로는 못하실 긴데 우찌 그리 기고만장인고. 참말이지 세상을 그리 살믄 안 되네라. 니 아부지나

나나 옛날의 처지가 머 그리 자랑스럽겄노. 한 되는 일도 한 두 가지가 앙이다. 그러나 그것은 모두 나라에서 정한 법이니 우짜겄노. 최참판댁을 탓할 게 없다. 다시 말하지마는 은혜를 입었임 입었지 우리가 학대받은 일도 없고 정미년(丁未年) 그해 마을 남정네들은 니 나 할 것 없이 그 난리를 겪었는데 니 아부지만 쑥 빠지서 오늘꺼지 그거를 부끄럽기 생각하고 안 기시나. 사램이란 제 처지를 한분 돌아보고 넘을 저울질해야 한다. 니가 옛날 우리 조상이 종이었다고 해서 가심에 원한이 서리 있다믄 니는 안 그래야 하는 거 아니가. 니도 지금 많은 사람을 부리고 있는데 잘한다고 생각하나? 잘한다고는 말 못할 기다. 종이나 고공살이나 다를 기이 없다. 은혜를 받고도 니겉이 원한을 품는다믄 사람들을 몹시 부리묵는다고 호가나 있는 니는 장차 우찌 될 기고."

두만은 그 말 대꾸는 하지 않았다.

"그라고 니가 일본사람들하고 손잡은 것도 세상에서는 좋기 말 안 한다."

"누가 그런 말을 하던가요."

"와, 헛소문이다 그 말가?"

"백정 놈, 송관수 그놈이 나불대고 댕기는 모앵인데 내가 농청(農廳)에 술 보냈다 해서 그놈이 꼬뚜리를 잡고, 흥, 그놈들 다 최참판네하고 한 당이 돼서 수상쩍은,"

언젠가 송관수에게 당했던 일을 생각하며 두만은 숨을 몰아쉰다.

“찧기댕긴다고 그라나. 그런 것을 감싸주지는 못할망정 그러이 니가 욕을 묵지. 제발 그러지 마라. 니도 조선사람 아니가.”

“호랭이 담배 묵던 시절, 어무이, 어무이야말로 제발 그러지 마소. 집구석 망하는 거 볼라꼬 그러요. 제 놈들이 용천지랄을 해도 독립은 안 될 기요.”

“되든 안 되든, 그런 일이사 모리겄다마는 독립하자는 기이 어디 나쁜 짓가. 치매 두른 내 생각에도 제 나라 찾자는 기이 우째서 나쁘노. 동냥은 못 주어도 쪽박은 깨지 마라 했는데 너거 다 어릴 직에 동네서 함께 큰 동무들 아니가. 그라고 이분에만 하더라도 학생들이 모두 들고 일어나서 만세를 불렀는데 니가 학부형 회장인가 먼가 하믄서 경찰하고 손이 맞았다고 직이네 살리네 한다 카고 최참판댁을 좋잖게 말해가지고 그래서 그 댁 둘째 도련님이 쉬이 풀리나지 않았다 그런 말도 있던데 참말로 니가 그랐더나.”

“…….”

“그랬는가 배?”

“그랬이믄 어떻다는 기요! 학생이믄 학생답게 공부나 하지, 대가리에 피도 안 마른 것들이 머 안다고, 일본사람들 밑에 산다고는 하지마는 지 똑똑하믄 출세하고 돈 벌고, 옛날에는 제아무리 똑똑해도 양반 아니믄 아무것도 못했소. 평생, 응, 응.”

욕을 쓰듯 하다 만다. 두만네도 단념한 듯한 표정이었다.

"하기사 다 늙은기이 머를 아노. 부모 자석 간에 자꾸 이래 쌓으믄 정만 떨어지고…… 우리는 다 갈 사람이제. 머지않아서 저승길 갈 사람이다마는, 사람 사는 기이 강이 있이믄 산이 있고…… 평지만 가는 기이 아닌께."

결국 두만은 독골 본가에서 아침을 먹게 되었다. 이평노인은 독상이었고 제사 모신 뒤 아랫방에서 잔 영만과 두만은 겸상이었다. 제사 끝이어서 밥상은 풍성했다. 여자들과 아이들, 아이래야 영만의 자식들이었지만 그들은 작은방에 모여 아침을 먹고 있었으며 이쪽은 고인 물속처럼 조용한 데 반하여 그쪽은 도란도란 얘기 소리가 끊임없이 들려오고 있었다. 아마 무슨 말이 나오려니, 두만은 잔뜩 도사린 채 밥알을 세듯 젓가락으로 밥을 떠올리고 있었다. 그러나 이평노인이나 영만은 약속이나 한 듯 말이 없다. 이평노인은 더욱더 말라서 장작개비 같았지만 식욕으로 보아서는 아직 건장한 것 같았고, 노동으로 단련된 영만은 군살 하나 없는 실팍한 체구다. 물론 그도 식욕은 왕성했다.

'저 밥숟가락 좀 보제. 천상 농사꾼이다.'

옛날 가난했을 시절, 방바닥에 떨어진 보리밥풀도 주워먹던 그 일들을 다 잊었는가. 쌀은 나무에서 난다고 믿는 서울의 어떤 사람같이 두만은 영만의 입으로 들어가는 숟가락 위, 산더미 같은 밥을 보고 마음속으로 혀를 내두른다. 나물이 들어가고 고기가 들어가고 두부전이 들어간다.

'소 배애지다, 소 배애지.'

갑자기 두만은 외로움 같은 것을 느낀다. 말로 꼬집고 비틀고 그런가 하면 버럭 화를 내다가는 울고, 달래고 집요하게 공격해오던 모친, 그래도 그에게는 따뜻함이 남아 있었다. 그러나 부친과 영만은 그렇지가 않았다. 좀처럼 말을 하지도 않거니와 웃지도 않았다. 언젠가 아주 오래전 일인데 기성네를 진주에 데리고 나가 쪼깐이 집에 가서 국밥을 먹었다 하여 독골로 달려온 두만이,

"아들 우사시키노라 욕봤소!"

하며 기성네를 구타하고 모친에게 대어들었는데 논에서 돌아온 이평노인이 그 광경을 보고 외양간의 횡목(橫木)을 뽑아 들고,

"이놈! 이 죽일 놈, 내 손에 맞아 죽어봐라!"

황소처럼 노하여 달려오는 것을 본 두만이 다리야 날 살려라 하고 달아났다. 그런 일이 한 번 있기는 있었다.

'빈주먹 들고 나는 오늘 이렇기 됐다. 조상으로부터 쇠전 한 푼 받은 기이 없다. 지지리 가난한 그 구렁창에서 모두 이만큼 살게 안 되었나 말이다. 김두만의 부친 김두만의 동생 하믄은 꿀릴 기이 머 있노. 그기이 다 누구 덕고. 하늘겉이 떠받들어도 뭐할 긴데 이거는, 나를 옆집의 메주 보듯 와 그라노 말이다. 내가 저 벵신을 박대했기로 계집은 남이고 나는 혈육 아니가. 설사 내어쫓았다 하더라도 내 편에 서주는 기이

인정이며 의당 그래야 하는 거 아닌가 말이다.'

두만은 울분을 느낀다. 이평노인과 영만은 여전히 고집스럽게 침묵을 지키며 밥만 먹는다. 견디다 못해 두만은,

"영만아."

하고 불렀다.

"야."

쳐다보지 않고 대답만 한다.

"니 언제꺼지 이러고 있을 기고."

"……."

"농사란 본시 죽도 사도 못해서 짓는 거 아니가. 면할 길이 없다믄 또 몰라. 얼매든지 다른 생활을 할 수 있는데 무신 똥고집고. 자식들 생각을 해서라도, 잔말 말고 진주로 나오너라. 남들은 내 밑에서 팔자 한분 고칠라꼬 야단인데."

빈말은 아니었다. 양조장을 인수하여 경영하게 됨으로써 소위 대리점이라는 업종이 김두만 산하에 있게 되었고 술 도매를 하던 종전의 가게와 치부의 원천이었던 음식점 쪼깐이 집은 남에게 세내주었으며 시장 안에는 상당수의 점포가 그의 소유로써 점포의 임대료만으로도 알부자란 소리를 듣게 돼 있었다. 해서 자연 그의 주변에는 일자리를 얻고자 하는 사람, 이권을 얻고자 하는 사람 등 내왕이 그치지 않았던 것이다.

"밑천이 들 것도 아니고 사실 알고 보믄 장사같이 어수룩한

게 없다. 얼마 동안 물미가 나믄*, 또 내가 뒤에 있겠다, 뭣이 걱정이고."

"송충이가 갈잎 묵으믄 죽소. 나는 농사밖에 모린께, 했일라 카믄 벌써 했제요."

"딱하다, 딱해. 니 대가리는 아무래도 돌로 된 모양이다."

"돌로 되나 마나, 하루 밥 세끼 묵으믄 그만이지 머한다고 남우 비우 맞출라꼬 안 나오는 웃음, 웃어감서 살겄소."

형에 대한 비난이요 모멸이다. 침묵은 다시 계속되었다. 이래저래 울적하여 밥 먹을 기분이 아니었으나 아직 부친이 술을 들고 있으니 두만은 상머리에서 물러나 앉을 수도 없었다. 자기 잘난 맛에 버르장머리가 형편없었지만 그러나 옛날 생활의 일부가 잔재처럼 남아서 부친 앞에선 담배를 안 피운다든가 밥숟가락을 먼저 놓지 않는다든가 그런 정도는 자신도 모르게 행하고 있긴 있었다. 침묵을 깨기 위해 두만은 다시 한번 시도해본다.

"아부지."

"……."

"아무래도 집을 새로 지어야겄십니다. 볼품없고 좁아서, 명년 봄에는 남새밭 쪽에 새집 하나 짓는 기이 어떨까요."

"이 집도 쓰고 남는다."

"하지마는 체면상, 벌써부터 그 생각을 했십니다마는."

"체면, 체면, 무슨 놈의 체면이 그리도 많노."

"그래도 진주서는 행세하는 처지, 앞으로 큰일이라도 치룰라 카믄 손님들도 많이 오고 그러자믄."

"큰일이라 카믄 우리 늙은이 초상밖에 더 있겠나, 그 말이구마."

"그, 그야 나이가 나인지라."

"두 분 치룰 초상 때문에 새집을 지어? 문상 오는 손님 때문에? 서천 쇠가 웃겠다. 내가 진시황 애비라도 된다 말가. 아서라, 아서."

영만이 피식 웃었다. 두만은 무안을 당하고 얼굴을 붉힌다.

"우리 두 늙은이가 죽고 나믄 아이 에미 혼자 남을 긴데 이 집도 크다."

"……."

"우리 없이믄 이 집에 누가 찾아올 기라고, 꼬라지를 보니께 어느 놈 하나 지 에미 거천*할 놈 없다. 제사에도 못 오는 놈들이 지 에미 공경하겄나."

"그거는 아부지가 이해하시야제요. 핵교를 결석할 수 없인께."

"인륜을 모리고서 공부하믄 머하노. 요새 신식 공부하는 놈들, 그놈들은 조상도 없고 부모도 없고 토산뿌리맨크로 혼자, 지 혼자 잘났제. 이 말 저 말 할 것 없다. 아무튼 확실한 거는 두 놈 중 어느 한 놈도 독골에 와서 지 에미하고 농사짓지는 않을 기고."

"대학까지 갈 긴데 농사라니 말이나 됩니까."

"그러이 하는 말 아니가. 대학인지 소학인지 나와서는 대처에서 살 긴데 그때는 지 에미 데리가서 봉양할 상싶으나? 그것은 웃녁 그 여자나 니부터 발 벗고 나서서 반대할 기이 뻔하고. 에미라고 찾아보기나 함사. 애비가 남사시럽다고 가숙을 박대하는데 그놈들이야 더 유식해질 것인께 에미를 에미라 부르지도 않을 기구마는, 옛날에는 나라에 충성하고 부모한테 효행하라고 글을 가르쳤는데 요새 세상은 인륜 도덕을 다 버리도 좋은께 출세하고 돈 벌라고 글을 가르치는 모앵이더라마는."

이평노인은 전에 없이 말을 다져가며 쉽게 끝내려 하지 않는다.

"죽어나 사나 영만이 새끼들이 큰어매를 돌볼밖에 없는데."

마침 작은며느리가 숭늉을 들고 들어왔다. 이평노인은 수저를 놓고 숭늉을 받아 들며,

"아가, 상 내가거라."

"예, 아버님."

"이 상도 내가지."

영만이 말했다.

"하기야 머, 집도 절도 없는 사람도 사는데 집 있고 땅 있고 어느 누가 돌보든 못 살겄십니까. 더 이상 바랜다믄 그거는 호강에 겨워서 요강에 똥 싸는 격이지요."

부친의 말을 일단 시인하면서 장차 자식들과 기성네를 분리하는 것은, 의당 그래야만 하는 것으로 기정사실인 양 두만은 내뱉었다. 숭늉으로 입가심을 한 이평노인은 밭은기침을 했다. 그리고 목을 빳빳하게 세우더니,

"하기는 바랜다고 해서 될 일이라믄…… 씰데없는 짓 할 필요도 없었고오 내 생전에 가산을 매동구리(매듭) 놓지도 않았겠제. 하야간에 오늘 이 자리에 삼부자(三父子)가 모있인께 밝히둘 것은 밝히두는 기이 도리고 해서."

다시 밭은기침을 한다. 가산을 매동구린다는 것은 무슨 뜻인가. 무표정한 이평노인 얼굴에서는 아무것도 읽어낼 수가 없다. 두만과 영만은 어안이 벙벙한 표정이다.

"내 얼마 전에 땅하고 이 집을 기성에미 명의로 이전을 해놨다."

뜻밖의 말이었다. 두만은 자기 귀를 의심하듯 어리둥절해하다가 다음 순간 얼굴빛이 달라진다. 영만도 몹시 놀란 것 같다.

"머라 캤십니까."

"……."

"땅하고 집하고, 그 그게 우떻게 됐다는 말입니까?"

"진주서는 졸부라꼬 명이 높이 났는데 땅 기십 마지기, 그것쯤 니한테는 새 발에 피 아니가. 놀랄 것 없다."

"정말로 이래도 되는 일입니까? 아부지 혼자서 마음대로 해

도 되는 깁니까!"

어성을 높인다.

"안 될 것도 없제. 또 될 만한께 한 일이고."

"땅임자가 따로 있는데, 이런 법도 있십니까? 절대로 그렇기는 안 될 겁니다. 안 되지요."

이평노인은 눈을 부릅뜨고 두만을 노려본다.

"온 세상 법이 니 한 주먹 속에 있다 그 말가. 안 되기는 와 안 되노. 내 명의로 돼 있는 땅하고 집은 내 마음대로 처분할 수 있다. 그라고 주제넘게시리 땅임자라 했는데 우째서 그기이 니 땅이고?"

"내 땅 아니믄, 그 그라믄 지리산 중놈의 땅입니까!"

두만의 얼굴 근육이 불룩불룩 흔들린다. 영만은 말없이 우두커니 앉아 있었다. 부친의 처사를 짐작할 수 있었으나 그러나 너무 가파롭다는 생각을 한다. 한마디 의논도 없었고 그런 낌새도 느끼지 못했으니.

"내가 그거를 말해줄 것이니 들어보아라. 그러니께 이십여 년 전에 니가 서울서 돈을 벌어다가 이 독골에 일곱 마지기의 땅을 샀다. 그라고 이태 후에 또 다섯 마지기의 땅을 샀다. 그러이 모두 땅은 열두 마지기라. 그 열두 마지기의 땅은 니를 길러낸 부모한테 자식의 도리로 주었던 거라 생각해도 좋고오, 김씨 집에 출가하여 삼십 년 가까이 시부모 봉양하고 대를 이을 자식들을 낳았고 또 피땀 흘리감서 일한 니 가숙한테

주었던 거라 해도 과히 경우에 어긋나는 일은 아닐 기다. 더군다나 니는 가숙한테 죄 많이 지은 처지 아니가."

"죄는 무슨 죕니까, 아가리 밥 들어가는 기이 다 누구 덕인데."

"정 그것도 아깝다 생각한다믄, 내 열두 마지기는 떼어줄 수도 있제."

이평노인은 자신만만했고 야유하는 여유까지 보였다.

"아부지는 지를 막볼 작정하고 기시구마요."

두만이도 가라앉은 목소리로 응수하며 위협한다.

"막보고 또 보는 거야 니한테 매인 거 아니가. 하야간에 일이 이렇그름 됐인께 서로 알아둘 거는 분명하게 알아야 한께. 땅이란 너거들도 알겄지마는 양도를 하고 남는 곡식이 있다믄 새끼를 치게 매련이다. 해서 이십여 년 동안에 새끼를 치고 또 새끼를 치다 보이 이자는 밭 몇 자락을 빼고도 남한테 준 땅이 쉰다섯 마지기, 집에서 부치는 것하고 합하믄 조히(족히) 이백 석지기는 될 기구마. 그것은 식구들의 피땀, 더욱이나 기성에미 공이 제일이고, 영만이는 제금(딴살림) 나갈 직에 논 열 마지기를 떼어주었던 거는 니도 아는 일 아니가. 십여 년 동안 아금바리해서 내 알기로 지금은 서른 마지기가 넘을 기다마는, 논 열 마지기 떼어준 것만 하더라도 따지고 본다믄 부모 형제의 은덕이라 할 수도 없제. 이 독골에 터를 잡고 기반 잡을 직에 영만이 등골 빠지게 일한 거를 생각하믄 의당 그거는 새경으로 치부해야 할 기구마. 그러니 양가 합하믄 삼백 석지기, 지금 큰아아 니는 그것이 모두 내 것이라, 그 생각은 버리라. 니가 진주서 명이 난 부자가 아니라믄 애비가 이런 생각할 리가 없고 설사 불효막심 허랑방탕하다 하더라도, 하기사 니 것 내 것 따지지 않아도 좋을 만큼 집안이 화목하고 우애가 있었이믄 얼매나 좋았겄노. 그라고 이분 처사는 반드시 기성에미 장로(장래)만을 생각해서 한 것은 아니라 나대로 깊이 생각한 일이 있었인께."

하고 이평노인은 담뱃대를 꺼내어 쌈지 속의 담배를 털어 넣는다.

"땅이 문제가 아니오."

두만은 분노에 차서 말했다.

"땅이 문젭니까! 와 내가 이렇기 당해야 합니까!"

두만은 방바닥을 주먹으로 내리쳤다. 땅이 문제가 아니라 했지만, 엄연한 장자요 혼자의 힘으로 재물은 물론 그들이 누리는 복락까지, 시혜주(施惠主)와 다름없는 자신을 그 공로조차 인정하지 않으려는 처사에 분노하고 뼈저린 배신감을 느끼기도 했지만 그보다 별안간 이백 석지기, 영만의 것과 합하면은 삼백 석지기의 땅이 어마어마하게 큰 것 같은 착각에 빠졌던 것이다. 그의 의식 속에는 한 마지기의 내 땅도 없었던 옛날의 쓰라림이 남아 있었기 때문에 삼백 석지기의 땅이 그렇게 크게 느껴졌는지 모른다. 그리고 이것저것 사업을 벌여

놓고 있었지만 궁극의 목적은 대지주가 되는 일, 그게 두만의 꿈이었으며 어린 시절의 선망과 동경이 아직 뿌리 깊게 가슴 속에 남아 있었다. 대지주가 되는 일, 시쳇말로 사업가이지만 장사꾼에서 대지주로 비약하겠다는 꿈을 실행에 옮기지는 않았으나 부친의 얘기를 듣는 순간 독골의 땅은 대지주로 비약하는 데 시발점이었다는 것을 깨달았다. 깨달음과 동시 그의 머릿속은 혼란과 충격으로 뒤범벅이 되어 분노는 한층 가열된 것이다.

"좋습니다! 그라믄 부자의 인연을 끊을 작정을 했구마요! 선영봉사도 안 맏기겄다 그 말이구마요!"

번복시킬 만한 어휘를 생각해낼 수 없었다. 하겠다는 의논도 아닌 이미 처리해버린 일, 두만은 초조하고 뭔가 미칠 것 같은 생각이다.

"바로 그거다."

"바로 그거라니 머가 말입니까!"

충혈된 눈으로 이평노인을 쏘아본다.

"선영봉사는 니한테 맽길 수가 없다. 우리가 죽으믄 제사 모실라꼬 니가 독골에 올 기가. 자연 진주로 가지갈라 칼 긴데 나는 웃녁앤네(서울여자) 손에 물 받아묵을 수 없고오, 조상들도 마찬가지다. 우찌 일부종사 못한 계집이 멧상을 드노, 눈이 시퍼렇게 살아 있는 본댁을 두고오."

"하면은, 엄연하게 장손이 있는데."

이평노인은 팔을 내저었다.

"소앵없는 짓이라. 내가 이리 촌구석에 있어도 세상 돌아가는 거는 안다. 공부를 했다 카믄 양복 입고 구두 신고 안경 끼고 객지로 돌아댕기믄서 상노 초대[香爐燭臺]도 모리는 신식여자 만내서 살 긴데, 인지부터도 그런데 장로가 눈앞에 훤히 보인다. 공부했다고 다 그럴까마는…… 못난 놈들. 못난 놈들을 애비가 들어서, 웃녁앤네가 들어서 더 못나게 맨들어놨이니 나는 희망을 안 가진다. 기성에미 생전에는 기성에미가 제사를 모시고 기성에미 죽은 뒤는 영만이 자식들이 선영봉사하는 기다."

"아, 아부지."

영만이 볼멘소리로 불렀다.

"니가 무신 말 할라 카는지 안다. 더 이상 말할 것 없다."

이평노인은 담뱃대를 털고 허리춤에 꽂은 뒤 일어서 나간다. 두만은 이를 갈았다. 마지막 부친의 말은 수모였다. 평생가도 잊을 수 없을 그런 수모였다.

"으응 음, 그런께 모두 한통속이였고나. 숫구리 꽁 잡아묵더라*고 욕심이 없는 척, 그기이 다 땅을 독차지하자는 네놈의 심보인 것을 오늘 처음 알았다."

"그런 애멘 소리 마소. 나도 지금 처음 듣는 얘기라요."

"제사 지내주고 땅 받는 짓, 아마도 네놈은 상습인갑다."

"상습? 그기 머요?"

"무식한 놈, 늘 도둑질을 한다는 뜻이다 와!"

"참 기가 맥히서, 마아, 마음대로 하소. 변명한다고 해서 형님이 믿지도 않을 기고 기분이 좋을 턱도 없인께."

별 동요 없이 있던 영만은 선영봉사는 자기 자식들에게 맡긴다는 말이 나오고부터 당황하기 시작했던 것이다.

"부모 형제 다 소용없다! 오늘 입때꺼지 내 밥 묵고 내 옷 입고, 이렇기 악문을 할 수가 있나. 어디 두고 보자. 어느 쪽이 답답한고, 나도 모진 맘 묵으믄 부모고 형제고 없다! 살괭이 겉은 놈! 내가 누군데, 나를 덧들어서(건드려서) 좋을 거 하나 없일 긴께, 장자 장손 제쳐놓고 세상에 이런 법도 있나아! 길을 막고 물어봐라!"

두만은 악을 쓰며 일어섰다. 전신을 부들부들 떨며, 이제는 진짜 땅이 문제가 아니었다. 대수롭게 생각지도 않았던 선영봉사, 막상 이렇게 되고 보니 왕(王)이 파문(破門)이라도 당한 듯, 눈 뜨고서 보따리 빼앗긴 듯, 두만이 신발을 막 신으려 하는데 작은방에서 우울한 표정의 두만네가 내다보며,

"갈 기가?"

하고 물었다. 대꾸하지 않는다. 그때, 뒷설거지는 동서에게 맡기고 개울에 빨래하러 갔다가 영문 모르고 들어온 기성네와 두만의 눈이 마주쳤다.

"이 천하의 악녀 같으니라고."

두만은 신다 만 구두 한 짝을 치켜들고 맨발로 뛰어서 기성

네 옆으로 달려간다. 두만네가 아이구 아이구 하기도 전에 구두짝은 기성네 얼굴을 쳤다. 빨래통이 땅바닥에 나동그라졌다. 구두짝을 버린 두만은 기성네 머리채를 거머잡고 땅바닥에 내리치고 발로 걷어찬다.

"이놈아, 날 직이라!"

두만네가 버선발로 뛰어왔다. 두만은 황소 같은 힘으로 모친을 떠민 뒤 숫제 기성네 몸뚱이에 올라서서 뛴다. 미쳤다. 완전히 미친 것이다.

"아이고오, 샐인나겄네!"

쓰러진 두만네는 기어서 아들의 다리를 잡고 넘어진다. 뒤늦게 달려나온 영만이 형의 멱살을 잡았다.

"이년이 들어서 식구들 우애 끊고 이년이 들어서 내 얼굴에 똥칠하고 이년! 니 죽고 나 죽자!"

동생에게 멱살을 잡힌 채 두만은 고래고래 소리를 지른다.

"아이고 하느님! 아이고 하느님! 세상에 이럴 수가 있십니까! 아이고 하느님!"

두만네는 통곡하고 영만의 댁네가 연신 눈물을 닦으면서 기성네를 일으켜 부축하여 아랫방으로 데리고 들어간다.

"실성을 해도 보통이 아니거마는."

영만이 중얼거리자 이번에는 영만에게 주먹질을 하며 두만은 소리소리 지른다.

"모두 공모해서! 모두 공모해서! 이 도적놈아, 양조장 니 주었이믄 좋겄제? 아아나 숙떡아! 네놈에게 줄 거라믄 다리 밑 문둥이한테 주겄다! 모두 공모해서 은혜를 원수로 갚는 이, 이 배은망덕한 것들! 이놈의 집구석에다 불을 확 싸질러부릴 기다!"

어릿광대 같은 몸짓까지 하며 두만은 싸잡아서 욕설이다. 아이들은 엉겁결에 부엌으로 달아나 꼼짝하지 않는다.

"망신 그만할라 카거든 가소! 진주로 가란 말이오!"

영만은 두만을 끌어낸다. 끌려나가면서,

"저년이 마목이다! 저년이 살아 있는 한 자식 앞길도 맥힌다!"

어느덧 동네 사람들이 모여들었다.

"저 엄전한 어멈을 개 패듯기 패고 저래도 되는 기가. 동네에는 사람도 없나."

중늙은 여자가 다소 표독스럽게 말했다.

"할배는 어디 가싰노."

"아까 논에 가시더마."

젊은 여자들이 쑤군거렸다.

"첩 사이가 좋으믄 좋지, 입도 안 떼는 본댁을 와 때릴꼬."

그런 말이 두만의 귀에 들어왔다. 겨우 제정신을 차린 그는,

"놔랏!"

영만의 손을 뿌리치고 구두를 찾아 신은 두만은 땅바닥에 침을 뱉은 뒤 쏜살같이 마을 길을 걸어간다. 영만은 그 뒷모

습을 우두커니 바라보고 서 있었다.

"기성할매, 일어나소."

중늙은 여자가 두만네를 잡아일으켰다.

"무신 구경 났다고 이리 모여들었나!"

수치심 때문에 두만네는 화를 냈으나 이내,

"내가 막 부애질*을 했더마는 그 분풀이를 어멈한테 안 했나."

하고는 허둥지둥 아랫방으로 들어간다. 물수건으로 동서 얼굴을 닦아주고 있던 영만이댁네가,

"어무이, 마음 상해하시지 마이소. 차차 괜찮아질 깁니다."

위로한다.

기성네는 얼굴이 퉁퉁 부어올랐고 손등도 부풀어 보기에 민망했다. 옷 속의 몸뚱이에도 상당히 많은 곳에 피멍이 들었을 것이다. 그러나 정신은 맑았다.

"아가, 니는 나가봐라. 내가 돌볼 긴께."

작은며느리를 내보낸 두만네는 다시 소리를 죽이며 운다.

"남이 부끄럽어 우찌 얼굴 치키들고 나가겠노. 세상에 내 평생 탯줄 끊고는 오늘겉이 남부끄런 일은 처음이다. 몹쓸 놈. 부치가 까꾸로 섰던가."

몸을 움직이려다 말고 기성네는 신음했다.

"이자는 서방이라 생각지도 마라. 그놈 사람 아니다. 불쌍한 것, 무신 죄 졌다고."

"어무이 개않십니다. 울지 마이소."

"개않기는 얼굴이 퉁퉁 부었는데, 지금은 니도 니 정신이 아니라서 아픈 줄 모릴 기다마는 어이구 그놈 무상한 놈, 내 속에서 우찌 그런 놈이 나왔겠노. 지 동생 반만 닮아도 니 처지가 이렇지는 않을 긴데."

"개않다 캐도 어무이는 자꾸 그러요. 지사 머 어무이 아부지가 기신께 무신 걱정이 있겠십니꺼. 가장한테 맞일 수도 있지요. 지는 하낫도 안 외롭아요."

"클 때는 안 그렇더마는 그놈이 꼭 거복이 그놈 겉다."

"어무이도 참 비할 데다 비하지 우예 그런 데다 비합니까."

"그 집구석도 한복이는 사람 노릇 하더마는, 우리 영만이맨치로 착하고 어질고 참말로 자탄이 절로 나온다."

"지가 맘에 안 차서 그렇지 다른 거사 잘못하는 기이 머 있십니까?"

"그래도 서방이라고 역성을 드는구나. 이 천치 겉은 사람아."

두만네는 손등으로 눈물을 닦는다.

9장 두 여자

교회에서 나온 여옥과 명희는 내리막길을 천천히 내려오고 있었다. 그들을 앞지른 미국인 전도사가 목례를 하며 지나간다. 그는 옆길로 빠져 목사관을 향해 가고 있었다. 멀리 저 아래, 바다는 잠긴 호수같이, 물감을 풀어놓은 것같이 푸르고 평온하다. 항구에 입항하는 뱃고동 소리, 나는 갈매기.

회색에 가까운 연보라색 통치마에 흰 문항라 저고리를 입은 명희는 굽이 약간 높고 날씬한 검정 구두를 신고 있었다. 얼마 전에 서울서 가을옷과 소용품을 부쳐왔기에 철이 바뀌어도 옹색하지 않게 됐다. 명희로서는 수수한 차림이었고 또 수수했으나 빼어난 용모와 그가 지닌 독특한 분위기를 감출 수 없고 아무리 수수하다 해도 세련된 만큼 화려하게 인식될 수밖에 없다. 미국인 전도사가 목례를 하고 지나간 것도 명희 기품에 대한 경의의 표시였던 것 같다. 그러나 많은 사람들이 제아무리 선망한다 하여도 명희는 박제된 학의 신세는 면하였을지 모르지만 역시 외로운 한 마리의 갈매기, 그동안 그의 얼굴은 많이 수척해 있었다.

"날아보고 싶을 만큼 참 좋은 날씨야. 신기스럽지 않니?"

손을 이마에 얹고 하늘을 올려다보며 여옥이 말했다. 손목의 까만 시곗줄이 선명하다. 봄에서 가을까지 흰 저고리 검정 치마, 투박한 구두, 변함없는 차림새다. 여름 한 철은 모시 적삼이며 봄 가을은 무명 저고리였지만, 여옥의 손목은 투명하리만큼 희다. 일본 속담에 흰 살빛은 칠난(七難)을 감춘다고 했다. 여옥의 용모는 감추어야 할 칠난도 없거니와 그렇다고 해서 칠승(七勝)도 없다. 그저 평범한 얼굴이지만 아무리 햇볕에 그을리어도 빨개졌다가는 원상복귀한다. 요즘에는 아들이 앉은뱅이라는 그 할머니를 도와 밭 맬 일도 없어졌기에, 또 가을이어서 그랬는지 눈빛같이 살결이 흰데 때론 그 흰 살빛이 신비스런 분위기를 자아내기도 했다.

"바람도 없어."

맞장구를 치듯 그러나 냅다 던지듯 명희는 말했다. 항구 특유의 소금기 머금은 바람은 수평선 저쪽에서 쉬고 있는 걸까. 하늘은 차갑고 멀리 종이배 같은 범선을 띄운 바다는 그림 같아서 물결을 실감할 수 없다.

"하지만 이런 맑은 날엔 왠지 어느 길모퉁이 생각이 나아. 어느 길모퉁인지 알지도 못하면서, 누가 지나간 길모퉁인지 내가 지나온 길모퉁인지, 그러면 한숨이 나온다."

"너답지 않게 센치해지는구나."

가슴이 뭉클했으나 명희는 그런 말로 막아버린다.

위태로운 계절이었다. 아슬아슬한 느낌이었다. 수풀 밑은 성글고 제법 환하게 트였는데 푸른 잎새들이 나뭇가지에 매달려 있다는 것은. 다정다감한 봄바람은 제아무리 광기를 부려도 그것은 생명에의 환희인 것을, 투철한 가을 하늘 저 멀리서 쉬고 있을 바람, 음흉스럽고 냉정한 건가. 생물의 물기가 말라가는 것을 기다렸다가 단숨에 치고 들어와 만산의 낙엽을 보자는 겐가. 그렇지, 머지않아 지상에는 대학살이 감행

될 것이다. 사람들은 러시아를 침공했다가 실패한 나폴레옹이 병사들을 이끌고 설원을 가로지르며 퇴각할 시 수많은 인마(人馬)가 쓰러져가는 광경을 계절의, 겨울의 대학살이라 생각할 것이다. 그런 계절은 해마다 온다. 마신(魔神)의 사자, 아니 아니지. 준열하고 치열한 생명의 주재자(主宰者), 얼음 도끼든 그의 사자는 냉엄하고 무자비한 학살을 감행한다. 동사하고 아사하고 뭇생명은 신음하며 죽어간다. 동장군은 다시 와라, 다시 와라, 중얼거리며 얼음 도끼를 휘두르는 걸까. 그 잔인한 계절을 앞두고 사람들은 고상하게 사색의 계절이니 풍요의 계절이니 하고 말한다. 벼룻집을 반듯하게 고쳐놓고 먼지를 탈탈 털면서 앙증스럽게 나뭇잎 떨어지는 것이 슬프고 귀뚜라미 우는 소리가 슬프고, 보기가 좋아서 듣기가 좋아서, 떨어지고 울기 때문에 달콤하게 슬퍼한다. 혹 저승길을 생각하고 슬픈 사람이 있을지도 모른다. 그러나 저승을 믿는 사람도 없고 안 믿는 사람도 없다. 마른 잔디에 물을 부으면 큰애야 작은애야 어서 물 받아라! 하는 풀잎들의 외침을 믿는 사람은 더더구나 없다. 생명은 인간의 것이요 죽음도 인간의 것이라고만 믿는 사람들, 그러나 호호백발도 죽음을 절하(切下)하려고만 든다. 불당에서도 성당에서도 대부분 기복(祈福)의 대상이기에 신을 인정하게 되고 구원을 청하기 위하여 신을 인정한다. 기복과 구원의 소망이 어찌 인간만의 것이랴. 생과 사가 어찌 인간만의 것이랴. 억조창생이 어찌 인간만을 이름이랴. 무릇 모든 생명은 억조창생 중에 자리한다. 모든 생명, 모든 창조물은 인간을 위해서만이 탄생되고 창조된 것은 아니다. 모든 것을 위하여 모든 생명은 탄생되고 창조된 것이니 인간이라고 해서 어찌 연륜의 계절이, 겨울이 없을까 보냐. 이 이치에서 벗어난 사람도 없고 이 이치를 극복한 사람도 없을 터인데 인간들은 무엇을 사색하며 무엇에 도전한다는 겐가.

"이 애, 넋 빠진 사람같이 무슨 생각을 하니."

명희 목소리가 들렸다.

"응? 응."

"하늘만 쳐다보고 걷고 있잖아."

"음 어처구니없는 생각, 세금 꼬박꼬박 내고 집문서 논문서 금고 속에 간수하는 사람들이 들으면 날 미쳤다 할 거야."

"애두 참."

"명희야."

"왜."

"서둔다고 빨리 가는 것도 아니요, 늑장 부린다고 더디 가는 것도 아니지 않아."

"뭐? 너 요즘 뚱딴지 같은 말 잘하더구나. 정말 뭐 어떻게 되는 거 아니니?"

"그게, 생각이 나서 그래."

"그거라니."

"할머니가 말이야."

"……."

"조밭을 매면서 이런 말을 하시지 않겠니? 일이란 억지로는 안 되지라. 하루아침에 성을 쌓지는 못허니께로 개미 뫼 문지듯이, 일이란 그렇기 혀야제잉. 세월이란 것도 개미 뫼 문지듯 가는 거 아니더라고? 해서 할머니, 개미 뫼 문지듯 뫼 문진다는 게 무슨 뜻입니까 하고 물었지. 개미가 모래흙 하나하나 물어나르는 거 못 본 게라? 아아 개미가 집 만들려고 땅속에 굴 파는 것 말이지요? 그려, 하며 할머니는 웃더구먼."

"그런데?"

"말뜻을 몰라 되묻는 거니?"

"말뜻은 알겠는데…… 그런 말 왜 하니?"

"글쎄, 처음 들었을 때 나 많이 깨달았어, 요즘도 바쁠 때는 서두르지 말고 마음을 편안하게 내 자신한테 타이르는데 그러면 일이 많아도 고되질 않아. 개미 뫼 문지듯 말이지."

명희는 잠자코 만다. 여옥은 분명히 자신과는 다른 방향으로, 점점 더 다른 방향으로 열심히 가고 있다는 생각, 자신은 십자로에서 어디로 가야 할지 몰라 멍청히 서 있는데 여옥은 지금도 멈추지 않고 가고 있다는 생각, 초조했다. 선망 비슷한, 시샘 비슷한 소외감을 명희는 느끼는 것이었다. 언덕길을 내려왔다. 호젓한 주택가로 들어섰다. 단발한 일본계집아이가 커다랗고 빨간 꽃무늬가 그려져 있는 공을 치고 있었다. 노랫소리에 맞추어서, 노랫소리는 드높고 잘 울리었다. 그랬는데 발에 튕긴 빨간 꽃무늬의 공이 명희 앞으로 굴러왔다. 명희는 재빨리 공을 잡는다. 공을 따라 뛰어오던 계집아이는,

"남의 공을 왜 줏는 거야!"

날카롭게 소리 질렀다.

"줏어줄려고 그랬는데 너 나쁜 아이로구나."

일본말이 유창하고 고상한 부인이라 계집애는 잠자코 내미는 공을 받는다.

"고마워."

여전히 경어는 쓰지 않았다. 그리고 이상한 몸짓을 하더니 가버린다.

"고놈의 계집애 버릇 한번 고약하다."

여옥이 내뱉었다.

"아인데 뭐."

"하기야 일본것들 조선사람만 보면 아이 어른 없이 도둑으로 알어. 도둑이 누군데, 참."

"천진해야 할 아이들이, 일본에선 그렇지도 않는데 식민지에 나온 것들은 질이 안 좋아."

"이 애, 식민지 식민지 하지 마, 열난다. 상대가 애라는 데 더 기분이 나빠."

사소한 일이지만 둘은 다 속이 상한다. 하기는 동북지방 산중에서 짐승같이 더럽고 무지하게 살아온 일부 일본 인종이라 할지라도 명희나 여옥과 같이 교육받고 의식이나 생활의

풍도가 상류에 속하는 여성들조차 억압과 모멸의 눈초리로 바라보기는 매일반이다. 그들은 대일본제국의 반사경인 것이다. 학식이 있고 없고 간에 부하고 빈하고 간에 아이건 어른이건 간에 식민지에서의 그들은 모두 국책의 충실한 반사경.

여옥이 말했다.

"시내로 나가자."

"시내는 뭣 하러."

"수예점에 들렀다가…… 기분도 좋잖은데 영화나 보러 갈까?"

"싫어. 수예점엔 왜."

"아이들 자수 재료 때문인데."

"자수 재료……."

명희는 여옥을 힐끗 쳐다본다. 갑자기 무슨 생각이라도 떠오른 듯 입술을 한 번 오므렸다가 편다. 여옥은 교회에서 경영하는 야학에 관계하고 있었다. 일주일에 두 번 재봉과 수예를 가르치는 것이었다.

'자수, 재봉…… 자수…….'

마음속으로 중얼거린다. 여옥이 야학에서 재봉과 수예를 가르친다는 사실은 오늘 처음 안 일은 아니었다. 그러나 명희는 끝없이 시달려야만 하는 자기 자신에 골똘하여 무관심했던 것이다. 그간 명희는 악몽에서 벗어났다고 하지만 자기 심중을 잡지 못하였고 앞으로의 처신에 대해 실마리조차 풀지 못하고 있는 상태였다. 여옥이 진주에 갈 것을 권고했고 자신도 최서희를 찾아가서 여학교에 교편 자리나 얻으리라, 그러나 명희는 차츰 그 생각에서 멀어져가고 있었다.

번화한 곳에 있는 수예점까지 갔을 때 해는 제법 기울었다. 석양을 등진 점포 앞 거리엔 짙은 그늘이 깔려 있었다.

"길선생님, 어서 오시오."

수예점의 예쁘장한 여주인은 반가워하며 일어섰는데 뒤따라 들어오는 명희를 보고 놀란다. 교회에서 먼발치로 몇 번 본 일이 있었던 것이다. 수예점 여주인도 교인이었다. 점포 안은 좀 어두컴컴했다. 명희는 손님용 걸상에 가서 앉고 여옥은 진열장에 기대어 섰다.

"일전에 부탁한 것 됐겠지요?"

여옥이 물었다.

"예. 마흔다섯 개였지요?"

"그래요."

"그저께 물건이 왔어요. 부산 가는 사람이 있어서 부탁을 했는데 약속 날짜까지 안 오면 어쩌나 걱정을 했지만 마침."

하면서 여주인은 진열장을 열고 따로 꾸려놓은 것을 꺼내었다.

"그런데 도안이 별로 좋지가 않습니다. 내가 갔으면 이런 것 고르지는 않았을 텐데, 보시겠어요?"

여주인은 꾸러미를 끌러 자수 재료 하나를 꺼내어 펴 보인다. 도안이 찍혀진 테이블센터였다. 그것에 소요될 색색의 서양사(絲)도 함께 끼워져 있었다.

"괜찮아요. 배우고 나면 저이들 알아서 골라 하면 되니까."

"쌀까요?"

"그러세요."

여주인은 끌렀던 꾸러미를 도로 포장하면서 걸상에 앉아 있는 명희에게 신경을 쓴다. 무료해진 명희는 탁자 위에서 신문을 집어들고 얼굴을 가리듯 펴 들었다.

"요즘엔 리리얀 자수도 많이 하던데요? 경대보, 액자용 같은 것, 하기 쉽고 빨리할 수 있어서."

"글쎄요, 야학 아이들한테는 너무 신식이라서 어떨는지, 사실 난 자수나 재봉을 전문으로 배운 것도 아니에요. 별 취미도 없었지만 학교 때 한 것을 이럭저럭, 억지로 떠맡기니 할 수 없지요."

이럴 때 여옥은 그의 투박한 구두처럼 우둔하고 평범해 보였다.

"하기는 재봉하고 자수 시간이 없다면 야학 안 나오는 아이들이 많을 거예요."

"그렇지요. 완고한 부모들도 재봉하고 자수한다니까 내보내주는 거구, 아직은 형편이 가난해서 학교 못 가는 아이들도 있지만 계집아이 공부 안 시킨다는 생각도 상당하거든."

"대낮에 다 큰 처녀가 거리에 나다녀도 흉거리가 되니, 좀

깨야 하는데."

"그놈의 야학 때문에 붙잡혀서 사실 골칫거리요. 다른 곳으로 가자니 갈 수가 있나, 애기 엄마, 어디 마땅한 사람 하나 구할 수 없을까? 수예점을 하니까 더러 그런 사람 알 수도 있을 거 아니오?"

"글쎄요. 교인이라야 봉사도 할 텐데."

"교인 아니라도, 그럴 경우엔 보수를 낼 수도 있을 거요. 일주일에 두 번 나가면 되니까."

"가르칠 만한 사람은 대개 보통학교에 나가고, 지방이 좁으니까 말이에요. 배운 사람도 드물지만 배웠다 해도 다 집안들이 좋아서 나오려 하지 않아요. 시집가기에 바쁘지요. 우리도 이곳에 와서 한 삼사 년 되는데 이해하기 어려운 점이 많습니다. 바닷가인데 상당히 보수적인 것 같아요."

말씨를 보아 서울 쪽인 듯하고 다소 배운 여자 같다.

"하긴…… 집 안에서 한문 공부나 하다가 학교 문턱도 못 가보고 시집가는 규수들이 아직은 많은 모양이며 시골 학교에서는 양잠(養蠶)학교 나온 사람을 데려다 재봉 선생으로 채용하는 판국이니까, 애기 엄마는 어때요? 일주일에 두 번이라니까 그것도 밤에."

"안 돼요. 저야 뭐 이 수예점만으로 쩔쩔매는데요. 부산으로 물건하러 나가야 하고 집에는 애가 있지요. 애아버지 시중도 있고."

"답답하니까 해본 말이지."

"어디로 가실려고 그러세요."

"복음을 필요로 하는 사람들은 시골에 산중에 더 많아요. 전도사란 바쁘게 돌아다녀야지 죽치고 앉으면 썩게 마련이오. 모두가 다 앉아서 전도하려 한다면 교회도 썩고."
했으나 그 말에는 진실성이 희박했다. 여주인은 거침없이 말하는 여옥에 대하여 위축을 느꼈던지 입을 다물었다.

"가자."

꾸러미를 든 여옥은 명희에게 말했다. 신문을 접어두고 일어선 명희의 안색은 아주 좋지 않았다.

그들이 수예점 여주인의 인사를 받으며 막 점포를 나서는데

"길선생."

지나가던 두 남자 중 한 사람이 불렀다.

"어머, 오래간만이네요."

활발하게 여옥이 말했다. 여옥을 불러 세운 사나이는 사십쯤, 지방에서는 보기 드문 멋쟁이였다. 그는 갈색 가죽으로 만든 캡을 쓰고 있었다. 그 옆에는 오십 대, 바로 소지감이었던 것이다.

"요즘 어떠시오. 늘 그렇게 바쁩니까."
하다 말고 사내는 여옥이 뒤에 엉거주춤, 그러나 생각에 빠져 있는 듯한 명희를 보자 놀란다.

"아니."

사내는 캡을 벗어 들고,

"부인께서 이곳에 웬일이십니까."

명희는 의아해하며 사내를 쳐다본다.

"참 그렇지, 명희야."

뒤늦게 깨달은 여옥은 명희를 돌아본다.

"이분은 말이야, 너이네,"

하다 말고,

"아니지, 그러니까 너이 오라버니가 계시던 학교에 음악 선생으로 계신 적이 있는 최상길 씨야."

하고 소개를 한다.

"부인께서는 잘 모르시겠지만 저는 먼발치로 뵌 일이 있습니다."

최상길(崔翔吉)은 머리를 깊이 숙이며 인사했다. 그러니까 최상길이 봉직했던 학교의 교주 부인이자 교장의 누이인 만큼 최대의 경의를 표하는 것은 무리가 아니다. 소지감은 명희를 빤히 쳐다본다. 아무 생각이 없는 눈이었지만 강했다. 명희가 당황하니까 소지감은 눈길을 돌리며 담배를 붙여 문다.

"그런데 이곳에는 무슨 일로 오셨습니까."

"네, 좀."

하다가 명희는,

"처음 뵙겠습니다."

새삼스럽게 어색한 인사를 치른다.

"최선생님, 일행이 계신데 가보세요."

여옥은 친구에게처럼 스스럼없이 말했다. 듣기에 따라 무안을 주는 것이기도 했다.

"네. 하 참, 그 그럼 다시 뵙겠습니다."

아까처럼 머리를 깊게 숙이며 인사한 뒤 캡을 머리 위에 올린다. 그들이 저만큼 떠난 뒤,

"어휴우, 그 마누라쟁이하고 함께 오지 않았던 게 얼마나 다행인고."

웃음의 말이기는 했으나 정말 다행인 것 같은 여옥의 표정이었다.

"무슨 소리야?"

"음, 최상길 그의 마누라 의부증환자야. 하긴 최상길 씨 그도 의처증환자이긴 매한가지지만."

둘은 나란히 걷는다.

"무슨 말인지 모르겠어."

"너한테 쩔쩔매는 최상길 씨 꼴을 보았다면."

"두 사람이 다 그렇다면 이상한 얘기 아니니."

"그럴 만한 이유가 있지. 최상길 씨 저 사람 사실은 오선권의 친구야."

전남편의 이름을 들먹였으나 여옥은 전같이 감정을 나타내지 않았다.

"그랬구나."

"이곳에선 상당히 이름이 난 가문인데 부모님은 안 계시고 형님이 한 분, 그러니까 비교적 자유스런 처지지만."

자유스런 처지라는 말에 여옥은 악센트를 둔다.

"서울사람 아니군. 난 또."

"겉으론 명랑해 뵈지만 큰 상처를 받은 사람이야."

"어떻게."

명희는 전혀 건성이었다. 여전히 그의 안색은 좋지가 않았다.

"말하자면 나하곤 다르지만 비슷한 일을 겪었지. 정말 자질이 있는지…… 아무튼 일본에서 음악을 공부를 했는데 서울에 오면 우리 집에 찾아오곤 했었다. 오선권의 친구이자 오빠하곤 중학교 선후배 관계였으니, 일본에서 공부하고 있을 무렵 최상길 씨는 결혼을 했는데 상대는 사범학교를 나온 보통학교 교사였어."

"의부증환자라는 사람 말이지."

"아니야. 교사는 전처였다. 최상길 씨는 학교를 나온 뒤 시골서 썩을 생각이야 안 했겠지. 결국 서울서 자리를 잡는다는 게 손쉬운 중학의 교사였는데 너이 오라버니한테 간 것은 다른 학교를 한 번 거친 뒤였을 거야. 그런데 이상하게 부인은 이곳 보통학교에서 교편을 잡은 채 남편을 따라오지 않았다는 거야. 금슬도 괜찮았다 했는데 말이야. 결국 알고 보니 한

학교에 있는 남자 선생하고 이상한 관계였다지 뭐겠니. 그 일 때문에 고향으로 내려온 최상길 씨는 밤낮으로 술독에 빠져서 구제불능의 상태까지 갔다는 게야. 그때 그를 바로 세워준 여자가 현재의 마누라쟁이, 이곳에서는 소문난 명기(名妓)였다 하더구먼. 날카롭지만 굉장한 미인이야."

"하면은 어째서 의부증 의처증, 그건 왜 그렇지?"

"말하자면 일종의 콤플렉스겠지. 그 여자는 자기 출신에 대한 콤플렉스, 남자는 아내로부터 버림받았다는 콤플렉스, 뭐 그런 거 아니겠니. 서로가 서로를 의심하고 서로에게 상처를 주고 그러면서 사랑하고 그럴 수도 있겠지."

"그래……."

"내가 목포에 있을 때 교회 일을 함께하던 청년 한 사람이 있었어. 우연인데 그 청년이 바로 최상길 씨의 처남이었더란 말이야. 그러니까 전부인의 동생이지. 청년의 말에 의할 것 같으면 그 사건은 최상길 씨가 동경에 있을 때 생긴 일이라더군. 결혼 전부터 누님을 짝사랑하던 남자가 어느 날 밤 숨어들어 일을 저질렀다는 거야. 그러니까 당한 거지. 남편이 서울에서 직장을 정한 뒤, 최상길 씨도 굳이 권하지는 않았다 그러긴 하더라만 여자는 죄의식 때문에 서울로 올라오지 못하고 있었는데 그간의 사연이야 좀 많았겠니. 한 번 있었던 일이 빌미가 되어 그 남선생이란 자는 협박도 하고 애원도 하고 하며 찾아오곤 했다는 거야. 동생의 말로는 여자로서 누이는 대단히 불운했던 사람이다, 결코 유혹에 빠진 것은 아니다, 그러나 세상이 그걸 믿어주어야 말이지. 사고라 하자, 사고라 하더라도 그것만은 용납되지 않는 일 아니겠어? 어쨌거나 그건 다 남의 얘기, 내 경우로 말하자면 기가 막혀서, 나하고는 아무 상관없는 남의 인생 때문에 혼나는 것 있지?"

하더니 여옥은 깔깔깔 웃는 것이었다.

"지나놓고 보면 웃음도 나오는데 당할 때는 병이 나겠더라니까. 여자가 혼자 산다는 것, 그것 참 어려운 일이야. 도처에서 다리를 걸어 나자빠지게 하는데 참말 미치겠더군. 전도부인이란 직책을 앞에 걸고 다녀도 말이야. 명희 너도 앞으로 많이 당할 거야. 특히 넌 그 미모 때문에, 나같이 별 볼 일 없는 여자도."

"무슨 일이 있었기에."

"사람 도둑으로 의심받는 일 말이야!"

여옥은 별안간 화를 냈다.

"애두?"

"나 원래는 신경질이구 결벽증, 성질이 그랬었잖니. 그런 것들이 세월 따라 마모되고, 좋은 뜻에서도 그렇지만 나쁜 뜻에서도, 결함이 될 수도 있고 장점이 될 수도 있었던 그런 것들이 다 망가져 버렸다……. 이따금 나는 내가 나무토막인가 아무 곳에나 굴러 있는 돌덩어린가 하고 뇔 때가 있어."

여옥은 웃긴 웃었다. 아까 길모퉁이 생각이 난다는 말을 했을 때처럼 명희는 가슴이 뭉클해왔다.

"나도 피해자의 한 사람이지만 결코 남자를 도둑맞았다는 생각은 안 해. 또 그런 처지의 여자로서 동정받는 것도 싫어! 오선권이 내게 준 것이 어디 사랑이었니? 오선권은 세상을 살아가는 데 있어 필요했던 여건 때문에 나하고 결혼을 했고 또다시 세상을 살아가는 데 필요한 여건 때문에 그 여자한테 가기 위해 나와의 부부관계를 취소한 거 아니니? 그건 인간의 본질의 문제지 질투하곤 별로 관련이 없어. 그러나 내가 그 절망의 늪에서 일어나서 세상 밖으로 기어나왔을 때 처음 느낀 것은 이방인이구나, 그거였다. 명희 너도 이제부터 그것을 뼈저리게 느껴야 할 게야. 시골에 가도 도시에 가도 교회당 안이나, 밖에서도 흐흐흐흣…… 여자들은 나를 침입자로, 결코 과장이라 생각지 말어. 농가에 들어서도 농가 아낙은 제 남자의 어느 한 부분, 눈빛 하나라도 도둑맞을까 봐 경계하고, 물론 내가 혼자 있는 여자라는 것을 전제해서 말이야. 아찔하고 눈이 멀어질 것 같은 충격을 헤일 수 없이 받았다. 해서 남자라면은 벽을 쌓고 또 벽을 쌓아놓구 여자들과 친해볼려구, 그야말로 쓸개 다 빼어놓구서 그럴수록 오히려 그게 약점이 되는 거야, 그 방자함이란…… 아니면 위세당당하게 동정이나 베풀고, 인간을 어떻게 포기해. 난 복음을 전하는 사람 아니니? 도시 인간이란 무엇이냐, 수없이 물어보고 또 물어보고, 주여, 나는 어찌해야만 하옵니까? 논둑길을 가면서 물어보고 산길을 가면서 물어보고…… 이제는 그런 갈등은 극복된 것 같기도 하지만 그러고 보니 사람이 억척스러워지고 미련해지고 물기 빠진 고목이 된 것 같고…… 주님에 대한 사랑까지 형식화…… 아무튼 최상길 그 사람만 하더라도 어느 곳에나 있는 남자 이상으로 생각한 일이 없었지만 그 사람 역시 옛날 친구의 여자로서 오선권이 걸어간 길을 너무나 뻔히 아는 처지고 또 선배의 누이로서…… 그 친구 상종할 놈이 못 됩니다 했었지. 그 이상의 관심이나 그런 것 보인 적은 한 번도 없었어. 본시 그 사람은 교인이었거든. 도중에 타락하여 교회와 멀어졌다가 지금 여자 만나 다시 교회에 나오게 됐는데 이 여자가 내게 준 횡포는 상당했다. 그야말로 남의 인생 때문에 혼난 거지. 어떤 때는 남편이 외출하면 행여나 싶었는지 내가 있는 집 근처를 배회하기도 하구, 무슨 일이 있느냐 집으로 들어오라 하면 여자는 아무것도 아니오 하면서 휭하니 등을 돌리고 가는 거야. 어이구, 하며 난 그럴 때 땅바닥에 주저앉지. 그 칼날 같은 눈빛은 교회에서도 내 전신을 찌르는 거야. 까닭 없이 다리가 후들거리고 허둥지둥하다가 오냐, 나도 칼을 빼들고 마음으로 그를 대항하리, 할 때 여자는 풀이 죽는 거야. 그러다가 언제까지 이런 무위한 짓을 해야만 하는가 혼자 쓴웃음을 띠곤 했다. 그 여자가 풀이 죽으면, 참 인간이란 쓸쓸한 거구나. 그 여자도 나와 같은 이방인일까. 그럴 요소는 있지."

그들은 어느덧 집이 멀리 보이는 곳까지 왔다.

"나라가 망하는 그 틈새 일부 여자들은 달음박질로 새 교육을 받았는데 명희 너도 나도 그 부류에 속하지만 세상의 인식이 달라지기도 전에 남자가 여자의 인격을 인정하기도 전에 이런 새로운 여자들이 나왔다는 것은, 소위 신여성들인데 공중에 휭 떠버린 상태가 될밖에 없었지. 서울의 강선혜 같은 여자가 그 대표적인 거라 할 수 있겠고. 명문거족의 딸들은 기왕의 누려온 그 특권으로 해서 새로운 학문도 시집가는 혼수같이 되어 전과 다름없는 며느리 아내로 낙착이 되었지만 그럴 수 없는 계층의 여자들은 오히려 신분이 떨어져 버린 느낌이야. 남의 소실 후처댁이 심지어는 광대 취급이고 소수가 사회 일각에서 뭔가 해보겠다고 가시밭길을 걷는데 말로는 존경한다, 평가하는 데는 교육받은 여자라는 것이 보탬이 되기도 하고 남과 다르다는 것 때문에 호기심의 대상이 된다는 거지. 호기심의 대상으론 시골이라고 다를 게 없어. 더했음 더했지. 구경거리가 된다는 것을, 호기심의 대상이 된다는 것을 우쭐해서 좋아하는 속 빈 신여성도 많긴 많았지만 옛부터 구경거리가 된다는 것은 천한 거였어. 넌 줄곧 온실에서만 살아왔으니까, 어느 정도 견디어낼는지…… 내가 너에게 하고 싶은 말은 담을 쌓아도 제발 내 앞만 가리는 이기주의자만은 되지 말아라 그 말인데, 노처녀나 이혼녀나 과부나 편협하고 옹골차고 물기 없이 말라서 자기 둘레만 깨끗이 하고 자기 식량만을 챙기는 그런 습성은 밖에서 오는 핍박 때문에 형성된 것이지만 그것을 이겨야 해. 더한 정신적 고통을 받겠지만 우리도 살아 있다는, 살아 있다는 것은 아름다운 거야. 명희야, 우리 물기 빠진 나무는 되지 말자."
말한 뒤 여옥은 하늘을 올려다보며 미소 지었다.

명희는 잠자코 걷는 것이었다.

저녁을 먹은 뒤 명희가 말을 꺼내었다.

"나, 어디 재봉 선생으로 갈 수 없을까? 나 진주 안 가야."

"진주 안 가아?"

"응 부담스러워. 시골 같은 곳에서 보통학교나 뭐 그런 곳, 굶어 죽지 않을 정도의 월급이면 돼."

"그럼 내 일을 맡으려무나."

농담 반 여옥은 말했다.

"너하고도 헤어지고 싶어. 자꾸 맘이 약해지니까."

침묵이 오랫동안 계속되었다. 한참 후,

"생각해보자."

여옥이 말했다.

"나 서울서 그 사람하고 십 년을 사는 동안 인간으로서 기능을 잃은 것 같은 생각이 자꾸 들어. 참말 산다는 게 자신 없어."

"……."

"넌 그렇게 생각하지 않니? 내가 그렇지?"

"마음먹기에 따라서."

어정쩡한 대답이었다.

"마음먹기에 따라서, 그 생각은 수백 번도 더 했지."

"이제 악몽은 꾸지 않는다며."

"응."

"세월이 가면 가르쳐줄 게다."

"늙은이 같은 소리만 하네."

명희는 처음으로 자신 없다는 말을 한 것은 아니었다.

"어떤 바람이 불어도 꿋꿋하게 서 있을 수 있을 것 같은 자신감이 살갗이 터져라고 넘치는가 하면 그건 잠시야. 그냥 주저앉고 싶은, 나도 모르게 나를 실어다 저승이든 이승이든 산골짝이든 바다 한가운데든 내버려 주었으면…… 모든 일은 내 의지 밖의 일만 같고 어떻게 했으면 좋을지 막막하기만 하다."

"그럼 조용하한테 돌아가려무나."

여옥의 목소리는 냉정했다.

"무슨 소릴 하니!"

신경질이다.

"농담이라도 그런 말 말어, 하기는 너도 지겨울 거야. 내 자신도 내가 지겨우니까."

울음을 참는다.

"애기다, 애기, 이 애기씨야."

여옥은 하는 수 없다는 듯 웃고 만다.

"삼십이 넘은 애기씨. 아버지도 어머니도 안 계시는 고아.

내가 너 친구 된 게 불행이지. 안 그러냐, 명희야."

"네가 뭐 대용이니?"

"그런 모양이야. 넌 악몽을 꾸지 않고부터 계속 뒷걸음질만 치고 있더구나. 처녀 시절로 돌아가서, 그것이 지나쳐 애기 시절로 간 거야. 한데 돌봐줄 어머니 아버지가 계셔야지. 참말 고아 같구나. 명희야."

"동정하는 거니? 네가 싫어하는 그 동정, 나도 그런 건 두드러기가 날 만큼 싫다."

"사랑이다, 우정. 너는 바보같이 늘 깨끗했다. 이젠 깨끗한 것보다 진실을 배워야 해."

그것은 너무나 뼈아픈 말이었다.

"모두 한심스런 여자들이지. 하기는 한심스런 여자가 되려고 해서 되었나. 자아, 이제 잠이나 자자."

여옥은 이부자리를 깔기 시작했다.

"불을 지폈더니 방이 따스해. 날씨는 썰렁한데 찬방에 잠자는 것처럼 쓸쓸한 일은 없어."

돌아앉아 잠옷으로 갈아입으며 명희는,

"나 옛날에 용감무쌍했던 일이 있었다."

"태극기 들고 만셀 불렀니?"

"애두."

"……."

"어떤 남자 하숙집을 찾아갔다가 비 맞고 돌아왔어."

"그 애긴 들었다."

그러나 개의치 않고,

"깨끗하게 거절당하고…… 이력이 많은 사람이었어. 고향에는 조혼한 부인이 있고."

명희는 여전히 돌아앉은 채 말했다.

"그리고 또 너한테 말 안 한 일이 있어. 남의 인생 때문에 혼난다 했었지? 너의 사정과는 다르지만 조용하의 동생 조찬하 씨 땜에 나도 혼났어."

"시동생 아니었니."

"그래. 시동생이었다. 그 사람이 결혼하기 전부터 나에게, 날 좋아했던 모양이야. 그 사람은 선량하고 감성도 섬세하고 형과는 전혀 다른 사람이었어. 하지만 십 년 동안 그 사람은 조씨 가문에서는 어두운 그림자 같은 존재였어. 나는 영문 모르고 죄도 없이 학대받았지. 점잖하게 매우 고상하게, 정신적으로 죽이는 거야. 질식시키는 거야. 대대로 고귀했던 조씨 가문에 중인 계급의 여자가 들어온 것도 뭣한데 난 요물이었단 말이야. 내칠 수도 둘 수도 없는 악연, 그래, 내 자신에게도 그건 악연이었나 봐. 찬하 씨는 집을 떠나 일본으로 가버렸고…… 결국 일본여성하고 결혼까지 했었지만 여전히 그는 유령같이 집 안에 있었어. 부모는 그를 잃었다는 비탄 때문에, 조용하는 라이벌에 대한 경계와 증오심 때문에, 경계와 증오심만이라면? 그건 나도 이해할 수 있는 일이지만 그것만은 아니었다. 조용하는 그런 사정 때문에 내게 대한 관심을 지속해왔을 거야. 남이 탐내니까 더 값지다. 그건 그 사람의 철저한 체질이야. 인간에 대한 가치 기준이 물건에 대한 가치 기준과 다를 게 없었어. 가진다는 것 지배한다는 것, 그러니까 오히려 그는 그런 변태적 삼각관계를 즐기는 편이었다 해야 할 거야."

몸서리치듯 하다가 명희는 돌아앉았다. 무릎을 세우고 등을 꾸부리며 웅크린다.

"이래도 내가 온실에 있었니?"

"……."

"네가 한 말 중에 젤 실감나는 것은 이방인이란 말이야. 난 십 년 동안 조씨 집안에서 이방인이었고, 했는데 어느 날 갑자기 내던져진 새로운 환경에서 어리둥절해하고 당황해하고 있는 나, 뱃멀미와 구토증에서 깨어나니까, 난 여전히 이방인이었더란 말이야. 그땐 지겨웠어. 고통스러웠고 하지만 지금은 외톨이라는 생각, 바위에 오두커니 하나 달라붙어 있는 소라 새끼처럼 자꾸만 외로움이 치밀어."

"……."

"고통을 겪으면서 신념으로 도달해가고 있는 너가 부러워. 전엔 적극적인 선혜언니가 부러울 때도 있었지. 결국 그 언니도 상처투성이가 되더니 손들고 시집가버렸지만 모멸이나 조롱을 이겨내는 그 기질, 배짱 때문에 그나마…… 현해탄에 빠져 죽은 여가수 윤심덕도 부럽구, 용감하게 배 타고 미국 이민 가는 사람도 부럽구……."

명희는 여옥을 쳐다보았다. 피곤과 번뇌가 얼굴 전체에 거미줄같이 걸려 있는 것 같았다. 눈매가 뚜렷했었는데 그 눈자위엔 검푸른 색소가 가라앉아 있는 것 같았고 처연한 느낌을 준다. 이십 년 넘게 사귀어온 친구, 여옥은 이러한 명희의 얼굴을 본 적이 없다. 얘기의 내용보다 명희는 훨씬 더 심각한 고민에 빠져 있는 것 같았다.

"난 진주 안 가아."

떼쓰듯,

"거기 가도 넌 재봉 선생이야."

"안 간대두."

"부담스럽다는 이유 하나 때문에?"

"……."

"다른 일이 또 있는 게로구나."

갑자기 명희는 흑! 하며 오열한다.

'실컷 울어라. 다 겪어야 하고, 또 누구나 형편은 다르지만 겪고 있다. 나와 너만 특별히 겪는 건 아니다.'

마음속으로 뇌는데 울고 있는 명희에 대한 연민 같은 것이 썰물처럼 사라지는 것을 여옥은 느낀다.

"든 거지 난 부자란 말이 있지."

울면서 명희는 중얼거렸다.

"너도 그런 말 할 줄 아는구나."

여옥은 다른 상념으로 빠져들어 가면서 말했다.

"항상 그랬어. 왜들 나를 부러워하는가. 저이들이 나보다 훨씬 더 가졌었는데, 얼굴이 좀 낫다구, 남 안 하는 동경 유학했다구, 귀족의 어부인이 됐다구, 다이아몬드 반지도 끼었다구, 그거 그거 다 껍데긴데 말이야, 나하고는."

하다가 명희는 격렬하게 운다. 어떻게 보면 깊은 회한이 서려 있는 것 같기도 했다. 눈 작은 여자, 입 작은 여자, 키 작은 여자, 여름에는 철기(잠자리) 날개 같은 모시옷 입고, 전 생애를 다 바치듯 머리 단장에 패물 늘어뜨리던 여자, 손톱 사이에 때 끼었다고 흉보고 아랫것들 아랫것들, 입버릇처럼 뇌던 여자, 그 여자의 행복은 바로 그것이었던가. 여옥은 엉뚱한 기억 속의 여자를 떠올리는 한편 그의 생각은 우는 명희를 잊은 채 다른 곳으로 넘어간다.

'고통을 겪으면서 신념으로 도달해가고 있는 내가 부럽다구? 내가 신념으로 도달해가고 있다. 명희 넌 정말 그렇게 생각하니? 사실은 천만의 말씀이야. 어쩌면 난 너보다 바쁘다는 그 차이점 하나 때문에 그렇게 보이는 건지 몰라. 그러나 찾고 있어. 뭔지, 그게 뭔지 모르지만 말이야. 황당한 건지도 몰라. 그래 황당한 것, 손톱 사이에 때 끼었다고 흉보는 여자, 미친년이 아일 씻겨 조진다는 이곳 속담이 있는데 생각의 결벽증 아닌 결벽증 가진 사람은 허리 잡고 웃을 그런 황당한 것, 나는 지금 오선권을 용서한 것도 용서 안 한 것도 아니야. 왜 그럴까…… 용서 안 했다면 나는 아직 인간의 무서운, 사악한 일면 때문에 병들어서 영영 그 구렁창에서 벗어날 수 없었을 거야. 한데 이렇게 내가 서 있다면 그건 방편 허위가 아니겠는가 말이다. 용서를 한다면, 용서를 한다면 말이지? 오늘도 어제도 사방 곳곳에 불어닥치는 인간의 비극에다 이불 홑청 하나 덮어놓고 안이하게 주님의 착한 딸이 되었다고 좋아하며 열심으로 주님을 부르는 위선자…… 나는 도시 뭣을 찾고 있나. 나는 진심으로 주님을 믿고 있는 겐가. 내가 나를 배반해서는 안 된다, 절대로 내가 나를 배반해서는 안 된다. 그러면 그것으로 끝이냐? 내가 오만하고 내가 그르다면? 그렇다면 내가 나를 배반하지 못하는 것은 그것은 내가 악을 행하고 있음이 아니겠는가. 내가 전한 복음은 어찌 되었나. 내가 전한 복음은 어떻게 메아리쳐 퍼져 나갔나. 그것은 종이쪽지도 아니고 천당으로 가는 통과증도 아니었는데. 사방에 짓밟히고 짓눌리고 마음과 목이 타는 사람들로 가득한데, 그 울음들이 내 귓가에서 악머구리처럼 들려오는데 내가 전한 복음은 어찌 되었나. 성직자들은 제단 높은 곳에서 주를 경배하는 것으로 그치고 있다. 주의 뜻이 정녕 그러하였는가. 황무지같이 끝없이 밤낮없이 널려 있는 사람들의 서러움, 『성경』을 끼고 나무 그늘 밑을 지나가며 신도들과 담소하는 사제, 그 거룩하고 너그럽고 사교적인 모습으로 구원할 수 있는 것은 도시 뭣일까. 어진 양이라 하였다. 어진 양, 어진 양……아니야, 사나운 이리 떼와 배고픈 쥐 새끼들, 세상은 처참하고 암울한데 회당에서 울려나오는 풍금 소리 찬송가 소리는 어찌 그다지도 평화스럽고 달콤한가. 주여! 주께서는 저 거짓된 풍금 소리, 찬송가의 평화를, 달콤함을 깨셔야 하옵니다. 위선과 이기의 길이 오늘날 천당으로 간다는 길만큼 넓혀지고 또 넓어져가고 있지는 않사옵니까. 진리의 길은 더욱더 좁아져서 가시덤불에 가리워 아무도 그 길을 가려 하지 않으니 낫과 도끼를 들고서도 길을 찾기 어려운 지경으로 되어가나 봅니다. 주여, 나를 가게 하소서. 주여, 서러운 백성들이 위선의 대로로 빠지지 않게 하옵소서. 서러운 백성들이 그 길로 가고자 차비하는데 정녕 이 땅의 교도들 허물이 아니니라 할 수 있사옵니까? 한 개의 옥수수로 배부르게 하옵시고 썩은 고기로 배 채우게 하지 마옵소서.'

어느덧 여옥은 자신도 모르게 깊은 기도 속으로 빠져 들어가고 있었다.

"나 오늘 수예점에서,"

명희의 목소리가 들려왔다.

"신문을 보았다."

"……."

"그 사람의 글이 실려 있더구나."

여옥은 물끄러미 쳐다볼 뿐이다. 소리는 들렸지만 먼 곳에서 하는 말 같았다.

"짤막한 그쪽, 북간도 쪽 풍물에 대한 수필이었지만."

"그 사람이라니."

잠긴 목소리로 여옥이 되물었다.

"깨끗이 나를 쫓아냈던 사람."

"아직도 생각하니, 물론 생각하겠지."

"왜 내가 그 자리에서 그렇게 충격을 받았는지, 전에도 오라버니한테 원고를 보내왔고 소설은 원고료도 적잖아서 그의 딸을 위해 내가 보관하기도 했었는데."

"그 사람도 널 사랑했구나."

"……."

"뭐가 뭔지…… 내가 골이 다 아프구나. 너 하는 말이 들렸다 안 들렸다, 내 생각이 막 핑핑 도는 것 같다. 시골의 보통학교 같은 곳에 가고 싶다 했었지."

여옥의 말도 딴 갈래로 가는데 명희 역시,

"진주엔 그 사람의 딸이 크고 있어. 최참판댁에서. 귀엽고 달맞이꽃 같은 아이, 그 애를 내가 기르려고 했었지만 최서희 그분이 응하질 않았다."

"음……."

"내가 왜 충격을 받았을까, 아까 수예점에서."

명희는 되풀이하여 말했다.

"이상현, 그 사람이 사랑한 여자는 최서희도 임명희도 아니었다……. 양현이 엄마, 그 딸애를 낳은 기생 그 사람이었다는 생각 때문이었을까. 그이는 죽고, 아편으로 망가져버린 인생을 강물에 던져버렸던 사람이었는데, 아니야 이상현이 그 사람의 마음 때문은 아니었을 거야 내 마음 때문이지. 내 속에 그 사람은 왜 여태 살아 있었을까. 심장 정면으로 그게 밀려왔던 거야. 내가 십 년을 조씨 가문에서 견디어 배긴 것도 그 사람 때문이었을까……. 그 사람 때문이었을까…….”

명희는 다시 울기 시작했다.

10장 연분 없는 중생(衆生)

밖에서 돌아온 여옥은 손발을 씻다 말고 아무렇게나 우물가에 흐트러져 피어 있는 국화를 장난스럽게 만져본다. 무심한 얼굴, 이따금 여옥은 무심하고 그렇게 평화스럽게 보일 때가 있었다. 손발을 닦고 마루로 올라온 그는 벽을 지고 앉아 명희에게,

“오늘 밖에 나갔었니?”

하고 물었다.

“바닷가에.”

“바닷가에는 뭣하러.”

“갈매기를 보고 왔어. 우는 소리가 기분 나쁘던데.”

우울하게 말했다.

"뱃사람들도 막 떠들어대는데 무슨 소릴 하는지 내 흉을 보았나 봐. 거칠고 야비하고."

"애두, 점점 이상해지는군. 흉은 무슨 흉."

"아니야, 분명히 흉을 보았을 거야. 거리에서도 그래. 내가 지나오면 뒤에서 웃음소리가 들리거든. 그럴 땐 머릿속이 막 터질 것 같애. 시장에서도 뭘 사려고 하면, 뿐인 줄 알어? 애들까지 내 말투를 흉내 내구, 왜들 그러지? 내가 그들 눈에 미친 여자로 보이는 걸까?"

"제발 그러지 마. 그러다간 정말 돌아버린다."

"아닌 게 아니라 나 돌아버릴 것만 같다."

머리를 설레설레 흔든다.

"낯선 사람이 가면 어디든 있는 풍경이야. 아이들이란 더욱 그렇지. 서울 말씨가 신기하거든. 이곳엔 서울사람이라곤 열 손가락에 차지도 않을 만큼 적으니까, 외국인 전도사라도 거리에 나서면 애들이 줄줄 따라다녀. 나도 처음엔 얼마나 곤욕스러웠는지 몰라."

"너 보고도 흉낼 냈니?"

"그럼."

"꼭 동물원의 원숭이가 된 기분이야, 먹을 만큼 나일 먹었는데 무슨 꼴이니, 처음엔 남의 눈도, 말도 들리지 않았는데 날이 가니까 부딪는 곳마다 가시가 돋아 있는 것 같고 정말 못 견디겠어. 떠나버리면 그만인데 팔다리를 꼭꼭 묶어놓은 것처럼…….”

한동안 침묵이다. 여옥의 표정은 착잡했다. 그러나 마음을 추스르듯 평정으로 돌아가며 입을 떼었다.

“나도 처음 지방으로 내려왔을 때 더러 혼자서 울기도 했어. 피차간에 의사소통이 안 되고 사람들은 겉돌면서 호기심에 찬 눈초리로 바라보는 거야. 너 말대로 동물원의 원숭이 꼴이었지. 매사에 과민해지고 유배당한 기분이었다. 며칠 전에도 그런 얘기 했었지만 여자가 혼자 산다는 것, 혼자 다닌다는 건 비정상이지. 과부나 이혼한 여자가 어디 사람이냐? 죄인이지. 이젠 지겨워. 그런 얘기하는 것조차도.”

“…….”

“그런 개인적 형편 말고도 지방사람들에게 적의(敵意)가 없다 할 수는 없겠지. 서울사람 하면 뭔가 지배당하는 것 같은. 그들 잠재의식 속엔 과거 벼슬아치들에 대한 증오가 남아 있을지도 몰라. 서울것들, 고관대작이면 서울것들 아니니? 호령호령하더니만 왜 나라는 못 지키고 내어주었나, 그런 배신감도 남아 있었을 거야. 지금이라고 다를 것도 없지. 경찰서 서장 같은 거야 조선사람한테 주지도 않지만 군수다 읍장이다 무슨 과장이다 하는 자리엔 조선사람도 꽤 있거든. 한데 그것들이 양반 티는 더 내고 왜놈 티는 왜놈 찜쪄먹을 지경이니, 호랑이 위세를 빌린 고양이 같은 존재데 말이야, 백성들이 승복하겠어? 야유하고 싶어 입이 근질근질할 판인데, 그들의 가족이란 것들 역시 이곳 사투리로 말하자면 싸가지 없이 교만하고 방자하여 냄새난다고 코 막고 옷자락 스쳤다고 탈탈 털고 제 동족 알기를 먼 아프리카의 식인종쯤, 긴말할 것 없이 며칠 전의 그 왜놈 계집애 있잖아, 바로 그 꼴이라니까. 물론 다 그렇다는 건 아니지만 인간이란 정당하지 못할 때 정당하지 못한 자리에 앉았을 때, 그 약점 때문에 더욱더 뒤로 나자빠지는 그게 속성인지 모르지. 옛날의 사또오, 하면 말이야 원망이 있지만 오늘날 군수우, 하면 왜놈의 종이다 왜놈의 똥이다, 양자 간에는 결코 메울 수 없는 또랑이 있지. 말하자면 서울말씨 쓰는 서울사람인 우리들은 도매금으로 넘어간 셈이야. 할 수 없는 일 아니겠니? 그들은 끝없이 우롱당하고 가혹한 착취를 몸으로 때우는 사람, 이해해라. 소외감 느낄 필요 없어. 농민이나 뱃사람이나 장바닥에서 어줍잖은 것 팔면서 목줄을 이어가는 그들이야말로 소외된 인생인 게야. 문구멍으로 바깥세상 내다보며 살지 않는 이상 이런 사람 저런 사람 다 보아야 하고 알아야 하고, 여자들이 그런 처지가 되면 불운하고 박복하다고들 하지만 거울 앞에 오랜 시간 몸단장하며 인격으로보다 부부 서로가 소유물로 간주하는 데서 전전긍긍, 그런 여자들이 반드시 행복한 것만도 아닐 거고, 지치고 나자빠지는 한이 있어도 인생이란 추구하는 것 아닐까."

"너, 너 정말 달변이구나."

"예수쟁이치고 말 못하는 사람 봤어?"

"예수쟁이의 말이 아닌걸. 때론 네가 무슨 사상가나 된 것처럼 보여."

"아나키스트 같으냐?"

여옥은 농치듯 말했다. 명희의 눈이 휘둥그레진다. 여수로 내려온 뒤 명희는 여옥과 수많은 대화를 나누었다. 가끔 서울에 왔을 때도 여옥은 결코 평범하지는 않았다. 때론 광신자 같은 면이 없지도 않았으나, 그러고 보면 그는 학교 시절부터 평범하지는 않았다. 독서량이 많은 것도 명희는 알고 있었다. 그러나 그의 입에서 아나키스트라는 말이 나왔을 때 뭔지 아아 하며 깨달아지고 놀라기도 했다.

"좀 그런 것 같애. 요즘도 책 많이 읽나 부지."

"많이 읽을 책이나 있나? 더러 빌려다 읽긴 읽지만."

명희도 결혼 생활 십 년, 그동안 습관처럼 독서를 했었지만 세월이 무료하고 긴 것과는 반대로 지식은 주마등처럼 그의 머릿속을 지나갔고 독서에서 감명받은 기억조차 남아 있지 않았다.

"하지만 사회의 뿌리 깊은 모순을 명쾌하게 처방한 것은 없는 것 같애. 내 지식이란 수박 겉 핥기 같은 거지만 말이야. 종교에 매달리는 것도 그 때문이 아닐까? 예수쟁이와 아나키스트…… 남 들으면 혼날 말이지만 예수님은 아나키스트가 아니었나, 그런 생각 할 때가 있어."

"뭐라구?"

명희는 충격을 받는다.

"왜 놀라?"

"음…… 오빠도 언젠가 그런 말 한 적이 있어. 그때 옆에 있던, 누구였든지 아나키스트가 들었다면 천길만길 뛰었겠지."

"예수쟁이가 들었다면 그야말로 천길만길 뛰었겠지."

여옥은 남자처럼 허허허 하고 웃었다.

"너 얘기 듣고 있으면 뭔가 절절히 가난하고 헐벗은 사람들한테 가는 동정을 느낄 수 있는데."

"동정? 내가? 그 얘기는 듣기 거북하군. 그들보다 가진 게 뭐 있어서 그따위 값싼 동정을 하니."

눈살을 찌푸린다. 명희는 위축감을 느낀다.

"표현이 잘못됐으면 사과할게."

"동정한다는 건 그들을 업신여기는 거야. 동정 따위를 바라는 사람이면, 참 그런 사람 많이 보았다. 동정을 바라는 사람, 그들한테는 진실이 없어. 거짓으로 하나님을 믿어. 자기 성찰이 없고 비굴하며 게으르고 욕심이 많고 이기적이며 염치가 없어. 전도를 하면서 많이 부딪치는 그 같은 경우가 나에겐 가장 인내하기가 힘들었었어, 그것을 역이용하는 전도 방법에도 문제가 있지만. 관대하다는 것도 어느 정도 그건 교활한 면이 있지. 하여간에 귀하신 분들이 동정이랍시고…… 구역질이 나와."

"아무튼 너 하는 말은 다 알겠는데 난 실감할 수가 없어. 그들의 가난, 그들의 슬픔, 생활이…… 또 거의 생각해보지도 않고 살았을 거야. 난 나쁜 여자일까. 그들이 공격의 화살을 꽂는다면 나 같은 여자일까."

여옥의 어세가 강했던 탓인지 명희는 울먹울먹하는 것 같았다.

"과히 틀린 말은 아니군그래."

"요즘 식자 좀 들었다 하면 사회주의다 무정부주의 공산주의 하고들 말 많이 하는데 난 때론 무서워져. 어째서 내가 그들의 적인가 하구, 그들은 모두 착하구 나 같은 사람은 모두 악하구, 반드시 환경이 지배하는 거니? 그렇다면 그런 말 하는, 그런 이론을 믿는 사람 대다수는 노동자도 농민도 아니지 않아. 북만주에 가서 독립운동하는 소위 양반의 후예보다 농민이 더 위대하다, 이렇게 말할 수는 없는 것 아니니."

"그 말엔 나도 동감이야. 가난하다고 다 착하다는 논리는 성립될 수 없지. 그 속에도 고약한 사람 많아. 권좌에 앉혀놓으면 포악무도할 요소를 가진 사람 말이야. 또 민중을 믿는다는 것도 어리석은 짓이고, 그러나 억압당하고 착취당하는 현실을 통해서 그들을 이해해야 하는 거 아닐까? 반드시 환경이 지배하는 것 아니라 할 수는 있으나 일면 고난이 사람을 맑게 하는 것도 사실이지. 흔히 무지스럽다는 말들 하는데, 무지스러움이란 글을 알고 모르고 그런 것과는 다른 것 같애. 자연이나 인간 상호 간 관계에서도 살아가는 방법, 사람이 취해야 할 길을 알게 되고 반대로 글을 배웠으면서도 무지스러움, 그러니까 옛날이나 오늘날에도 권좌를 타고 앉은 자들이 포악무도했다면 과연 그들이 글을 모르고 배우지 못한 탓일까? 아니지 않아. 그렇게 보면 환경에 지배된다 할 수만은 없고 본래의 심성이 문제겠지. 그러나 부당하게 가진 데서 오는 피해망상은 사람을 나쁘게, 말하자면 복잡하게 교활하게, 그러나 대다수 많은 사람들은 뺏길래야 뺏길 것이 없는 진정한 뜻에서의 피해자니까 자연 단순하고 교활하기보다…… 글쎄 그렇게 문제를 갈라나가면 끝이 없지."

"하지만 피해를 어떻게 물질에만 둘 수 있겠니. 이런 말 또 하면 넌 배고파보지 않은 자의 호사스런 얘기라 하며 공박할지 모르지만 오늘만 해도 바닷가에서 뱃사람들이 떠들고 깔깔대고 했을 때 기분이 나쁠 정도가 아니었어. 겁이 나던걸. 그 경우 난 여자였으니까 말이야, 약자에 대한 심리적인 일종의 포악성을 느꼈어. 순간 내 가슴을 치는 것은 인간성에 대한 절망 비슷한 것이었는데 내 의식 속에도 가난한 사람은 피해자다, 따라서 늘 당하기만 하는 약자, 착한 사람이다, 하는 것이 잠재해 있었던 것 같았어. 오히려 그들이 뱃사람 아닌 경찰관 그런 부류의 인간이었더라면 기분이야 나빴겠지만 절망 같은 것 느꼈을까?"

여옥은 웃었다.

"뭐가 우스워."

"뱃사람들 기질을 몰라서 그래. 넌 그들에게 강자도 약자도 아니었어. 그냥 미인이었을 뿐이다. 그들이 떠들고 깔깔대고 했다면 거칠지만 단순한 그들은 아마도 수줍어서 그랬을 거야."

"그래도 싫었어."

"그런 감정까지 싫어할 권리는 없어. 아무튼 내가 전도를 하면서 가장 수월하게 대할 수 있었던 사람은 뱃사람들이었다. 예수께서 처음 갈릴리 바닷가에서 베드로와 시몬의 형제를 보시고 나를 따르라 하셨는데 그들이 어부였다는 것은 상당히 암시적인 일이 아니었나 하고 난 가끔 생각할 때가 있어. 어부한테선 뭔지 모르지만 인간의 원형 같은 것을 느낄 수 있거든. 마음이 늘 파도에 씻기기 때문인지 땅에 정착하여 울타리를 쌓아 올리는 생활이 아니어서 그런지, 어부들한테 비하면 농민들은 차라리 교활한 편이고 상당히 방어하는 자세로 나온단 말이야. 웃고 떠들고 했다면 너의 아름다움 때문에 그들이 즐거웠다, 나는 그렇게 생각해."

"그것도 싫어."

"왜? 상대가 비천한 어부라서?"

"어부고 고관이고 간에 내 감정이 안 그런데, 그런 건 싫단 말이야!"

격렬하게 나온다.

"그럼 조용하한텐 어째서 시집갔니?"

"싫었음 갔겠니? 처음 호감 정도는 있었겠지. 그때 사정이 자포자기한 상태이긴 했지만."

무의식중 쏟아놓는다. 그러고는 당황한다. 며칠 전에 수필 하나를 신문지상에서 읽고 이상현에 대한 애정을 확신했듯이 지금 명희는 십 년 전 조용하에 대한 감정을 무의식중에 확인한 것이다. 여옥은 잠자코 만다. 명희도 더 이상 말이 없었다.

하늘은 새빨갛게 노을이 지고 있었다.

새빨간 구름, 군데군데 새파란 하늘, 구름이 미세하게 움직이고 있었으나 시계 속의 공간은 그림인 양, 그런데 하늘과 땅은 미친 듯 움직이고 있는 것만 같다. 그야말로 광분, 쓰러지는 낮과 달려드는 밤의 무시무시한 격투 같은 것, 어찌 그 격투 같은 것들이 저 아름다움 속에서 행해지고 있는 것일까.

명희는 하루가 다르게 변해가고 있었다. 십 년 세월에서의 탈피, 그것은 곁에서 여옥이 보고 있는 것만도 고통스런 것이었다. 숨이 턱턱 막히는 느낌이었던 것이다. 어디 십 년뿐이랴. 언니와 오빠 밑에 막내로 태어난 명희, 가산은 부유했고 비록 신분은 중인 계급이나 한말(韓末)의 특수 상황 속에 한때는 역관이 정치를 좌지우지한다는 말이 나돌았을 만큼, 그 시절의 역관이었던 명희 부친…… 만만찮은 영향력을 가졌으며 명문거족도 때론 추파를 보낼 형편이고 보면 생활의 법도도 사대부집에 비해 손색이 없었음은 물론이다. 특히 명희를 수중의 주옥같이 사랑했던 부친은 남 먼저 여학교에 그리고 일본 유학까지 시켰던 것이다. 그가 고생이라는 것을 다소 체험했다면 부친이 3·1만세 때 유탄 맞아 사망하고 오라비 임명빈이 일 년가량 옥살이한 그 기간 동안이다. 미모와 조신스런 행동거지, 본래에 타고난 심성 때문에 명희는 남의 눈 밖에 난 일이 별로 없었고 모멸을 당한 일도, 거칠게 다루어진 일도 없었다. 조병모 며느리로서 겪은 일만 하더라도 밑바닥에 깔린 것은 무시무시한 압력이었지만 언동으론 완벽한 귀부인의 대접이었다. 뱃사람들의 거친 언동이나 아이들 장난이 그처럼 명희 마음에 맺힌 까닭도 바로 그가 거쳐온 세월 탓이리라. 그러나 명희는 결코 희망적인 방향으로 탈피의 고통을 겪고 있었던 것은 아니었다. 찌들어간다고 해야 할까. 조용하와 그의 일족이 도끼를 치켜들고 소리 없이 명희의 뿌리를 자르려 하였다면—인내로 대항할 수 있으나—지금 명희가 당면한 현실, 일상이라 해도 좋고 표피적인 생활이라 해도 좋겠지만 그런 것들로부터 명희에게 옮겨붙고 있는 것은 벌레 같은 것이었다. 잎사귀를 잠식해 들어가는 벌레, 그것이 정체 모를 일상이며 뚜렷한 대상도 없는 생활…… 그것이 명희를 숨 막히게 조울증에 가까운 심리적 황폐를 가져오고 있는 것이었다.

밤에 잠자리에 들었을 때,

"너 정말 보통학교 같은 데서 교편 잡아보겠니?"

하고 여옥이 물었다.

"그렇게 한댔잖아. 어디 자리가 있다는 거야?"

시무룩해서 말했다.

"아주 시골이래. 아이들도 몇 안 된다는 거야."

"시골도 좋구 아이들이 얼마 안 된다니까 더욱 좋구나."

"실은 얼마 전에 만난 최상길 씨 말이야, 그 전부인의 동생인데, 내가 그 동생 얘기했었지?"

"교회에서 같이 일봤다구."

"음, 엄기섭이라고 그 사람도 누님과 마찬가지로 사범학교 출신이거든. 교회에서 일봤다는 것도 학교에 나가면서 여가에, 참 성실한 청년이야. 지금은 통영에서 교편을 잡고 있어."

"……."

"그 사람 생각이 나길래 편지를 했었지."

"그래 그 사람한테서 회답이 왔다 그 말이지?"

"응."

"같은 학교니?"

"아니야. 엄기섭이 그 사람은 통영 읍내에 있는 보통학굔데 그가 말하는 학교는 그곳에서도 한참 들어가는 곳인가 봐. 어떡할래."

"물론 가야지."

무감동하게 말했다.

"편질 내기는 했지만 굳이 권하는 건 아니야. 가기 싫으면 안 가도 돼."

"왜 그런 말을 하지?"

"내가 널 쫓아내는 것 같아서 말이야. 왠지 가책 같은 것 느껴지는군."

"사실 내가 방해되기는 되는 거지 뭐, 너 마음대로 활동하는 데 지장이 없다 할 순 없잖아."

그 말 대답은 없이,

"서울로 돌아가는 게 나을 것 같다. 그 남자 안 보고 살면 될 거 아니야."

"떠나올 때는 어디 간다는 목적도 없이, 다시 서울로 돌아오지 않겠다는 그런 생각도 없었는데 지금은 달라. 서울을 연상하면 끔찍스러워진다. 가슴이 두근거리고 생각나는 하나하나가 다 괴롭기보다 혐오스럽기만 해. 거긴 안 갈 거야, 현재로는."

"진주도 안 가겠다."

"그러지 마, 제발. 난 그만 돌이 되고 싶어. 매일 떠나야 한다 떠나야 한다 생각하면서 돌이 되고 싶은 거야."

"……."

"하지만 시골학교 간다는 건, 갈 거야. 꼭 간다."

"이 애가, 누가 등을 밀며 쫓아내기라도 하는 것 같구나. 솔직히 말하면 내 감정으론 너랑 함께 있고 싶어. 서로가 결혼에는 실패한 여자들 아니니? 동병상련, 오히려 부모 형제보다 의지가 될 거야. 그러나 그건 약자의 변이고 외로움에 못 견딜 만큼 우린 늙지도 않았다. 그도 그렇지만 숨이 막히는 것도 사실이야. 내가 너의 괴로움을 나누어 가질 수 있다면, 너에게 도움을 줄 수 있다면 이렇게 답답하진 않을 거야. 내 경험에서도 이런 경우 어느 누구, 부모 형제도 도움이 안 되더구나. 결국엔 자기 자신이 서야, 혼자 일어설 수 없다면 그렇다면 인생을 포기해야지."

심하다 싶었으나 여옥은 잘라 말했다.

이튿날 새벽 부시럭거리는 소리에 여옥은 눈을 떴다. 천장에서 늘어진 벌거숭이 전등이 시야에 들어왔다. 눈이 부셔서 눈을 감았다. 다시 뜨며 여옥은 몸을 일으켰다.

"너 뭐 하는 거니."

"짐 챙겨."

명희는 트렁크 속에 옷가지를 쑤셔 넣으며 대꾸했다.

"너 굉장히 화났구나."

"아니야."

"그럼 새벽부터 왜 이러지?"

"지금 이 시간을 놓치면 영영……."

트렁크를 닫는다. 뚜껑을 누르고 잠그는데 숙인 명희 얼굴의 하얀 이마와 콧날, 다문 입술, 별안간 여옥은 눈시울이 뜨거워지는 것을 느낀다.

"갈 때 가더라도, 명희야 제발 부탁이다. 이렇게 떠나면 안 돼."

여옥은 명희의 팔을 잡는다.

"아침 배 타야 하니까."

"이삼일 있다가, 그것도 안 되겠으면 내일, 내일 떠나라. 한 번 더 생각해보자꾸나."

명희는 여옥의 손을 풀었다.

"화난 건 아니야. 지금 이 순간을 놓치면 난 영영 그만일 거야. 내가 부탁한다. 제발 내게 냉정히 대해주어."

어쩔 수 없는 연민이었다. 오랜 우정에서 우러나는 눈물만은 아니었다. 묵은 신화 같은 것, 세상을 모르고 살던 시절에 꿈꾸던 것, 그 세계에서 일어나는 비극은 공주가 맨발로 가시밭을 가는 석양, 연한 발바닥에서 피가 흐르는 환상, 그것과 엇비슷한 아픔이 여옥의 가슴을 누른다. 철저히 감상을 배격해왔었고, 그 신화 같은 것에 화살을 날리던 여옥의 눈에서 눈물이 흐른다. 선택받은 자의 전락은 더욱 처참하다. 불쌍한 아이, 불쌍한 명희, 너의 아름다움과 풍요한 환경과 어리석을 만큼의 순결함, 그런 특권은 너의 행복에 도움이 되지 못하였다. 도움이 되지 못하였던 과거의 그 특권은 그러나 지금부터 네 발목에 물린 족쇄가 되어 너를 괴롭힐 것이다. 그 무게는 가는 길을 고달프게 할 것이다. 명희는 당분간 과거를 향해 구원을 요청하지는 않을 것이다. 서울행과 진주행을 거부했다. 확실한 것은 그것뿐 앞날은 캄캄한 안개, 바람만 불어도 부대끼는 감성은 얼마나 많은 피를 흘려야 할 것인가. 이 애, 너도 나랑 함께 전도부인이나 되지 않겠니? 여옥은 그 말을 하려다 삼켜버린다.

'자유에 대한 갈망도 별로 없는 아이였다. 비굴하고 욕심이라도 있다면 그것만이라도 의욕은 될 텐데……저건 맹물이야. 저 애야말로 세상에 태어나지 말아야 했어. 꽃이 되든지 새가 되었든지…….'

선표를 끊은 뒤 여옥은 대합실 벽면에 붙여진 긴 걸상에 앉았다. 벽면 위쪽엔 바다를 향한 창문이 있었다. 명희는 여옥과는 반대 방향으로 걸상 끝에 다리를 붙이고 서서 창밖을 바라본다. 좀 일렀던지 대합실 안이 붐빌 정도는 아니었다. 부산을 출발하여 통영을 거쳐서 오는 밤배는 이미 입항했기 때문에 대합실 밖에서 서성대는 지게꾼들 표정에 서두르는 기색이 없다. 더러는 길 건너 점방 처마 밑에 팔짱을 끼고 우두커니 서 있었다. 마치 분신인 것처럼 지게를 지고. 어쨌거나 부둣가는 활기에 넘쳐 있었다. 입항한 밤배로 인하여 시끄러웠던 여운도 남아 있었다. 서서히, 떠날 아침 배를 타기 위해 사람들은 모여들고 있다. 떠날 사람 전송 나온 사람 짐짝들이 모여들기 시작하는 것이다. 떠나는 사람 돌아오는 사람, 산다는 것은 결국 오고 가고, 뱃길이든 육로이든 인생은 길이라는 말로 요약되는 것인 성싶다. 있을지 없을지 모르는 저세상도 황천길 저승길이라 하지 않는가, 길이 있기에 시간도 있는 겐가. 탄생은 시간을 가르고 나오는 것, 죽음은 다른 차원의 시간으로 가는 것, 해서 정거장이나 부둣가는 대부분 비애스런 곳이나 아닐는지. 영원한 정착이 없듯 떠남도 영원한 것은 아니지 않을까. 멀리 점철된 섬 위로 흰 갈매기가 날아다닌다. 나는 갈매기처럼 삶 자체는 정착도 아닌지 모를 일이다. 존재와 길, 그 자체가 애처로운 모순 비극이나 아니었을지. 무의식중에 지나가는 명희 생각이 통통거리는 기관 소리에 끊어진다. 조그마한 고깃배가 굴뚝에서 연기를 폭폭 내어 뿜으며 부두를 떠나고 있었다. 그것도 배라고 너울이 인다. 방천가에 즐비한 전마선 돛배가 흔들거린다.

"아니, 길선생 어디 가십니까?"

명희는 돌아보지 않았다. 얼마 전 거리에서 만난 최상길이라는 사람인 것을 직감했다.

"오래간만이네요, 길선생."

여자의 목소리도 들려왔다.

"만나려니까 자주 만나게 되는군요. 부산 가십니까?"

"아니오. 제가 가는 건 아니에요."

여옥은 난처해했다.

"그럼, 아아."

하다가,

"부인께서 가시는군요. 저의 집에 한번 모시려 했는데."

최상길은 반갑게 말을 걸어왔다. 하는 수 없었다. 명희는 돌아서는 그 자세대로 고개만 꾸벅 숙인다. 얼굴은 들지 않았다.

"당신 인사하시오. 며칠 전에 내가 말하지 않았소, 서울의."

최상길이 여자한테 말했다.

"아, 그래요?"

쉰 목소리, 끈끈하게 감겨오는 것, 여자는 최상길의 후처 금홍(琴紅)이었다. 굉장한 미인이란 말을 여옥이 했었지만 과연 미인이었다. 살빛은 노을에 타듯 연분홍이었다. 자주색 안을 받친 남색 숙고사 치마에 역시 하얀 숙고사의 반회장 저고리를 입고 있었다. 비녀는 옥이었고 비취의 나비잠이 쪽 웃머리에 꽂혀 있었다. 대합실 안에 별안간 꽃이 피어난 것 같았다. 창백하게 초췌한 명희와는 대조적이다. 그러나 그 화려하게 핀 꽃 때문에 명희의 분위기가 시들었던 것은 아니었다.

이 지방에서는 명문의 후손이며 현재까지 대지주로서 엄존해 있는 최씨댁, 당주의 동생이지만 최상길은 남 먼저 유학길을 떠났고 또 남 안 하는 음악 공부를 했는데 아내의 부정 때문에 기생집에서 밤낮으로 술잔을 든 채 울분과 실의에 차 있었을 적에 명기요 명창인 금홍은 소리로써 그를 달래었고 미색으로써 그의 마음을 끌었던 것이다. 썩 잘난 용모는 아니었지만 최상길은 세련된 멋쟁이 사내, 그의 그러한 좋은 조건을 상쇄할 만한 금홍의 미모였으나 그러나 항간에서는 아무리 미모가 뛰어나고 명기이기로 어림이나 있는 일이던가, 호박을 넝쿨째 딴 거 아니겠는가, 비록 큰댁에 드나들 형편은 아닐지라도 정처(正妻)라니, 최상길에게 점수를 더 주고 있었다.

"처음 뵙겠습니다. 나 이 양반의 처 되는 사람입니다."

금홍은 먼저 인사를 했다. 귀부인이 이런 꼴을 하고 있을까, 어떤 안도 비슷한 것을 느끼며.

"네. 안녕하세요."

명희는 어색함을 감추지 못한다.

"서울 가시는 길입니까."

최상길이 물었다.

"네."

여옥이 대신 대답한다.

"그러십니까. 임교장님 뵌 지도 참 오래되었군요. 가시거든 제가 안부 전하더라고 말씀해주십시오."

희미하게 고개를 끄덕이다가 시선을 돌리는데 저만큼 떨어진 곳에, 그날 최상길과 함께 가던 사내, 소지감이 개찰구를 멍하니 바라보고 서 있었다.

"그럼 한배를 타고 가게 됐습니다."

금홍의 눈이 순간 날카로워졌다.

"최선생도 가시는 거예요?"

여옥이 물었다. 여옥은 진작부터 소지감을 보았기 때문에 최상길이 전송 나온 줄만 알았던 것이다.

"네. 통영까지 갑니다. 일행이 계십니다만."

여옥은 당황한다.

"네……. 그러세요."

맥 빠진 듯 중얼거렸다. 어색한 침묵이 흐른다. 명희의 사정이 미묘한 데다 찾아가는 상대가 최상길의 전처 동생인 엄기섭인 만큼 여옥은 애매모호한 태도를 취할 수밖에 없었고, 최상길도 아내의 병적인 투기심을 생각하여 신경이 쓰이기도 했던 눈치다. 아닌 게 아니라 금홍의 감정은 악화하기 시작했다. 소극적인 명희 태도에서 자신의 전력을 알고 무시하는 것이라 단정했던 것이다.

"이 양반이 뭘 하고 계실까? 선표는 끊으셨어요?"

금홍은 남편을 쥐어박듯 말했다. 자기 전신(前身)에 대한 열등감 때문에 자기 과시가 남달리 심한 금홍은 남의 면전에서 곧잘 남편에 대하여 고자세로 나오는데 지금은 두 여자, 아니 명희에 대한 방어를 시도한 행동이기도 했다.

"아 참 그렇지."

최상길은 허둥지둥 매표구 쪽으로 걸어간다. 금홍은 남편이 명희 앞에서 쩔쩔매는 것부터가 맘에 안 들었다. 한배를 타고 가면서 얘기하고 남편이 명희를 쳐다보고 할 것을 생각하니 속이 뒤틀린다.

"부인께서는 무슨 일로 여행 오셨어요?"

튕겨본다.

"시녀도 없이 혼자서 여행을 하시다니 좀 뜻밖이네요."

다시 튕겼다. 당돌하고 교양 없는 물음이었다.

"각기 개인 사정이 있으니까."

여옥이 눈살을 찌푸리며 말했다. 금홍은 왜 당신이 대답하느냐, 힐난하듯 눈을 치뜨고 여옥을 쳐다본다.

"그럼 친구분한테 놀러 오신 길도 아닌 모양이군요. 높으신 분이 맘대로 놀러 다니실 리도 없겠지만 이곳에 뭐 신통한 구경거리가 있나요? 아닌 게 아니라 우리 주인양반도 이상하다 하긴 하더구먼요."

교양이 없기보다 의식적으로 내뱉은 말이다. 명희는 물론 여옥도 묵살하듯 그 말 대꾸는 하지 않는다. 연분(緣分) 없는 중생하고 맞서본들 뭣하랴. 이 시간만 지나면 되느니라, 명희와 여옥은 다 같이 그런 생각인 것 같았다. 선표를 산 최상길은 소지감을 이끌다시피 하며 함께 왔다. 최상길이 서둘듯 말했다.

"같은 서울에 계시며 서로 알 만한 분이니까."

하고 나서 잠시 사이를 두었다가,

"여기 부인께서는, 제가 교편을 잡았던 학교 교장이신 임명빈 선생, 전에는 잡지도 만드시고 했었지요. 지금 옥고를 치르고 계시는 서의돈, 방직회사를 하는 황태수 그분들과 모두 막역한 사이지요. 임교장의 영매 되시는 분입니다. 그리고 조병모 씨의 맏며느님이시구."

조병모 씨 맏며느님이라 했을 때 명희 얼굴은 시뻘게졌다. 최상길은 누가 쫓아오기라도 하듯 이미 소지감에게 했을 말을 되풀이했다.

"여기 이분께서는 서울 장안 글깨나 안다는 사람이면, 아마

임교장께서도 성함을 들으시면 아실 겁니다. 소지감 선생님이십니다."

서로가 다 같이 고개를 숙일 따름이다. 알 만한 사람들이라 하기는 했으나 아직은 남녀가 유별인데 낯선 고장에서 소개를 하는 일이 실례가 아닐지 그 생각을 안 한 것도 아니지만 금홍이 성정을 알기 때문에 최상길은 방패 삼아 소지감을 끌고 왔던 것이다.

개찰구가 열렸다. 표 찍는 사람이 나타났다. 전송 나온 사람들도 낯이 익고 차림새로 보아 삼판까지 나가게 했으므로 여옥은 얼른 명희의 트렁크를 들었다.

"아 그거 이리 주십시오. 나는 짐이 없으니까."

최상길이 트렁크를 얼른 받아 든다.

"당신 남의 집 하인이오?"

금홍의 목소리가 날카롭게 날아왔다.

"금홍이, 그 무슨 실례된 말을 하는 게야. 여긴 술자리가 아니다."

소지감의 말에 여옥과 명희는 낯빛이 달라졌다. 그러나 최상길은 태연한 표정이었다. 금홍은 금세 숙어들었다. 과거 기생시절, 소지감이 여수에 나타나면 곧잘 가던 곳이 기생방이었다. 특별한 관계는 없었지만 금홍을 함부로 대해왔고 기승스런 금홍도 유독 소지감에게는 꼼짝 못하는 버릇이 있었다. 최상길과 소지감의 관계는 일본 있을 적에 하기서와 선후배 관계—중학 시절, 최상길이 두 해 선배다—였던 것이 인연이 되어 소지감이 일본을 방랑하고 있을 무렵 하기서와 함께 소지감을 찾아가곤 했었는데 말하자면 사제간 비슷한 사이였다. 소지감이 여수에 들른 것은 하기서, 즉 일진 때문이었다. 일진이 절로 돌아오는 것을 본 지연이 나무에 목을 매달고 자살 소동을 벌였는데 그 짓이 어색하고 서툴러 연극임이 드러나고 말았던 것이다. 쓰겁고 냉정한 여러 시선 중에서도 유독 냉정했던 것은 일진이었다.

"살고 싶어도 죽는 사람이 있는데 죽고 싶은 사람은 죽어야지요."

모멸스럽게 일진은 내뱉었다. 그러지 않아도 제풀에 무안을 타고 있던 지연은 꾀병을 앓았고 결국 다시 오겠다는 예사롭지 않는 말을 남겨놓고 소사와 함께 서울로 가버린 것이다. 막상 지연이 떠나버리자 일진은 번민하기 시작했다. 애정 때문에 갈등을 일으킨 것은 아니었다. 그는 원점으로 돌아가서 동경 시절의 그 혼란을 되풀이 겪는 것이었다. 동경에서 일진의 혼란을 목도한 사람은 최상길이었다.

사람들은 꾸역꾸역 산판으로 밀려 나왔다. 명희와 최상길의 일행도 산판까지 나왔다. 부산행 기선에는 짐꾼들이 짐을 싣고 있었다.

"편지하거든 나머지 짐 부쳐주어."

명희 말에 여옥은 고개를 끄덕였다.

"걱정하지 마. 그동안 못살게 굴었지? 너한테."

"쓸데없는 소리 말고."

하다가 여옥은 명희의 두 손을 잡았다.

"명희."

"……."

"혼자서 청승스럽게 우는 거 아니다."

명희는 쓴웃음을 띤다. 기선에 기관이 걸렸다. 기계 소리는 사람의 마음을, 삼판을 흔들어대는 것이었다.

"어서 타."

"음."

"또 오는 거야."

"낯 뜨거운 추태 많이 부렸다. 어떻게 다시 너를 만나겠니."

"추태라는 그 의식부터 버려야 해."

명희는 뭔지 얘기를 나누고 있는 최상길 일행을 피하듯 먼저 배에 오른다. 삼판이 안 보이는 반대 방향으로 돌아간 명희는 난간에 기대어 방천가에 쫄망쫄망 떠 있는 작은 배들을 내려다본다. 배 바닥의 물을 퍼내고 있는 늙은 어부의 모습이 눈에 띈다.

'그래 친구야, 나 혼자서는 울지 않을게. 궁상은 그만 떨자.'

삼판 쪽의 시끄러운 소리가 멀어져간다. 시야에 물을 퍼내고 있는 늙은 어부의 모습만 뚜렷하다.

'뭔지는 모르지만 이제 난 시간 속으로 들어가는 것 같은 기분이야. 저 늙은 어부는 계속해서 물을 퍼내고 있다. 외로운 모습이다. 햇볕 쪼이는 모래밭을 한 마리의 게가 기어가는 것처럼 저 할아버지한테는 귀여운 손주나 손녀가 있을지도 몰라. 어제는 내가 왜 그렇게 속이 상했을까. 뱃사람들이 내 흉을 본다고 생각했을까. 난 모자도 안 쓰고 단발도 안 했는데 흉을 봤을 리가 없지. 저 하얀 갈매기 울음소리도 상가집의 곡소리처럼 들었으니까.'

햇빛을 받은 바다는 고기비늘같이 희번득이고 있었다. 맑은 물속에서는 해초가 너울거리고 있었다. 참 맑다. 물 위에 기름은 조금 떠 있었으나 명희는 비로소 바다를 실감한다.

11장 빨래터

'한 달 후에는 아버지가 오신다.'

책상에 턱을 고이고 윤국은 뜰의 파초를 바라본다. 가슴이 뛴다. 고통스러움이 맴을 돈다. 핏줄이 터질 것만 같아서 애써 생각 밖으로 밀어내기만 했었던 아버지, 그가 한 달 후면 돌아오는 것이다.

'한 달 후.'

앉은 자리에서 튕겨 저 섬진강 모래밭에 물구나무를 서고 싶은 충동, 우람한 두 손이 목을 졸라대는 것 같은 느낌, 기쁨인지 슬픔인지 알 수 없고 안정이 안 된다. 파초잎에서 물방울이 굴러 떨어진다. 조금 전에 비 한줄기가 쏟아졌던 것이다.

"수관형은 명년 여름에 나온다."

이번에는 중얼거려본다. 그러다가 책상을 주먹으로 쾅 친다.

"형무소는 죄인들이 가는 곳이다! 살인 도둑놈 사기꾼, 남한테 몹쓸 짓을 한 놈들이 가는 곳이다! 반역자, 제 민족 팔아먹은 놈이 가는 곳이다! 내 땅, 내 민족이 사는 곳, 저 도적놈들이 샛별같이 빛나는 사람들을 잡아 가두는 곳이 형무소라, 왜 그래야 하나 왜 그래야만 하나!"

다시 책상을 쾅 친다. 언년이가 열려 있는 방문 앞에 나타났다.

"도련님."

순간 민망해진 윤국은 언년을 노려본다. 지난봄에 아비 육손이 세상을 떠났기 때문에 언년은 짚베(바래지 않는 광목)옷에 나무 비녀를 찌르고 있었다.

"도련님."

머뭇거리듯 다시 부른다.

"거 도련님 도련님 하지 말아요. 그 소리 들으면 소름 끼쳐."

"그럼 뭐라 하지요?"

"윤국이학생이라 하면 될 거 아니오! 그래 무슨 일이오."

무안쩍기도 했었지만 뭔지 모르게 안절부절인 윤국은 냅다 화부터 낸다. 그는 많이 여위어 있었다. 삼십여 년 전 그 자리에 앉았었던 외조부 최치수를 방불케 한다.

“편지가 왔습니다.”

“이리 내놔요.”

편지는 두 통이었다.

“점심엔 죽 잡수셔야 합니다.”

다짐하듯 언년이 말했다.

“이제 괜찮아요. 밥 먹을 거요.”

“하지만 마님께서,”

말이 끝나기도 전에,

“어느 때가 돼야 저놈의 노예근성이 없어지나!”

“네?”

“당신네들이 그 쪼다리로 구니까 세상이 달라지지 않는단 말이오! 자각 좀 하시오!”

후배를 나무라듯 자못 엄격한 말투다. 그러나 언년은 자각이란 무슨 말인지 알지 못한다.

“하지만 도련님.”

“또 또오 그 소리!”

오랜 관습상 일조일석에 언어나 행동거지를 고친다는 것은 무리요 자신이 억지를 쓰고 있다는 것을 윤국은 모르지 않았다. 더군다나 언년은 표독스럽기 비할 데 없는 홍씨 밑에서 시중꾼으로 자라오지 않았는가. 윤국은 평사리에 온 이후 늘 이런 식으로 신경질을 부려왔다. 알 수 없는 혼란이었다. 알 수 없는 불안이었다. 아버지가 돌아온다는 기쁨 속에도 혼란과 불안은 짙게 깔려 있었다.

"나보고는 윤국이학생, 어머님은 부인이라든가 어머님이라 하시오. 내 아버님이 돌아오시면 그땐 뭐라 부를 거요. 나리마님이라 하겠소?"

얼굴을 일그러뜨린 윤국은 잡아 비틀듯 말했다. 그 말에는 언년도 묵묵부답이다. 옛날 육손은 길상아, 길상아, 하고 불렀을 것이기 때문이다.

언년이 가버린 뒤 윤국은 편지를 손에 든 채 파초를 바라본다. 아버지가 본시 하인이었었다는 것은 때때로 윤국을 슬프게 한다. 파초잎에서 물방울이 또다시 굴러떨어진다. 가을 햇살은 물방울이 맺힌 풀과 수목을 눈부시게 비춰준다. 윤국이 평사리에 온 지도 열흘이 넘는다. 정양을 하러 온 셈인데 이 몇 달 동안 윤국은 소화불량에 시달려왔던 것이다. 정신상태도 심히 불안정했었고 체중도 많이 줄었던 것이다. 박의사의 진단으론 신경성 소화불량이라 했다. 약을 처방해주면서 좀 두고 보자, 그러나 증세에는 변함이 없었다.

"하동에 보내보시지요. 조용한 곳에 가서 낚시질이나 하고, 집을 떠나보는 것도 기분 전환이 될 테니까요."

박의사의 말에 서희는 동의를 했다.

'여장부도 자식의 일이라면 그렇게 나약해지는 겐가.'

무슨 말을 한 것도 아니며 표정의 변화도 없었지만 손끝으로 건드리기만 해도 서희는 쓰러질 것 같은 것을 박의사는 느꼈던 것이다.

"어려운 나이지요. 윤국이는 남달리 예민하구. 이번 학생사건 때문에 충격이 컸던 모양입니다."

"변했어요."

차라리 구속이라도 됐으면 마음이 편하겠다, 그런 말을 하던 윤국을 생각하며 서희는 중얼거렸다.

"변해야 성숙해지는 거지요. 아무 고민도 안 하는 아이라면 무슨 기대를 하겠습니까. 윤국인 예민하지만 명석하니까 스스로 일어설 겁니다. 너무 걱정 마십시오. 무사태평이기를 바라는 저 같은 어른들이 부끄럽지요."

위로하듯 말했다.

서희는 시중들기 위해 안자나 유모 두 사람 중 누구든 따라가기를 바랐으나 윤국은 그러면 안 가겠다 해서 언년의 부부가 지키고 있는 평사리 집으로 책 몇 권 싸들고 혼자 왔던 것이다. 요즘은 다소 기분이 안정되고 위의 사정도 좋아진 듯하였으나 그 상태가 아주 가셔진 것은 아니었다.

"이거 누구야?"

편지 한 통은 동경 환국한테서 온 것이었고 나머지 한 통에는 부친 사람의 이름이 없었다. 주소만 쓰인 봉투를 궁금하여 먼저 뜯을까 했다가 윤국은 형의 편지를 뜯는다.

너의 건강이 좋지 않아 평사리로 갔다는 어머님 편지를 방금 받았다. 어머님의 편지 내용으로 보아 지금 너의 감정은 이해할 만하다. 이해는 하되 너의 건강이 신경에서 왔다는 것은 나를 실망시켰다. 윤국이가 그런 약한 아이였었나 싶어서 말이다. 강한 정신으로 육체적인 질병도 극복해야 할 우리의 처지가 아니겠나. 설교 조로 긴말하면 너도 듣기 거북할 게고 나 역시 수염 난 훈장어른이라도 된 듯하여 멋쩍으니 이런 말은 이제 그만하기로 하고, 얼마 전에 계명회사건으로 아버님과 함께 투옥되었다가 나온 일본인 오가타 지로 씨를 만났다. 일본인 친구가 우연히도 그분의 조카였기에 기회를 얻은 것이지만 참 만나서 좋았다는 생각을 했다. 또 그분과 함께 뵌 분이 있는데 서울의 임명희 아주머님의 시동생 조찬하라는 분이었다. 그분은 매우 인상적이었다. 해박한 지식과 맑은 면을 엿볼 수 있었는데 맑다는 점에서는 오가타 씨도 마찬가지였다. 그분은 일본인이기 전의 인간, 표현이 좀 뭣하지만 인류애에 넘쳐 있는 듯, 그렇다고 해서 주의 주장을 고집하는 성품도 아니었다. 물론 아버님과 함께 그 사건에 연루되어 어떤 유대감 같은 것을 배제할 수 없지만 그런 선의의 사람들을 대할 때는 뭔지 모르게 가슴이 조여드는 것 같은 아픔을 느낀다. 왜 이런 사람들이 세상엔 많지 않을까. 왜 이런 사람들의 생각이 통하지 않을까. 아무튼 그분들도 조만간에 조선으로 한번 나가실 계획인 모양인데 아마 너도 만나볼 기회가 있을 성싶다. 아버님이 출옥하실 무렵, 그때쯤 조선으로 나오시는 게 어떻겠냐는 의견을 말씀드렸다.

윤국아 기운 내! 돌아오실 아버님께 실망을 드려 되겠나. 불안하기론 나도 마찬가지다. 이곳 사람들도, 깨어 있는 사람들은 모두 계속 불안에 쫓기며 산다. 바로 쫓기는 시대에 우리 모두가 살고 있다는 얘기다. 잠들어도 안 되고 힘을 낭비해도 안 된다. 비겁해도 안 되고 바보가 되어서도 안 될 것이다. 우리 기나긴 얘기, 아버님을 만나 그 긴 얘기 할 날을 기다리며 그날까지 기필코 마음의 병을 고쳐놔라. 그리고 한 발 한 발 내딛는 거다.

편지가 끝났는데 윤국은 편지에서 눈을 떼지 않는다. 이런 정도나마 편지의 문면(文面)이 변한 것은 윤국이 가출하여 서울 거리를 방황하다가 돌아온 후부터다. 정월달(음력) 김제생이란 학생이 평사리 집으로 피신해왔을 때만 하더라도 환국은 동생을 미성년자로 취급했었고 김제생과의 대화마저 막아버렸던 것이다. 피신처를 지리산 쌍계사로 옮길 때도 동행하고자 하는 윤국의 요청을 거절하면서 보호자의 위치를 누그러뜨리려 하지 않았던 환국이었다. 윤국은 지난 여름방학 때 형과 나눈 수많은 대화를 생각한다. 승복할 수 없는 점이 아직 윤국에게 남아 있었던 것을 상기한다. 그때 환국은 재삼 철저해줄 것을 윤국에게 강조했었다.

'강한 정신으로 육체적인 질병도 극복해야 할 우리의 처지…… 우리의 처지는 무엇을 의미하나, 식민지 백성의 굴욕을 가리킨 말이라면 극복해야 할 대상은 일본이고 타민족의 사슬을 풀기 위해 우리는 강해져야 한다. 그러나 형은 그 방법에서는 늘 애매했다. 형은 위선잔가 합리주의자인가…… 인류애에 넘쳐 있는데 주의 주장을 고집하는 성품이 아니라구? 역시 애매모호한 이야기다. 주의 주장은 행동의 규범이다. 행동 없이 일본을 극복할 수는 없다. 선의의 사람들, 선의의 사람들이 도시 무엇을 할 수 있단 말인가. 선의의 사람이란 꿈꾸는 사람이다. 살길만 찾는 사람, 상대는 강자요 나는 약자이니 체념하자는 사람, 왜놈한테 빌붙어 이득을 얻고자 하는 놈, 그들과 꿈꾸는, 깨어 있는 선의의 사람들과의 차이점은 실제 아무것도 없다.'

그러나 윤국은 형을 경멸하지 않았다. 그를 존경하고 사랑하는 마음엔 변함이 없었다. 편지를 접어 봉투 속에 넣고 나머지 편지 한 통의 피봉을 거칠게 찢는다. 분홍색 편지지다.

"……?"

편지 끝머리부터 살핀다. 이순애라는 발송인의 이름이 쓰여 있었다.

"아아."

하다 말고 눈살을 찌푸린다. 이순애는 이순철의 누이동생이었다. 윤국과는 동학년인 여고보의 학생이다. 여고보는 사 년

제라서 졸업반이었는데 까무잡잡한 얼굴에 눈시울이 길었고 큰 눈동자의 소녀, 소녀라기보다 이미 성숙한 처녀다. 소문에 의하면 매우 콧대가 높고 학교에서는 일 등을 양보한 일 없는 머리 좋은 여학생이라 했다. 고보와 여고보는 같은 방향이었기 때문에 이따금 윤국은 순애와 마주치는 일이 있었지만 그때마다 순애는 쌀쌀한 태도를 보이며 지나치곤 했었다.

'건방지게 기지배가 먼저 편지를 보내?'

편지를 읽는다.

> 편지를 쓰게 된 것을 용서하십시오. 부득한 사정 때문이오니 행여 오해가 있을까 봐 두렵습니다. 다름이 아니오라 동경에 가 있는 오빠가 하숙을 옮긴 모양입니다. 보내는 편지마다 되돌아오고 오빠한테선 연락이 없는 형편이어서 집안이 모두 태산 같은 걱정에 싸여 있습니다. 하여 윤국 씨의 형님께서 혹 저의 오빠 소식을 아시는지 문의하고자 하니 그곳 주소를 알려주시기 바랍니다. 번거롭게 해드려 죄송합니다.

간단명료한 내용이었다.

"칫, 주소 알려면 진주집에 가서 물어보면 될 건데 뭣하러 여기에다 편질 해."

딴은 그렇다. 분홍색 편지지는 여학생들이 즐겨 사용하는 것이니 그렇다 하더라도 환국의 주소를 알려달라 한 것은 회답을 요구한 것이 된다. 결국 교묘한 방법의 고백인 셈이다. 사랑이라는 말은 한마디도 없었지만. 윤국은 백지 한 장을 꺼내었다. 큰 글씨로,

日本國 東京市 牛込區 中里町 三五番地.

환국이 하숙한 집의 주소를 쓴 뒤 봉투에 넣고 앞뒤에다 그쪽과 이쪽의 주소와 이름을 쓰고 봉투를 봉한다. 다소의 장난기가 없지도 않았고 당돌하면서 재치라 할까 교활하다 할까 그런 것이 밉기도 했었다. 등굣길에 순애와 마주칠 때는 가슴이 설레기도 했었는데, 윤국은 모범생 우등생이면서 편지를 쓴 순애가 진실되지 못한 여학생 같았고 편지 내용이 지닌 교묘함에 뭔가 정 떨어지는 느낌을 받은 것이다. 편지 봉투를 한 번 접어서 호주머니 속에 집어넣고 윤국은 사랑을 나섰다.

"도련님, 벌써."

하며 언년이 좇아 나온다.

"아니 낚시질 가시는 거 아닙니까?"

"편지 부치고 오겠어요."

"편질 부치다니요?"

"나룻배 타고 읍내 가는 사람한테 부탁하려구."

"아아, 네."

언년은 고개를 끄덕였다.

"점심때가 다 돼가는데 곧 오셔야 합니다. 밥 짓고 있어요. 도련님 좋아하시는 도라지도 무쳐놨구요."

"알았소."

이번에는 도련님이란 말에 시비를 걸지는 않았다. 논둑길을 지나면서 윤국은,

"나는 이곳을 사랑한다! 나는 보석 같은 저 섬진강을 사랑한다! 하늘도 구름도 저 숲, 숲속의 작은 새 둥지도 사랑한다! 아아 사랑하구말구."

풀을 베서 지고 가던 딱쇠의 눈이 휘둥그레진다.

"대련님!"

"걱정 말아요. 아저씨, 나 미친 사람 아니오."

윤국이 웃는다. 느닷없이 아저씨라는 말에 딱쇠는 당황하여 어쩔 줄 모른다. 경어를 쓰는 것만도 얼마나 놀라운 일인가.

"하늘과 강물이 너무 좋아서 외쳐본 겁니다."

"아, 예."

딱쇠는 저도 모르게 비시시 웃는다.

"어서 가보시오. 짐 무겁겠소."

"예, 그러믄."

인사를 하고 간다. 윤국의 기분은 과히 나쁘지 않았다. 편지를 받은 이순애의 얼굴을 생각하는 것도 재미있었지만 형의 편지를 받은 것도 기쁘긴 했다. 그리고 아버지의 출옥이 형의 편지로써 실감나게 했던 것이다. 나루터에 나룻배는 없

었다. 그러나 나룻배를 타기 위해 기다리는 사람이 둘 있었다. 성환할매 사위 귀남아비와 마당쇠댁네, 그러니까 천일네였다. 그들은 윤국을 보자 엉거주춤 허리를 굽혔다.

"아주머니, 읍내 나가십니까."

천일네 역시 아주머니라는 말이 황송하고 낯설어서 얼굴이 굳어진다.

"예."

"부탁이 있는데, 이 편지 좀 부쳐주시겠습니까."

"그, 그렇기 하겠십니다."

윤국은 우푯값으로 오 전짜리 주화 하나를 편지와 함께 내밀었다.

"우, 우편국에 가믄 될 깁니다."

"그렇게 하십시오. 우표 붙여서 내면 됩니다. 그럼 수고하십시오."

윤국은 등을 돌려 모래밭을 걸어간다.

"우짜믄 저렇기도 준수하꼬."

"부잣집에다 양반인께 와 안 그렇겄소."

귀남아비가 붕어 숨 쉬듯 턱을 내렸다 올렸다 하며 말했다.

"양반이믄 다 양반이가, 부잣집이믄 다 부잣집이가. 참말이제 살림도 문벌도 안 부럽지마는 자석만은 부럽네."

홍이가 만주로 떠난 뒤 아들 천일이 진주서 화물자동차를 몰게 되어 살기가 한결 나아진 천일네, 그러나 나이만은 어김 없어 머리칼이 희끗희끗하다.

"내사 부자가 젤 부럽소. 돈 있이믄 자식 공부도 시키고 출세도 시키고 돈 가지고 안 되는 일이 어디 있겠소."

"이 미련한 인사야, 돈 있이믄 씨도 속이겠나. 겉치레야 되겠지마는 인물이나 마음씨를 우찌 돈으로 살 기든고."

"삼신할매가 맨든 거사 우짤 수 없겠지마는."

"그러이 부럽다 안 카나. 자네도 삼신할마시가 좀 더 맘씨 곱게 맨들었이믄 성환할매 심관이 편할 긴데."

"지가 우때서요."

"말 마라. 자네는 미련한 곰이고 귀남에미는 지 서방 지 새끼밖에 모린께 에미 아비 없는 손자 손녀 보는 성환할매, 얼매나 논이 나겠노."

"씰데없는 소리 마소. 남우 집안일을 우찌 알고 그러요."

"와 몰라. 끝내 그라믄 동네 사람들도 가만히 안 있일 기다."

천일네는 협박 비슷하게 말했다. 귀남아비의 얼굴이 벌게진다.

"땅만 하더라도 성환할매 식구들 따문에 최참판댁에서 내놓은 긴데 사람이 그러믄 쓰나. 석이가 나랏일 하다가 그리 되었는데 남도 아니고 고모, 고모부가 구박을 해? 너거 것 묵는 것도 아닌데 말이다."

"나랏일은 무신 나랏일이오. 제집질하다가 그리된 거 아니오."

"참말로 상종 못할 인사네. 제집질 때문에 그렇다믄 와 만주꺼지 쫓기갔노 말이다."

"제집질 때문에 탄로가 난 거 아니겠소."

"자네 하는 거를 보이 희맹이 없고나. 마음보를 그리 쓰믄 제 멩대로 못 산다."

"그 말은 맞는갑십니다. 우서방이나 천일이아버지를 본께요."

심통이 덕지덕지 눌어붙은 얼굴이다.

"맞다. 천일아배 말을 하믄 내가 천길만길 뛸 줄 알았제? 내 가장이라고 옳고 그른 것 모릴 내가 아니다. 내 평생 천일아배 심성 고칠라고 애묵었고 넘한테 해 끼치믄 그거 물시(勿施)하노라고 애묵고 산 사램이다. 남정네가 그러믄 제집이라도 경우에 밝아야 하는데 귀남에미는 한술 더 떠니, 장로로 그라믄 신양에 해롭거마는."

"아아니 그래 땅만 있이믄 곡식이 절로 나요! 내 뺏골 빠지게 일해서 사는데 무신 처가 덕 본다고 이러는 기요! 듣자 듣자 하니 자기 앞이나 쓸고 살지 남우 집안 감 놔라 배 놔라! 제에기, 동네방네 돌아댕김시로 자석들 헌해(험담)나 하는 장모도 장모지, 그래가지고 딸, 사위한테 대우받을 생각하는가."

"꾸린 입도 안 떼더라. 성환할매가 우떤 사람이고. 지 행사 고칠라 하지는 않고, 보믄 모리나? 동네 사람들 눈에 명태 껍데기 붙있다 카더나? 너거들도 들어서 알 기다마는 복동이 복동이댁네가 당한 일, 그거 남우 일 아닐 기다. 옛말에도 많이 묵은 놈은 많이 악문하고 적기 묵은 놈은 적기 악문한다 했제. 물에 빠진 놈 건져주니께 내 보따리 내놓으라, 복동네만 하더라도 내버린 핏덩이 줏어다 애지중지 길러서 장가 보내놓은께 제집 소나아 눈에 든 까시맨크로 양모를 박대하더니만 응, 남우 일이지마는 징이 나서 못 보겄다."

때 아닌 언쟁이 벌어지는데 나룻배 오는 것을 본 두 사람은 언쟁을 중지하고 허겁지겁 배에 오른다. 조신스러웠던 천일네, 그 희끗희끗이 변한 머리털처럼 과부 생활 십 년 가까이, 어느덧 성정도 거칠어진 것인가. 한편 윤국은 점심 짓는다는 언년의 말을 잊었는가 집으로 가는 길을 피하여 마을 길로 접어든다. 들판의 빛깔은 완연히 변해가고 있었다. 개울가의 높은 포플러의 잎새들도 많이 떨어져 하늘이 숭숭 내다보인다. 적으면 적은 대로 많으면 많은 대로 그래도 잎새들 가지는 흔들린다. 능수버들이 제멋에 겨워 흔들린다. 하지만 포플러의 잎새는 찢어지듯 흔들리고 있다. 개울의 잔돌들은 아침나절 한줄기 쏟아진 비에 씻겨 말갛게 하늘을 올려다보고 있었다. 이따금 모오— 하고 어미소가 울면 음매매— 하고 송아지가 운다. 도랑물은 자갈같이 돌돌 굴러간다.

윤국은 김훈장댁으로 들어간다.

"어서 오시오."

범석의 모친 산청댁이 고추를 말리다 일어서며 말했다.

"선생님 계십니까."

윤국은 범석을 선생님이라 불렀다.

"저, 사랑에 있긴 있는데,"

난색을 보인다.

"뵙고 싶어 왔습니다."

"드, 들어가 보시지."

윤국은 명색뿐인 사랑으로 돌아간다. 사랑에서는 말소리가 들려왔다.

"선생님."

"엇, 누군가."

열려 있는 들창에서 범석이 목을 뽑아올린다.

"아니."

하는데 또 하나의 얼굴이 목을 뽑아 올린다. 목을 뽑아 올린 그 얼굴은 순간 안색이 변했다. 한복의 아들, 아니 김평산의 손주 김영호였던 것이다. 그 얼굴과 마주친 윤국의 얼굴도 일그러진다. 범석은 말을 잃은 듯 잠자코 있었다.

"다음 또 오겠습니다. 그럼."

윤국은 빠른 걸음으로 되돌아 나왔다.

"안녕히 계십시오."

산청댁한테 인사하는 것은 잊지 않았다. 그것은 기습과도 같은 것이었다. 마을 길에서 간혹 먼발치로 보게 될 경우 영호는 윤국을 피하여 길을 돌아가곤 했었다. 김훈장댁에서, 가까운 곳에서 그와 마주치리라는 것은 꿈에도 생각지 못했던 일이다. 들어온 이야기, 까마득한 옛날에 흘러가버린 일, 그것이 별안간 이마빡을 치고 달려든 느낌이었다. 당황하기론 김영호뿐만 아니라 윤국도 마찬가지였다. 허둥지둥 논길을 질러서 가는데 눈앞에는 쌍검을 든 무사가 미친 듯 춤을 추는 그런 환영에 사로잡힌다. 할아버지를 살해한 사람의 손주, 솔직히 말해서 적개심인지 증오감인지 그것조차 확실히는 알 수가 없다. 김영호에 관하여 전혀 백지는 아니었다. 진주농고보에서는 꽤 똑똑하다고들 하고 전번 학생시위 사건 때도 그는 주모자의 한 사람으로 학교로부터 퇴학당했다는 것을 알고 있다. 그런 말을 쓰겁게 듣긴 들었으나 간접적인 일인 만큼 뭐 크게 동요하지는 않았다.

'김훈장댁에는 뭣하러 왔을까. 그 댁 선생님과의 관계, 그건 나같이 그런 것일까.'

막연하게 생각해본다. 윤국은 김범석을 존경했다. 학력은 보통학교 졸업이었지만 그의 독학은 상당히 수준 높은 것이었다. 게다가 헌신짝같이 내어 버린 종래의 한학까지 겸하고 있어서 그를 대하고 있으면 아주 튼튼한 논리임을 깨달을 수 있었다. 그의 생활 태도 역시 성실하며 학문만큼이나 노동을 사랑하는 것같이 보였다. 윤국에게는 친구가 많았으나 항상 생각이 앞서는 그로서는 친구로부터 얻어낼 것이 없었다. 학교 선생들은 어떤 면에서는 적대 관계라 할 수 있었고 윤국이 원하는 것을 가르쳐주지 않을뿐더러 그들은 알지도 못한 듯싶었다. 형을 제외하면 깊은 애기를 나눌 수 있었던 사람이 바로 김범석이었다. 그것도 근자에 와서 그랬었고 늘 만나 애기할 형편이 아니었으나 평사리에 오면 습관처럼 그의 집으로 찾아갔었고, 들판에 나가 일을 할 때는 들판으로 찾아가 질문을 하고 의견을 말하기도 했었다. 서울 거리를 헤매면서 그곳에서 만난 사람들, 소위 의식이 다르고 새로운 사상을 가졌다는 사람, 일제에 무슨 방식으로든 저항한다는 사람, 그들에게 실망했던 만큼 윤국에게 김범석은 소중했던 사람이었다. 그는 새로운 사조나 독립운동의 방향 같은 것에 대하여 신중했으나 비판적이었다. 그 자신이 농민인 만큼, 뭐니 뭐니 해도 절대적 관심은 농촌에 있었다. 현시점에서나마 농촌을 일제로부터 지켜야 하며 도시에서 일기 시작한 상업적 기류가 농촌으로 흘러들어 오는 것을 막아야 하며 농촌에서 농부들을 더 이상 나가지 못하게, 외부로부터 더 이상 침범해 들어오지 못하게, 그것은 그가 항상 하는 말이었다. 농촌의 지도는 농촌 스스로 가부장적인 성격으로 확립되어야 하며 경작이나 수확의 균등을 실현해 나가야 농촌은 수호될 것이며 장래에 있을 국토 탈환이나 국토 재건설의 토대가 될 것이다. 그리고 곡가(穀價) 형성에서 인상에는 관여치 않되 인하의 마지막 선은 농민들이 장악할 수 있어야 하며, 이런 여러 가지 문제는 농민의 자각으로만 해결될 수 없고 지주들의 민족의

식의 각성, 먼 후일을 내다보는 눈이 없이는 불가능한 일, 오늘 이와 같은 상황으로 치닫는다면 결국, 지주나 경작자는 아귀다툼, 메울 수 없는 도랑으로 끝일 뿐만 아니라 다 같이 일제의 밥이 되어 쓰러질밖에 없는 운명, 결코 지주들은 영원한 친일파로 안주할 수 없거니와 땅에서 내어쫓기는 농민들의 전철을 밟게 될 뿐, 그것이 김범석의 사견이었다. 윤국에게는 상당히 아픈 말이기도 했었다. 그는 또 일본의 참된 농촌지도자 야마모토 센지[山本宣治] 같은 사람이 조선에 없는 것이 아쉽다고 했다. 작년 삼월에 암살당하였지만 야마모토야말로 일본 농촌의 마지막 보루였다, 그런 말도 했었다.

'땅에서 발이 떨어진 싸움이란 결국 돈키호테, 풍차하고 싸우는 격이지. 땅 없이 뭐가 되나. 이론 가지고, 통계 가지고 떠들어보아야 농민들한테 한 알의 벼도 더 돌아가지는 않아. 농촌의 땅은 내 국토요 농촌의 생산물은 군량이요 농촌의 농부들은 전사(戰士)라, 이 세 가지 요소 위에서 독립투쟁이 출발해야, 저 동학이 농민들과의 합작 아니었었다면 전쟁의 양상이기는커녕 몇몇 사람의 감옥행으로 끝이 났지. 이조 오백 년 폐정이 많았다고는 하나, 농자천하지대본(農者天下之大本)이란 원칙적 정책에는 경의를 표한다. 물론 과혹한 수탈과 농민을 빈곤으로 몰아넣는 제도나 권가(權家)의 횡포를 지탄하지 않을 수는 없으나 신분적으로 농민을 상민보다 우위에 두었다는 것, 말하자면 정신적인 권위 의식인데 그런 면에서 본다면 나는 세계에서 가장 자존심 강한 농민을 조선의 농민이라 하겠네. 일본만 하더라도 상(商)이 농(農)의 위에 있고 소위 돈뱌쿠쇼라 하여 모멸의 대상이나 조선에서는 농부 농군이라 하여 결코 농민을 모멸하지 않았다. 미국에는 잘 알다시피 흑인 노예가 농사에 종사하였고 제정 러시아에서는 농노(農奴)라 하여 농토보다 농노의 대가리 수로서 재산의 기준을 삼았으며 서구 쪽만 하더라도 장원제도(莊園制度) 그러니까 농민은 노예와 다를 것이 없었네. 조상숭배나 의식(儀式)을 중히 여기며 삼강오륜을 논하는 농민, 중인의 바로 밑에 바싹 붙은 신분 탓으로 사대부들 의식을 모방하려는 성향도 있었겠으나 또 그러기 때문에 농민들의 속성이 대체적으로 보수적, 그 보수성이 한결 더 짙다고 볼 수도 있는 거지. 그러니 조선의 농민들을 의식화한다는 것은 어려운 면도 있겠으나 껍데기만 벗기면 훨씬 쉬워질 것이야. 내가 특히 도시의 상업적 제반 요소가 농촌으로 스며드는 것을 막아야 한다고 생각하는 것은 전통적으로 내려온 농민들의 자존심, 존엄성 그것을 훼손할 것이라는 두려움 때문이네. 대부분 자연을 대상으로 하는 농민들, 농민과 자연의 함수관계란 투쟁이 아니며 협력 내지는 조화 아니겠나. 농민이 공리화된다면 농촌은 깨어지고 말아. 상업에 있어서 거래란 뿌리 없는 것, 불안정하며 유령 같은 것, 그것은 언제나 뒤집힌다. 농민들이 상업 내지 공리적으로 물들어버린다면 뿌리가 썩어. 뿌리가 썩으면 농민은 뜨내기로 전락할 수밖에 없다. 나는 농사짓는 방법을 얘기하는 게 아니다. 의식의 얘기, 농민들이 뜨내기로 변할 때 그때야말로 조선은, 조선 민족은 처절하게 매장된다. 되돌려서 얘기하거니와 오늘 이 지점에서 더 이상 빼앗기지 않으려면 그 열쇠를 가진 조선인 지주들이 그것을 내놔야 한다. 내놓을 지주가 조선 천지 몇 사람이나 있을까. 한 사람도 없다면 농민은 어떻게 해야 하는가.'

김범석은 윤국을 빤히 쳐다보았던 것이다.

이번에도 집으론 가지 않았다. 윤국은 강가로 되돌아가는 것이다. 항상 낚싯대를 늘어뜨린 그 자리에 낚싯대도 없이. 이곳에서 윤국은 숙이를 만났다. 숙이는 여간해서 나타나지 않았지만, 가끔 아주 드물게 빨래통을 이고 나타난다. 이곳은 그의 빨래터이기도 했던 것이다. 그는 빨래통을 이고 어쩔까 망설이다가 윤국이 빤히 쳐다보면 질린 듯 주저앉아 빨래통을 내려놓고 빨래를 시작한다. 어떤 때는 숙이 먼저 와서 빨래를 할 때도 있었다. 왜 그가 이 자리를 빨래터로 고집하는지 알 수 없었다. 빨랫돌이 반반하고 빨래하기가 좋아선지 모른다. 윤국이 역시 특별히 고기가 잘 낚아지는 장소도 아닌데 낚시터 변경을 안 하는지, 윤국 자신도 알 수 없었다. 대개는 별말이 없었고 숙이 역시 빨래를 열심히 빨고는 돌아간다. 어쩌면 윤국은 숙이가 이성이라는 것을 느끼지 않았는지 모른다. 숙이 역시 대가댁 도련님으로만 생각했는지 모른다. 표면으로는 그렇게 보였다.

윤국은 돌을 주워 힘껏 강심을 향해 던진다.

'그렇다면 농민들이 일차로 대결할 상대는 지주다!'

환국의 편지와 순애에게 보낸 주소만을 크게 쓴 편지와, 한 달 후면 아버지가 온다는 일, 그리고 방금 만난 김영호의 질린 얼굴, 그런 것들이 의식 속에 얽히며 모두 생생한데 윤국은 엉뚱한 말을 내뱉은 것이다.

'그럼 나는 어떻게 해야 하나!'

다시 강심을 향해 돌을 던진다.

'그 자식이 나를 보고 반쪼가리 양반 반쪼가리 천민이라 했다. 아버지이이— 대답해주시오! 언제까지 반쪼가리끼리 싸워야 합니까!'

그 자식이란 그의 친구 중 한 사람이다. 농담 반 한 말이었지만, 하염없이 앉아 있는 동안 점심때와 저녁때 중간까지 시간이 흘렀다. 강물은 흐름이 멎은 듯 잔잔했다. 마침 숙이 빨래통을 이고 나타났다.

"이번 평사리에 오고부터 넌 세 번째 빨래를 하러 왔다. 왜 자주 빨래를 하지 않지?"

윤국이 말을 걸었다.

"저기, 바빠서…… 모아가지고 합니다."

숙이는 이내 빨래를 시작했다.

"마음이 편해진다. 너 빨랫방망이 소릴 들으면 왠지 마음이 편안해진다."

아무 말 안 했으나 숙이 귀뿌리가 약간 붉어졌다.

"고되지 않아?"

"아니요."

"너는 참 행복한 아이 같다."

숙이는 고개를 돌려 의아해하는 표정으로 윤국을 쳐다본다.

"아부지 동생만 찾으믄요."

중얼거렸다.

"그래서 불행하다 그 말이야?"

'무슨 뚱딴지 같은 말을, 하나 마나의 얘기.'

한참 후 숙이는 다시 중얼거리듯,

"가심에 못을 박아놨십니다."

'아아, 아 그 가슴의 못 때문에 넌 항상 조용하고, 내 앞에서도 있는 그대로의 네 모습이었었구나.'

빨랫감을 물에 흔들어 헹군 뒤 꼭 짠다. 자신의 슬픔을 짜내고 있는 것 같다. 언젠가 윤국은 김범석에게 외로움에 대하여 물어본 적이 있었다.

"글쎄……."

하다가,

"예수가 겟세마네에서 마지막 기도를 했을 때, 아버지여 쓴 잔을 내게서 거두소서, 그러나 아버지의 뜻대로 하소서."

말이 끝나기도 전에 윤국은 크게 고개를 끄덕였다. 김범석은 미소하며 그 말에 대하여 더 이상 주석을 달지 않고 다른 것으로 말을 넘겼다.

"그리고 고토쿠 슈스이[幸德秋水] 알지?"

"네. 아나키스트지요?"

"음, 사회주의자다."

무슨 까닭인지 아나키스트라 한 데 대하여 김범석은 사회주의자라 했다.

"십 년 전에 대역사건(大逆事件)에다 어거지로 옭아매어 처형된 사람이다. 일로전쟁 당시 일본 천지가 전쟁 미치광이 모양으로 들끓었을 때 홀로 비전론을 외치던 그 외로움— 알 수 있겠나?"

"네, 알 것 같습니다. 『기독교 말살론』을 그 사람이 썼지요?"

"읽었나?"

"아직 못 읽었습니다."

"기회 있으면 읽어보아."

"네."

윤국은 그 대화를 반추해본다. 가심에 못을 박아놨십니다. 그것은 외로움인가 외로움, 그것은 아픔이다. 외로움보다 더 짙은 한일 것이다. 예수의 그것은 더욱더 짙은 것, 절대적인 것, 그리고 고토쿠에게는 선택의 여지는 있었다. 하기는 침묵했었어도 외로웠을 것이지만 어떤 형태 어떤 상황이든 그것은 모두 사랑이 빚은 외로움이요 아픔인 것은 공통이다. 윤국은 숙이를 바라본다. 몇 번이나 빨랫방망이 밑에서 견디었는가. 숙의 하얀 무명 적삼은 얇고 낡아 있었다. 걷어 올린 소매 밑에 드러난 팔목이 가늘다. 저 가는 팔로 매일 부지런히 쉴 새 없이 일을 하며 그러고도 항상 차림새는 단정하다. 숙이 때 묻은 버선을 신고 있는 것을 윤국은 본 적이 없다. 입술은 굳게 다물어져 있었다. 울지 않기 위해 그런 것 같았다.

'순결하구나. 들꽃 같구나. 나는 느낄 수 있어, 너 마음이 슬픔에 가득 차서 깨끗하게 씻겨져 있는 것을.'

빨래를 끝낸 숙이는 빨래통에 빨랫방망이를 찔러놓고 그것을 머리에 이면서 일어섰다.

"숙아."

"……."

"이곳으로 국밥 한 그릇 갖다 주겠어?"

"어떻게……."

망설인다.

"그때, 내가 여기 왔을 때 국밥을 날라 오지 않았어?"

"그때는,"

"위장병 때문에 내가 이곳에 왔어. 지금 맘 같아서는 주막집 국밥 한 그릇 먹으면 나을 것 같다."

"오시서 잡수믄 안 되겠십니까."

"술 마시러 왔다고 남들이 오해하면 안 되잖아. 나는 아직 술 마실 나이가 아니다."

역시 망설이듯,

“할머니한테 말씀드려. 그만한 것 못 들어주시겠어?”

딴은 그렇다. 영산댁이 최참판댁 도련님의 청을 거절할 리는 없다.

“그러고 난 지금 몹시 배가 고파.”

숙이는 고개를 끄떡이며 돌아서서 모래밭을 지나간다.

12장 살아남으려면

경부(警部) 구마가이 젠타[態谷善太]는 사복을 하고 경찰서를 나섰다. 등줄기가 곧고 팔이 긴 사내다. 대신 콧날은 다소 비뚤어진 것 같았다. 눈썹이 짙고 눈이 부리부리했으며 얼굴 아랫부분은 온통 면도 자국으로 파아랗게 보였다. 우둔한 인상을 줄 수 있는 신체적 분위기를 잡아채어 놓은 것은 그의 엷은 입술이었다. 감각적이요 날카로움을 나타내는 그 입술, 어쨌거나 호남이라는 평을 받고 있는 것은 사실이다. 나이는 사십쯤, 하늘을 보고 심호흡을 한 번 하고 천천히 거리를 지나간다. 지나가는 사람들이 더러 허리를 굽혀 인사를 하면 그도 응분의 답례를 한다. 길모퉁이를 돈다.

“아라 구마가이상(어머 구마가이 씨).”

하얀 알루미늄의 목욕통을 든 일본 기생이 웃으며 말을 걸었다. 목욕탕에서 갓 나온 기생의 목덜미는 물분[水粉]으로 하얗게 치장되어 있었다. 전후좌우로 옷깃을 끌어내려 유방과 어깻죽지만 가려지고 훤히 드러난 가슴둘레 목둘레.

"소로소로 쇼바이다나(슬슬 일할 때가 되었구나)."

구마가이도 웃었다.

"소레요카 시후쿠 메시테 도코? 이이히토 아이니 유쿠노?(그보다 사복 입으시고 어디? 좋은 사람 만나러 가는 거예요?)"

"오리오리, 히루나카다조. 나니 노로께데루가(이봐 이봐, 대낮이야 뭘. 주책없이 사랑 이야기를 하고 있냐)."

"자, 마다(그럼, 또)."

기생은 손을 흔들며 간다. 구마가이 경부는 기생들에게 인기가 있었다. 호남이라 그렇기도 했지만 여자와의 관계가 깨끗한 편이었고 여자를 대하는 품이 늘 부드러워웠던 것이다.

구마가이 경부가 찾아간 곳은 최참판댁이었다. 최서희를 만나러 온 것이다. 그를 맞이하는 장연학은 예상하고 있었던 것처럼 평정한 태도였다. 대청에 서희와 마주 앉았을 때 구마가이는,

"기분 좋은 주거이군요."

사방을 둘러보며 말했다.

"전통이란 무섭습니다. 나리킨*은 아무리 돈을 처넣어도 바닥이 보이니 말입니다. 일본에서도 마찬가지겠습니다만."

"한데 무슨 용무로 오셨는지요."

사무적인 것 이외의 대화를 피하듯 서희가 물었다.

"짐작하실 텐데요."

짐작하고 있었다. 앞으로 이십 일 남짓 서울 서대문형무소에서 길상이 출옥한다. 그것에 대한 대비인 것을 서희가 왜 모르겠는가.

"아무튼 반가운 일 아니겠습니까. 그간 심로가 많았을 것입니다."

"할 수 없었지요."

그 어투에는 너희들 총칼 앞에서 어떻게 피할 수 있었겠느냐 그런 의도가 역력했다.

"저급한 사람들과 달라서, 저의 말도 달라져야 하겠지요. 그렇지 않습니까, 부인."

구마가이는 미소를 띠었다.

"도식적인 말이 안 통할 테니까 말입니다."

이번에는 소리를 내어 웃었다.

"정복자의 우월은 동서고금 어디서나 행해져 있는 것이 인간의 역사이며 또 역사란 강자의 것인 것도 사실이고, 허나 오늘은 민족적 편견을 가지고 서로 대하지 맙시다."

"……."

"제가 오늘 댁으로 온 것은 이미 아시겠지만 경성의 주인 양반이 곧 돌아오시게 되어 있어 앞으로의 계획 같은 것 참고 삼아 알려고 해서, 조금도 염려하시거나 긴장하지 마십시오."

"저는 긴장하고 있지 않습니다. 긴장할 이유가 없지 않습니까."

"아, 제가 실언을 했군요."

"알고 싶은 것이 뭣이오."

"네."

했으나 다음 말을 잇지 않는다. 마침 안자가 녹차를 내왔다.

"드십시오, 구마가이 씨."

"네 고맙습니다. 먹겠습니다."

양가 출신인지 예절이 바르다.

"이 다완, 이조백자지요."

서희는 고개만 끄덕인다.

"좋군요. 일본인들은 조선의 좋은 다완만 보면 미치지요. 옛날의 일본이 치고 나온 전쟁을 다완전쟁이라 할 만큼 조선의 도자기는 굉장하지요."

조선정벌이라는 말을 삼갔으나 그도 일본인, 임진왜란이라고 표현하지 않았다.

"이조다완뿐이겠습니까. 고려 다완도 그렇습니다만 대다인(大茶人)인 리큐[利休]나 이마이 소큐[今井宗久], 그들을 생각할 때 조선의 다완을 떼어놓을 수 없을 겁니다. 조선의 다완을 사랑하는 일본인들의 마음은 거의 집념에 가깝지요. 지금 고호안[孤蓬庵]에 있는 국보 기자에몬[喜左衛門]이라는 다완의 유래만 하더라도, 거 있지 않습니까? 유명한 다이아몬드, 이름이 뭐

던지? 그걸 가진 사람마다 피비린내 나는 참극을 불러들인다 했는데, 그와 흡사한 일화가 있지요. 기자에몬이라는 상인이 그 이도다완[井戸茶碗]을 가지고 있었는데 영락하여 거지 신세가 된 후에도 그것만은 망태에 넣어서 지고 다녔다는 겁니다. 온몸에 부스럼투성이가 되어 결국 다완을 안은 채 죽었는데, 그래서 다완의 이름도 기자에몬이지요. 그 후 그것은 여러 사람의 손으로 넘어갔었지요. 한데 가지는 사람마다 기자에몬의 망령이 붙어서 부스럼이 난다는 것입니다. 해서 결국 절에 보관이 됐다, 그 정도면 집념치고도 소름 끼치는 일 아니겠습니까?"

한가하게 말하는 것이었다. 구마가이는 밑바닥에서 기어올라온 부류하고는 좀 달랐다. 대학을 거쳐온 처지인 만큼 적당한 교양은 있다고 보아야 한다.

"저의 직책이 좀 살벌한 편이어서 취미하고는 담을 쌓고 살지만 이런 것 보면 역시 좋구나 하고 생각하지요. 잘 마셨습니다."

다완을 돌려가면서 보다가 놓으며 말했다. 서희는 되도록 천천히 차를 마시고 있었다. 미동도 하지 않는 서희 표정을 슬쩍 살핀 구마가이는,

"전에 몇 번 뵀을 때도 그런 생각을 했습니다마는 부인을 뵈면 왠지 시즈카 고젠[靜御前]과 요도기미[淀君]를 연상하게 되는군요. 부인은 시즈카 고젠인가 요도기민가 하구 비교도 해

보구요."

"저는 알지 못하니까 뭐라 말씀드릴 수 없군요."

상대가 정중한 만큼 그 정도의 대꾸는 안 할 수 없었다.

"일본 역사에 정통하다는 말을 들었습니다. 뭔지 말이 통할 것 같은 기대감이라고나 할까요? 또 이런 경우 직무 의식 같은 것 떨쳐버리고 싶은 심정이기도 해서 드린 말씀입니다."

서희는 입을 다물어버린다. 마음속으로 너구리 같은 놈, 하면서. 시즈카 고젠이나 요도기미를 책 좀 읽었다 하면은 모를 사람은 없을 것이다. 그만큼 회자된 일본의 역사상 실존했었던 여자들이다. 시즈카 고젠은 헤이안조[平安朝], 『겐페이세이스이키[源平盛衰記]』에 나오는 인물로서 서라뵤시[白拍子], 그러니까 무희(舞姬)였었는데 당대의 권신이요 겐지[源氏]의 숙적인 헤이케[平家]를 멸망의 구렁창으로 몰아넣고 패권을 잡은 미나모토 요리토모[源賴朝]의 동생 요시쓰네[義經]의 애인이었다. 요시쓰네가 형에 의하여 살해된 후 절을 굽히지 아니했던 시즈카 고젠은 요리토모가 춤을 청했을 때 죽은 애인을 사모하는 유명한 노래를 불렀던 것이다. 요도기미는 도요토미 히데요시[豊臣秀吉]의 측실이며 히데요시가 죽은 뒤 외아들과 함께 오사카조[大阪城]에서 도쿠가와 이에야스[德川家康]와 대결하다가 성의 함락과 더불어 비극적 생애를 마친 대단히 기승한 여자였었다.

"마음에 걸렸다면 용서하십시오."

서희의 기분이 좋을 리는 없었다. 구마가이로서는 서희를 높이 평가해서 한 말이었을 것이다. 이런 경우 직무 의식 같은 것 떨쳐버리고 싶다는 말도 거짓은 아니었을 것이다. 그리고 구마가이의 말들이 진심에서 우러난 것이라 한다면 문제는 그 호의가 서희를 이성으로 느낀 때문이냐, 그것에 있다. 이성으로 느꼈다는 것은 당연하다. 호의 이상이냐, 그러나 서희는 그렇게 생각지는 않았다. 다만 구마가이가 높이 평가한다고 해서 기분이 흡족할 만큼 서희는 범속하지 않았고 비교했다는 자체가 자존심을 상하게 한 것이다. 그러나 그도 일본인이요, 더군다나 조선 민족을 압제하는 최전방의 포수인 그, 싫든 좋든 앞으로 대결해나가야 할 상대다. 지혜로워야 한다는 의식은 늘 서희 마음 밑바닥에 깔려 있었다. 그래서 묵살 대신,

"알지 못하는 두 여성을 두고 닮았다든가, 어느 쪽이냐, 질문부터 애매하지만, 덩달아서 애매한 답변 하기는 싫습니다. 총독통치하에 있는 이곳에서 제일선을 담당하고 계신 구마가이 씨께서도 감상에 빠질 분은 아니겠지만, 저희들 역시 당신네들 감시 속에서 죄 없이 전전긍긍 세월을 보내야 하니 감상에 빠질 겨를도 없겠습니다만."

"하아, 이거 한 방 맞았군요."

구마가이는 머리를 긁는 시늉을 했다. 그러나 그의 심중은 편안치가 않았다. 남자라는 자각에 주먹질을 당한 것만 같았

다. 별안간 자기 자신이 왜소해진 것을 느낀다. 여자라면 다소간의 차이는 있겠으나 그런 화제에 동요하는 것이 상식이다. 최서희라는 여자는 예외라는 것을 알면서도. 대단한 여자다, 구마가이 같은 베테랑도 공략하기 어려운 여자다. 서장이 그런 말을 하지 않았어도 구마가이는 그것을 알고 있었다. 알고 있었는데 새삼 무서운 여자라는 것을 깨닫는다. 말이 신랄하다든가 의미가 깊다든가 그런 것보다 서희가 자아내는 분위기에는 생래적(生來的)인 당당함, 그것이 구마가이를 위압했다. 당당함뿐이랴. 발톱을 감춘 암호랑이 같은 영악함이, 언제 앞발을 들고 면상을 내리칠지 모른다는, 그것은 다분히 선입견이 조작하는 환상이기도 했으나, 분통이 터진다. 그러나 터뜨리지 못하게 서희의 말에는 잘못이 없었고 허식이나 수식이 없다. 허식도 수식도 없다는 것은 괘씸하다. 일본서는 최상급에 속하는 여자를 내보였는데 눈썹 하나 까닥이지 않고 오히려 불쾌해하다니, 일본이 모욕을 당하였다. 조선사람 거반이, 친일파만 빼면, 낫 놓고 기역 자 모르는 무식꾼조차 일본을 모멸하고 비웃는 것은 다반사가 아니던가. 구마가이 경부는 그것을 모르는 바보인가. 바보가 아니다. 그들의 모멸이나 비웃음은 원성이요 약자의 자위다. 그러나 서희는 원성도 자위도 아닌, 조선의 문화, 그 우월의 꽃 속에 앉아 허식도 수식도 할 필요가 없는, 제 얼굴을 내밀고 있으니, 날카롭고 예민한 사내다. 엷은 그 입술이 상당히 깊게 넓게 느낀다.

"그는 그렇고 요즘 아드님은 별일 없겠지요."

"몸이 좀 안 좋습니다."

"하아 그렇습니까. 걱정되시겠습니다. 치료를 받고 있습니까?"

"시골에 보냈습니다."

"조숙한 아이더군요. 한창 나인데."

"혈기왕성해도 곤란하지요. 살아남으려면요."

"모성으로서 지당한 말씀입니다."

"지당하기보다 고통스런 일 아니겠습니까."

바늘귀 떨어진 것만큼 호의에 대응한다는 투로 서희는 말하였다. 윤국에게 누가 끼칠까 보아 그 정도의 대화로써 양보를 나타낸 것이다.

"지구에 정부가 하나뿐이라면 이런 개인의 고통은 없으련만."

농담 비슷하게 말하며 웃는다.

"그건 위험한 사상 아닙니까?"

"아니지요. 어느 민족에 의해서든 세계가 하나로 되어야 한다는 것은 인류의 꿈, 미래의 꿈 아니겠습니까. 알렉산더, 칭기즈칸이 이루지 못한 꿈, 일본인인 저로선 일본에 의해 그 꿈이 실현될 것을 희망하고, 실현된다면 말할 나위 없이 기쁘겠지요."

'뻔뻔스럽고 넉살도 좋구나.'

"조선사람들이 오늘날 겪고 있는 고통을 저는 압니다. 무조건 일본이 잘하고 있다는 강변을 할 생각은 없습니다. 그러나 어차피 과거나 미래에서도 과도기적 현상을 모면할 수는 없는 일 아니겠습니까. 결국 불운한 시대에 태어났다, 그렇게 기착[歸着]할밖에 없을 성싶습니다. 하기는 일본이라고 모두가 다 잘 먹고 잘 입고 억울함 없이 사는 것도 아니지만, 세계적인 공황 때문에 일본도 어렵습니다. 농촌도 도시도, 지난 정월 영국에서 있었던 군축 문제 때문에 정계도 시끄럽구요. 이런 시기를 틈타서 사회주의다 공산주의다, 그런 것들이 고개를 치켜들고 사회적 혼란을 계책하고 있으니, 조선에서도 학생들의 난동은 한층 엄중히 다스려지겠지요. 이 점 부인께서, 제가 말하지 않아도 아실 일이겠습니다마는 귀한 아드님을 위하여 현명하게 판단해주시기 바랍니다. 개죽음할 필요가 있겠습니까? 그리고 또오 주인양반의 문제입니다만 출옥하신 후 국외로 탈출을 한다든가 불온한 일에 가담하는 그런 불행한 사태가 없기를 당부하는 바입니다. 물론 당국에서도 충분히 그 점을 고려하고 있습니다."

충분히 고려하고 있다는 것은 감시를 게을리하지 않는다는 뜻이다.

"만의 일이라도 그런 일이 있을 시 저로서도 유감이겠습니다만 최씨 일가의 큰 불행이 아닐 수 없을 것입니다. 더군다나 이번 사건에는 일본인 한 사람이 관련되어 있는 고로 당국의 관심이랄까, 상당한 주목의 대상이 되어 있지요. 뽐내기 위해 하는 말은 결코 아닙니다. 아까 세계가 하나로 되어야 한다는 것은 농담이었고, 지금 하는 말은 진정입니다. 오늘이 시점에서 맞선다는 것은 바위에 계란 치기, 뭐니 해도 지금 현실은 물리(物理)니까요."

구마가이가 연설조로 말하는 동안 서희는 트인 대청 뒤켠의 후원을 바라보고 있었다. 양현이 고양이를 뒤쫓아 뛰어가는 모습이 보였다.

"그럼."

구마가이는 일어섰다.

"이만 실례해야겠군요. 길게 시간을 뺏은 것 같습니다."

구마가이는 구두를 신고 뜰로 내려갔다.

"참 기분 좋은 주거이군요."

들어왔을 때 한 말을 되풀이하며 집을 한 바퀴 돌아본다.

"또 뵙겠습니다."

서희는 섬돌 위까지 내려왔다.

"안녕히 가십시오."

구마가이는 대문을 나서면서 담배를 꺼내었다.

"이게 누군가, 최군 아니야?"

담배에 불을 붙이다 말고 구마가이는 다가오는 윤국을 보고 말을 걸었다.

"아파서 정양하러 갔다더니 돌아오는 길이야?"

윤국이 들고 있는 가방에 눈길을 옮기며 물었다. 그러나 윤국은 그 말 대꾸는 하지 않고 대뜸,

"우리 집에는 뭣하러 오셨소. 누구 잡아갈 사람이 또 생겼소?"

쏘듯 구마가이의 눈을 응시하며 말했다.

"그럴 리가 있나. 인사차 들렀을 뿐이네."

"인사할 이유라도 생긴 겁니까? 우리 어머님께서 경찰서에 기부라도 했단 말입니까?"

"최군."

"……."

"경찰관이 모두 나 같은 사람은 아닐세. 좀 지혜롭게 굴 수 없겠나? 신통치도 않은 말 몇 마디 하고서 뺨 맞는다면 그것을 두고 쿠소도쿄*라 하는 게야."

윤국은 순간 환국의 편지 구절이 생각났다.

"앞으론 제발 그러지 말게. 나는 너의 의기나 총명함을 아끼는 사람이다. 부잣집 아들이라 해서 충고하는 건 아니야. 민족이 다르고 인종이 다르다 하여도, 설사 이해 상관이 있다 하여도 상대에 따라서 호의를 가지는 것은 자연스런 일 아닐까?"

"……."

"그럼 들어가 보게."

윤국은 겨우 고개만을 숙이며 인사를 했다.

"음."

구마가이는 픽 웃으며 윤국의 옆을 스쳐 지나갔다. 직접 학생들을 다룬 일은 없었지만 그래도 구마가이 경부가 좀 점잖은 편이라는 소문은 있었다.

'호의를 가지는 것은 자연스런 일이라…… 흥, 저런 자를 믿느니 늑대를 믿겠다.'

윤국은 대문을 들어서며,

"어머니!"

섬돌 앞에까지 가서 다시,

"어머니."

"방으로 들어오너라."

윤국은 가방을 마루에 놓고 방으로 들어간다. 서희는 깊은 생각에 잠긴 듯 보료 위에 우두커니 한쪽 무릎을 세우고 앉아 있었다. 윤국을 쳐다보지도 않는다.

"웬일로 구마가이가 집에까지 왔습니까."

"……."

"무슨 일이 있었습니까? 그자 말로는 인사차 왔다 간다고 했습니다만."

"앉기나 해라. 아버님 오실 날이 가까워지니 그의 말대로 인사차 왔었다고 보아야지."

"……."

"몸은 좀 나아졌느냐?"

"네."

"갈 때보다 안색은 좋아졌구나."

비로소 아들의 얼굴을 쳐다보는데 그의 눈빛에는 평소와 다른 것이 있었다.

"며칠 더 있으려 했습니다."

"기별 받고 오는 길이냐."

"네. 오라는 기별 받고…… 아까 구마가이를 만났을 때는 가슴이 철렁했습니다. 오라는 기별도 있고 해서 무슨 사건이 터졌나 하구요."

"불손하게 대했느냐?"

"그런 편이었지요."

"만만한 인물이 아니니까 각별히 언동에 조심을 해야 한다. 그러나 그의 친절을 호감으로 대할 필요는 없겠으나 그렇다고 해서 지나치게 그 친절을 곡해해서도 안 된다."

"알겠습니다."

"……."

"저한테 친절했던 것을 어머니는 어떻게 아셨습니까."

서희는 그 말 대답을 하지 않았다.

"내가 너를 돌아오라 한 것은 물어볼 말이 있어 그랬느니라."

"네?"

"흉금을 털어놓고 무슨 말이든 해주길 바란다."

"……?"

"이상한 풍문을 들은 지는 꽤 되었다만 나는 너를 믿었기 때문에 귓가로 흘려버렸다. 이번만 하더라도 주저 없이 너를 평사리로 보내지 않았더냐?"

"무슨 말씀이신지."

"짐작이 안 되느냐?"

"네, 그렇습니다."

"진정 그러한가."

"네……. 그렇지만 혹,"

"주막집 처자를 자주 만난다는 게 그게 사실이냐?"

윤국의 낯빛이 달라진다.

"헛소문이지?"

"저는 김훈장댁을 자주 드나든다는 일 때문에,"

"내 묻는 말에 대답하여라."

"네. 가끔 만났습니다."

"무슨 일로."

"별다른 일이 있어 만난 것은 아니었습니다."

"별다른 일이…… 있어 만난 것은 아니라구?"

서희는 주먹을 꽉 쥐어본다.

"저는 낚시하러 갔었고 그 애는 빨래하러 와서 더러 만나게 되었습니다."

"아무리 주막집 처자이기로 남녀가 유별한데 빨래터를 바꿀 수도 있는 일, 그것이 아니 된다면 낚시터를 옮기면 될 터인데 쓸데없는 일로 허물을 쓴다는 것은 현명치 못한 짓이니

라. 안 그러냐?"

말이 적고 표정의 변화가 별로 없는 서희였으나 자식들에 대해서만은 늘 안개같이 자애로움이 감돌았는데, 그것이 지금은 없었다. 그러나 서희는 노해 있는 것 같지는 않았다.

"사람이 사람을 자연스럽게 만나는데 피할 이유가 뭡니까."

빨끈해서 말을 내뱉은 윤국은 다음 순간 자존심이 상한다. 바로 조금 전에 구마가이가 한 말을 자신이 써먹고 있었다는 것을 깨달은 것이다. 구마가이가 자연스런 일이라 했을 때 그것은 매우 인상적이었으며 신선한 느낌조차 들었었다. 그렇기로서니, 이런 경우 적절한 표현이었고 무의식중에 나온 말이었다 하더라도 윤국은 쑥스럽고 기분이 안 좋은 것이다. 기분이 안 좋은 이유는 또 있었다. 어머니에 대하여 불손하게 도전적인 태도를 취한 것은 처음 있는 일이었다. 격렬한 감정에 쫓기어 자신도 제어할 수 없이 냅다 던져버린 뒤 후회와 두려움 같은 것이 가슴을 억누르기도 했다.

"너는 예절도 모르느냐?"

서희는 미리부터 신중하게 나갈 것을 깊이 작심하고 있었던 것 같다. 여전히 노여움을 나타내지 않았다.

"예절이란 마음에 있는 것이지 형식에만 있는 것은 아니지 않습니까."

"형식이 아니다. 행위인 게야. 행위는 마음의 표시 아니겠나?"

"어머님께서 정히 그러시다면 그 아이에 대하여 기탄없이 심정을 말씀드리겠습니다. 저는 그 아이한테서 많은 감동을 받았습니다."

윤국은 서울을 방황하다 평사리로 돌아왔을 그 당시의 얘기를 대강 하고 나서,

"그 아이를 보고 있으면 거짓이 없고 착한 마음이 가슴에 와닿는 것 같아서 즐거웠습니다. 순박한 것이 귀하고 아름답게 보이기도 했었구요. 아버지와 동생을 잃어버린, 그 애의 슬픔이 저에게도 아픔으로 오는데 그 애는 항상 단정하고 말이 없이 열심히 일하는 것을 볼 때 저는 한 인간으로서 부끄러움을 느낄 때가 많았습니다. 언제였던지, 다리 하나가 망가진 비둘기를 본 적이 있었지요. 절룩거리며 거의 외다리로 모이를 찾아 헤매는 비둘기, 그것을 보셨다면 어머님도 마음이 아프셨을 것입니다. 어떻게 다 같은 비둘기로 태어나서 그 비둘기는 고통스럽게 살아가야 하는지요."

한동안 말이 없었다.

"장부가 그리 나약해서 장차 어떻게 세파를 헤쳐나가겠느냐."

"제 앞만 쓸고 사는 것이 장부겠습니까. 많은 사람을 위하여 뜨거운 눈물을 흘리는 것이 장부의 마음이라 저는 알고 있습니다."

서희는 가볍게 한숨을 내쉬었다.

"사람은 사람일 따름, 신은 아닌 게야. 하늘과 땅 사이, 목숨을 받아 슬픈 것이 하고많은데 너의 힘으로 어찌해. 또 너는 창생을 다스리는 임금의 자리에 앉은 것도 아닌데 그 모든 것을 어찌 짊어지려 하느냐. 그런 생각을 나무라자는 것은 아니다. 그러나 할 수 있는 일과 할 수 없는 일은 명확히 구분되어야, 생각이 거룩하다 하여 행동이 따르지 않아도 의미가 있다 할 수 있을까? 아무나가 갈 수 없는 성현(聖賢)에의 길이건만 그 성현께서도 생각에서 이르셨지만 능히 세상을 제도하시고 중생을 구제하지는 못하셨다. 그러나 인간으로서, 너에게 말하고 싶은 것은 나무도 크게 자라려면 잔가지는 치는 법, 많은 잔가지를 지탱하려면 둥우리가 백 년 이백 년을 두고 커야 하느니, 요즈음 너의 마음이 허약해져서 그런 것들이 다 예사롭게 보이지 않는 모양이다만."

"어째서 그것이 예사로운 일이겠습니까. 예사롭게 보아넘기는 데서 인간은 점점 사악해지고 무자비해지고, 자기 자신들의 일이라면 예사롭다 아니할 것입니다. 사람들은 남의 일일수록 할 수 없다, 그렇게 무관심을 변명하고 합리화하고, 일신 일문을 위하여 최선을 다하는 것이 반드시 자랑스런 일이겠습니까? 태곳적부터 비천하고 가난한 사람이 따로 있었을까요? 사람들이 그것을 만들어놓고서 명분을 찾고 너무 뻔뻔스런 일 아니겠습니까?"

구르기 시작한 수레는 좀처럼 멈추지 않는 법이다. 지금 윤국의 형편이 그러했다. 어쩔 수 없이 그는 어머니를 정면에서 공격한 것이다.

"못할 말이 없구나. 어미 앞에서 그래도 되는 게냐?"

"저는 진실을 말했을 뿐입니다."

"벌이나 개미의 생태를 너는 어떻게 생각하느냐."

간불용발(間不容髮), 서희는 추적해오듯 말했다. 윤국은 어리둥절했다.

"아까 너는 절룩거리며 모이를 찾아 헤매는 비둘기 얘기를 했다. 그 외로운 비둘기와는 달리 개미나 벌은 집단으로 살아가면서 그들 나름의 엄한 규율을 지킨다. 사람의 경우 그 모든 생명들이 있는 모양을 다 수용하고도 그 이상 천태만변이다. 해서 끊임없이 갈등하며 공존한다. 모순이기 때문에 갈등하고 상용(相容)할 수 없는 것이 공존하기 때문에 갈등한다. 금수나 미물과 달리 생존이나 종족 보전 아닌 것으로도 죽음을 걸고 싸운다. 감정으로 달겨들려 하지 말아라. 어리석은 짓이며 결국엔 자기 자신조차 책임질 수 없는 그런 지경에 빠지게 된다. 생각은 끝이 없는 게야."

"항상 그런 말로 식자들은 문제를 회피해왔지요. 입으로만 떠들다가 끝나는 거지요. 좋습니다. 어머님께서, 또 형님이 늘 말씀하시듯 저는 아직 어립니다. 미숙합니다. 앞으로 몸으로 부딪쳐가며 머리 아닌 심장으로 알아야겠습니다. 하지만,"

주막의 숙의 얘기는 뒷전이 되었다. 출발은 그 일이었었는데 현실에 대한 견해의 차이로 모자의 대화는 치닫고 있는 것이다. 서희로서는 되잡을 수 없게 되었다.

"하지만, 하지만 말입니다. 꼭 한 가지 말씀드리고 싶습니다. 아버님을 어머님 계급으로 끌어올리려는 생각은 마십시오. 어머님이 내려오셔야지요. 저는 때때로 슬프지만 아버님의 출신을 부끄럽게 생각한 적은 없었습니다. 나으리마님, 사랑양반, 그것은 아버님에 대한 모욕입니다! 조롱입니다!"

낯빛이 달라지기론 윤국이 먼저였다. 서희의 낯빛도 차츰 파아랗게 질리어갔다. 숙이에 대한 윤국의 감정은 그 뿌리가 바로 부친에게 있었다는 것을 모자는 동시에 비로소 깨닫는다. 서로 대좌한 채 얼어붙어 버린다. 허공과 같은 막연한 공간, 언제 어떻게 해서 이 지경까지 왔는가.

이윽고 서희는 일어섰다. 방에서 나갔다. 윤국은 꿇어앉은 채 눈물을 흘린다. 흐르는 줄도 모르게 눈물을 흘린다. 사춘기의 남녀가 빠지기 쉬운 위험을 근심했다기보다 어머니는 신분적인 것으로 하여 깊이 우려했다. 그렇게 생각한 윤국은 저 자신도 고삐를 잡을 수 없게 부친의 신분을 들고 나온 것이다. 그러나 자신조차 믿을 수 없는 사태였다. 어째서 얘기가 거기까지 미쳤는가. 덫에 걸린 것처럼 윤국은 몸부림치고 싶었다. 가장 아픈 곳을 찔렀다. 자식으로서 결코 해서는 안 될 말을 한 것이다. 환국이 이 사실을 안다면 영원히 윤국을 용서하지 않을 것이다. 어릴 적에 작은 공자(孔子)라는 말을 들던 그렇게 유순했던 환국은 아버지의 신분 운운한 탓으로 이순철의 머리를 돌로 쳐서 상처를 입혔다. 윤국은 그 일을 똑똑히 기억하고 있었다.

마루에서 옷자락 스치는 소리가 들려왔다. 방문을 여는 소리, 한결같은 어머니의 하얗고 예쁜 버선발이 눈에 들어왔다.

"일어서거라."

윤국은 용수철같이 자리에서 일어섰다.

"옷 걷고 종아리 내놓아라."

윤국은 바지 자락을 걷어 올린다. 그리고 등을 돌리며 돌아섰다. 바람을 끊는 소리, 종아리가 타는 듯 뜨겁다. 또다시 바람을 끊는 소리, 타는 듯 뜨거운 감각, 몇 번이나 그 뜨거움을 느꼈을까. 그러나 거듭될수록 윤국의 마음은 차츰 가라앉기 시작했다.

"너의 말은 어떤 면에선 옳다. 그러나 자식으로서 불손한 그 태도에 매를 들었느니라. 내려가보아라."

쉰 듯한 목소리였다. 윤국이 돌아서며 어머니를 쳐다본다. 눈물 자국은 없었는데 어머니의 눈은 몇 밤을 지새운 듯 새빨갰다.

"잘못했습니다, 어머님. 용서해주십시오. 앞으로 다시는 이런 일이 없을 것입니다."

제3편

명희(明姬)의 사막(沙漠)

1장 - 10장

1장 자매

"어매, 불쌍한 울 어매야! 아이고 아이고오!"

성환할매(석이네)의 작은딸 복연은 친정에 들어서자마자 이고 들고 온 보따리를 내동댕이치고 퍼질러 앉아 통곡부터 시작했다.

"아가아, 복연아 이기이 우인 일고오!"

멍석에 펴 말리던 고추를 걷어들이려고 한 곁으로 몰아붙이고 있던 성환할매가 일어서며 소리쳤다. 장독을 가시던 귀남네(순연)도,

"복연이 아니가!"

반가워서 달려오다 말고 주춤한다.

"어매, 불쌍한 울 어매, 우찌 그리 복도 없소! 아이고 아이고오! 자식 그거 머할라꼬 키았십디까. 그만 개골창(개천)에 콱 처박아부리고 한 나이나 젊어서 신이나 돌리놓지*, 이런 영화 볼라꼬 오동지 설한풍에 으흐흐흣……."

"머가 우예 됐다고 이라노. 초상난 집맨크로."

왜 작은딸이 집에 들어서자마자 통곡부터 하는지 짐작은 간다. 큰딸 마음을 생각하면 울어서는 안 되는데 성환할매는 쌓인 설움이 북받쳐 감당을 못하고 눈물을 흘린다.

"다 들었소. 나룻선에서도 들었고 동네 들어서자마자 입 있는 사람은 다 말합디다. 내 짐작 안 한 일은 아니지마는, 불쌍한 울 어매! 이런 영화 볼라꼬 오동지 설한풍에 빨래품 들어 감씨로 우리를 키았는가! 조상도 무심하고 하느님도 무심하지, 부치(부처) 겉은 울 어매, 눈이 등잔 겉은 아들자식 어디 가고 늙으막에 눈칫밥이 웬 말인고오!"

복연의 눈에선 샘솟듯 눈물이 솟아나온다. 오만상을 찌푸리고 나도 속상하다는 듯 울타리 밖을 바라보고 서 있던 귀남네,

"나만 직일 년 됐다."

"어지간히 했이믄 남들이 그럴까, 아이고오 아이고."

"넘들이 머라 캤는지 모리겄다마는 하기 좋은 기이 넘의 말 아니더나. 시끄럽다, 넘의 말 믿지 마라."

울다가 복연은 어미 얼굴을 쳐다본다.

"개도 무는 개를 돌아본다요. 어매가 그리 아홉 폭 치마로

감싸니께 만만키 생각하고 사우(사위)도 장모를 대수로 안 여기는 거 아니겠소. 어매가 사우 번 밥 얻어묵고 삽니까. 따지고 보믄 처가살이하는 긴데 어매가 기죽어 지낼 턱이 없는 기라요."

귀남네 얼굴이 벌게진다.

"그만해라. 이웃 사람 듣겄다. 그런 소리 자꾸 해쌓으믄 동기간에 의이만 끊어지고, 자아 방에 들어가자."

성환할매는 딸의 팔을 잡아끈다. 끌려 일어난 복연은 땅바닥에 굴려놓은 보따리를 들어 마루 끝에 올려놓고 치맛자락을 걷어 눈물에 얼룩진 얼굴을 닦으면서,

"만고에, 자식 그거 다 소앵이 없는 기라요."

"젊은기이 에미 앞에서 못하는 말이 없고나. 누가 늘이 볼라꼬 너거들 키었더나."

"나부터 직일 년이제. 시집이 멋인고, 서방이 멋인고, 늙은 어매가 묵는지 굶는지 모리고 산께. 우찌 울 어매 한펭생이 이런고, 넘들이 복탈 직에 어매는 쇠(소) 먹이러 서천(西川)에 가 있었던가. 불쌍한 어매."

"불쌍하기는 머가 불쌍노. 내가 밥을 굶나, 옷을 벗었나. 니 오래비 일만 아니믄 무신 걱정이 있일 기고."

작은딸처럼 아들도 우쭐우쭐 걸어올 것 같은 생각이 들었던지 성환할매는 삽짝을 멍하니 바라본다.

"말같이만 함사아, 집안에 무신 분란이 있일 기든고."

순연이 말했다. 성환할매 얼굴이 일그러진다.

'내 간장에 못 박는 저 말을 또 한다.'

방에 들어가려다 말고 복연이 돌아선다.

"생이 니가 사람가?"

귀남네를 뚫어져라 쳐다본다.

"그래 나는 사람 아니다. 귀남아배는 소 새끼 겉은 놈이고 나는 여시 겉은 년이라 하더라. 동네 사람한테 다 들었다 캄시로 와 나보고 따지노."

"생이 니도 니 자석이 귀체(귀하지)? 부모 중한 줄 모리던 사람도 검은 똥 누고 나믄(출산을 하고 나면) 부모 은공을 알게 된다 카는데, 생이 니는 우찌 된 사람고?"

"니는 한 기이 머 있어서 큰소리고!"

"와들 이라노. 오래간만에 만낸 동기간에 남부끄럽다. 어서 방에 들어가자."

성환할매는 딸의 등을 민다.

"하야간에 나도 이분에는 쫀쫀히 말 좀 하고 갈 기요."

마음 같아서는 악을 쓰고 싶었지만 남정네가 돌아오면 일 크게 벌어질 것을 염려한 순연은 간신히 성질을 누르며 함께 방으로 들어온다. 그리고 도사리듯 윗목에 앉는다.

"우인 일로 온다는 소식도 없이 이리 왔노."

성환할매는 행여 자매간에 큰 시비가 붙을까 전전긍긍하며 물었다.

"진작 한분 올라 캤더마는 앞세우고 올 것도 없고, 추수하고 나믄 쌀말이나 담가서."

"우리도 농사짓는데 그런 거사."

"오래간만에 친정 옴써 우예 그냥 옵니까. 찰떡하고 시루떡을 좀 해왔는데, 그거는 이웃 간에 갈라묵고, 찰수수 찰조하고 찹쌀 그라고 녹두도 조맨 가지왔는데 아아들 떡 해주고, 어매 얌얌(심심)할 직에 밥해놓고 잡수이소."

"머할라꼬 그런 거는 가지오노. 시부모 눈 밖에 날라꼬."

"아입니다. 시어무이도 가지가라고 권하데요."

"그래 집안은 두루 편나. 너거 씨어른들도."

"씨어무이가 다리를 좀 삐었지마는 다 괜찮십니다. 그런데 형부하고 아아들은 어디 갔소?"

"귀남아배는 나무하러 가고 아아들은 꿀밤 줏으러 갔다."

순연이 대답했다.

"배서방도 함께 올라 캤더마는 씨어무이가 다리를 삐는 바람에, 이러다가 나도 못 가는 기이 아니까 싶어 좀을 볶았지요. 그래 이녁은 남으라 해놓고 부랴부랴 나온 길입니다."

복연은 처음으로 웃는다.

"아아는 우짜고."

"씨누도 있고 다 컸인께, 데리고 올라 카믄 짐도 많이 못 가지 오겠고 해서 떼놓고 왔십니다. 지 밥그릇이사 챙기겠지요."

"배서방도 별일 없겠제."

"야. 무신 일이 있겠소. 말로는 사람 노릇 못한다 해쌓더마는, 허리 좀 피게 되믄 사우도 자식인데 한분 기시는 장모 내몰라라 하겠느냐, 하기사 말 가지고 못할 일이 어디 있겠소. 서천서역의 약물인들 못 질어 오겠십니까."

처가에 무관심한 남편을 변호하는 것인지 아니면 원망하는 것인지 알쏭달쏭하다.

"말만이라도 고맙다."

"니 내 할 것 없이 사우는 고내기(고양이) 새끼, 다 마찬가지 아니겠소."

"사람 되기에 매인 기지. 안 그런 사람도 흔히 있네라. 야무네 사우만 해도 세상에 그럴 수가 없는 사람이다."

"푸건이 신랑 말이지요?"

"운냐, 푸건이가 죽은 뒤 장개도 안 가고 몇몇 해를 처가에 들면 날면 그렇기 못 잊어 안 했나."

"병들었다고 시가에서 쫓기나서 종내 그렇기 죽었인께 가심에 못을 박아놓고 간 기지요."

"그래서 저거 집에는 등을 돌리고 안 간단다. 야무네 말이 정처 없이 돌아댕기다가 처가라고 한분 나타나믄 눈에 심이 찌어 못 보겠다* 하더마는 이자는 맘 잡고 과부 하나 얻어서 살림을 차렸는데 그래도 가끔 온다 안 카나. 망처(亡妻) 생각이 나서 그러겠지. 설 명절, 추석에도 내우간이 술병 들고 찾아오는 거를 보이 남의 눈에도 보기 좋더마. 야무네도 이자는 사우라기보다 아들 곁에서 새로운 여자도 며누리같이 한시름 놨다 하데."

"그런 사램이 어디 쉽겠소. 다 전생의 인연이겠지요."

"딸 없는 사우 아무리 그래쌓아도 끝난 기고 남우 사우 들먹이믄서 비양 치는 것 그만하소."

더 못 참겠다는 듯 귀남네는 화를 냈다.

"말을 하다 보이, 비양은 무신 비양."

"귀남이아배를 좋기 봤이믄 그런 말 하겠소?"

"생이 니도 참 이상하다. 너거들이 잘못한기이 없이믄 남우 일에 심장 상할 기이 머 있노. 한 가지를 보믄 열 가지를 안다고 매사에 니는 니 신랑 편에 서서 그러이 어매 설 자리가 어디 있일 기고, 내사 부럽었이믄 부럽었지 언짢은 생각 안 든다."

"제발 이러니저러니 하지 마라."

성환할매는 손을 내저었다. 귀남네도 동생의 조리 있는 말에 찍소리도 못한다. 한참 있다 복연은,

"야무어매는 그래도 고생 끝에 보람을 찾았는데……."

"멀리 있는 니가 나보다 더 잘 아네."

귀남네가 역시 좋잖은 어투로 말했다.

"그런 말을 한께 알았지."

"야무어매를 만냈더나."

도대체 누가 복연에게 세세한 얘기를 하였나 천착하듯,

"야무어매는 못 보았고 나룻선에서 동네 사람이 그러더마."

"그게 누군데?"

"알아서 머할래. 찾아가 시비할라나."

"묵고 할 일이 없인께, 말 좋아하는 것들."

"농사꾼들이 우예 묵고 할 일이 없겄노. 예사 옳은 말은 소태겉이 쓴 법이다."

"흥, 동네 사람 모두가 훈장이제."

"그만 못 두겄나? 많잖은 동기간에 며칠이나 볼 기라고 찌작바작*, 너거들이 이라믄 내 맘이 편컸나."

성환할매는 괴로워하며 말했다.

"어매도 참, 찌작바작 싸우는 거 아니오. 동기간인께 하는 말 아니겄소. 넘 겉음사. 그나저나 서로 본께 듣기 싫은 소리도 하게 되는데, 오래비는 우찌 됐십니까. 소식은 듣십니까."

"소식이사 머."

하는데 의외로 성환할매는 태연했다.

"확실한 거는 모리지마는 만주에 가 있는 모앵이라. 잽히지만 않으믄."

마음까지 태연했던 것은 아니었다. 다 같이 자신의 몸을 가르고 나온 자식이건만 하나는 멀리 남의 집 며느리가 되었으니 출가외인이요, 하나는 한 지붕 밑에 살면서도 출가외인이긴 마찬가지였다. 딸들로 인한 외로움, 내게도 아들은 있다. 그런 대항 의식이었을까, 딸들 앞에서 아들을 위해 울지 않았던 것은. 제 자식만큼 조카를 사랑하지 않는 것은 당연하다.

당연한 그 이치 때문에 틈은 생기는 것이며 그것으로 인하여 딸이란 타인이었구나 하는 것을 성환할매는 뼈저리게 느낀다. 아비 어미 없는 손자와 손녀 때문에 수없이 흘린 눈물, 그러나 아들을 위해서는 마음속으로만 운다. 하기는 처지가 바뀌어 딸이 그런 경우였었다면 아들 며느리한테서 타인을 느꼈을지 모를 일이다.

"설마 어느 때고 돌아오겄지요. 어매가 맘을 단단히 가져야, 어매가 성해야 아아들도 크지."

"와 아니라. 새끼들 땜에 나도 큰맘 묵는다. 니 오래비 올 때꺼지 우떤 일이 있어도 내가 살아야 안 하겄나."

"하모요. 한 다리가 천 리라꼬* 고모도 남이제, 아무리 맘이 있어도."

"최참판댁의 바깥주인 돌아온 거를 본께 설마 우리라꼬…… 걱정 말라꼬 몇 분이나 말해쌓더라마는."

"바깥주인이라 카믄."

"와 그 심부름꾼 길상이, 모리나?"

귀남네가 말했다.

"말 함부로 하지 마라. 길상이라니."

성환할매는 귀남네를 나무란다.

"누가 듣는다고 그랍니까."

"누가 들으나 마나, 지금은 훌륭하게 됐인께, 만주서는 독립당의 우두머리라 카이."

길상을 두고 독립당 우두머리라고 말한 사람은 없었다. 그러나 마을에서는 어느덧 독립당이라는 말이 나돌았고 성환할매는 서슴없이 우두머리라는 말을 덧붙였던 것이다. 성환할매는 자신이 거짓말을 하고 있다는 생각을 안 했다. 그리고 그것을 믿었다. 사실 왜정에서 불온사상이라 하는 것은 민족주의 사회주의 공산주의 그것을 두고 이름이요, 대다수 조선민족은 그것을 독립운동으로 보았으며 그 모든 것이 지하조직이었으므로 실체가 드러나는 일이 드물었다. 그러나 압제하의 민중심리는 그들 활동을 과대하게, 인물들은 미화하는 경향이 있었던 것을 부인 못한다. 독립당이라 함은 동학을 동학당이라 했던 것처럼 서민들 사이에서 쉽게 넘어가는 어휘에 연유한 것이나 아니었을지.

"잽히믄 우짤라꼬 돌아왔이까요."

복연의 눈이 휘둥그레졌다.

"야아가? 영 초저녁이네. 잽히가지고 까막소에서 콩밥 묵다가 풀리났는데 무슨 소리 하노."

순연의 말이었다.

"아아 그랬구나, 아아 잽히갔다가…… 촌구석에 처박히 있인께 머를 알아야제. 내가 어릴 직에 보기는 봤일 긴데 그 사람 얼굴은 생각 안 나누마. 참말이제 참판님댁의 사우가 됐이믄 펜키 앉아서 살아도 되는데 그런 큰일까지 한다 카이 정말로 훌륭한 사램인갑다."

복연은 고개를 몇 번이나 끄덕이며 감탄한다.

"우리 성환애비보다 칠팔 세는 더 묵었을 기다마는 어릴 직에도 남다른 데가 있더마는, 사람 될 거는 떡잎부터 안다 안 하더나. 그새 세월이 이십 년 넘기 흘러서 만나 보이 참판님 댁 아씨하고 지운(모자란) 데가 한 푼 없고 참말로 하늘이 맺어 준 부배(부부)라, 까막소에서 그 고생을 했는데 우짜믄 그리 잘도 생겼는지."

길상을 자랑스럽게 생각하는 것은 아들 석이를 자랑스럽게 생각하는 것과 통한다. 어쨌든 길상의 귀향은 성환할매에게 큰 희망을 안겨준 것만은 틀림이 없었다.

"그러이 하인 신세를 면하고 상전 아씨랑 혼인을 했겄지요."

귀남네의 생각은 성환할매하고는 다르다.

'덕 좀 본다고 언간히 그래쌓는다.'

세(勢)를 따라 저런다 말하고 싶은 귀남네의 심정이었으나 설사 성환할매가 그랬기로서니 신세지기론 귀남네도 마찬가지였다. 그러나 귀남네는 성환할매를 동정하고 도움을 주는 사람일수록 비난의 화살을 자신에게 보낼 것이란 두려움을 느끼는 것이다. 그것은 생활의 터전을 잃게 될지 모른다는 공포이기도 했다. 어쩌다 나타나는 연학이 쌀쌀하게 자신을 대할 때,

'내가 머를 우떻게 잘못했다고 저러는고. 참말이제 속이 상해 못살겄다.'

귀남애비보고 죽을 먹는 한이 있어도 대처에 가서 품팔이 하며 마음 편하게 살자는 말을 안 한 것도 아니었다.

"무신 소리 하노? 부자 밥 묵듯 굶을 긴데 맘이 우찌 편할 기고."

딴은 그렇다.

'길상이 그 사람 말만 하믄 어매는 저리 기가 펄펄하이.'

친정에 들어서자마자 통곡부터 하는 복연에 대해서도 강경하게 대항 못한 까닭도 실은 길상이 지금 평사리에 돌아와 있었기 때문인지 모른다. 땅을 내준 집의 바로 당주가 길상이기 때문이다.

"니 배 안 고프나?"

성환할매가 물었다.

"어매 얼굴을 보이 배고픈 줄도 모리겄소."

복연이 말했다.

"일찍이 저녁 해라. 오는 길에 요기나 했는지."

이번에는 순연을 보고 말했다. 순연은 자신만 소외된 듯 심정이 편안하지 못했고 어미는 미웠으며 동생은 원망스러웠으나 잠자코 일어섰다.

"어매, 저고리 있이믄 하나 주소."

"와, 갈아입을 옷을 안 가지왔나."

"야, 곡식 한 톨이라도 더 물고 올라꼬 단벌로 왔소."

"무신 청승고. 밥이사 어디 굶나. 그나저나 내 저고리가 컬 긴데 입겄나. 니 성보고 하나 돌라 칼까?"

"집에서 입는데 커믄 우떻소."

복연은 인조견에 반회장인 저고리를 벗고 어미가 내주는 무명 저고리를 입는다.

"치매도 주까?"

"괜찮소. 치매사 무명인께 더럽우믄 빨아서 입고 가지."

"며칠이나 있일 기고."

그 말 대답은 없이,

"이분에는 그냥 안 갈 기요. 버르장머리 좀 고치놓고 갈라요. 귀남아배는 본시 곰인께 그렇다 치고 생이는 남도 아닌 자식인데 그럴 수는 없소. 너거 어매 불쌍다 불쌍다 해쌓은께 내 맘이 머가 좋겄소. 형부하고는 금슬이 좋은께 생이 하기에 딸린 거 아니겄소."

"시끄럽다. 입 다물어라. 좋은 기이 좋더라고. 동네 사람들이 이러고 저러고 해쌓는 것도 내사 듣기가 싫다. 열 손가락 깨물어 안 아픈 손가락이 어디 있노. 니 생이는 내 자식 아니가. 내가 못 가리킨 죄지."

"우찌 그리도 모리는고. 남 하는 거 보지도 못했는가."

"동네 사람이나 니가 자꾸 이래쌓으믄 얼(웅어리, 원망)은 나한테 떨어진다. 글안해도 동네방네 댕기믄서 자식 헌해한다꼬, 그럴 때마다 인병이 든다. 아아들 땜에 부애가 나서 좀 머라 카믄 서방하고 갈라져서 친정 일만 볼까 부냐 억장 무너지는 소리를 안 하나. 친정에미가 들어서 안 살고 간 성환에미 생각을 하믄 우둔증이 생기는 나를 보고 말이다."

치맛자락으로 입을 막고 소리를 죽이며 성환할매는 운다.

"귀남애비 하는 짓이 하 괘씸해서 자식이라고 설운 은정(하소연)하믄 누가 그런 사람한테 시집보내라 했는가 날보고 우짜라는고 얼굴이 벌게지믄서…… 으흐흐흐…… 어매 참으소 날 봐서 참으소, 그 말 한마디믄 될 긴데 어디 한분 그런 말 하까."

성환할매는 벙어리 냉가슴 앓듯, 속으로 속으로만 쌓였던 설움이 복연한테는 자신도 모르게 흘러나오는 모양이다. 설움이야 어디 그것뿐일까. 높은 곳에 걸어놓은 바구니, 삶은 보리가 든 바구니 속에 삶은 고구마를 넣어두었다가 귀남이만 따로 불러 먹이는 일이며 간조기는 사위 상에만 오르고, 남희 목구멍에 침 넘어가는 소리며 귀남의 밥그릇엔 겉만 보리밥이며 쌀밥을 속에 파묻었기에 귀남이는 늘 밥을 파먹었다.

"내가 동네방네 댕기믄서 자식들 헌해를 한다……. 으흐흐흐…… 저거들은 아무리 그래도 에미 맘은 안 그렇다. 저거들이 여기서 나가믄 집도 절도 없는 처지 아니가. 품 팔아서 입에 풀칠이나 하겠나? 속이 썩고 썩어도 말 못한다. 볕바르게 땅을 남 주어서 양도나 받아묵으라는 둥, 그기이 말이나 되나. 저거들 고생하는 거를 바래는 어느 에미가 세상 천지에 있일 기고. 참말이제 말이라도 하고 살믄 내 복장이 이리 터지겄나. 으흐흐흐으으……."

순연은 집안 형편이 어려웠을 때, 그러니까 진주서 물지게를 지던 석이가 서울로 올라간 뒤, 부모 형제도 없이 남의 집 머슴으로 전전하던 현재의 귀남아비한테 시집을 보내었다. 시집 안 가려고 우는 것을 등을 떠밀다시피. 성환할매는 그때 일이 늘 마음에 걸리곤 했었다. 복연은 석이가 돌아온 뒤 학교 교사직에 있을 때, 오라비가 교사다 할 것 같으면 혼담에서 그것은 상당히 유리한 조건이었었다. 해서 복연은 제대로 시집을 간 것이다. 경남에서는 봉건적 유습이 완고하게 남아 있는 고성(固城)으로, 시가는 땅마지기나 있는 자작농이었다.

"어매는 모리는 척 가만 기시이소. 내가 알아서 할 긴께."

"제발 시끄럽기 하지 마라. 귀남애비 주사가 심하고 뿔뚝성*이 있인께."

방에서 나온 복연은 치맛말을 올리면서 부엌으로 들어간다. 귀남네는 부엌 바닥에 쪼그리고 앉아서 감자 껍질을 벗기고 있었다.

"성아, 부석(아궁이)에 불 땔까?"

복연의 말에 귀남네는 코를 훌쩍거리며,

"밥 안 안쳤다."

"내가 안치까? 쌀은 씻어놨나."

"바가지에."

하면서 일어섰다. 부엌 서까래로부터 늘어뜨린 갈고리, 그 갈고리에 걸려 있는 바구니를 내려준다. 복연은 덮여 있는 삼베 수건을 걷고 바구니 속의 삶은 보리를 솥바닥에 깐다.

"추수도 했는데 밥 좀 보더랍게 해묵지. 웃쌀이 너무 적다. 이도 없는 어매, 불근거리쌓아서 잡숫기가 상그럽겄다."

"너거 형편하고 같나."

그러나 한풀 꺾인 목소리다. 복연은 밥을 안친 뒤 솥뚜껑을 닫고 솔가지를 분질러 아궁이에 불을 지핀다. 귀남네는 껍질을 벗긴 감자를 썬다.

"내 헌해하니라고 실이 노이 됐겄다."

성환할매가 방 안에서 작은딸한테 무슨 말을 했을까 떠보듯 말했다.

"어매도 할 말이야 많겄지마는 나라고 할 말이 없겄나. 외손자는 손자 아닌가. 성환이, 남희 일이라 카믄 벌벌 떨믄서 우리 귀남이는 길가에 굴러 있는 개똥맨크로, 낳는 쪽쪽 내다 버리고 그거 하나 가까스로 붙들어서 키우는데, 말이야 바로 하지 내 자식보다 조카자식이 더 귀엽을 텍이 없지. 귀남이한테 내 좀 마음을 쓰는 것을 어매는 못 본다. 나도 미련한 남정네하고 양새 낀 나무맨크로 참말이제 못 견디겄다."

"방에 가믄 방의 말이 옳고 정기(부엌)에 가믄 정기의 말이 옳단다."

부지깽이로 불을 헤집으며 아까와는 사뭇 다른 어조로 말했다. 귀남네는 솥뚜껑을 열고 썬 감자를 뿌리듯 밥 위에 놓은 뒤 뚜껑을 닫는다. 그러고 나서 작은 솥에 불을 지핀다.

"국가?"

"응."

자매는 솥 밑으로 빨려 들어가는 불꽃을 말없이 바라본다.

"본시 보고 배운 기이 있이야지. 천성은 곰걸이 미련하고 그런 거를 낸들 우짜겄노. 안 살고 말 것 겉으믄 모리까 따라 살라 카믄 하늘 울 때마다 벼락 때리겄나?"

"……."

"생각해보믄 귀남아배도 그렇지. 남자 오기, 이녁이 잘살아서 장모를 모신다믄."

"형부가 장모를 뫼시? 실없는 소리 치아라. 우리 집 남정네나 형부는 장모 뫼실 그런 사람들 아니다."

"이럴테믄 그렇다 그 말이제. 형편이 되기로 어쨌거나 처가살이 아니가. 일은 쇠 빠지게 함서 처가 신세 진다는 말을 들으이, 우떤 때는 부애도 안 나겄나. 내가 머 서방이라고 편역 들어서 하는 말은 아니다."

"처음부터 잘못된 기다. 생이가 들어오는 거 아니었다고. 남 주어서 양도나 받아묵는 긴데."

귀남네는 움찔한다.

"서로가 이편찮고 나, 의가 상할 줄 알았다. 어매 생각에는 너거들이 하도 못산께 누이 좋고 매부 좋고 하지마는 그기이 그리 뜻대로 되야지."

복연은 곁눈질을 하며 귀남네 기색을 살핀다. 난처해하는 얼굴이었다. 그러더니 울기 시작했다.

"우리가 못산께."

밥이 끓기 시작한다. 국솥에서도 김이 오른다. 복연은 신중히 생각하고 있는 얼굴이다.

"귀남아!"

귀남아비가 돌아온 것 같다.

"형부요?"

복연이 부엌에서 내다본다. 지게를 받쳐놓고 나뭇단을 울타리 옆으로 옮겨가던 귀남아비,

"처제구마. 우인 일이오."

반가워한다.

"걱정 안 됩니까, 형부."

나뭇단을 옮겨놓고 옷을 털면서 이마빡이 까진 조그마한 몸매의 복연을 바라본 귀남아비,

"무신 말인고?"

"양식 굶은 걱정 아니오."

"참 내, 내 살림이라 걱정이까."

"인자 말도 할 줄 아네요."

놀려댄다. 이들 처제 형부는 비교적 사이가 괜찮은 편이었다. 처음 장가온 귀남아비가 조그마한 처제에게 반말을 했을 때,

"씨동생보고 반말하는 형수 없고 처제보고 반말하는 법 없

소.”

당돌하게 무안을 주었던 복연이었다.

“귀남에미는 어디 갔나?”

부엌을 들여다보려 하는데 막아서듯,

“못생긴 마누라 누가 업어갔이까 봐 찾아쌓십니까.”

“허 참 그런 말 안 하거마는. 밥데기가 없이믄 누가 내 배를 채워줄 기든고.”

하면서도 은근히 집안 공기를 살피듯 귀남네 얼굴을 보아야 사태를 알겠다는 그런 표정이다. 그랬는데 귀남네는 뚝배기를 들고 고추장을 뜨려고 장독가로 나온다. 이녁 왔소, 하는 말도 없이 남편은 본체만체 고추장을 뜬다. 그때 벌써 귀남아비 이마빡에 줄이 하나 서 있었다.

“밥은 우찌 됐노!”

“와 그리 갑쳐쌓는 기요. 객식구가 기세도 좋다.”

귀남네는 눈을 흘겼다.

“눈은 와 그리 빨갛노!”

방 안의 성환할매는 주먹으로 가슴을 치고 복연은 혀를 껄껄 찬다.

“오늘겉이 바람 없는 날 불이 누워서 들어갈 긴데 연기가 샐 턱도 없고오.”

귀남아비의 음성은 착 가라앉는다.

“잔소리 말고 발이나 씻고 방에 들어가 있이소.”

뭐라 하려다 말고 귀남아비는 그만둔다.

시내 강변에는 잔돌도 많고오오

이내 처가살이 잔말도 많다아아

제대로 돼 있지도 않은 노래 한 가닥을 뽑으며 뒤곁으로 어슬렁어슬렁 걸어가는데 어색하기가 짝이 없다. 복연은 다시 혀를 껄껄 찬다.

“보통 일 아니거마는. 된정(짜증)나게 와 그라노. 니 하는 꼬라지를 본께 방에 있는 노인네가 씨어매 겉고 내가 시누 겉다. 그래 역성들어돌라꼬 신랑한테 일러바치는 기가? 이러니 말은 못하고 어매 가심이 얼마나 썩겄노.”

“우리사 얻어묵고 산께, 니맨치로 싸들고 친정 오는 팔자도 아니고.”

“그라믄 어매가 너거들 얻어묵는다고 구박한다 그 말가? 부치 겉은 울 어매가 머를 우예 했길래 이리 해구노.”

“니부터도 안 그렇나. 처가살이 아니라믄, 어매를 우리가 뫼시는 처지 겉으믄 니도 생이를 진똥개똥 나무라겄나? 아무리 해봐야 우리 하는 짓은 비단옷 입고 밤길 걷기지.”

“기맥히고나 기맥히. 하나만 알고 둘은 모리니 우짜고. 대관절 나이 몇 살고? 언제 철날 기고. 니 신랑 니 자식만 내 식구다 그렇기 생각한께 그런 말이 입에서 나온다. 우리는 어매

배를 가르고 나왔다. 또 조카만 하더라도, 우떤 조카고. 오래비 생각을 좀 해보아라. 세상천지 울 오래비 겉은 사람은 없더라. 서방은 돌아누우믄 남이지마는 어매는 내 핏줄 아니가. 출가외인이라 하지마는, 서로 형편 따라 함께 사는데 출가외인이 어딨노. 아까만 하더라도 울어서 눈이 빨갛길래 형부 못 보라고 내가 막아섰이믄 그러려니 해야지, 요요하니 나서서 내가 이런 설움 받았소 하듯이, 그기이 무신 짓고. 설사 친정 어매나 동생이 못돼서 구박을 받았다 하더라도 세상에 친정일 까바치는 여자 처음 봤다. 이런다고 해서 형부한테 잘못하라는 말은 아니다. 나도 서방 있고 자식 있는 녇 아니가. 부배 정리도 알고 자식 귀한 것도 안다. 생이 니 속이 조금만 넉넉하믄, 또 금슬이 좋고 한께 알아듣게 말을 하믄 숭악한 도척이가 아닌 다음에야 여자 말 안 듣겄나? 내가 가만히 본께 형부보다 니가 한술 더 떠는 것 겉다."

"듣기 싫다! 니가 머를 안다꼬 나만 욱박지르노. 애비 에미 없다는 소리가 입에 붙어서, 누가 머라 캤나? 불믄 날아갈까 만지믄 깨질까, 그 아아들이사 세상에 둘도 없는 할매 있고 또 최참판댁에서 도와주어서 남 안 가는 핵교에도 가고."

"성환이 핵교 가는 기이 배 아프다 그 말가? 생이 니도 질주(정상)가 아니다. 성환이를 핵교에 보내주었이믄 그거 얼매나 고마운 일고. 고모들이 못하는 일을 남이 해주는데 고맙기 생각지는 못할망정 말도 말 같아야지. 우리가 제기나(다소라도)

사람 겉으믄 오래비 생각해서 똥 묻은 중우(바지)를 팔아서라도 성환이 가리쳤을 거 아니가. 와 심술고."

"니나 많이 해라!"

했으나 완연히 수굿해지고 있었다. 자기 생각에도 잘못했다 싶었던 모양이다.

"꼬돌밥 되겄다. 밥 퍼지."

"그러까?"

귀남네는 옛날 같은 어투로 말했다.

"아이들은 와 안 오노."

"배고프믄 오겄지. 하마 올 때가 됐다."

귀남네는 그릇들을 부뚜막에 옮겨놓고 마른 행주로 닦은 뒤 솥뚜껑을 연다. 김이 물씬 서려 오른다. 주걱에 물을 묻히고,

"된장뚝배기 좀 들어내라."

복연은 된장뚝배기를 행주에 싸서 들어낸다. 귀남네는 젤 큰 밥사발을 들었다. 보리를 조금씩 섞어가며 밥을 푼다. 사발 위로 올라간 밥은 사발 밑의 밥만큼 높다.

"무신 밥을 그리 많이 담노."

복연이 음흉스럽게 말했다. 뻔히 알면서. 눈빛이 뭔가를 노리는 매 같으다.

"장골이 온종일 일하고 이것도 안 묵으믄 우찌 젼딜 기고."

귀남네는 무심히 말했다.

'오냐, 이 버릇부터 내가 고치놓고 가야제.'

"그라믄 그기이, 형부 밥이다 그 말가? 우짠지 그릇이 크다 싶었지."

주걱을 든 채 귀남네는 돌아본다.

"생이 니 그래가지고 안 되겄다."

"와?"

"상하 구별도 못하나. 만고에 이런 법은 없다. 잔말 말고 그 밥 어매 밥그릇에 옮기라. 그러이 동네 사람한테 욕을 묵지, 욕 들어서 싸다, 싸아."

"남자 밥을 먼저 퍼지 그라믄."

"니는 남자만 알았지 어른은 모리나. 어매도 젊었을 때 말이지. 우리 씨어무이가 주개(주걱)를 들믄 아들 밥 먼저 퍼지마는 내가 주개를 들믄 남정네 밥 먼저 못 펀다."

귀남네의 얼굴이 벌게진다. 화도 났고 다소 부끄럽기도 했던 것 같다. 그러나 남자 밥을 먼저 푼다는 것은 그리 허물 되는 일은 아니었다. 복연은 알면서 일부러 그래본 것이다. 귀남네는 성환할매 밥그릇에 밥을 옮기는데 반쯤 옮겼을 때 그릇은 찼다. 밥이 남은 그릇에 보리가 많이 섞인 것을 다시 고봉으로 올린다.

"상은 우째 하나고. 어매 상은 안 차리나?"

"……."

복연은 선반 위의 상을 내려서 재빨리 닦아내고 간장종지 김치 보시기, 수저를 챙겨놓는다.

"머리칼이 허옇기 돼서도 상 못 받는 신세라니, 독사 겉은 며누리도 시모 조석은 상 위에 올리서 준다."

"아이들하고 함께 잡술라 카이 그러지."

아이들이 돌아온 모양이다.

"우리 새끼들 오나. 야들아, 고성 고모가 왔다."

사위가 왔을 때는 숨죽이듯 기척이 없었는데 성환할매의 목소리가 들려왔다.

"고모 어디 있소!"

성환이 큰 소리로 묻는다.

"나 여기 있다아!"

복연이 소리를 지른다. 성환이 남희가 뛰어왔다.

"고모!"

그들 뒤에서 귀남이 기웃거린다.

"아가아."

복연은 아이들을 감싸 안는다.

"어서 밥 묵으러 가자. 마리로 올라가거라. 배고프제?"

아이들은 마루로 우르르 몰려간다. 밥상을 들고 나오면서,

"굴밤은 얼매나 줏었노."

"다 줏어가고 얼마 없데요."

성환이 대답한다.

"어매, 상 받으이소."

"야아가, 상은 무신 상고."

"아아들 뻔 보요. 와 다 늙어감서 허리 꾸부리고, 청승시럽게."

"내가 머, 니 형부 상부터 안 가지오고."

"장유유서라 했소. 이래가지고 아아들이 머를 배우겄소. 아무리 상사람 집구석이라 캐도."

귀남아비 들으란 듯 큰 소리로 말하고 나서, 복연은 혀를 찬다. 성환할매는 얼떨떨해하고 아이들도 놀라는 것 같다. 다음 상을 들고 온 복연은,

"형부! 밥 안 자실 기요?"

귀남아비는 방문을 열고 슬렁 나왔다.

"오늘은 처제한테 상 한분 받아보소."

상을 놓으며 말한다.

"이거 황감해서 우짜꼬."

감정을 목구멍 속으로 푹푹 밀어 넣으며 그래도 비트는 말을 했다.

"할매 밥보다 아부지 밥에 보리가 더 많다!"

귀남이 눈치 없이 말했다. 성환이와 남희는 공연히 우쭐하는 것 같고. 사실 아이들에게는 보리가 많고 적은 것은 상당한 관심사였던 것이다.

"아아니, 그라믄 다른 때는 이도 없는 할매 밥에 보리가 더 많다 그 말가."

성환할매는 민망하여 어쩔 줄을 모르고 귀남아비는 송충이

를 깨문 듯 상을 찡그리며 숟가락을 들고 된장국부터 떠서 입에 확 밀어붙인다.

"노인네보고 들라는 말도 없이 혼자만 잡숫는 기요. 형부도 참."

농담 반 진담 반, 참다 못한 성환할매,

"요망시럽기 남자 밥상머리서 무신 말고."

그러나 복연은 모친 말은 들은 척 만 척이다. 귀남아비는 눈알을 굴리다가,

"조석으로 보는데, 손님도 아니겠고 입에 발린 말 하믄 머하는고."

"우리 곳에서는 그라믄 숭보요."

"정 이럴 기가, 밥이고 머고."

성환할매는 거의 울상이었다.

"얄궂어라. 그리 면구하믄 마당에 가마때기 깔아놓고 거기서 잡술라요?"

복연은 언니 부부의 목을 조르듯, 처제 무슨 말을 그렇게 하는가, 우리한테 잘못이 있다면 그렇다는 얘기를 할 것이지, 하면 될 터인데 그런 말을 할 줄 모르는 귀남아비, 밥숟가락 밀어 넣듯 꾸역꾸역 감정을 밀어 넣는다. 자칫 잘못하면 대판 싸움이 날 것 같아서였다. 결코 복연은 가만있지 않을 것이기 때문이다.

식구들은 모두 음식 앞에 둘러앉아 저녁을 먹는다.

귀남네는 풀 죽은 듯 말이 없다.

"야들아, 밥은 조맨만 묵어라. 배부르믄 떡 못 묵을 기다."

"고모 떡 해왔십니까?"

성환이 신이 나서 물었다.

"운냐, 너거들 새 조둥이 겉은 입 생각함시로 고모가 떡을 안 했나."

"무신 떡이오."

귀남이도 덩달아 신을 내며 물었다.

"찰떡도 하고 시루떡도 하고."

"나는 찰떡이 맛있더라."

귀남의 말에 남희가,

"나는 시루떡이 맛있더라."

"시루떡이 머 맛있노."

"찰떡이 머 맛있노."

좋은 나머지 아이들은 입씨름을 벌인다.

"너거들 늘 이렇기 싸우나?"

"귀남이는 욕심꾸러기요."

"니는 야시(여우)다."

"싸우지 마라. 밥 묵을 때 싸우믄 복 나간다. 그라고 형제끼리 커믄 서로 도아감시로 살아얄 긴데 싸우믄 되나."

성환할매, 귀남아비, 귀남네는 다 같이 말이 없다.

"형제 앙이고 사촌이라 카던데."

귀남이 잘못을 지적하듯 말했다.

"사촌은 형제 아니건데? 더군다나 귀남이 니는 혼자 아니가. 후제 커서 남허고 싸울 때 누가 편들어줄 기고. 살아갈라 카믄 오만 일이 다 있는데 외롭으믄 안 된다."

그 말에 대해서는 귀남아비 귀남네 다 같이 표정이 달라진다.

2장 야무의 귀향

우서방을 살해하고 지금 부산에 있는 형무소에서 징역살이를 하고 있는 오서방의 댁네는 김훈장댁 문전까지 와서 들어가지는 못하고 주춤주춤하고 있었다.

"내 팔자야, 내 신세가 와 이리 되었는고 내 신세가."

입 속으로 중얼중얼한다.

"작년 이맘때만 해도 아무 근심 걱정이 없었는데 우짜다가…… 이기이 꿈인지 생시인지 아직도 나는 모리겄네."

추석을 보내고 추수가 끝나자 계절은 갑자기 달음박질이었다. 달은 섬진강 쪽에서 올라오는데, 그리고 바람도 없는데 초저녁의 기운은 몹시 차다.

"자다가도 모리겄고, 길을 가다가도 모리겄고 와 이 지경이 됐이꼬."

뒤에서 기침 소리가 났다. 오서방댁은 소스라치듯 돌아선다.

"뉘십니까."

"아이고, 나는 또 집에 기시는 줄 알고."

오서방댁은 얼굴도 잘 보이지 않는데 허리를 굽히며 인사를 한다.

"저를 만나러 오셨습니까."

"예."

"그럼 들어가시지 않고."

범석이었다.

"자아 들어가십시오."

"어디 갔다 오십니까."

"네. 읍내까지."

"그라믄 고단하실 긴데, 나는 내일이라도 다시 오겄십니다."

"괜찮습니다. 들어가시지요."

"바쁜 일도 아닌데."

"바쁜 일 아니면 어떻습니까."

"저녁도 드시야 할 기고."

오서방댁은 거듭 사양을 한다.

"저녁은 읍내서 먹고 오는 길입니다."

"아이구 참, 이거 미안시럽아서 우짜꼬."

오서방댁과 함께 집 안으로 들어간 범석은,

"어머님, 제가 돌아왔습니다."

달빛은 마당 가득히 들어차 있었다. 안방 문을 열고 산청댁이 내다본다.

"이제 오나."

"네."

부엌에서는 범석의 처가 뒷설거지를 하고 있는 모양이었다. 불빛이 새어 나왔고 달그락거리는 소리도 들려왔다.

"아가, 아범 왔다. 저녁 차리지."

"네."

부엌에서 범석의 처가 대답했다.

"아닙니다. 읍내서 저녁 먹고 오는 길입니다."

"읍내서?"

"네. 친구 집에서 먹었습니다."

산청댁은 범석이 뒤에 엉거주춤 서 있는 오서방댁은 미처 보지 못한 모양이었다.

"마님, 별고 없십니까."

오서방댁이 모자간의 말이 끊어지는 사이를 틈타 인사를 한다.

"아니 오서방댁 아닌가."

"예. 저녁에, 이거 예가 아닙니다."

"별소리를 자아, 올라오게."

하는데 범석이,

"아버님은 아직 돌아오시지 않았습니까?"

묻는다.

"음."

산청댁은 어정쩡하게 대답하였다. 그저께 한경은 지리산의 해도사를 찾아간 채 아직 돌아오지 않고 있는 것이다. 추석날의 일이었다. 차례를 지낸 뒤 한경은 아들 범석에게 느닷없이 이야기 좀 하자 하며 그는 뜻밖의 말을 했다.

"산소를 하나 잡아야겠는데."

"산소라니요?"

범석은 의아해하며 되물었던 것이다. 설마, 아버지 자신이 묻힐 산소를 말하는 것은 아니겠지 싶었던 것이다.

"너는 한 번도 그런 생각을 안 해보았느냐?"

마을에서는 있는 듯 없는 듯, 그리고 다소 모자라는 사람으로 치부된 한경이었다. 집안에서도 농사를 열심히 짓고 조상을 공경하는 이외, 역시 있는 듯 없는 듯 일절 자신의 주장을 세우려 하지 않던 한경이었는데 아들에게 물어보는 그의 눈은 이상하게도 엄격한 빛을 띠고 있었다.

"아직…… 아버님 산소 말씀입니까?"

"너는 그렇지 않는 줄 알았는데…… 세상이 변하기는 변한 모양이구나."

한숨을 내쉬며 섭섭해하는 듯 한경은 천장을 올려다보는 것이었다.

"죄송합니다."

"나무라자고 한 얘기는 아니네."

이번에는 오히려 한경이 쪽에서 미안해하는 것처럼, 남의 집 아들보고 말하듯 했다. 한경은 부인인 산청댁이나 며느리, 그리고 아들인 범석에게도 평소 자신이 못나서 미안하다, 하는 식의 태도를 취하는 일이 더러 있었다.

"나도 전에는 그 생각을 못해봤는데 홍이 그 아이가 만주로 떠나면서부터 그 생각이 나더구만."

비로소 범석은 깨달았다.

"아버님의 유해가 이역 땅 만주에 묻힌 채 고국으로 돌아오지 못하고 있으니 세상이 이같이 각박하다고는 하나 자식된 도리를 잊은, 불효막심한."

목소리가 꽉 잠기어 다음 말을 잇지 못한다.

"옛적에 우리 조상들은 호지(胡地)에 묻힌 부모 형제의 뼈를 막대한 돈으로 보속하고 찾아와서 내 땅에 옮겼다 하지 않더냐? 그 보속금을 위해 가산을 팔고 피땀을 팔고, 오늘겉이 며칠이면 갈 수 있는 기차가 있었던 것도 아니요, 생각해보면 내가 참으로 금수보다 못한 위인이었구나."

조실부모하고 집안은 영락하여 떠돌던 김한경이 글을 읽었을 리도 없고 김훈장에게 양자로 온 뒤 다소의 훈도는 받았다 하지만 양부 김훈장이나 양가의 조상을 지순으로 떠받드는 것은 그의 생래적인 인품의 탓인 듯, 그리고 그 어리석음과 유순함이 남의 눈에 모자라는 사람, 그러나 지금 한 말에는 조리가 있다. 김범석은 입을 닫은 채 말이 없었다.

"내 본시 배운 것이 없고 사람됨이 미달하여, 또 아버님께서 김씨 가문을 보존하라는 엄명이 계신지라, 아버님께서 의병장으로 산에 가셨을 때나 만주로 떠나실 적에도 이 불초, 아버님을 뫼시고 동행하지 못했음이 한이거늘 하물며 아버님 세상 버리신 지가 이십 성상이 다 되어가건만 이장은커녕 그 묘소에 벌초 한번 못하였으니 어찌 금수보다 낫다 할 것이냐."

한경은 드디어 오열하는 것이었다. 범석은 그러한 부친을 멀끄러미 바라본다. 새로운 발견이라 해야 했을까. 범석은 부친이 조리 있게 긴 말을 하는 것을 세상에 나와 처음 보는 것이었다.

"내 생전에 그 일을 마무리 짓지 못한다면 눈을 감을 수 없을 게야. 다행히 홍이가 그곳에 가 있고 최참판댁 바깥어른이 지금 그 댁에 계시니 그분이야말로 아버님 유해가 묻힌 곳을 소상히 아실 터인즉 엄두도 못 내었던 일을 이제 착수하여도 무방할 듯."

일도 크게 벌어질 것이지만 그런 형식의 조상숭배나 효도를 옳다 생각지 않게 된 김범석은 그러나 반대할 수는 없었다.

"아버님 뜻대로 하십시오. 소자도 힘자라는 데까지."

했던 것이다. 한경은 만주에 가 있는 홍이를 태산같이 믿는 눈치였다. 그도 그럴 것이 홍이에게 김훈장은 처조부가 된다. 김훈장의 유일한 핏줄 점아기의 사위가 아닌가. 한경에게는 조카사위다.

"어머님의 산소가 뒷산에 있지마는 볼품이 없고 자리도 마땅찮아 기왕이면 지관에게 새로운 묘소를 부탁할까 하네, 통영의 너 고모도 이제 살 만하니 다소는 도와줄 것이고."

그 일을 위해 몇 밤을 지새우며 생각하였는가 범석은 짐작할 수 있었다. 세상일에 어두운 부친이 홍이를 생각하고 최참판댁 윤국의 부친을 생각하고 비용을 위해 통영 고모까지 염두에 두었다는 것은 얼마나 그 일을 두고 부친이 노심했는가 짐작하고도 남음이 있다.

범석은 오서방댁과 함께 안방으로 들어갔다. 등잔의 심지를 올리면서,

"이쪽으로, 아랫목으로 내려오게."

방문 옆에 쭈그리고 앉은 오서방댁에게 산청댁이 권하였다.

"괘않십니다. 지 일로 온 것만도 미안시럽는데."

"별말을 다 하네. 우리 아범은 늘 그래오지 않았는가."

옛날 김훈장이 그러했듯 범석도 마을 사람들의 의논 상대였다. 면소의 일이라든지, 농민들이 모르는 일을 대신해주었고 편지 대필에서 대소사 의논에 응해온 터이다.

"그래 안에 있는 사람은 몸 성한가."

"그거를 우찌 알겄십니까. 재판 받을 적에 보고는 못 봤인께."

눈물도 말랐는가 오서방댁은 담담하게 말했다.

"하기는, 그렇다고 해서 맘 잘못 먹으면 못쓰네."

"모진 목숨, 못 죽고 우야겠십니까. 살자 하니…… 자꾸 거짓말겉이 생각됩니다. 꿈을 꾸는 기이 아닌가, 앉아 생각하고 서서 생각해도 그럴 수는 없는 일인데."

"왜 안 그렇겠나. 졸지 간에 당한 일이니."

"이자는 아아들 다 베리놨고, 호적에 붉은 줄 한 분 그었이믄 자손대대로…… 기가 맥히서 이자는 눈물도 안 나니께요."

"운수 불길도 푼수가 있지. 우리도 거짓말겉이 생각되는데…… 그래도 세월만 기다리면 만나게 될 것이니 그것만으로도 다행으로 생각해야지, 그저 다 전생에 무슨 척이 져서."

범석은 돌아오지 않는 부친 생각을 하며 말없이 앉아 있었다.

"그러기 말입니다. 우리 집 남정네가 우서방한테 전생에 못 할 짓을 하지 않고서는 우찌 일이 이렇그름 됐겠십니까. 서로 간에 이해 상관이 있었던 것도 아니고, 우서방 땜에 우리 승구아배 관가 송사가 두 번인 기라요. 우황 든 소를 팔라 카이깨네, 우리 승구아배가 그라믄 쓰나, 딱 그 말 한마디 한 것뿐인 기라요. 사갈 사램이 그거를 알고 안 사겠다 한께 무담시 우리 승구아배가 축축거리서 그랬다고 운수가 나뻘라 카이, 그기이 꼬타리가 돼서 뜬금없이 의병질이 멉니까? 근가죽에 가본 일도 없는 사람을 의병질했다고 관에다가 고해바치서 경찰서까지 붙들리 안 갔십니까. 그기이 오래된 일이라요.

다행히 징거를 댈 사람들이 많았고 읍내의 무슨 주사라 하던가? 그 사람이 심을 써서 나왔는데 그때부터 앙숙이 된 기라요. 승구아배도 그렇지요. 동네 사람들이 사람 독한 거는 범보다 무섭으니 가지 말라고 그렇기 타일렀는데 욱하는 성미를 못 참고.”

역시 울지는 않았다. 한숨만 내쉬는 것이었다.

“그러기 사람 영악한 거는.”

“오늘 지가 여기 온 거는 아무래도 이 동네서는 못 살 것 같애서.”

“무슨 말씀을 하십니까?”

처음으로 범석이 입을 떼었다.

“당하는 것도 하로 이틀이지, 그 집 식구들 아이 어른 할 것 없이 마주치기만 하믄 달겨들어서 폭행을 한께, 대항하는 것도 하로 이틀, 지는 머 그렇다 카더라도 우리 승구 나이도 아직 어린 것을 오늘 낮에도 막 패서 이혈이 낭자해가지고 집에 왔는데, 정말 이래가지고는 동네에 살겠십니까. 위로 누부들은 다 시집가부리고 남은 거라고는 그거 한 놈인데 이러다가는 또 샐인 날 판이오. 하루에도 동네를 떠고 싶은 생각이 열두 분도 더 납니다. 바가지를 들고 빌어묵는 한이 있어도.”

“나도 그 애기는 들었다마는.”

산청댁은 딱해하며 말하였고 범석은 입맛을 다신다.

“본시 우서방인가 그 사람들 이곳 사람 아니었제?”

"예. 떠들어온 사람입니다. 근본도 모리고, 그때 조씨네가 참판님댁을 들어묵고 의병이 났일 직에 집들이 많이 비지 않앖십니까. 석이아배는 총 맞아 죽고, 산에 들어갔던 사람들도 많이 상하고 이 댁 훈장어른과 함께 많은 사람들이 만주로 떠나는 바람에."

"그러고 보니 세월 참 많이 흘렀네."

산청댁이 말하였다. 자신도 산청에서 이곳으로 시집온 사람, 아직 남편이 살아 있으니 해로한 셈이며 손자들도 보았다. 그런데 초로에 들어선 오서방댁이 가면 어디로 간단 말인가.

"말이 쉽지 가기는 어디로 가나. 비록 중죄인이기는 하지만 오서방 사람됨을 알고 일이 그리된 것을 마을 사람들은 다 동정하고 억울하게 생각하고 있으니 자네들 식구 손가락질 받으며 사는 것은 아니지 않은가. 객지에 나가보아, 남정네가 있어도 막막한데 우서방네 식구들이야 잘했든 잘못했든 사람을 잃었으니 발악하게 되는 거고 세월이 약이라고 한 해 두 해 지나면 다정하게 지낼 수야 없겠으나 지금 같지는 않을 것이네. 맞서려 하지 말고 어떡허든 피하는 게야. 나도 잘은 모르지만 도방에 나간 사람들, 뭐 나가고 싶어 나갔겠나. 혹독한 지주한테 쫓겨난 게지만 남정네는 지게꾼, 아낙네들은 바가지 들고 문전걸식, 딸은 청루에 팔아먹고 아들은 일본 모집(노동)에 가고, 그기이 땅 밑의 수십 수백 자 밑에 들어가서 석탄을 캐낸다 하니 몸 성해서, 살아서 돌아오기 어려운 일 아니겠나. 오서방이 살인했다고 동네서 쫓겨난다면 할 수 없는 일이나 그렇지 않는 이상 떠날 생각일랑 말게. 다 같이 농사를 지어도 평사리만 한 곳이 없네. 더군다나 이번에는 그 댁 바깥어른도 돌아오고 했으니 그분이야 고생도 하고 동네 사정도 소상할 것인즉."

"그렇습니다. 어머님 말씀이 옳습니다. 조금만 있으면 승구도 한몫을 하게 될 거구. 오서방도 나오면 돌아올 곳이 있어야지요."

"그걸 누가 모리겠십니까. 하도 기가 맥히니."

"최참판댁 장서방이 오면 우서방댁네 타이르도록 제가 말하겠습니다. 그 사람들도 땅에다 명줄을 걸고 있는데 장서방 말이면 거역하지 못할 것입니다."

오서방댁네의 얼굴이 다소 펴졌다.

"하기사 평사리 겉은 곳은 없다 하더마요."

"이런 말 하면 뭣하지만, 처지도 다르고 하지만 한복이를 보게. 그런 기맥힌 일이 어디 있겠나. 그러나 마을을 떠나지 않고, 그 사람들은 타곳에 가도 살 만한 것인데 자식들은 모르지만 내 당대는 이곳을 떠지 않겠다 그런다지 않던가. 한복이야말로 그 천대, 이로 말할 수 없었지."

"예. 지도 한복이 생각을 함시로 맘을 달래고 했십니다."

"아무리 영악하다 하지만 기둥뿌리가 뿌러졌는데 길게 그러지는 못할 것이야."

"알겠십니다."

"아무리 억울하다 하여도 사람 잃은 것보다는, 하니 자네가 참게. 참아야 하네."

한결 마음이 가벼워진 오서방댁은 몇 번이나 절을 하고 김훈장댁 대문을 나섰다.

'하기사 그렇다. 내가 이곳을 떠나 어디로 갈 기고. 설마 죽은 듯이 있으믄.'

그러나 얼마 가지 않아 오서방댁은 형무소에 가 있는 남편 생각에 가슴이 철렁 내려앉는다.

'참말이제 자다가도 모리겠고 와 이리 됐노. 작년 이맘때는 추수해놓고 안 묵어도 배부르다 해쌓았는데.'

달이 환하게 비치는 마을 길을 팔짱을 낀 오서방댁이 지척지척 걸어간다. 살림도 쪼들리기 시작했다. 재판 때문에 부산을 오고 가고, 변호사 비용이다 하여 빚을 내기도 했었다.

'남이니께 좋은 말 하지마는 우찌 살꼬. 빚은 우찌 갚으며, 동네 사람도 하루이틀이제. 하도 영악한께 집에 불이라도 지를까 싶어서 요새는 모두 쉬쉬 안 하나. 머니 해도 오서방은 살았인께 죽은 사람이사 아무리 곤두박질을 쳐봐도 사람이 돌아올 기가, 함시로 인심도 차차 변해간께, 김훈장댁 마님도 글안하던가. 아무리 억울하다 해도 사람 잃은 것보다, 자네가 참게, 어이구 우짜다가 이리 되었노. 차라리 죽는 편이 낫제. 자자손손 험한 소리 듣고, 저것들은 천지간에 무섭은 것 없이 날뛰는데 우리는 죄인이라, 어이구우 누가 먼저 낫 들고 시작했던고. 길 가다가 날벼락을 맞인 거는 우린데, 분하고 원통하고 우리만 참으라 카이. 우리 승구 직이놔도 가만히 있이까. 게울은 오는데 까막소에서 그 생고생은 우찌 할 긴고. 승구만 아니믄 그만 목을 매고 죽고 접다. 남의 위로도 그때뿐이지 아무래도 못 믿겄다. 꿈인가 생신가.'

오서방댁은 장님이 된 것같이 밤길을 더듬거리며 간다. 얼마 전까지만 해도 꽉 차 있던 들판이 휑덩그레 비어 있고 바람 없는 밤은 아무것도, 움직이는 것을 볼 수가 없다.

'작년 이맘때만 해도 우리 승구 장개보내야겄다고 걱정을 했는데 이자는 며누리 손에 밥 얻어묵는 일 꿈도 못 꾸겄고 어느 누가 딸 줄라 하겄노. 보소 승구아배, 우짜믄 좋소. 고만 저 강물에 풍덩 빠지 죽어뿌리까요. 이곳에서 참 사람도 많이 죽었제. 함안댁이 목 매달아 죽고 삼월이 봉순이도 물에 빠지 죽고 복동어매는 양잿물 묵고 죽었제. 최참판댁 사랑양반이 그리 되고부터는 평산이 칠성이 귀녀, 또출네는 불에 타 죽고, 동네의 원귀들이 우굴우굴한께, 어이구, 이자는 다되어부린 일, 신기한 방어(예방)가 있다 한들 다 소앵이 없제. 집에 가봐야 밤새도록 나오는 것은 한숨이라, 미친년겉이 모래밭이나 싸돌아댕기다가 가까.'

오서방댁은 끝없이 마음속으로 중얼거리며 방향도 모르고 걷는다.

'아이구우 외롭아서 못살겠네. 애비가 생인 죄인 됐다꼬, 재판 때 와서 울고 간 뒤 가씨나들은 소식도 없네. 질(길)이 멀고 시부모 눈이 무섭아 그렇겠지마는 비사리 겉은 승구 하나 데리고 외롭아서 우찌 살꼬. 성환할매 불쌍타고 동정한 기이 엊그제만 겉은데 이자는 성환할매가 부럽네. 이고 들고, 곡식 한 톨이라도 더 가지고 올라꼬 고개가 파묻히게 작은딸이 찾아오더마는, 내 신세가 이리될 줄 누가 알았겠노. 늙도 젊도 않은 나이에.'

오서방댁은 저도 모르게 모래밭 쪽으로 가고 있었다. 모래밭에 퍼질러 앉아 대성통곡을 하고 싶었다. 그러나 눈물은 마르고 울음이 나오지는 않았다.

'내가 시집올 직에 신랑 허위대 좋다고들 해쌓더마는, 시집와서는 집안이 두루 편안해서 받을 복 있다고 해쌓더마는, 신랑이 나무하러 산에 갔다 오믄 머루도 따다 주고 달래도 따다 주고, 씨어무이는 그런 것 따니라고 나무 적게 해왔다 하심서 웃어쌓더마는.'

이때 오서방댁 귀에 사람의 신음 소리가 들려왔다.

'누가 저러제?'

사방을 둘러보았으나 모래밭만 펼쳐져 있을 뿐 사람의 그림자도 보이지 않았다.

'이상타.'

그러나 다시 신음 소리가 들려왔다. 오서방댁은 뒤돌아본다. 둑길 쪽에서 들려온다. 순간 등골이 얼어붙는 것 같은 생각이 오서방댁 머릿속을 번개같이 지나간다. 그것은 남편이 파옥을 하고 나타났을지도 모른다는 생각이었던 것이다. 계속하여 신음 소리는 들려왔다. 오서방댁은 발길을 돌려 둑길 쪽으로 기다시피 다가간다. 둑길의 마른풀 그 뒤쪽에 사람이 쓰러져 있는 것 같다.

"보소, 누구요."

하는데 누가 목을 죄는 듯 입 밖에 말이 되어 나오지 않는다.

"보, 보소, 누구요."

오서방댁은 보다 가까이 다가간다. 사내가 엎으러진 채 있었다.

"누, 누구요!"

"사, 살려주소. 날 좀 데, 데리다 주소."

오서방은 아니었다.

"우, 우리 집에."

"누구요. 우리 집이라니."

"딱쇠, 내 도, 동생이오. 좀 불러다 주소."

"그, 그렇담 야, 야무라 말가!"

"야, 야무, 야무…… 야무요."

"니, 니가 야, 야무가? 정말 야무가?"

"야 야."

하다가 사내는 다음 말을 잇지 못한다. 오서방댁은 다음 순간 뛴다. 정신없이 뛴다.

"따, 딱쇠야! 야, 야무어매!"

방에서는 웃음소리가 새 나왔다.

"사람이 다 죽기 생깄는데 멋들 하노!"

문을 열고 딱쇠가 내다본다. 방 안에는 꽤 많은 사람들이 모여 앉아 있었다.

"승구어매 아입니까? 무신 일이오?"

"야, 야무가 왔다."

"야?"

딱쇠가 후다닥 일어서고,

"머라 카노!"

야무네가 치맛말을 끌어 올리며 쫓아 나왔다.

"야무가 왔소."

"어, 어디 있노!"

방 안의 사람들이 모두 몰려나왔다.

"승구어매, 우리 성 어디 있십니까?"

"뚝길로 가자. 어서 가자."

"와 와요, 거기는 와요?"

"따라오니라. 날 따라오라 캐도."

"야."

영문 모르고 딱쇠는 뛴다. 오서방댁도 뛴다.

"승구어매! 와 그랍니까!"

앞서 뛰어가면서 딱쇠가 큰 소리로 묻는다.

"사람이 다 죽게 됐다!"

"머라 카요!"

나머지 사람들은 한참 뒤떨어져서 뛰어오고 있었다. 그들 중에는 푸건의 남편도 있었다. 그들이 미처 둑길에까지 이르기도 전에 딱쇠는 사람 하나를 업고 급히 걸어오는 것이었다.

"무신 일고!"

했으나 딱쇠는 대답을 하지 않았다. 야무네는 사람들을 따라오지 않았다. 집 앞에서 헤매고 있었다.

야무는 안방에 뉘어졌다. 아무도 소리 내거나 말하지 않았다. 야무의 의식이 아주 간 것은 아니었다. 눈을 뜨고 사방을 둘러보았다. 그러나 그의 모습은 차마 눈 뜨고 볼 수 없는 것이었다. 야무네는 넋이 나간 것처럼, 그러다가는 고개를 흔들곤 했다. 뼈만 남아 있는 야무, 수염에 묻혀버린 얼굴, 그런데 그는 첫마디가,

"이제 살 것 겉다."

이 몇 해 동안 야무한테서는 소식이 없었다. 원래부터 까막눈이어서 편지를 자주 보내지는 않았지만, 일 년에 한 번 정도는 소식을 보내왔었다.

"니가 와 이리됐노?"

그때 비로소 야무네는 아들의 팔을 잡았다.

"차차 말하지요."

"와 이 꼴이 됐노! 땅 있고 집 있는데 와 이 꼴 되도록 객지에 있었노!"

야무네는 절망적으로 울부짖었다. 남편이 오랜 신병 끝에 죽었고 딸 푸건이가 역시 아비와 같은 신병으로 젊은 나이에 죽었다. 요즘 말로는 폐병이라 했다. 야무네는 아들을 보는 순간 벼락을 맞은 것 같았다. 이 자식도 잃을 것이란 공포는 한순간 그를 망실케 했던 것이다.

"하동에는 늦게 당도해가지고, 나릿선이 끊어졌더마요. 급한 김에 걸어왔더니만 뚝길에서 쓰러진 기라요."

딱쇠댁네는 허겁지겁 부엌에서 사기에다 쌀을 갈고 있었다. 죽을 쑤기 위해서였다. 오서방댁은 보이지 않았다.

"어매, 울지 마소. 아부지, 푸건이맨치로 내가 죽을까 바서 그러제요?"

"어이구 이 자석아, 이 성상이 되도록 에미 있고 형제 있는 고향 두고 어디서 머를 하고 살았더노."

"나 폐병쟁이 아닌께 제발 걱정 마이소. 딱쇠야, 나 물 좀 도고."

딱쇠는 주먹으로 눈을 씻으며 오자마자 마시다 둔 물사발을 야무 입에 갖다 대면서 한 팔로 야무 머리를 떠받쳐준다.

"후우— 이자 살 것 겉다. 잠만 자고 나믄 세상이 훤하게 보일 것 겉다."

하면서 야무는 눈을 감았다. 눈을 감은 채,

"나 제발 잠 좀 자게 해주소."
하며 허공을 향해 손을 흔든다.

"다 나갑시다."

딱쇠가 방 안의 사람들을 몰아내듯, 작은방으로 자리를 옮긴 뒤 야무네는 소리를 죽이며 운다.

"걱정 마이소. 처남 말이…… 새는 날이믄 자세한 소식 들을 수 있을 겁니다. 그라고 새북에 읍내 나가서 지가 의원 데리고 오겄십니다."

그러나 그러한 말들이 야무네에게 위로가 되지 못한다.

"가심이 철렁 내리앉았일 기다. 나도 그랬는데 어매 맘치고와 안 그랬겄노. 하지마는 본인이 깨놓고 말하는 거를 보이, 어매 걱정 덜라꼬 하는 말만은 아닌 것 겉네."

천일네 말에 봉기마누라 두리네도,

"나도 처음에는 억장이 무너지더마. 산 사람이라 할 수 없제, 그런데 보이 정신이 맑아. 하야간에 의원이 와야 알 일이고 천일네, 우리는 가지."
하며 일어섰다.

"그러입시다. 야무어매, 우리는 그만 갈라요. 너무 걱정 마소. 죽을 중병을 앓아도 남 보기 멀쩡한 사램이 있고 방금 죽을 것겉이 뵈는 사람도 뽀시락뽀시락 일어나는 수가 있인께, 야무가 장담 안 하요?"

그러나 야무네, 딱쇠는 그런 말이 귀에 들어오지 않는 것 같았다.

집을 나서면서,

"승구네는 간다 온다 말도 없이 가버렸는가 배."

두리네가 말했다.

"그 집도 편해야 말이지요. 오늘도 큰 난리를 겪었인께."

"와 무신 일이 또 있었더나?"

"우서방 아들 두 놈이 달리들어서 승구를 반죽음이나 시키놨으니 승구어매도 지금 제정신이 아닐 기요. 이혈이 낭자하고."

"참말이제 그것도 할 짓 아니고나."

"그런 재앙이 또 어디 있겄소."

"아까 야무네보고 말로는 그렇기 했다마는 사람우 형상이 그래가지고 회생하겄나."

"그러씨…… 나는 꼭, 벵이 들었다기보다, 저어 까막소서 나온 사람,"

하다가 천일네는 손으로 제 입을 막는다.

"머라 캤노."

"아이고 마 그럴 리가 있겄소."

"까막소, 그렇지마는 최참판댁의 길상이 그 사람이사 멀쩡하던데?"

"진주서 몸조리 다 해가지고 왔인께. 아무튼지 아까 한 말 그거 내가 잘못했소."

천일네는 여간 당황하는 것이 아니었다. 별안간 왜 야무를 까막소에서 나온 사람으로 보았는지, 그것이 상당히 강렬한 느낌이었다 하더라도 분별 있고 남의 얘기라면 항상 신중했던 천일네가 아무런 근거 없이 함부로 입 밖에 말을 냈다는 것은 실책임에 틀림이 없다.

까막소, 음산하고 공포감 없이 사람들은 그곳을 생각하지 않는다. 인생의 끝이요 살아 있는 무덤, 그러나 식민지의 까막소는 쥐틀 속의 쥐 새끼처럼 범죄자만 갇혀 있는 곳은 아니다. 애국자, 사상가들이 노한 사자같이 눈을 부릅뜨며 있는 곳, 부당한 침해에 방어하려다 무고하게 투옥된 양들도 있으며 재판소의 서기는 억울하다는 말이 왜말로 번역이 안 되어 고심한다던가. 어쨌거나 그런 것을 천일네가 헤아렸던 것은 아니었겠지만 폐병쟁이보다는 낫다, 그런 무의식중의 생각은 있었는지 모른다.

"어째 찬물을 뿌린 듯 등이 으씩으씩하네."

"제발이오, 내가 그런 말 하더라고 입 밖에 내지 마소. 나이 든께 입을 잠군 쇠통이 풀어지는지, 씰데없이 남의 일에 참견을 안 하나……. 야무어매가 그거를 알믄."

"이러나저러나 다 좋은 일은 아니제. 초정월부터 사람이 죽고 생때겉은 사람이 까막소로 안 가나, 동네가 이리 궂어서 제를 올리든가 해야지."

"그러기."

"자식이란 무엇인지, 애간장이 녹는 기이 그기이 자식이라."

"……."

"야무네 애간장이 녹겄다. 애간장이 녹아. 살 만한가 싶더마는."

두리네는 아득한 옛일이 되어버린 수수밭의 사건을 생각한다. 항상 생생하게 되살아나는 일.

'그거는 마목겉이 내 맘에 남아 있다.'

삼수에게 난행을 당했던 두리의 참상은 세월이 가고 또 갔건만 두리네 마음에서 사라지지 않는다. 악몽 같은 일이라는 것보다 잊지 못하는 것이 두리네에게는 고문이었다. 조준구에 의해 삼수는 죽었지만, 시집가서 자식 낳고 비밀은 누설되지 않은 채 두리는 지금 잘 살고 있지만, 두리 그 자신의 가슴속 깊은 곳에도 그 일은 남아 있을 것이다. 흔히들 하는 말에 남편은 죽어도 하늘의 별이 보이지만 자식은 죽으면 하늘의 별이 보이지 않는다고 했다. 천일네와 야무네의 책동 때문에 봉기노인은 마을에서 돌팔매질을 당했다. 그러나 그 일은 쉽게 잊혀져서 야무네, 천일네하고는 오고 가며 지낸다.

'그 목이 뿌러져 죽을 놈, 그놈도 죽어서 이제 살이 다 썩었을 긴데 와 이렇기 원한이 풀리지 않는고.'

돌팔매질을 당한 봉기노인에게는 상처가 남아 있지 않다. 그러나 두리에게는 죽는 날까지 그 상처가 남아 있을 것이기 때문인지도 모른다.

"성상이 그 모양으로 돼서 돌아왔인께…… 하지만 성해서 돌아왔다 캐도 못 알아봤일 기다."

두리네는 아픈 기억에서 도망치듯 말머리를 돌렸다.

"와요?"

"야무가 집나간 지 수울찮이 됐을 기다. 일본사람을 따라서 일본 들어간 지가 십수 년이 더 되제."

"십수 년이 더 될 기요. 딱쇠가 코흘릴 적에 나갔인께."

"클 때는 성지간(형제간) 중에서 인물이 괜찮았는데."

"인물이사, 몸이나 성해서 왔으믄 땅마지기나 있인께 우떡허든 살 긴데."

"그러기, 이제 걱정 없일라 싶었는데 살아갈수록 태산이고, 눈감기 전에는 마음 편할 날이 없제."

3장 대면(對面)

인실이는 젊은 사내의 안내를 받아 사장실로 들어갔다. 뒤통수가 납작하고 머리털이 노릿노릿했으나 와이셔츠의 칼라가 눈부시게 흰 청년이 사장실을 물러나며 도어를 조심스럽게 닫아준 뒤 인실은 책상 저편, 의자에 푹 파묻히듯 앉아 있는 남자에게 시선을 보내었다.

"제가 일전에 편지를 드린 유인실입니다만."

가볍게 고개를 숙이는데 그간 수차례 일본 관헌에 의해 시달림을 받아야만 했었던 유인실은 이미 그런 시련 속에서 조선 민족으로서의 존엄, 한 인간으로서의 존엄을 훼손하지 않고 지켰던 사람만이 가질 수 있는 정신적 영역을 엿보게 했다. 남자는, 아니 조용하는 자리에서 일어섰다. 손님을 응접하는 소파 쪽으로 간 그는,

"자아, 앉으시지요."

인실은 팔에 걸고 있었던 외투를 소파 한 곁에 놓고 앉았다.

'이 남자가 어째서 나를 보자 하는 걸까?'

기예학교(技藝學校)의 학생이자 방직공장 여공인 아이에게 불미스럽고 잔혹했던 사건이 있어서 분개한 인실이 방직회사 사장이요 학교의 교주인 조용하에게 편지를 낸 것은 수일 전의 일이었다. 그러나 사장이 직접 면담을 요청해 오리라는 것은 전혀 예상치 못했던 일이었다.

'이 여자는 보석 중에서 다이아몬드다! 가장 경도가 높아.'

마음속으로 장난스럽게 지껄였으나 조용하는 여유를 잃어가고 있었다. 검정 새틴 치마, 감색 세루 저고리를 입고 가만히 응시하는 여자의 눈은 상대가 남자라는 것, 지적으로 세련돼 뵌다는 것, 그리고 귀족이며 막대한 재산가라는 그런 것들에 개의치 않고 있었다. 은사 임명희의 남편이었던 사내라는 것도.

"우리 집사람, 임명희의 제자라지요?"

“…….”

“놀라실 것 없습니다. 참 우연이지요.”

“네…….”

“서신은 대개 비서가 알아서 처리하는데, 아마 여성이고 해서 사장실까지 온 모양입니다.”

“네…….”

“알고 보니 옥고까지 치르신, 그 학교로서는 과람한 선생님이시더군요.”

조용하는 부드러운 미소를 머금는다.

“그것이 누가 된다면 사표를 내겠습니다.”

“아, 아니, 전혀 그런 뜻에서 한 말은 아닙니다. 좀 놀라기는 했었지요. 물론 학교를 그만두셔도 어려운 처지가 아니라는 것도 알구요.”

미소만 부드러웠을 뿐만 아니라 매우 정중하다.

‘이 사람이 날 만나자는 이유는 뭘까? 성의가 있다면 공장장한테 하달하면 될 일 아닌가, 혹 명희 선생님 행방을 알려고 이러는 걸까…….’

인실은 달포가량 전에 여옥을 만났다. 서울에 올 일이 있으면 여옥은 인실을 만나보고 간다. 그때 여옥은 명희의 얘기를 했었다.

‘명희 선생님 때문에…… 아마 그런 것 같다.’

조용하가 표면상 교주이기는 했지만 임명빈이 교장으로 있었던 그 학교와 인실이 현재 나가고 있는 기예학교, 그것도 주간은 폐지되었고 야간만 존속하고 있는 형편이지만, 본시부터 조용하는 육영사업에 관심이 없었다. 부친이 설립했기 때문에 그냥 두어둔다는 태도, 운영에는 전혀 관여하지 않고 있는 실정이었다. 그렇지 않다 하더라도 기예학교의 여선생이 항의편지를 냈다 하여 만나자 한 것은 조용하의 경우 파격적인 처사라 아니할 수 없다. 불미스럽고 참혹한 사건이란 인실이 담임하고 있는 반에는 방직공장 여공 아이가 서너 명 있었다. 그중의 박차순(朴次順)이라는 아이가 방직공장 창고에 끌려가서 감독으로부터 추행을 당하려다 심히 반항을 하여 팔이 부러졌던 것이다. 다행히 추행은 미수에 그쳤으나 수치감과 또 그럴 만한 여유가 없어서 병원에 가지 못하고 방치하였기에 박차순은 팔을 못 쓰게 된 것이다. 직장에서 쫓겨나지 않았다 하더라도 실직하지 않으면 안 되는 몸이 된 것이다.

"그는 그렇고 요즘 유형은 어떻게 지내시지요?"

조용하는 박차순에 관한 일, 명희에 대해서도 말을 꺼내지 않는다.

"저희 오빠를,"

어찌 아느냐는 반문이다.

"면식 정도는 있지요."

"……."

"동경 가서 공부한 사람이면 수재 유인성을 대개 알지요.

몇 명 안 되는 아카몬 출신 아닙니까. 그러고 보니 유선생도 여성으로선 최고의 학벌이구, 대단한 집안입니다."

인실은 저도 모르게 쓴웃음을 띤다.

"계명회사건 때는 유형도 연루가 되었지요, 아마."

침묵으로 인실은 시인한다. 그리고 하마 오가타의 이야기가 나올 거란 생각을 한다. 그러나 조용하는 이야기를 되돌렸다.

"유형은 요즘 뭘 하지요?"

"별로, 집에서 하는 목재소 일을 돌보고 있습니다."

"거 참, 딱하군요. 아까운 인재가 그렇게 썩다니."

하다가 조용하는 문뜩 자신을 돌아본다. 흥분해 있는 것을 깨닫는다. 왜 이렇게 말이 많는가 그것도 깨닫는다. 십 년 전에 임명희를 처음 만났을 때 그때의 자기 자신이 선명하게 떠오른다. 명희는 낯가림이 심한 아이 같았다. 높은 학식, 아름다움을 지녔음에도 의식은 고풍의 순결을 그냥 지니고 있었다. 자기 자신도 조혼의 아내가 있었지만 젊은 나이, 냉담한 외모, 자신 있는 침묵, 그러나 발랄한 감성이 마음속에 꿈틀거리는 청년이었었다. 그리고 민첩하게 명희를 낚아챈 것이다. 찬하가 라이벌이라는 것을 느꼈기 때문에 명희의 감정을 서서히 사로잡을 시간적 여유는 없었지만. 그래서 관례적으로 이혼을 단행하고 매파를 동원하여 성사한 그야말로 전격적인 결혼이었으나 명희의 마음을 휘어잡을 자신이 없었던 것은 결코 아니었다. 그때는 가질 수도, 버릴 수도 있었다. 그러나 지금은 냉담한 외모, 자신 있는 침묵, 그런 것들이 고삐를 잡아도 잡아도 무너지고 만다. 젊음이 간다는 것은 가산이 기우는 것보다 냉혹하다. 명희가 가버렸다는 것도 그에게는 놀라운 현실이요, 따라서 그 일로 인한 충격은 좀처럼 사라질 수 없는 것이다. 한밤중에 눈을 뜨면 조용하는 허공을 향해 이를 간다. 의기소침, 육체도 전과 같은 약동이 없다.

'이 여자는 나를 압도하고 있다!'

순간 조용하는 자신이 지닌 그 모든 것이 한낱 휴지 조각에 불과하다는 느낌의 나락, 깊은 나락으로 자신이 빠져가고 있는 것을 깨닫는다. 명희가 간 뒤에도 그는 가끔 그런 생각을 했었지만 이렇게 절망적으로 실감하지는 않았다. 눈앞에 있는 유인실, 임명희하고는 전혀 다르다. 지금까지 보아온 어떤 여자하고도 다르다. 새로운 여자는 언제나 신선했었다. 허영과 속물근성에 뭉쳐진 듯했던 홍성숙도 처음에는 신선했었다. 이 땅에서는 드문 존재인 성악가라는 그 점 때문에. 지금 역시, 인실이 지닌 여러 가지 외적인 사실에 전혀 현혹되지 않았다 할 수는 없다.

'일본인 그 사내하고 이 여자의 관계, 그 깊이는 어느 정도일까?'

조용하는 담배를 꺼내어 붙여 문다. 연기를 뿜어내는데 옛날 찬하라는 라이벌 때문에 명희를 원했듯이 일본인, 유인실 그들은 애인 사이라는 뜬소문이 심정을 자극한다. 명희를 단념한 것은 아니었다. 다시 수중에 넣었다가 자신이 상처 입은 만큼, 아니 그 이상의 상처를 입혀서 메어치리라는 집념은 여전히 불타고 있었다. 함에도 유인실은 그에게는 희귀하였다. 호기심에서 만나자고 한 여자가 가장 경도 높은 보석이었다는 것은 의외요, 기쁘기보다 어떤 고통을 느끼기까지, 그것은 명희가 자신의 뜻을 거역했듯이 이 여자도 자신의 뜻을 거역하리라는 예감 때문이었는지 모른다. 집념에 불타면서 명희를 다시 수중에 넣을 수 없으리라는 것도 고통스런, 믿을 수 없는 상황이지만 귀한 것은 갖고야 말겠다는 편집광적 욕구, 인실에 대한 강한 욕구는 그 출구조차 찾아볼 수 없으리라는 판단이 그를 못 견디게 한다. 담뱃재를 떨었다. 냉정을 찾으면서 조용하는 말했다.

"그러면 편지에 대한 그 건에 대하여 얘기할까요?"

"그렇게 해주시면 고맙겠습니다."

"그것은 모두 사실인가요?"

"사실입니다."

"사실이라면 감독이라는 자의 목이 달아나야겠군요."

"……."

"그리고 또 팔이 뿌러졌다는 그 여공 아이한테 적당한 보상을 해주어야겠지요."

"……."

"유선생의 요구사항은 결국 그 두 가지가 아닙니까. 그렇지요?"

"어째 그것이 저의 요구사항이겠습니까. 피해자의 요구이며 의당 그렇게 해야 되는 일 아닐까요."

"의당…… 그러나 그게 현실적으로 통용이 돼 있지 않아요."

인실은 조용하를 빤히 쳐다본다. 그렇다면 이런 자리는 무엇 때문에 마련하였나, 힐난의 눈빛이다.

"뭐 이런 말 한다고 거절하는 것은 아니지요. 지시는 내릴 것입니다. 유선생의 성의와 정의감에 경의를 표하는 뜻에서도."

인실은 슬그머니 웃는다.

"그는 그렇고 한 가지 궁금한 게 있습니다. 물어봐도 되겠습니까."

"말씀하세요."

"유선생께서는 교육자의 입장에서 편지를 썼습니까?"

"네?"

"아니면 사회주의 이론에 따라, 노동자 편에 서서 편지를 썼습니까? 어느 쪽이지요?"

"양쪽 다겠지요."

인실은 태연히 말했다.

"양쪽 다아…… 교육자의 입장에서 그러셨다면 나는 무조건 승복하겠습니다만 사회주의운동의 일환으로 그러셨다면 그 편지는 나에게 보내는 도전장입니다. 그렇지요?"

"저에게 사회주의자라는 딱지를 붙인 것은 대일본제국의

경찰이었습니다."

희미하게 조용하는 웃었다.

"그러면 사회주의자는 아니다, 그 말씀이십니까."

"일본이 우리 땅을 강점하여 내 민족을 핍박하고 착취하는데 대하여 반대하는 것을 사회주의라 한다면 저는 사회주의자겠지요. 조선은 지금 정권 운운할 처지도 아니며 국토는 잃고 민족이 말살되어가는 형편인데 반일이면 되는 거지, 기치를 선명히 할 필요가 있을까요? 그리고 강자가 약자를 착취하고 생존의 권리를 박탈하는 경우가 비단 국가와 국가, 민족과 민족 간에만 있는 일도 아니지 않습니까. 기업과 노동자의 경우에도 생존을 외치고 권리를 주장하면 이런 경우 사회주의자라는 못을 박기도 하더군요."

유인실은 조롱하듯 말했으나 적개심을 나타낸 것은 아니었다. 조용하는 크게 소리 내어 웃었다.

"재미있습니다. 생각보다 유선생은 훨씬,"
하다가 조용하는,

"여자들이 빽빽 소리를 지르는 걸 보면 내일 당장 독립이 온다 하더라도 눈살이 찌푸려지는데 유선생은 목구멍이 찢어지는 소리 대신 주먹으로 툭툭 치는군요. 그런데 남자도 하기 어려운 일을, 유선생께서는 초지일관하실 작정입니까?"

비에 씻겨서 흐르는 도랑물같이 상쾌해 보인다. 인실은 조용하를 쳐다보았다. 나이를 헤아릴 수 없게, 뭣인지 모르지만 종잡을 수 없는 미묘한 것, 그리고 사람을 당황하게 하는 눈빛이다. 마음에, 육신에 숨죽이고 있을 치부를 엄폐할 여유를 주지 않는 눈이다. 중년에 접어들면서 또 주량이 늘었기 때문인지 조용하의 안색은 병적으로 창백하였고 피부는 탄력을 잃었으며 최상급 박래품으로 여전하게 세련된 차림새였으나 양복에 감싸인 육체는 초라해져 가고 있었다. 금력과 세력과 명예? 왕가의 피가 흐른다는 한말의 명문이었던 것만은 틀림이 없고 오늘날에는 비록 대일본제국의 귀족으로 탈바꿈을 했을망정 어쨌든 조용하가 가진 것, 누리고 있는 것이 한반도에서는 적어도 으뜸에 속해 있건만 요즘 들어서 찬바람 같은 비애에 침식되어가고 있는 그의 울울한 영혼을 인실의 눈은 골똘히 쳐다보고 있는 것만 같다. 힐난도 동정도 아니다. 타인의 눈이다. 하기야 조금 전까지만 해도 이들은 서로의 존재, 피차간의 처지를 알고는 있었지만 만나본 적이 없는 사이였다. 타인! 사람을 대할 적에 조용하는 늘 타인임을 과시하는 것으로 강자인 자신을 확신해온 사내였다. 냉담하다는 것은 그가 쓰는 칼 중에서도 예리한 것이었다. 그랬는데 조용하는 지금 타인임을 웅변하는 인실의 싸늘한 시선을 견디어내지 못하는 것이다. 감히 내가 누구인데, 분노할 여유도 주지 않는다. 명희는 거의 조용하를 정시하는 일이 없었다. 여자가 남자를 정시하지 않는 것이 올바른 행실이라 하더라도 명희의 그것은 좀 철저하였다. 마음을 감추는 행위로 볼 수 있겠고 상대를 거부하는 행위로도 볼 수 있었겠지만, 그러나 한때 명희는 조용하에게 결코 타인은 아니었었다.

"초지일관이면은……."

뇌듯 인실이 중얼거리는데 조용하는 뒤늦게 자신의 치부에다 휘장을 치듯 사람을 불러 차를 가져오게 일렀다.

"초지일관이라 하시니까 왠지 과장(科場)에 나간 소년 선비라도 된 듯 그런 기분이네요."

"그렇습니까? 첨단을 가는 신여성 입에서 구태의연하다 할까, 이제는 기억 속에서 사라져가는 말을 들을 줄이야, 뜻밖입니다."

했으나 조용하는 자기 귀에도 자신의 말이 어설프고 경박하게 느껴진다.

"구태의연하기론 초지일관, 그 말씀부터지요. 뜻을 세워볼 한 치의 땅, 뜻을 관철할 장소조차 없는 조선인에게는 말입니다."

"그건 지나친 결벽증입니다. 땅은 없어도 운동은 하고 있지 않습니까."

"네. 아직까지 방직공장은 돌아가고 있지요."

야유다.

"이거 참, 나를 겨냥해서 단단히 준비를 하고 온 모양이군요. 하기는 일본의 작위를 받은 가문이라 민족주의자들이 사갈시하는 것은 당연하고 많은 노동자를 혹사하는 기업주인

만큼 사회주의 공산주의자들이 이를 가는 것도 어쩔 수 없는 일이긴 하지요."

'너는 그 어느 쪽이냐, 그러나 어느 쪽이든 그런 문제라면 나는 신경질적인 반응을 보이지 않을 것이다. 다소 성가시다는 생각은 하지만 아무래도 좋아. 그런 일이라면…… 옛날에는 중요하지 않았다. 내 앞에 앉은 너 같은 존재도. 요즘에 와서 뭣이 나를 산란하게 하는 걸까. 일대일, 인간과 인간의 관계, 어째서 불가능이 내 앞을 막아서느냐 그것이지. 사실은 유인실이라는 너가 내게 중요했던 것은 아니었을 게야. 불가능을 너가 몰고 왔기 때문인지 몰라. 이 도도하고 건방진 계집애야.'

마음속으로 뇌면서도 명희로 말미암아 깊은 좌절의 수렁으로 빠진 것에는 언급하지 않는다. 결코 치유될 수 없는 상처, 설사 명희를 끌고 온다 하더라도 복수는 되겠지만 상처는 아물지 않을 것이며 그 굴욕은 잊혀질 성질의 것이 아니었다. 심신을 쇠퇴하게 한 주범은 물론 세월이겠으나 남자로서의 황금기가 순식간에 지나간 것은 명희 탓이다. 처음 만난 인실에게 소유의 강한 충동과 동시에 비참한 절망을 느끼게 하는 것도 명희 탓인지 모른다.

"남자의 주먹은 여자보다 크겠지요. 일본은 조선인들 주먹보다 크고 미국 영국 같은 나라, 그들의 주먹은 더 클 겁니다."

남자도 하기 어려운 일이라 한 데 대하여 이제 겨우 인실의 답변이 나온 것이다.

"힘을 말하는 겁니까?"

"야만적이란 뜻도 됩니다."

"그것 참 묘한 관점이군요."

조용하는 가져다 놓은 커피잔을 들며 인실에게도 손짓으로 권한다.

"힘이 세면 뺏으려는 생각부터 하니까 동물적이라는 거예요."

"인간도 동물임에 틀림이 없고 그건 본능이니까."

인실은 커피잔을 들면서,

"본능이겠지요."

"하면은 누굴 원망하겠습니까. 조물주를 탓할밖에."

빙그레 웃는다.

"힘이 약해서 굶어 죽는 것도 못났지만 힘이 세다 하여 마구 빼앗아 처먹고 배가 터져서 죽는 것도 바보 아닐까요."

서슴없이 내뱉는다. 이야기의 내용은 일관된 것이지만 표현은 갈지자로 여기 풀쑥 저기 풀쑥 듣는 사람을 혼란에 빠뜨린다. 그러나 조용하는,

"글쎄요."

한결 여유를 보인다. 그도 예민한 사내다. 미리 준비를 해두었다가 하는 말도 아니었겠지만 그렇다고 해서 즉흥적으로 떠오르는 대로 인실이 말하고 있다는 생각은 아니했다. 어쨌

거나 침묵하는 것보다, 가만히 쳐다보는 것보다 인실이 지껄여주는 편이 한결 마음이 편했던 것이다. 편했을 뿐만 아니라 즐거움 같은 것을 느낀다. 묘령의 처녀가, 실제 나이론 노처녀였지만 그것도 최고학부까지 밟은 교양 있는 여성이 처먹고, 배가 터져서 죽고 하는 따위의 원색적인 언사를 쓰는, 그것은 굉장한 매력이었다. 생동감, 정열 같은 것은 명희에게선 느껴보지 못했던 것이다. 명희뿐인가. 그가 아는 어떤 여자에게서도 체험한 일이 없는 것이다. 미인이거나 교양이 있거나 정숙하거나 혹은 교태, 수다…… 원래 호색가는 아니었던 조용하는 교태나 수다스런 것에 대해서는 아예 외면을 했었지만.

"앞으로, 현재도 그렇습니다만 일제가 조선에 부려놓을 일감을 생각해보신 일이 있습니까?"

인실은 이야기를 이었다.

"하루 임금(賃金)이 얼마라는 꼬리표가 붙은 일감 말입니다. 모든 것을 다 빼앗아가고 사막이 되어버린 땅덩어리에 부려진 일감, 그거야말로 보석일 거예요. 횡재 아니겠습니까? 사람들이 미친 듯 달려가는 건 당연하겠지요. 노예의 낙인보다 확실하고 종의 문서보다 무서운 것이 그 임금이라는 것 아니겠습니까?"

"흐음."

"문서가 없고 낙인이 없어도 사람들은 결코 달아나려 하지는 않을 것입니다. 아니 오히려 쫓겨날까 봐서 고혈이라도 짜 바치고 싶은 심정일 거예요. 힘 가진 사람들에게는 참 쓰기 좋고 편안한 세월이 돼가는 것 같아요. 사장님께서도 누가 알겠습니까, 장차 임금노예로 전락이 될지. 그런 면에서 보면 저는 민족주의잔지 모르겠네요. 우리 다 공동운명이니까요."

열중하여 하는 말도 아니었으나 선명하게 그어놓은 듯한 인실의 귀밑에서 턱에 이르는 선은 압축하여 다가오는 듯한 분위기를 자아낸다.

"불행인지 다행인지 나에게는 아직 자손이 없고 그 점에 있어서는, 설마 내 당대에야, 하하핫핫…… 하하하 하하하아."

크게 소리 내어 웃는다.

"허나 유선생의 말씀은 극단적입니다. 심하게 말하면 피해망상이라 할 수도 있고, 멀지 않아 조선땅이 그리 된다면 무슨 희망이 있겠소. 물론 나도 조선사람으로서 결코 일본의 임금노예가 되고 싶지는 않소이다. 역사란 항상 기복, 운동이라 해도 좋겠습니다만 어떤 법칙에 의해 움직이고 있는 것이라 나는 생각하는데요. 소단위의 부족사회도 아니겠고 물론 강한 민족에 의해 사라진 국가가 없는 것은 아니지만 어느 국가나 민족에 의해서 깡그리 국토가 사막이 된다거나 민족 전체가 노예로 떨어진다, 그건 좀 지나친 얘깁니다."

"미 대륙의 인디언들은 어찌 되었습니까."

"국가는 멸망했으나 민족은 흡수된 거지요."

"흡수보다 멸종돼가고 있는 거 아닙니까?"

이번에는 조용하가 인실을 빤히 쳐다본다. 대화의 상대가 여자인 것을 비로소 깨닫기라도 한 듯, 그 심정을 아는지 인실의 눈에 웃음이 지나간다.

'대담하고 당당하고 뭣 이런 여자가, 헛 참.'

"조선사람 전부가 임금노예로 떨어진다 할 것 같으면 상대적으로 조선사람 전부가 결사대로 들어가자 그런 말도 나옴직한데 정복자나 피정복자 쌍방의 방향이 화살 가듯 그렇게 곧게 나 있는 것은 아니며 제아무리 욱일승천(旭日昇天)한다는 일본의 기세이기로, 또 한편 한 사람의 친일파도 없는 조선민족이라 가정하더라도 말입니다. 역사의 역학적 방향과 인간의 그것과 반드시 일치하는 것일까요?"

"절망적이군요. 침략하는 일본이나 짓밟히는 우리들 모두는 의지 밖에서 역사에 희롱당하거나 혜택을 받는다 그런 얘긴가요? 저는 그렇게 생각지 않습니다. 우리 민족이 말살당하느냐 안 당하느냐 그것은 우리 자신들에게 달려 있는 거구, 친일파의 존재가 아니었던들 우리의 사정은 좀 달라져 있었을 거예요. 길은 형편 따라 우회할 수도 있고 질러갈 수도 있겠지만 생각은 화살 가듯 곧아야 한다고 믿어요."

"생각이란 늘 이상에 기울기 쉬운 겁니다. 길과 같이 생각도 우회할 때는 해야 하고 지름길도 가야 합니다. 들판에서 식량을 생산해내는 농부가 싸움터에 병사를 보내어 의미 없는 죽음을 강요하는 군주보다 훌륭하다, 이론으론 그렇지요.

또 그게 진실인지도 모르지요. 그러나 그 가치관이 힘을 쓴 적이 있습니까? 지배자 없는 시대가 있었습니까?"

하다가 짜증스럽게 이맛살을 찌푸린다.

"아무튼 정의나 진실이란 망망대해를 흘러가는 박 덩이 같은 것이오. 물결 따라 솟았다가 잠겼다가…… 그런 것보다 내 듣자니까 유선생께서는 경찰에 자주 불려다니시고 또 구속까지 된 일이 있다 하던데 그런 일 겪을 때 여성으로서 두려운 생각은 없었던가요?"

"여자뿐이겠습니까. 남자로서도 두려운 일이지요."

"남자의 경우도 그렇긴 하겠지요. 하면은 두렵다, 그게 바로 현실인데 현실을 현실로 받아들여야지요. 그런 험난한 길은 남자들 영분(領分)으로 밀어버리세요."

"남자들 영분…… 그러면 사장님한테 기대를 걸어야겠네요."

인실은 활짝 웃으며 말했다. 그 말 대답은 하지 않고,

"유선생께는 여성으로서 행복한 길을 가야겠다는 생각은 전혀 안 해보셨습니까?"

"행복을 꿈꾸지 않는 사람이 있겠습니까? 하지만 자기 자신을 기만하고서 과연 행복할는지. 유다가 행복했더라면 왜 스스로 목을 매고 죽었겠습니까."

조용하는 눈살을 다시 찌푸렸다.

"유선생을 간접적으론, 진작부터 알고 있었지만 만나뵙는 것은 오늘 처음인데 이야길 하다보니 꽤 견해의 차이가 있습

니다. 이런 대화는 남자끼리도 별로 없었는데 말입니다. 흔히들 진실 진실 하지만 진실이란 환상이지요. 때에 따라서 위선일 수도 있구요. 본능을 억압한다는 것은 삶 자체를 부정하는 일이라 생각지는 않습니까?"

처음으로 조용하 입가에 냉소가 감돌았다. 네가 알면 얼마나 알겠느냐, 일본 가서 공부 좀 했기로 필경엔 계집 아니겠나. 좀 색다르긴 해도 요즘 유학하고 온 여자들 범주에서 벗어났으면 얼마나 벗어났을꼬, 오십보백보, 강선혜도 입으론 꽤 똑똑했었지…….

"본능을 부정하는 사람은 없겠지요. 신부 수녀도 밥 먹고 잠자니까요. 하지만 본능이 추악해지면 그건 삶에 있어서 악몽일 거예요. 초지일관하리라 다짐을 했는지 그건 기억할 수 없지만, 나의 삶이 악몽에 시달리지 않기를 바라긴 합니다. 의지가 굳은 남성께서도 고문을 감내하지 못하고 변절하는 경우를 보았으니까요."

"유선생은 남녀동등주의자입니까?"

"사장님께서는? 동조자신가요?"

얄밉기 그지없다.

"나야 본시 페미니스트지요. 하하핫핫……."

조용하가 페미니스트인 것만은 사실이다. 형식적이요 외형적인 것일지라도 그것은 조용하 생활의 스타일이라고나 할까?

"페미니스트, 그러신 것 같네요. 참, 늦었지만 명희 선생님은 안녕하신가요?"

"여행 중이오."

짤막한 대답이다. 인실은 심술꾸러기처럼 마음속으로 낄낄 웃는다.

"그러세요……. 그런데 전 남녀동등주의는 아니에요."

인실은 아까처럼 조용하를 쳐다본다. 관동 진재(震災)가 있은 후, 집으로 돌아와 있는 인실을 보려고 인경이 강선혜와 함께 친정으로 왔었던 일이 있었다.

'특히 인실이는 눈이 좋다. 이지적인 아름다움이 있어 어릴 적에도 눈이 좋다 싶었는데 눈 하나가 얼굴 전체를 지배하고 있단 말이야.'

강선혜는 그런 말을 했었다. 그러니까 칠팔 년 전의 일이다. 지금 조용하도 공부 좀 했기로 필경엔 계집 아니겠나, 오십 보 백 보, 강선혜도 입으론 꽤 똑똑했었지, 방금 마음속으로 뇌었던 말을 까맣게 잊었는가.

'눈 하나가 얼굴 전체를 지배하고 있다.'

강선혜가 한 말과 같은 말을 마음속으로 뇌는 것이었다.

'얼굴뿐일까, 몸 전체, 이 여자의 전부를 지배하고 있다! 남까지 지배하는 저 눈, 설사 신체가 불구라 하더라도 저 눈은 그것을 상쇄하고 말 게야. 도시 이 여자는 어떤 인간인가.'

인실이 남녀동등주의자건 아니건, 또 그 밖의 무슨 주의를 신봉하건 말건, 그것은 별 관심거리가 못 된다.

"어떤 선배 언니가 한 얘긴데요, 남녀동등주의의 여자들 꼴불견이라는 거예요. 물 빠진 나무막대기 같은 여자라 혹평하면서 그들 주의나 사상에는 인간에 대한 휴머니티의 뒷받침이 없고 에고이즘에서 출발하고 있다는 거예요. 자기 처지에 대한 불만, 원망, 열등감 그런 것 때문에 핏대를 세우거나 아니면 시류를 좇아가는 의식화되지 못한 경박함, 해서 자칫하면 여성의 특성이 향상되기보다 말살되는 결과가 된다, 남녀는 다 같이 서로 장단점은 있게 마련이라는 거지요. 동시에 남자 제일주의, 뽐내는 남자들은 여자를 소유물로, 종으로, 아이 낳는 존재로 생각하며 사사건건 여자가, 여자 주제에, 그런 남자치고 잘난 사람 없다 그런 말도 했어요. 남녀동등을 부르짖는 여자들과 마찬가지로 남자로서 자신이 없고 열등감에 사로잡혀서, 그런 남성에게 있어서 여자의 존재야말로 자부심의 마지막 보루 같은 거래요. 해서 그거나마 허물어질까 봐서 전전긍긍 필사적이며 관에서 매 맞고 집에 와서 아내 치는 사내가 옛날에도 못난 사내의 대명사 같은 것은 아니었나, 독설이 심하지요? 저도 얼마간 그 말에는 동감입니다. 그건 남성 여성의 구별에서 제기되는 것이기보다 인간성의 문제가 아닐까요? 약자니까 나보다 약한 자가 있어주기를 바라는 심리, 일종의 잔인성이라 할까요? 부당한 독재자나 암우한 군주가 살생을 일삼는 것도 바로 그 심리 때문일 거예요. 비단 사람과 사람의 관계에 있어서뿐만 아니라 국가와 국가, 민족과 민족의 사이에도, 일본을 보세요. 그 나라 유산이라곤 칼 쓰는 것밖에 없지 않아요? 참으로 열등감이 치열한 민족이에요. 그네들이 일등국민 일등국민 하기 위해, 일등국민이 되기 위해 그들은 끝없이 살육을 계속할 거예요. 나는 그들이 사람을 어떻게 살해했는가를 똑똑히 보았습니다."

순간 인실의 맑은 눈에 살기가 지나갔다. 그러나 그것은 이내 비애로 변하여 인실의 전신을 휩싸는 것이다. 동천(冬天) 아래 빈 벌판, 외로운 새 한 마리처럼, 왜 갑자기 인실에게 그런 변화가 왔는지 알 수 없는 일이었다.

"얼마 전에 어떤 남성 때문에 배를 잡고 웃은 일이 있었어요."

인실의 음성이 별안간 높아졌다. 그의 내부에서 뭔가가 허물어져가고 있는 것 같았다.

"분명히 그분은 남성 제일주의인데 여성들 눈에 칼날이 설까 봐 겁이 났던 모양이에요. 여성 열성(女性劣性)에 관하여 누가 이러 저렇게 말하더라, 어느 학자의 설을 인용한다면 하는 식으로 가장 극렬한 논자들 주장을 수없이 나열한 뒤, 그러나 나는 그렇게는 생각지 않는다, 여성이여 자신을 개발하라, 항아리에 된장을 가득 채워놓고 콩잎으로 살짝 덮어버리는 거예요. 소심하여 상대방 눈빛에 따라 이야기의 메뉴가 달라지는 그런 남자, 동경 가서 공부했다는 사람 속에 흔히 있더군요."

말을 하면서 인실은 내가 왜 이곳에 죽치고 앉아 있는 걸까, 황금으로 권위로 치장되어 가면 같은 저 사내에게 난 왜 이렇게 많은 말을 해야 했던가, 그것을 인실이 깨달은 것은 그들이 사람을 어떻게 살해했는가를 똑똑히 보았다는 그 말을 했을 때다. 오가타 지로가 지금 서울에 와 있는 것이다. 아직 만나보지 못하였고, 집에 돌아가면 그가 와 있을 것 같은 생각이 들었다. 아무튼 밖에서 시간을 보내야 한다. 그것은 무의식적인 것이었을 것이다. 의식했다 하더라도 인실은 그런, 오가타에 관한 생각에서 도망쳤을 것이다. 그럼에도 인실은 별로 달갑지 않은 조용하 사무실에서 늑장을 피웠다. 물론 처음 이곳에 올 때는 목적이 뚜렷하였고 오가타를 피하기 위해 왔던 것은 아니었지만. 인실은 외투를 집어들었다.

"너무 많은 시간을 실례한 것 같습니다. 여러 가지 배려도 고마웠습니다."

인실은 고개를 숙이고 황황히, 조용하가 미처 뭐라 말을 하기도 전에 도어를 밀고 나가버렸다. 도어를 밀던 뒷모습, 닫혀진 도어, 별안간 실내는 텅 비어버린, 그리고 거대한 가람과 같이…… 침묵으로 가라앉는다.

조용하는 무겁게 몸을 일으켰다. 책상 앞으로 돌아와서 의자에 파묻힌다. 얼마 동안이나 시간이 흘렀을까.

"그놈의 계집애, 할 말 다 하고 갔군!"

내뱉는다. 신경질적으로 책상 서랍을 열고 손톱깎이를 찾아낸다. 책상 위에 휴지를 펴놓고 조용하는 손톱을 깎기 시작한다. 을씨년스런 모습인데 손톱 자르는 소리가 탁! 탁! 들린다. 다 깎은 뒤 그는 줄로 깎은 자리를 다듬는다.

'자네는 항상 흐트러짐이 없고 소리 없는 웃음만 다양한데, 허둥지둥하는 사람을 보면 우습게 생각할 게야. 자네뿐만 아니라 대개가 그런 사람들을 만만하게 얕잡아보기 일쑤지. 그러나 그것은 사람에 대한 온당한 관찰은 못 돼. 물론 전부가 전부 다 그렇다는 얘기는 아니나, 감수성이 많은 것을 일시에 받아들이기 때문에 어떤 홍수(洪水) 현상이라고나 할까? 통제의 능력은 약할지 모르나 그만큼 예민한 거지. 순간적으로 그것들을 감당치 못하고 혼란에 빠져 허둥대는 것이 겁에 질린 듯 잘못이라도 저지른 듯, 해서 내가 그를 압도하고 있다, 착각하기 쉬워. 그러나 그런 성향의 사람은 홀로 있을 때 자신과 타인의 상황을 전후좌우 세밀하게 분석하는 버릇이 있어. 전모를 파악하기까지 추적해가는 끈기도 있고. 자네같이 생래적으로 냉담한 사람은 별도로 하고 그릇이 크기 때문에 대범한 사람도 그만두고, 세상을 살아가는 방편으로 냉정과 침착함을 체득한 사람의 경운데, 냉정이나 침착함이란 침묵으로 때우는 것 아니겠나? 특히 집단이나 조직 속으로 들어가면 냉정과 침착은 수단이 되는 만큼 익히기에 고심하게 되는 모양이더군. 그런데 득실(得失) 면에서 본다면 글쎄 어떨까. 일률적으로 말할 성질은 아니나 또 집단이나 조직 속에서는 그렇게 해야 할 이유도 있긴 있지. 집단이란 대충대충 정비하여 굴리지 않으면, 일대일, 개인과 개인의 관계처럼 델리키트하진 않으니 말씀이야.'

'서론이 길군요. 이야기의 골자가 뭡니까?'

'충돌의 이야기, 상합(相合)되지 않는 이야긴가? 아무튼 기회만 있으면 인간은 상대를 억압하려는 것이 본성인데.'

'해서요.'

'침착하고 냉정한 사람 앞에선 심리적으로 승복하고 경의를 표하게 되는가 본데, 상대적으로 자기방어도 하게 마련이거든. 방어란 자신을 되도록 드러내놓지 않으려는 그것이야. 따라서 이쪽에선 파악이 미흡해진다. 대체적으로 성향이 냉정하거나 그것으로 무장한 사람들은 앞서 말한 사람보다 사후분석, 자기 성찰이 부족해. 해서 득(得)을 말하면은 일시적이나마 휘어잡고 일을 추진해나갈 수 있는 것이고 실(失)은 파악이 미흡한 채 넘어가기 때문에 어떤 지속적인 것, 완벽함이 없다. 방편이란 늘 그렇게 유리하지만 뜻하지 않는 함정이 도사리고 있는 게지. 사실 경계를 해야 할 사람은 앞에 말한 그런 부류, 약점을 드러내면서 휘지 않아. 또 상대적으로 그들 앞에서 이쪽을 드러내는 경우가 많고, 그들의 실을 말하자면 대접을 못 받는 데 있고 득은 반복되는 사이 어떤 지속성을 이루게 된다는 것, 새김질하면서 판단의 정확성에 접근해간다는 점, 항시 자기 내부를 둘러보며 또 남의 심부(深部)에 칼을 꽂기도 하고, 남 보기엔 위태로우면서도 결코 그런 성향의 사람들은 자신을 팔아넘기는 짓을 아니한다. 내 왜 이런 얘기를 하는고 하니, 휘어잡았다 생각하는 사람은 휘어잡히지 않았다는 사실을 모르거든. 그게 바로 함정인 게야. 대부분의 사람들은 그런 우를 범하는데 사람 많이 쓰는 사람, 사람 많이 대하는 사람은 방편도 고수(高手)가 돼야 한다 그 얘기네.'

자기 변명, 자기 선전이라고 일소에 부쳐버렸던 옛날 어느 선배와의 묵은 대화를 조용하는 저도 모르게 되씹고 있었다. 인실은 그가 말하는 두 가지 어느 범주에도 속하지 않았다. 현재 조용하의 심정과도 관련이 없는 이야기다. 왜 그 묵은 대화를 생각했는지 조용하 자신도 알 수 없었다. 하기는 전혀 관련 없는 일을 떠올리면서 마음을 가라앉히고 여유를 찾고자 하는 무의식적인 교활, 그것도 인간의 방어본능에 속하는 것인지.

"그 계집애 할 말 다 하고 갔군!"

손톱깎이를 동댕이치고 짤린 손톱이 흩어진 휴지를 꾸겨서 휴지통에 집어던진다. 턱을 고이고 창을 바라보는데 전선 세 줄이 가로지른 창밖의 뿌연 하늘, 우중충한 겨울 하늘. 손톱 빛깔이 좋지 않다는 생각을 한다. 식욕이 없다는 생각을 한다. 병원에는 가기 싫다는 생각도 해본다.

'지겹다. 못 견디게 지겹구나. 계집도 자식도 없는 사내…… 아직은 오십이 까마득한데 늙은 금리업자, 지팡이 짚고 공원

에서 산책하는 노신사, 색 바랜 모자, 색 바랜 양복.'

별안간 조용하는,

"어디 그런 게 다 있어! 마귀 같은 계집애!"

정지상태에 있던 분노가 차츰 잠을 깨며 움직이기 시작한다.

'맞아! 유인실은 명희 간 곳을 알고 있는 게야. 그간의 사정도 다 알고 있어. 왜 내가 그 생각을 못했을까?'

그러나 조용하는 그 일에 집착하는 것은 아니었다. 어느덧 명희는 넘겨진 책장 속의 그림 같은 존재로 변해버린 것이다. 혼란, 혼란, 또 혼란, 비애와 절망 그리고 분노, 눈만 흘겨도 무엇이든 뜻대로 움직여주던 것이 언제부터 그리 안 되었는가, 완강하게 말을 들어주지 않는 것이다. 오는 것이 아니라 가서 조작을 하여도 끄떡하지 않는 것이다.

"이것은 돌변이다!"

고장난 기계를 박살내듯 파괴의 충동이 불기둥같이 솟아오른다. 자리에서 벌떡 일어난 조용하는 사방을 둘러본다. 육중한 책상과 책장이 냉소하듯 그를 쳐다본다. 책상 위에는 서류가 있었을 뿐이다.

"거기 누구 없어!"

소리를 지른다.

"네!"

머리털이 성글고 노오란 아까 그 청년이 우레탕 같은 조용하 고함에 혼비백산하며 뛰어 들어왔다.

"제문식이 오라고 해!"

"저기,"

"제전무 말이야!"

"네, 네!"

청년은 메뚜기처럼 뛰어나간다.

이윽고 비대한 몸집에 입술이 두텁고 매 눈 같은 눈을 가진 사내가 왔다.

"무슨 일이십니까?"

얼굴이 새파래져서 우뚝 서 있는 조용하에게, 그다지 고분고분하지 않은 태도로 사내는 물었다.

"지금 바쁜가?"

아까와 달리 잠긴 음성이었다.

"별로 바쁜 일은 없습니다만."

"하면은 오늘 시간은 모조리 나한테 내어주."

"그러지요. 안색이 안 좋으신데, 요즘 건강이."

"오늘은 나한테 시간 내놓으라 했다, 자네 말씨 환원하게!"

사내는 씩 웃었다. 제문식(諸文植), 이들은 대학 시절의 친구지간이다. 현재는 제전무, 조용하의 오른팔 노릇을 하는 수완 있고 배짱 좋은 사내였다. 어느 누구보다 제문식은 조용하의 속사정을 잘 알고 있었다.

"겨울 해가 짧기는 하지만 아직은."

제문식은 창밖을 쳐다보며 중얼거렸다.

"누가 기생집에 가자 했나?"

"그럼 어딜 가누?"

"하여간 술은 마셔야겠다."

"천하의 조용하도 안 되는 일이 있는 모양이지?"

"잔소리 말고 나서!"

두 사내는 얼마 후 자동차에 몸을 실었다.

"산장으로."

조용하가 말했다.

4장 흥미로운 인물

찬하와 오가타는 술상을 마주하고 앉았다. 이들은 그저께 밤 동경을 떠나 서울에 도착하여 여관에서 하룻밤을 함께 묵고 어제 아침 찬하는 본가에 들렀던 것이다. 용하는 부재중이었다. 명희가 집을 나간 일은 동경서 이미 알고 왔다. 이런 저런 얘기 끝에 거북해하면서 환국이 전해준 소식이었다. 나이보다 늙어서 치매 같은 느낌을 풍기는 양친에게 인사를 올리며 찬하는 명희에 대하여 침묵을 지켰다. 집 안은 썰렁하고 황폐한 것 같았다. 양친은 왜 손주를 데려오지 않았는가 그 말만 했다.

"아직 어려서."

끝내 노인들은 며느리에 관해서 말하지 않았다. 일본으로부터 작위를 받았다는 열등의식, 일본여자가 며느리라는 현실이, 부나 명예를 마다하고 떠난 명희, 그것도 상처가 아니던가. 모두가 다 조씨 가문의 상처다. 다행이나 어쩔 수 없이 쓸쓸한 노후가 더욱더 쓸쓸해진 것만은 사실이다. 양친을 만난 후 찬하는 곧장 산장으로 왔다. 산장에서 다시 하룻밤을 보낸 찬하는 늦은 조반을 마치고 시내로 나와 무작정 거리를 헤매다가 오가타를 찾았다. 오가타는 여관방에 멍청한 얼굴을 하고서 앉아 있었다.

"못 만나려니 하고 왔는데 계셨군요."

"당신도 어지간히 갈 곳이 없었던 모양이지요?"

오가타는 안경을 밀어 올리며 민망한 듯 말했다.

"서울에 오면 난 언제나 갈 곳이 없어요."

앉지도 않고 선 채 말했다.

"고아처럼?"

"고아처럼."

"나는 그렇지 않소. 갈 곳은 많은데 이러고 있지요. 만날 사람도 있는데 못 만나는 거요."

"왜 그럴까?"

"글쎄, 나도 지금 왜 그럴까 하고 생각하는 중이오."

두 사람은 허허 하고 웃었다.

"그럼 날 따라오시오."

찬하는 오가타를 산장으로 데려온 것이다. 두 사람은 말없이 술잔을 들었다. 말을 하면은 그것은 헛소리뿐일 것이란 생각이었고 두 사람이 다 헛소리 같은 건 하고 싶지 않은 심정인 것이다. 오나가나 조선의 얘기, 일본에 관한 얘기, 사상의 동향, 세계정세, 이제 신물이 났고 심각해지는 애정문제는 입밖에 내고 싶지 않은 것이다. 이들은 모두 쓸쓸했다. 외톨이 같았고 외딴섬에 유배당한 느낌이었지만 한편 신물나는 얘기, 그 신물나는 얘기에 열중하는 각계각층의 군상(群像), 그 군상 속에서 쓸쓸해하고 있는 자신들이기 때문에 더욱 외톨이 같고 유배당한 것 같은 느낌이었는지 모른다. 천천히 마시는 술이었지만 두 사람은 다 취해오지 않았다.

'히토미[仁實]를 어떻게 만나는 것이 좋을까. 만날 수 있을까?'

그러나 오가타는 인실을 만나지 못하리라는 생각은 하지 않았다. 인실의 오빠 유인성이나 여러 친구들이 인실과의 만남을 저지하겠지만, 오가타는 그 저지하는 힘을 겁내지 않았고 믿지도 않았다. 쉽게 만나느냐 어렵게 만나느냐 그 차이일 것이라 생각했다. 오가타는 자신이 서울에 온 것이 이미 선우신을 통해 유인성에게 전달되었을 것으로 알고 있었다. 어제 본정통의 끽다점 나미키[並木]에서 선우신을 만났던 것이다. 그리고 오늘 선우 형제와 유인성, 그들과 함께 저녁을 먹기로 약속이 돼 있었다. 오가타는 서울에 도착하자마자 좀 더 일찍 오지 못한 것을 후회했다. 사정이 있어서 지체가 되었는데 방학 전에 왔었더라면 야학교로 인실을 곧장 찾아갈 수 있었을 것이기 때문이다. 오가타가 조선으로 나온 목적의 전부가 인실을 만난다, 그것은 아니었지만 적어도 목적의 칠십 프로는 인실에게 있었다.

'우리는 어찌 될까……. 만나서 얼굴 한 번 보고 돌아간다. 그리고 몇 년을 견디어야 한다. 왜 왜! 왜 그래야 하나. 늙어서 죽을 때까지 바다 이쪽과 저쪽에서 그리워하다가 목말라하다가…… 단념을 하라 한다, 단념을 하라고 모든 사람이, 히토미까지도 단념을 하라 한다. 결혼을 하라 한다. 여자를 몰라 그렇다는 거다. 남녀는 사랑이 없어도 결합이 된다. 내 앞에 있는 저 사내도 내게 단념을 하라 했다. 불가능할 때 그 사랑은 기억에만 남는다. 기억에 남아 있다 해서 현재 내 아내를 사랑하지 않는 것은 아니다. 저 사내는 그렇게 말했다. 그에게 있어 그것은 진실인지 모른다. 사람의 생이란 길어야 칠십이다. 그것은 순간과도 같다. 얼마나 소중한 삶이냐. 풀잎에 맺힌 영롱한 이슬 같은 것, 히토미가 보석이라면 인생 자체도 보석이다. 하나밖에 없는 보석이다. 어떤 놈은 나를 보고 계집 섞은 것 같은 자식이라 한다. 어떤 놈은 나를 보고 미숙아라 한다. 삼십이 넘었는데 지능검사를 해야 한다고 웃는 놈도 있었다. 많이 봐주는 작자까지 감상파(感傷派)라, 감상파,

이 나를 감상파라, 사내가 삼십이 넘으면, 사내가 삼십을 넘으면.'

하다가 오가타는 술잔을 기울인다.

"주요무소노 와가헤이와(충용무쌍한 우리 병사는)."

느닷없는 노랫소리에 찬하는 오가타를 쳐다본다.

"하며 총 메고 사람 죽이러 만주로 떠나는 놈들, 날 보고 계집 섞은 것 같은 놈이라 하지."

"덴니가와리데 후기오우쓰(하늘에 대신하여 불의를 친다). 그건 어떻고?"

"그 정도면 작사한 놈이 미쳤지."

"작사자뿐일까요? 시나진 고로세(지나인 죽여라) 하는 아이들까지 전쟁광이 돼가고 있지요."

'흠, 주요무소노 와가헤이를, 강도질하러 보내는 놈들, 생명을 난도질하러 보내는 놈들! 민족제일주의, 그놈들이 한 짓은 무엇이냐, 제 민족까지 덫에 쓰는 고기로 삼지 않았더냐? 참본[參謀本部] 그 기라성 같은 천재들, 충용무쌍한 미치광이들, 용광로에라도 떨어질 놈들, 만주뿐인가? 중국뿐인가? 세계가 눈앞에 왔다 갔다 하니 미치지 미쳐, 관두자 관두어, 나는 히토미 때문에 너희들에게 화내는 것은 아니다. 짧은 생애, 풀잎에 맺힌 이슬처럼 영롱하고 고귀하고 찰나 같은 생명 때문에 분통이 터지는 거다. 나는 내 손에 피 묻힐 수는 없다. 공범자가 될 수는 없다. 결코 나는 나를 버리진 않아. 그렇게 함부로 생을 받는 것은 아니니까 말씀이야. 내 목소리가 설사 모깃소리라 하더라도 나는 내 목소리를 지닐 것이며…… 아아 참으로 고달프도다.'

제 민족까지 덫에 쓰는 고기로 삼았다는 얘기는 제남사건(濟南事件)을 두고 하는 말이다. 제 민족까지 덫의 고기로 쓰는 수법이 어디 제남사건에만 한했을까마는, 아무튼 조선은 먹었고 만주를 수중에 넣는 것이 숙원이던 대일본제국, 그것은 또한 시간문제이기도 했었는데 재작년 삼월 남경(南京)정부가 북벌 재개의 성명과 더불어 결행에 옮겼을 때 일본은 일본 거류민의 재산과 인명을 보호한다는 구실하에 천진 주둔군의 일부, 육사단에서 오천 명을 뽑아 제남에 파견하였는데 정작 남경정부의 혁명군은 장작림 군대와는 교전이 없었고 평화적으로 입성했던 것인데 일본군이 도발하여 중국 정부의 직원을 사살하고 마약 밀매자인 일본인 십여 명을 참살, 그 시체들을 전쟁으로 가는 덫에다 장치했던 것이다. 일본 국내에서는 언제나 그러했듯이 일본 거류민 수백 명이 학살되었다는 소문이 유포되었고 신문도 덩달아 그것을 과대 보도, 전쟁 열기에 불을 지르기 시작하였으나 그들의 뜻대로는 되지 않았다. 장작림을 괴뢰로 하여 서서히 만주와 몽고를 먹어치우려던 일본의 정부측 복안이나 가와모토 다이사쿠[河本大作] 현역 대좌로 하여금 장작림을 실은 열차를 폭파케 하고 그 혼란을 틈타서 만주를 점령하려던 관동군(關東軍)의 계책도 다 실패하고 도리어 폭사한 장작림의 아들 장학량(張學良)에 의해 국민 정부는 만주의 군벌과 합작하여 중국은 통일되었다. 일본으로선 이가 갈리게 분통 터지는 일이었던 것이다.

'공산당 하던 놈들이, 사회주의를 신봉하던 놈들이 자본주의의 부패를 막는답시고 군부와 결탁하여 만주를, 더 나아가서는 중국을 집어삼키기 계획에 동조하고 있다. 이제는 대륙낭인(大陸浪人) 가지고는 일 안 된다구? 총부리 가지고 전쟁으로, 전쟁으로만 몰려가려는 군부, 전쟁이 부패를 막아? 막고 자시고가 어디 있어. 그냥 부수는 건데.'

"무슨 생각을 하는 게요?"

찬하가 물었다. 그도 혼자 생각을 하다 문득 그래본 말인 것 같았다.

"지긋지긋한 생각."

"……."

"넌더리가 나고 하고 싶지도 않은 생각이오."

"그럼 어서 취하시오, 자아."

술을 부어준다.

"이상해. 예감이 이상하거든. 한밤중 텅 비어버린 창고 속으로 들어가는 기분이란 말이오. 우리는 지금 어디로 흘러가고 있는 것일까. 이상해, 이상하단 말이오."

오가타는 설레설레 고개를 흔든다.

"내 자신이 썩은 씨앗 같단 말이오."

찬하는 술잔을 놓고 담배를 붙여 물었다.

"생각하면 뭘 해. 우린 지금 세상을 주유(周遊)하고 있는 거 아니오? 사실이 그렇지 않소? 당신이나 나나."

"……."

"우린 물어볼 곳이 없어요. 한 가지 길이 없는 건 아니오만."

"그게 뭔데."

"티베트에 가서 라마승이 되는 일이오."

"당신 처자는 어떡하구?"

"허헛 허허어."

"모든 것에 승복할 수 없으면서 나는 나에게도 승복할 수가 없으니, 그것은 승복할 수 없는 그것에 내가 속해 있기 때문일까?"

"바로 그렇지요."

찬하는 또다시 허허헛 하고 웃었다. 웃다가,

"하고 싶은 얘기는 따로 있고, 하고 싶은 생각도 따로 있는 거 아니오?"

"그걸 어찌 알어? 음, 우린 참 많이 닮은 것 같애."

"여러 가지로."

우울해 있던 오가타는 처음으로 픽 웃었다.

"우리 같은 인간들이 많으면 어떻게 될 것 같소?"

"세상이 발전은 안 하겠지만 도둑놈, 강도는 적어지겠지요."

"그건 모를 일이오. 발전을 안 하면 배가 고플 건데."

말을 하면은 헛소리뿐일 거라 했는데 역시 그랬다. 지금 심정으론 이들 사이에선 헛소리밖에 할 말이 없었다.

"진주엔 언제 가실 겁니까?"

찬하는 화제를 돌렸다.

"모레쯤 갈까요?"

"나도 가자 그 말이오?"

"그럼."

"내가 갈 명목이 없지 않소?"

"그렇게 따진다면 나 역시 명목은 없지요."

"하지만 당신네들은 동창 아니오, 형무소의."

"억지로 엮은 사건인데 그분하곤 면식이 있었던 것도 아니었고 최환국이, 그분 아들의 초대라고 나는 생각하고 가는 거요. 두루 남선(南鮮)을 구경할 겸."

"그건 좀 생각해봅시다."

"최환국이 그 청년하고 약속하지 않았소? 연장자가 약속을 안 지키면 안 되지요."

오가타는 강인하게 끈다.

"내가 약속했다기보다 그때 좀 애매했어."

찬하는 찜찜해하는 것 같았다.

"나하고 사귀면서 그분은 회피하는 겁니까? 나 당신을 그렇게 생각하고 싶지 않았는데."

"이건 좀 심하군. 아무리 용기 없는 골샌님이기로 겁나서 피하는 줄 아시오? 친일파 아무아무개 둘째가 무슨 주의의 동조자라 한다면 우선 총독부 경찰이 난처해지지 않겠소? 내가 겁낼 이유는 없지."

하는데 좀 다급하게 문 두드리는 소리가 들렸다.

"왜 그러오?"

찬하가 목을 뽑듯 하며 말했다. 문이 열렸고 산장지기 노인이,

"저기, 사장님이 오셨습니다."

찬하의 낯빛이 확 구겨진다.

"혼자요?"

"아닙니다. 손님하고 함께 오셨습니다."

산장지기 노인의 표정에는 난처해하는 빛이 역력하였다.

"그럼 우리가 방을 옮기면 되잖소."

찬하는 엉거주춤 몸을 일으켰다.

"그럴 것 없다. 합석하자."

산장지기 노인을 젖히고 조용하가 나서며 말하였다.

"형님께서 불편하지 않다면 좋습니다."

조용하가 방 안으로 들어왔고 뒤따라 제문식이 들어왔다.

"이거 오래간만이군. 왜 그리 보기 힘이 드나."

제문식은 찬하에게 악수를 청하며 소탈하게 말을 걸었다.

"객지 생활을 하다 보니 그렇게 되는 모양입니다."

달가워하지 않는 찬하의 태도였다.

"객지 생활을 한다는 게, 그게 근본적으로 잘못된 거야. 돌아와야지."

"돌아오면 전무 자리 내주시겠소?"

"그야 어렵잖지. 형 밀어내고 내가 그 자리로 옮기면 되니까, 허허헛헛."

"네에, 그렇게도 할 수 있을 겁니다. 그러면 초면인 분이 계시니 소개는 해야지요. 오가타 씨, 이쪽은 저의 형 되는 사람이고 저쪽은 제문식 씨."

"아 네, 처음 뵙겠습니다."

오가타는 꾸벅 절을 했다.

"이분은 친굽니다. 오가타 지로 씨."

조용하와 제문식은 미소를 띠며 반갑다는 듯 손을 내밀었다. 네 사람은 자리에 앉았다.

"언제 왔어?"

조용하가 물었다.

"그저께 저녁, 집에 갔더니 형님이 안 계시더군요."

"없는 사람이 어디 나 혼자뿐이던가?"

태연히 말했다. 찬하는 눈을 내리깔았다. 노여운 눈을 남에게 보이지 않기 위하여. 제문식 얼굴에 야릇한 웃음이 지나간다.

"저 사람은 뭐 하는 사람이야?"

조선말로 물었기 때문에 오가타는 못 듣는다. 찬하는 잠시

생각하다가,

"신문기자요."

해버린다. 한때 오가타가 신문기자로 있었다는 말을 기억하고 있었던 것이다. 조용하는 더 이상 묻지 않았다. 조선말로 주거니 받거니 한다는 것은 상대를 불쾌하게 할 것이기 때문이다.

"한데 사람은 넷이고 술잔은 둘이니."

이번에는 일본말로 조용하는 중얼거렸다.

"가만있게."

제문식이 일어서 나갔다.

"여전히 충견이군요."

찬하가 내뱉었다.

"비열하게 없는 데서 그런 말 하는 것 아니다."

"형도 비열하다는 단어를 아시오? 새로운 발견이군요."

"손님 앞에선 이러지 않는 것이 좋을 텐데."

조용하는 침착하게 말했다.

"알겠습니다. 오가타상."

"네."

"내가 형 얘기 했던가요?"

오가타는 눈만 꿈벅꿈벅했다.

"굉장한 일본통입니다."

"그렇습니까?"

"그 대신 우익이오."

"그야 물론, 당신 찬하도 우익이지."

씁쓰레 웃으며 조용하는,

"그렇다면 당신은 좌익이다 그 말씀이오?"

오가타에게 말하는데 찬하는 형이 전과 같지 않다는 것을 그 목소리에서 느낀다. 전과 같지 않다는 느낌은 일말의 연민 같은 것을 불러일으켰다. 그러고 보면 목소리뿐만 아니라 모습도 달라진 것 같았다. 어느 일부가 빠져 나가버린 듯, 없는 사람이 어디 나 혼자뿐이던가? 했을 때도 그 말 속에는 치열한 것, 꼬아서 잡아 비트는 것이 없었다.

"좌익도 우익도 아닌 그저 그런 등속의 사람을 총독부 경찰이 좌익으로 잡아 가두었으니 누명 벗기가 힘들어졌습니다."

오가타의 목소리였다. 조용하의 안색이 변했다. 찬하도 오가타도 느낄 만큼. 두 사람은 조용하의 낯빛이 변한 것을 계명회사건 탓으로 오해한다. 인실로 인한 감정의 변화인 것을 이들은 알 턱이 없다. 조금 전에 인실을 조용하가 만났다는 사실을 상상인들 했겠는가. 사람이란 감추는 것이 없고 툭 까놓고 보면 대담해진다. 상대가 환영하지 않는 것을 확신했을 때도 배짱이 생기는 수가 있다. 순진하고 선량하였던 오가타도 그새 세월이 흘렀고 세파에 시달리기도 했다. 그는 이럴 경우 어떻게 해야 하는가를 다소 체득한 셈이다. 조용하의 변한 얼굴을 가만히 쳐다본다. 환영하지 않는 것과는 다른 것이 있었다. 그것은 이상한 열기 같은 것, 불꽃 같은 것. 조용하는 조용하대로 착각에 빠진다. 쳐다보는 오가타의 눈을 인실의 눈으로 착각한다. 사람을 당황하게 하는 무심한 눈이 안경알 속에서 골똘히 이쪽을 쳐다보고 있는 것이다.

"고생했군요."

잠긴 음성이었다.

'이상하다, 참 이상한 일이다. 이런 우연이 있을 수 있을까? 우연치고도 소름이 끼치는 우연 아닌가.'

마침 제문식이 들어왔다.

"이보게 제군, 이 사람이 그 유명한 오가타 씨야."

별안간 조용하의 음성은 한 옥타브 올라갔다.

"……?"

"자네도 계명회사건 알고 있지?"

"글쎄……. 신문에서 보기는 했는데."

오가타에게 곁눈질을 하며 어정쩡 대답했다.

"단 한 사람의 일본인이야. 경의를 표해도 좋을 것이네."

제문식은 머리를 긁적긁적 긁으며,

"경의를 표하더라도 방향이나 알아야지, 안 그런가?"

"방향이나 마나 조선인의 동지 아닌가. 그것도 적 속의 우리 동지 아닌가."

"조선인의 동지일지는 몰라도 두 분의 동지는 아니지요."

농담 반 진담 반,

"대일본제국의 작위까지 받은 조씨 가문, 그 가문의 형제들, 더군다나 찬하를 말할 것 같으면 일본인의 사위 아닌가."

"맞습니다. 동지는 아니지요. 친구일 뿐입니다."

"자네들은 그렇다 하더라도 내 형편은 달라."

"이거 참, 오가타 씨의 시세가 폭등이군."

소리 내어 크게 웃는다. 동상이몽과도 같은 웃음소리는 산장의 정적을 깬다.

새로운 술상이 들어왔다.

"눈 깜짝할 사인데 성찬이군요. 장자숭배의 국풍 알 만합니다."

화합될 수 없는, 괴기하다 할 만큼 이상해진 분위기 속에서 지껄이지 않을 수 없다는 듯 오가타가 말했다.

"국풍이 어디 있어, 나라 망한 지가 언제인데. 자아, 술이나 듭시다. 술이란 진담을 할 수 있어 좋고 행패 부릴 용기가 나기에 좋고 또 잊을 수 있어서 좋은 게요."

제문식은 묘한 말을 했다.

'이상하다, 아무래도 이상하다, 그 여자를 처음 만난 오늘, 이곳에서 이 사내와 마주치다니. 내 목줄기를 밟아누르려고 이들은 같은 날 처음으로 내 앞에 나타났더란 말인가. 아니다, 아니야. 전신투구 해보아? 이것은 참으로 재미있는 각본 아니냐 말이다. 두 사람의 적수가 지금 내 앞에 있다. 이것들은 아무것도 아니다. 저 일본놈을 심각하게 생각하는 것부터 우스운 일이다. 여자들은 이들 손아귀 속에 있는 게 아니냐. 여자들은 지금 날아다니며 자유롭게 날아다닌다. 총으로 못 잡으란 법도 없고 그물로 생포하지 말라는 법도 없다.'

총은 명희에게 그물은 인실에게, 조용하는 병적인, 가위눌린 것 같은 의지에 따라와주지 않는 찌그러진 미소를 흘렸다.

"오가타 씨."

제문식이 불렀다.

"네."

"이런 기회에 나 묻고 싶은 말이 하나 있소이다."

"말씀하십시오."

"세상에는 나라도 많고 나라를 다스리는 사람도 많은데, 그리고 국토의 크기나 규모 그것도 각양각색 아니겠소? 한데 일본은 섬나라, 세계에서 젤 작은 섬나라라고 할 수는 없지만 작은 섬나라인 것만은 분명하지요."

"그렇습니다."

"대륙, 육대주던가? 하여간 큼직큼직한 땅덩어리 한 귀퉁이에 쥐똥만 한 섬나라가 일본 아니오? 그 일본이라는 섬나라의 소위 만세일계(萬世一系), 면면하게 이어온 통치자의 칭호 말이오. 그 칭호에 관한 것인데 나는 그것이 늘 궁금했었소."

오가타는 술잔을 들면서 쓴웃음을 머금는다. 전개될 이야기의 내용을 대강은 짐작하고 있다는 그런 표정이다. 제문식은 다분히 의식적인 듯 촌스럽고, 마치 빈 공간을 억지로 메우듯 말을 계속한다.

"세계 속에는 나라도 많고 따라서 통치자도 기라성같이 많은데, 나를 말할 것 같으면 가본 곳이라곤 일본밖에 없는 우물 안 개구리라, 도처에 흩어진 그 우두머리들의 칭호를 다 안다 할 수는 없겠으나 하여간 손쉬운 대로 열거해본다면, 황제가 있고 왕에서 대왕, 천자, 종교계든 뭣이든 다스리는 처지니까 법왕이 있고, 추장이다 족장이다, 요즘같이 민주주의가 유행하는 시국에는 대통령, 총통, 주석, 공산주의 국가에서는 서기장이든가? 그리고 세계의 거반을 정복했던 알렉산더는 대왕, 테무진은 칸, 나폴레옹은 황제였었소. 한데 일본은 천황이오. 비교할 수도 없게 넓은 국토와 국민을 가진 중국도 겨우 천자, 그것도 잘못하면 하늘의 뜻을 어겼다 하여 쫓겨나는 판국인데, 하늘을 다스린다는 옥황상제도 천과 황이 함께 있지 않으니 일본의 천황보다는 자리가 낮다 아니할 수 없소이다. 이건 아무리 생각해보아도 개미가 우산 쓰고 가는 격이지 도시 황당무계하단 말씀이야."

"이 친구가, 허파에 바람 들어갔나? 대역죄인으로 모가지 날려버리려고 이러는 게야?"

조용하가 실실 웃으며 말했다.

"하기는, 네 사람이 산장에서 모의를 했다. 그렇게 되나?"

"물귀신처럼 남은 왜 끌어들이누."

"같이 죽자, 그게 야마토다마시[大和魂] 아닌가요? 오가타상."

"조선 속담에 믿는 도끼에 발등 찍힌다는 말이 있다더군요."

오가타의 응수였다.

"나는 찬하를 믿지요. 발등 찍히는 일은 없을 게요. 원수라 해서 밀고나 고발 같은 건 죽어도 못하는 나약한 사내니까요."

"나는 조찬하 씨가 아닌데."

"동류(同類)지 뭐. 하하하핫핫…… 남들이 이 제문식의 눈을 매 눈이라 하거든."

"제군의 말에 일리가 없는 것은 아니오. 그러니까 천황이라는 칭호는 다이카가이신[大化改新], 그 무렵부터 시작된 걸로 아는데."

조용하는 오가타에게 동의를 구하듯 말했다.

"그렇습니다. 다이카가이신, 그때부터지요."

"그런 면에서 본다면 아닌 게 아니라 일본은 대단히 용감무쌍하오."

"용감무쌍하기보다 왜구니 왜놈이니 하니까 발돋움한 거겠지요."

스스로 비웃듯 오가타는 말했다.

"아니면 소가[蘇我]나 후지하라[藤原] 같은 권신이 왕이나 다름없는 실권을 쥐고 있어서, 그 이상의 칭호를 필요로 했는지 모르지요. 땅은 우리가 다스릴 터이니 당신은 하나님으로 있으라, 이전에는 오오기미[大王. 大君]로 칭했거든요."

"글쎄 그 말에도 일리가 있군. 해서 헤이케[平家]나 겐지[源

氏]도 그랬고 도쿠가와[德川]는 아예 황실 알기를 쌀섬이나 보내주는 고아원, 양로원쯤으로, 부처가 있어야 불공이 들어오고 시주도 받아 중놈이 먹고살듯 부처야 늘 말이 없고 메밥을 드시는 것도 아니니까 신불(神佛)같이 요긴한 것도 달리 없을 게야. 해서 아라히토가미[現人神]다. 일본인들의 합리성을 설명해주는 거지. 해서 일본엔 사상이 없어."

제문식 말에 오가타는 불쾌한 듯 눈살을 찌푸렸다.

"무사나 깡패의 경우에도 삼대일이면 구경꾼은 어느 쪽을 응원할까? 문식형은 늘 다수 속에서 강한 것이 특징이오. 해서 박수를 못 받지."

찬하는 마치 희롱의 대상이 된 것 같은 오가타에게 미안하기도 하여 제문식을 비꼰다.

"박수 같은 게 무슨 소용이야. 실속 없는 박수 좋아하다간 광대 되는 길밖에 없지. 그것도 고상한 광대 말씀이야. 광대란 본시 고상해서는 안 되거든. 요즘 일 좀 한다는 작자들 고상해서 탈이야. 관중도 없는 혼자 연극이고, 나는 어떤 경우도 하나뿐인 자리엔 안 서. 둘 셋, 항상 많은 편에 설 거야. 인생은 소요(逍遙)가 아닌 게야. 승산을 향한 싸움이지."

제문식의 말은 심장을 찍어내는 그 무엇이 있었다. 특히 오가타나 찬하에게는.

"왜들 흥분하고 이래. 술이나 마시자구."

용하는 술을 들이켜며 오가타에게 곁눈질을 한다.

'그렇지, 이놈들이 내 적순데, 하나는 묵은 놈, 하나는 진솔이고 내 경우는 이대일 아닌가. 허나 내게는 박수 쳐주고 응원하는 놈 하나 없다. 저기 저 매 눈 가진 놈도 내 표정에 기복이 심해지는 날 달겨들어 껍데기를 벗기려 할 게고 어쨌거나 실속이고 나발이고 나하곤 상관없다! 외로움 같은 것도 나하곤 상관이 없다! 경매장에서 최고가격을 때렸는데 그 계집들은 왜 낙찰이 되지 않느냐 그거지.'

조용하는 의식이 해롱해롱, 무너질 듯 무너질 듯 주기가 전신에 쫙 깔린다.

"아라히토가미 얘기는 이제 그만인가? 재미나는 논제인데 왜 그만두나. 그러니까 지금 현재를 말할 것 같으면 아라히토가미를 치켜든 실력자는 누구인고? 그 유형은 소가, 후지하라도 아닐 게고 겐페이[源平]도 아닐 게고 도쿠가와."

"그야 세계를 제패코자 하는 알렉산더, 나폴레옹 같은 과대망상의 뭐 그런 환자들이겠지."

용하 말에 제문식이 대답했다.

"그러면 군부인데 천황 못지않게 신조어를 만들어낸 관파쿠[關白], 도요토미 히데요시구먼. 오가타상은 어찌 생각하시오."

흥미도 관심도 없으면서 대단히 열중해 있는 것처럼 조용하는 물었다.

"그것저것 다 아닐 거요. 실력자라기보다 실력군(實力群)이라 해얄 겁니다. 오오기미노 헤니코소 사나메에(대군, 즉 천황 곁에서야말로 죽을지어다) 그런 사람들이겠지요. 참본(參謀本部) 중에서도 알짜, 비밀 참본, 뭐가 꿈틀거리고 있는지 모를 그들 일군, 그리고 관동군(關東軍)일 게요."

오가타 역시 내키지 않으나 이야기 속에서 빠져나가지는 않는다.

"이것 보게? 당신 정말 일본사람이오? 정말로 참말 하네."

제문식 역시 건성으로 감탄하는 몸짓이다. 찬하 홀로 생각에 잠기며 술잔을 기울인다.

"그런 말 마시오. 일본에도 히로히토군[裕仁君] 하고 호칭하는 소셜리스트가 있고 군주제 철폐를 외치는 볼셰비키도 있소이다."

농쳐버리려 하는데 제문식이,

"그러나 일본이라는 나라에서는 천황과 전쟁에 관한 일이라면 언제나 의견이 일치되거든."

"지나치게 사시적(斜視的)으로 보는 것도 문제의 핵심을 놓칠 경우가 많지요. 나도 전쟁 미치광이들을 두호할 생각은 추호도 없소만 일본인 전체가 그렇다는 얘기는 수긍하기 어렵군. 어떤 면에선 당신네들뿐만 아니라 일본인 자체도 피해자라 할 수는 없을까요? 강요와 기만술수에 생명을 내놔야 하니까. 이렇게 지탄을 받는 것도 그렇고, 안 그래요?"

"역시 당신도 민족주의자요."

조용하가 휘저어버리듯 말했다.

"죄 없는 사람에게 퍼부어지는 비난에 대하여 입을 다물고 있다면 그것도 비열한 짓일 게요. 이상으론 세계인일 테지만 같은 추억, 같은 습관 속에 몸담은 사람끼리 정다운 거야 당연하지 않을까요? 고향은 누구에게나 그리운 곳이지요. 그게 민족주의, 그렇게도 생각할 수 있겠네요."

"아니지, 아니오. 문제를 그렇게 보아서는 안 돼. 물론 나도 유전인자를 부정하는 사람은 아니지만 오늘의 일본은 역사의 산물이며 또 누적된 시간과 상황의 결과로 봐야 해요. 일본만 그렇다는 얘기는 결코 아니며 모든 민족은 그 특성이 개인과는 달라서 말하자면 사회심린데."

제문식의 말을 가로막듯,

"역사의 산물이며 누적된 시간과 상황의 결과라구? 그거 마르크스의 유물사관과 상통하는 거 아니야?"

했으나 조용하는 취기가 덤벼드는지 고개를 흔들곤 했다. 그런 형의 모습을 찬하는 유심히 바라보고 있었다. 제문식은 말을 계속한다.

"일본에는 민족주의 같은 것 없어. 있다 하더라도 그건 희박해. 그곳엔 군국주의와 황도주의(皇道主義)가 대종이지. 민족주의란 외적의 침입을 끊임없이 받으며 싸워서 제 나라를 지키는 데서 싹트고 자라는 것, 일본은 거의 외적의 침입이 없었던 나라 아닌가. 국세가 융성해서 그랬다기보다 섬나라라는 지리적 여건 때문에 인방에서는 잊혀진 곳, 관심 밖의 나라, 그러니까 세계사 속에선 뒷길을 걸어온 셈이지. 침략이란 반드시 강한 편에서 약한 편을 정벌하는 것만은 아니며 없는 쪽에서 있는 쪽, 사생결단하며 생존의 신장책으로 감행할 경우가 있는데 일본은 후자에 속하는 거고, 전쟁이라는 것도 어떤 면에서는 균형의 법칙에 의한 필요악으로서, 그러니까 일본이란 섬나라는 역사상 근해에 나가서 노략질이야 했겠으나, 임진왜란을 제외하면 남을 침범하고 내가 침범당하는 일이 별반 없었던 관계상 제 나라 안에서 끊임없는 싸움을 하지 않으면 안 되었다, 바닥은 좁지만 균형의 법칙에 의한 필요악과 인간 본성의 호전성이 제 동족끼리, 상호간에 행해졌던 거야. 민족주의가 없다, 민족주의 사상이 희박하다, 그렇게 보는 내 견해의 이유가 바로 거기 있네. 이들이 명치유신을 꾀하여 그야말로 천우신조, 천재일우라 할까. 열강의 뒤꽁무니를 슬금슬금 살피다가 노쇠한 청국, 국내 사정이 엉망으로 돼 있는 러시아를 물어뜯은 것은 전통적인 그 칼과 황도사상, 그러니까 칼은 힘으로, 황도사상은 명분으로 둔갑한 거지. 그리고 그 밑바닥에 있는 것은 공범자끼리의 굳은 악수, 털어먹으러 가자, 털어서 갈라 먹자, 음흉스럽지. 국민이나 실력자나 서로의 지분(持分)을 생각하면서 멀쩡한 얼굴로 천황을 향해 충성을 맹서하거든. 저희들끼리 싸우다가도 공동 이해에 처하면 칼은 안으로부터 밖으로 눈 깜짝할 새 선회하는 일본의 특성이야말로 황당무계한 것도 진실이 되며 진실에 대한 고뇌가

없기 때문에 참다운 뜻에서 사상도 종교도 부재야. 차원 높은 문화예술이 없는 것도, 그들의 음악이나 춤을 보아. 단조로운 몸부림, 힘의 폭발이 없는데 칼을 들면 잘 싸우거든. 한마디로 천황을 아라히토가미로 모시는 황당무계한 것도 방편에 불과한 건데, 충성의 대상이 다양하다. 일본만 그런 것은 아니지만 천황에서 장군, 번주(藩主), 잘게잘게 썰어내려 오면 새까만 말석의 무사, 그들 밑에 따른 자에게는 그들이 각각 충의의 대상이라, 충의의 그 곁에는 언제나 칼날이 번득이는데 그런 면에서도 우리는 민족주의의 희박함을 감지할 수 있지. 아녀자도 가슴에 비수를 품고 주군(主君)이나 부모의 원수를 찾아 방랑하는 기풍이 성행하고, 그러니 그들의 적은 오랜 역사 속에서 그들 자신의 동족이었다, 또 한 가지 예를 든다면 찬하에게는 안됐네만 일본여자들이 쉽게 타국 남자와 결혼하는 것, 그것도 틔어 있던 나라가 아니었고 닫혀 있었던 나라인데 말씀이야, 그 의식구조가 조선여자들하고는 판이해. 그것은 사회가 조성한 일종의 반영인데 도진오키치[唐人お吉]나 오쵸오후진(나비부인)이 아름다운 비극으로 무대에 상연되는 것만 보더라도, 그런 것이 조선에서 가능할까? 어림없지."

마지막 부분은 찬하의 심기를 비벼대는 것과 동시에 오가타를 괴롭히는 내용의 얘기였다. 오가타와 유인실의 풍문을, 신문지상에서도 약간 비쳤지만 유인성과는 면식이 없을 수 없는 왕시 동경 유학생군의 한 사람인 제문식이 그것을 모를

리 없었다.

“당신 얘기를 듣고 보니 수긍할 점도 많습니다. 그러나 그보다 내 짐작이 많이 틀리는군.”

오가타는 침울해서 말했다.

“틀리다니?”

“당신은 누구보다 반일의 골수파로군요.”

제문식은 껄껄껄 웃었다.

“나는 언제나 리얼리스트요. 현실은 꿈의 현장은 아니거든. 군국주의든 민족주의든 사탕같이 달콤하게 제조하는 애국심에는 비판적이다 그 말이지.”

한동안 말이 없다가 갑자기 생각이 난 듯 오가타는 엉거주춤 몸을 일으켰다.

“이거 기분이 안 좋아서 자릴 뜬다는 오해받기 십상인데 나는 가봐야 할 약속이 있어서.”

하며 시계를 들여다본다. 약속이라는 말에 졸듯, 그러나 가차 없이 자신을 우롱하는 인실의 언동을 되새기고 있었던 조용하가 눈을 떴다. 찬하도 오가타를 따라 일어섰다.

“곧 돌아오겠습니다.”

옛날같이, 여러 해 만에 찬하는 예절 바르게 형을 향해 말하였다.

“나가는 곳까지 함께 갔다 오겠소.”

밖으로 나온 찬하는 그렇게 말하고 나서 운전수를 불렀다.

두 사람은 차에 오르고 자동차는 떠난다. 까마귀가 무리를 지어 날아오르고 날아내리는 해거름의 언덕과 들판이 차창 밖에서 달아난다. 일몰은 끝났는데 저 겨울 들판에 까마귀 떼들은 대체 무슨 흉계를 꾸미려고 잠자리로 떠나지 않는 건가, 찬하가 그런 생각을 하고 있는데,

"당신 불행한 사내야."

오가타가 불쑥 말했다.

"무슨 뜻이오?"

"갑자기 그런 생각이 들어요."

"불행한 사내…… 그러나 항상 불행한 사람은 없고 항상 행복한 사람도 없고…… 남이 나보다 항상 행복한 것도 아니며 내가 남보다 항상 불행한 것도 아니며."

"당신 형은 뱀같이 교활해 뵈고 그 입술 두꺼운 사내는 굶주린 이리같이, 바닥 모르게 무서워."

운전수가 듣거나 말거나 오가타는 서슴없이 말했다.

"하지만 그 독기가 다 빠져버렸어. 왜 그럴까? 형한테서 독기가 빠져버렸다는 건…… 그런 일은 절대로 없을 줄 알았는데."

하다가 멈추었던 노를 다시 젓듯,

"제문식이, 그 작자는 어쨌거나 천재요. 바닥을 알 수 없다는 것은 잘 본 얘기고, 형과 그와의 관계는 수재가 천재에게 잡혔다, 송충이같이 싫은 놈!"

찬하가 흩어진다.

"아무튼 흥미 있는 인물인 것만은 틀림이 없소."

"바닥 모를 인물…… 하는 얘기는 늘 빙산의 일각이고 표변무쌍, 한 가지 확실한 것은 자기 능력에 견주어 한 치 일 푼도 손해를 보아서는 안 된다, 철저하지. 그자 말대로 리얼리스트요. 경계를 하다가도 그 배짱 속에 차원이 다른 그 무엇이 있을지 모르겠다, 그런 의문이 생길 때도 있고, 어릴 때부터 보아왔지만 모르겠어. 이십 년 넘게 늘 보아온 사내의 정체를 모른다면 그건 악한임에 틀림이 없어."

찬하도 운전수에게는 개의치 않고 중얼거렸다.

"무슨 말을 하건, 논리를 어떻게 전개하든 궁극은 멀고, 결국 사상이나 종교란 인생에 있어서 무장(武裝)에 불과한 것 아닐까. 인생 자체는 아니다. 인생이란 비애에 가득 찬 것, 왜 해가 지고 까마귀가 저리 나는지 도무지 모르고 있지 않느냐 말이오."

오가타는 담배를 꺼내 붙여 물었다.

5장 사랑

"오빠, 다녀오겠어요."

했으나 인성은 돌아보지 않았다. 알맞게 넓은 등이 강한 거부를 나타낸다. 인실은 그 등을 우두커니 바라본 채 서 있었다.

'오빠의 허락을 받으러 온 걸까? 그냥 가도 되는 건데.'

시선을 아래로 떨어뜨린다. 양말 신은 자신의 발을 내려다본다. 인실은 자기 발이 작다는 생각을 한다. 오빠의 고통스러움이나 오가타의 절실함이 자기 자신과는 상관이 없는 것처럼. 남의 일이나 되는 것처럼 발이 작고 빈약하다는 생각을 한다.

"왜 거기 그러고 서 있는 게냐."

말하면서 인성은 돌아보았다. 인실이도 눈을 들었다. 오누이의 눈과 눈이 마주친다. 아니 날카롭게 부딪친다. 인성은 무슨 말을 하려다 만다. 그리고 노여움으로 빛나던 눈은 애원의 빛으로 달라졌다.

'오빠, 우리 좀 당당해집시다. 부끄러움, 가책 같은 건 갖지 말기로 합시다. 의지가 거짓으로 되어서는 결코 안 되는 거 아니겠어요? 의지가 거짓하고 통할 때, 그것은 승리가 아닐 거예요. 이런다고 나 감정에 빠져서 무모하게 허우적거리진 않을 거예요. 순수한 것과 무모한 건 달라요.'

'넌, 인실이 넌 오가타를 방패 삼아서 결혼을 안 하려는 거다. 너가 결혼을 하지 않고 외로운 생활을 한다는 것은 이 내 탓이고 실은, 이 내 탓이란 말이다!'

'알아요. 하지만 지금 오빠가 말씀하시고 싶은 것은 그게 아닐 거예요. 인실아 창피스럽다, 인실아 제발 더 이상 망신

을 당하지 않게 해다오, 가지 말아다오 이겠지요.'

'오냐, 너의 말이 맞아. 난 수치스럽다!'

"그럼 오빠, 갔다 오겠어요."

인성은 외면을 했다. 인실은 그 방 앞에서 물러났다. 마루 끝에 놔둔 외투를 입고 목도리로 얼굴을 푹 싸면서 뜰을 질러 나가는데,

"작은아씨, 가시는 거예요?"

오라범댁 양순이 쫓아 나왔다.

"정말 가시는 거예요?"

인실의 팔을 잡는다.

"작은아씨, 그 마음 어째 내가 모르겠어요? 알아요. 너무나 잘 알아요. 하지만 한 번 더 생각해보세요. 오빠 체면이 뭐가 되겠어요?"

인실은 양순의 팔을 풀었다.

'가나 안 가나, 최대의 관심사였을 거야. 호기심 때문에 잠도 못 잤을라? 아무튼 오빠는 신사다.'

"작은아씨, 정말 그러심 안 돼요."

'무슨 소릴 하는 거요. 내가 가야 당신 마음이 흡족할 텐데, 종일 발라놓은 것 같은 여자.'

대문 밖으로 나온다. 대문이 열리고 닫힐 때 나무와 나무가 마찰하며 내는 독특한 음향이 몇 발짝을 걸어나온 뒤에도 인실의 머릿속에서 울리고 있다. 뇌수를 뽑아내는 것만 같은 그

음향, 인실은 비로소 심장의 피가 소용돌이치며 아우성치며 아픔과 괴로움이 달려드는 것을 느낀다.

'오빠는 신사다.'

올케에 대하여 불만이 있거나 경멸할 때 인실은 곧잘 마음속으로 오빠는 신사다, 하고 뇌곤 한다. 호기심이 강하고 감정을 종잇장처럼 발라대는 여자, 어쩌다 하나를 알면 세상의 모든 일을 다 알아버린 듯 난 체하는 여자, 어려운 단어 하나로 유식함을 자처하고, 하긴 단순하여 악랄함은 없다. 그런 모든 단점을 감싸면서 아내를 사랑하는 유인성의 커다란 품, 인실은 오빠의 그런 남자다움을 존경하면서도 올케를 싫어하였다. 양순의 최대의 관심사는 인실이 오늘 나갈 것이냐 안 나갈 것이냐, 그럴 만한 일이긴 했다. 어젯밤을 생각하면은. 인실은 잠을 자지 않고 책을 읽고 있었다. 선우 형제 집 주연에 간 오빠가 하마 돌아올까 귀를 기울이며 책의 내용은 머릿속에서 들쑹날쑹이었다. 불을 끄고 자리에 들었다가는 잠이 오지 않아 다시 일어나기를 두 번, 겨울밤은 길었다. 바람은 스산하게 들창을 흔들었다. 경찰관의 사벨 소리를 연상케 하는 한밤의 바람 소리, 기분 나쁜 그 소리, 오렌지빛 안개 같은 빛을 발하는 발가숭이 전등이 높은 곳에 매달려 있었던 유치장 밖에서는 늘 바람이 스산하게 불었었다. 어찌 그들이 두렵지 않았다 할 수 있을 것인가. 유치장의 문은 육중하였고 열쇠 꾸러미의 소리도 육중하였다. 몇 밤을 잠자지 못하게 하며 취조하던 일인 형사의 얼굴, 십 리 가다 한 오라기 오 리 가다 한 오라기, 며칠을 면도하지 못했을 때 유황같이 누리끼한 안면에 돋아났었던 수염, 그 얼굴은 공포 이외 아무것도 아니었다. 인간의 피를 느낄 수 없는, 벼랑과 같은 절망적 얼굴이었다. 그러나 어떤 순간, 그것은 꼭 한 번이었었지만 그 얼굴을 불행의 표상으로 본 적이 있었다. 그리고 가해자가 반드시 승리자는 아니라는 생각을 했었다. 그것은 인실에게 매우 중요한 심적 변화를 가져오게 하였다. 관동대지진 때 조선인의 학살을 목도하였던 유인실은 피해자가 갖는, 한 치의 여유도 없는 저항의식을 불태웠다. 그것은 부러질 것만 같은 가파로움이었다. 가해자가 반드시 승리자는 아니다. 피해자의 체념, 피해자의 굴복이야말로 피해자의 패배로써 그들의 승리와는 관계없이 패배할 뿐이라는 사실, 적이 누구이든, 설령 적이 인간이 아닐지라도. 인실은 책에다 마음을 집중하려 했다. 꽁꽁 얼어붙은 길이, 그 길이 걸어와 마음 바닥에 깔리는 것만 같았다. 그것은 외로움이었다. 어디서 오는지 모를 외로움.

'그이는 나왔을까?'

오가타를 생각했다. 오가타의 얼굴은 결코 불행의 표상은 아니었다.

열두 시가 지나고 한 시가 다 돼갔을 때 인성이 귀가한 것 같았다. 대문 앞에서 술렁거리는 기척이 있었다.

"작은아씨, 작은아씨! 나와보세요!"

별안간 숨이 넘어가듯 오라범댁이 방문을 열고 얼굴을 디밀었다. 눈이 반짝반짝했다.

"무슨 일이에요?"

"큰일 났어요."

"오빠가 오신 것 아닌가요?"

양순은 머리를 매만지면서 그러나 목소리는 다급하게,

"그 사람이 왔어요, 그 사람! 일본사람 말예요."

"그런데요?"

"옥신각신 야단났어요."

"……."

"어서 나가보시라니까요. 작은아씨 보고 가겠다고 떼를 쓰고 있어요. 술에 많이 취한 것 같아요."

인실은 일어섰다. 양순은 인실을 바짝 뒤따랐다. 대문 밖으로 나갔을 때 오가타의 모습은 바로 인실의 시야에 들어왔다. 단추도 잠그지 않고 걸친 오버, 안경이 희번득였다. 그러나 오가타는 인실을 쳐다보았을 뿐, 다음 순간 잡아끄는 선우신의 팔을 뿌리친다.

"나 할 말만 하고 갈 거요. 이러지 마시오. 정말 이러지들 말라 그 말이오. 나 할 말만 하고."

나직이 속삭이듯 말했다.

"인실 씨를 위한다면 이럼 안 돼요."

선우신도 나직이 속삭이듯 말했다.

"차원이 달라. 당신이 그걸 어떻게 알아."

인성은 대문 기둥을 등지듯 꼼짝 않고 서 있었다. 상황으로 판단하건대 주연이 끝나자 슬그머니 자리를 빠져나오는 인성을 오가타가 따라잡은 것 같았고 그런 오가타를 뒤쫓아 선우 형제가 허둥지둥 달려온 것 같다.

"잘 알면서 왜 이래? 때려줄까!"

선우일이 화난 목소리로 말했다. 양순이 호들갑스럽게 인실을 붙잡았다. 인실은 거칠게 그를 떠밀어내었다.

"정말 왜들 이러는 거지요? 복잡하게 불순하게, 당신들이야말로 왜들 이러는 거요? 본인이 원치 않는다면 나는 영원히 충실한 친구일 뿐이오. 나를 깡패 대하듯, 일본놈의 개 취급하듯, 나는 당신들을 신뢰했는데."

목이 메는 것 같다.

"나는 편지도 보내지 않았소. 히토미를 불러내지도 않았소. 담장을 뛰어넘지도 않았소. 히토미의 오빠를 따라온 거요. 이래도 내 의도를 오해하는 겁니까?"

선우 형제는 더 이상 할 말이 없는 듯 입을 다물었다.

"히토미상, 나 내일 열두 시부터 창경원 앞에서 기다리겠소. 나오고 안 나오고 그것은 당신의 자유요. 우정도 사랑도 결별도 모두 당신의 자유, 당신의 의사요, 당신 자신이 선택하는 거요."

말을 끝내기 무섭게 그는 등을 돌리고 헤매듯 그러나 빠른 걸음으로 어둠에 사라져갔다. 그는 한 번도 뒤돌아보지 않았다. 뒤늦게 선우 형제는 작별인사도 없이 당황하며 오가타의 뒤를 쫓아 그들도 어둠 속으로 사라졌다.

인실은 깡패 대하듯, 일본놈의 개 취급하듯, 나는 당신들을 신뢰했는데, 그 말을 들었을 때 오빠나 선우 형제는 괴로웠으리라는 생각을 한다. 오가타의 말에는 한 오리의 실도 감겨져 있지 않았다. 한 오리의 실도 감겨 있지 않았던 오가타의 말, 오가타는 그것 이상의 이하의 것으로 평가해서는 안 될 사람, 위대하지도 저속하지도 않은, 꾸미지 않고도 할 말이 있는 사람일 뿐이다.

창경원 정문 앞에 오버의 깃을 세우고 두 손을 호주머니에 찌른 채 오가타는 을씨년스럽게 서 있었다. 어쩌면 다 가버린 자리에 혼자 남은 가장 초라한 모습이었는지 모른다. 인실은 그의 앞으로 다가섰다.

"많이 기다렸어요?"

말을 걸었다. 인실은 정확하게 열두 시에 도착했지만.

"아니."

했으나 실상 그는 열한 시부터 와 있었다. 기다리는 한 시간 동안 그는 근처에 있는 주점에서 술 한잔을 마시고 왔다. 인실은 매표구로 다가가 표 두 장을 사 들었다.

"들어가세요."

"아니 그게 아니고."

하다가 오가타는 따랐다.

"우리는 겨울에만 이곳에 오는군요."

넓은 뜨락에 들어섰을 때 오가타는 중얼거리듯 말했다. 인실은 아무 말 하지 않았다. 나란히 걸어서 양지바른 전각, 돌층계까지 왔을 때 오가타는 털썩 주저앉았다. 밤새 뜬눈으로 보낸 듯 눈은 새빨갛게 충혈돼 있었다. 뜬눈으로 새우기론 인실도 마찬가지다. 그의 눈도 붉었다. 인실은 오가타를 바라본 채 서 있었다. 휘어진 잔가지 위에서 그네를 타며 까치는 생각이 난다는 듯 이따금 한두 번씩 우짖었다. 오가타는 담배를 꺼내어 붙여 문다. 푸른 연기가 겨울바람에 흩어져서 날린다. 인실이더러 춥지 않느냐, 여기 와서 앉으라 할 여유도 오가타에게는 없는 것같이 보였다.

"어젯밤엔 괴로웠지요?"

오가타가 물었다. 그 말 대답은 하지 않고,

"얼굴이 엉망이네요. 수염도 안 깎고."

오가타는 밀듯이 손바닥으로 얼굴을 쓸어본다. 입에서는 연신 담배 연기가 새 나오고 있었다.

"겨울 하늘이 어찌나 높고 맑은지 찬 바람이 심장을 뚫고 지나가는 것 같소."

"어디 따끈한 것 먹으러 가시겠어요?"

"아는 사람이라도 만나게 되면 난처하지 않겠소? 히토미는 언제나 그런 곳에 가기 싫어했는데?"

"지금은 안 그래요."

오가타의 얼굴이 순간 환하게 변한다.

"당신이 그러니까 이번엔 내 쪽에서 겁나는군."

"어째서요?"

"나 역시 누굴 만날까 봐서. 팔매질은 히토미 혼자서만 당하고 난 그것을 막아주지 못했으니까."

인실이 웃는다.

"그런 말 말아요. 돌 맞은 상처 같은 건 저한텐 없으니까. 앞으로도 그런 건 상처가 되진 않을 거예요."

서로 오랫동안 바라본다. 불꽃같이 뜨거운 것, 그것은 밀착이 아니다. 두 사람 사이를 가득 넘치듯 가득 메운 것이다.

"실감할 수가 없어. 도무지 실감이 나질 않아. 내가 지금 이곳에, 서울땅에, 창경원에 앉아 있다는 것이. 히토미 이리 와서 내 곁에 앉아요."

인실은 그의 곁에 가서 앉는다. 잎을 다 떨군 앙상한 나뭇가지가 바람에 부르릉 떤다. 얼마 전까지만 해도 포플러의 높은 꼭대기에 검정 종이를 찢어놓은 듯 잎새들이 더러 남아서 흔들리고 있었는데, 잿빛 나무 줄기에 검정 점이 하늘에 찍힌 듯 흔들리고 있었는데, 그새 까치는 어디 갔는지 없어졌다. 스케이트를 멘 중학생들이 연못을 향해 가고 있었다. 땅콩을 입 속으로 털어넣으며 아이들도 스케이트를 메고 지나간다. 멀리 전차에서 땡땡거리는 종소리가 들려온다.

'이대로가 좋은 거야. 무엇을 더 생각할 필요가 있어? 이대로, 이 순간만은 목이 타지 않는다. 부드러운 양털같이 따뜻해. 겨울의 저 빛줄처럼 따뜻하다. 거짓말쟁이, 체면치레하는 놈들아! 너희들은 항상 목이 탈 게다. 너희들의 그 타는 목을 적셔줄 물은 이 세상에 한 방울도 없다. 끝없는 싸움, 끝없는 피비린내, 업화(業火)로써도 태울 수 없는 더러운 오장, 그것은 영원한 저주다! 나는 이 순간을 사랑하리. 이 여인을 사랑한다! 결혼하자고 떼를 쓰지 않겠다. 함께 도망가자고 하지도 않겠다! 소유하자는 생각도 않겠다! 나를 계집 섞은 것 같은 자식이라 비웃던 놈들! 이놈들아, 너희들 입에 물고 있는 것이 한 알의 열매가 아닌 똥이라는 것을 어찌 모르느냐!'

오가타는 목도리 사이로 비어져 나온 머리칼이 바람에 나부끼고 있는 인실의 옆모습을 쳐다본다. 창백한 안색이다. 추위에 소름이 돋아난 얼굴이다. 그러나 무심하고 마음을 놓고 있는 모습이다. 오가타는 벌떡 일어났다. 외투를 벗어 인실의 머리에서부터 푹 싸매어준다.

"여장부!"

오가타는 소리를 질렀다.

"뭐라구요?"

인실이 얼굴을 쳐들었다.

"그래보고 싶었어요. 무슨 말이든 외쳐보고 싶었어요."

하얀 이빨을 드러내며 웃는다. 안경 속의 눈이 물결같이 흔들린다. 형용할 수 없는 환희가, 핏줄이 터질 것만 같은 충일감이, 이 여인을 사랑하기보다 이 순간을 사랑한다는 말은 거짓말이다. 기쁨이 그를 겸손하게 하였고 양보하게 했을 뿐이다. 소유하자는 생각도 않겠다고 했다. 그러나 오가타는 이미 소유했다는 확신 속에 있었다. 인생의 비밀을 두 손 안에 꽉 쥐고 있었다.

"오가타상?"

"말해요."

"지금 당신 마음 알아맞혀 볼까요?"

인실은 오가타의 가슴 쪽을 가리키며 말했다.

"맞혀봐요."

"지금 외롭지 않지요?"

"틀렸다. 난 지금 살인을 계획하고 있어요."

오가타가 껄껄껄 소리 내어 웃어젖힌다.

"히토미, 그런데 당신은 남의 마음을 어떻게 알지요?"

"피부로, 어린아이들은 피부로 느끼는 것 같았어요. 공기로 느끼구, 마음이 맑아지면 느끼는 것도 정확할 것 같아요."

"전혀 정확하지 않은데? 그럼 지금 히토미는 마음이 흐려 있나 부지."

"거짓말 말아요."

"하하하핫…… 그럼 당신은 지금 어린애 같은 마음인가?"

"조금은요."

"히토미는 항상 그랬었어. 나를 잘 알고 있었던 여성이었어."

오가타는 새 담배를 꺼내 붙여 문다.

"기뻐서 눈물이 난다고들 하는데 어쩌면 기쁨이란 슬픔인지 몰라. 많이 슬플 때, 지독하게 슬플 때, 그런 때는 마음 바닥에 좁쌀알만 한 내 실체를 잡을 수가 있어서 역설적인 얘긴지 몰라도 평화랄까 그런 비슷한 것이 있을 수도 있더군. 유치하다고 웃지 말아요. 나 어떤 때는 형편없는 인간이거든. 어릴 적에 어머니가 말씀하시기를 얘야, 넌 어른이 되고 늙어서 노인이 되어도 도무지 철이 들 것 같지가 않다. 사내자식의 마음이 그렇게 연해서 어떡하느냐, 하시곤 했지요. 나 동경에서 우울했소. 날마다 비가 구질구질 내리는 것처럼 사는 것이 지겨웠소. 지금 그곳 사정을 보면 희망이 없어요. 상황이 전쟁으로 치닫는 방향으로 가고 있어요. 총리가 암살당한 그 자체가 중요하기보다 그것이 어두운 앞날을 예시하기 때문에, 그런 얘기 관둡시다. 아무튼 우울한 나날이었소. 인간들이 모두 연민스러웠소. 뻘밭을 밀고 다니는 눈먼 도마뱀 같았고 메뚜기 떼 같았고 찬 바람에 죽어가는 메뚜기의 무리가 눈앞을 어지럽게 하는 거요. 어떤 때는 도둑질을 해보고 싶었고 어떤 때는 살인을 해보고 싶었고 어떤 때는 여자에게 폭행을 하고 싶은 충동, 심지어 눈멀고 문둥병에나 걸려라! 하고 외치기도 했었소. 무서운 자학, 당신에 대한 추억과 바늘 끝만 한 가냘픈 희망이 없었다면 난 아주 망가져버렸을 거요.

어느 한 곳 몸을 실어볼 곳이 없었소. 아아, 그만둡시다. 이런 말 왜 하는 걸까. 지금은 말할 필요가 없는데.”

인실은 오가타의 외투를 벗어 도로 오가타 등으로 해서 걸쳐준다.

“추워요.”

“히토미는 춥지 않아?”

“견딜 만해요. 한데 눈이 왜 안 오실까. 올겨울엔 아직 눈이 안 왔어요.”

“눈 얘기는 왜?”

“눈을 생각하고 있었어요. 당신이 도둑질 살인 얘기할 때, 얼굴을 푹 싸버리는 털모자와 우장같이 큰 털옷 생각도 하구요.”

“그래요? 탄띠 두르고 총대 메고 북만줄 누비는 생각 말이오?”

‘알면서 괜히 저런다.’

인실은 집을 나올 때 그랬던 것처럼 자신의 발을 내려다본다. 역시 작은 발이었다. 꼭 맞는 검정 구두를 신은 발은 집에서처럼 초라하지는 않았다.

“우리 걸어요.”

인실이 일어섰다. 두 사람은 길을 따라 걷는다.

“실은 나 아까 이곳에 들어오지 않으려 했소.”

오가타가 말했다.

“왜 그랬어요?”

"히토미를 데리고 갈 곳이 있어서."

"어딘데요?"

"그걸 미리 말할 수는 없어요. 말하면 안 갈 거구, 가보면 온 걸 후회하지 않을 그런 곳이거든요. 절대로 후회하지 않을 곳이오."

"짐작이 안 가네요."

"히토미는 날 믿지요?"

"믿어요."

"그럼 날 따라와요."

오가타의 어투에는 다소 격렬한 것이 있었다.

"그렇게 다짐 두지 않아도 따라갈 건데, 나 당신 무서워하지 않아요."

두 사람은 창경원에서 나왔다.

"걸어갈까, 택시를 불러서 타고 갈까."

"먼 곳이에요?"

"상당히."

결국 두 사람은 택시를 탔다. 시내를 벗어났는데 인실은 어디 가느냐 묻지 않았다. 택시가 간 곳은 조용하의 산장이었다. 인실은 그곳이 조용하의 산장인 것을 알지는 못했으나 산장이라는 그 자체에 긴장을 나타내었다. 그러나 인실은 아무 말 하지 않는다. 산장지기의 노인이 나왔다.

오가타에게 인사를 했으나 인실에게는 의아해하는 표정을

지었다. 그런대로 안으로 들어갔다.

얼마 후 찬하가 나타났다. 그는 인실에게 스스로 인사를 했다.

나는 당신을 잘 알고 있소, 하듯. 인실은 여전히 오리무중이란 얼떨떨한 표정이 되어 그에게 답례를 한다.

"어서 들어오십시오."

세 사람은 함께 집 안으로 들어갔다. 방으로 들어간 뒤 비로소 오가타는,

"조찬하 씨, 이분은 조찬하 씨요. 나하고 함께 나왔어요."

"앉으세요. 이름 같은 거 모르면 어때요."

세 사람은 마주 앉는다. 인실은 어디서 보았던 것 같은 생각에서 조찬하를 쳐다본다.

예의 그 맑고 가차 없는 눈빛으로 남자와 함께, 그것도 일본남자와 함께 외딴곳을 왔는데, 추호도 어색해하는 것 없이 쳐다본다.

'대단한 여자로구나.'

"나는 죄인입니다."

순간 찬하는 얼굴을 붉히며 말했다.

"……?"

"인실 씨께서 가장 혐오하는 부류의 인간이지요."

"무슨 소리 하는 게요."

오가타가 나무라듯 말했다.

"이 친구 아버지가 일본서 작위를 받았다 하며 저러는 거요. 소심한 것도 일종의 병이지."

인실의 눈이 크게 벌어졌다. 어제 그의 형을 만났었다는 사실 때문이 아니다. 언제였던가 강선혜로부터 들은 얘기 때문이었다.

"그러면 명희 선생님의,"

이번에는 찬하의 낯빛이 변했다.

"어떻게 아십니까?"

"전 명희 선생님의 제자예요."

"그, 그렇습니까?"

흐트러진 찬하 모습을 오가타는 유심히 쳐다본다. 이 사내의 상처, 그것은 오랫동안 오가타에게는 의문이었다. 상처가 있다는 애기를 들은 일은 없지만 오가타는 항상 찬하로부터 그것을 느꼈다. 찬하는 인실의 눈빛에서 모든 것을 깨닫는다. 이 여자는 내 사정을 다 알고 있다.

"명희 선생님, 지금 고생하고 계세요."

인실은 단도직입적으로 말했다.

"지, 지금 어디 계십니까?"

찬하는 어찌할 바를 모른다. 이렇게 흩어진 찬하를 오가타는 한 번도 본 일이 없다. 이렇게 흩어지리라 상상해본 일도 없다.

"꼭 아시고 싶다면 말씀드리겠어요."

인실은 형 조용하하고는 전혀 다른 찬하에게 믿음을 가지며 말하였다. 명희의 의사 따위는 생각할 겨를이 없었다.

"알고 싶습니다. 꼭 알고 싶습니다."

"시골에서 교편을 잡고 계세요. 보통학교에서, 그것도 촉탁으로요."

인실은 자기 자신이 야학의 선생이라는 것을 생각지 않았다. 지금 이 순간뿐만 아니라 항상 그 자신이 여자대학 출신인데도 불구하고 야학교의 선생이라는 사실을 별로 생각지 않았다.

그랬는데 어째서 명희에 대해서는 아픔을 느껴가며 말을 했는지 그 자신도 알 수가 없었던 것이다. 찬하는 오가타의 존재, 말을 전해주는 인실의 존재까지 까맣게 잊은 듯 한동안 고개를 숙인 채 앉아 있었다.

"형수님은 결백합니다!"

별안간 그의 입에서 밀려 나온 말이었다.

"하지만 잘했습니다. 잘했어요."

그는 자리에서 일어섰다. 그는 손님 두 사람을 남겨둔 채 창가에 가서 등을 돌리고 서서 밖을 바라보는 것이었다.

오가타와 인실은 석상같이 굳어져 탁자의 한 곳을 지켜보는 것이었다.

6장 깨끗한 애국자

"남이 부끄럽어서 우예 얼굴을 치키들고 댕기겠노. 억장이 무너지는 이 일을 우야믄 좋노. 아이구 내 가심이야!"

진자줏빛 모본단 처네를 쓴 채, 회색 공단을 입힌 털토시도 낀 채 여자는 자기 가슴을 주먹으로 쳤다. 구식이지만 누가 보아도 부잣집 마나님, 차림새가 호화스러웠다. 얼굴은 살짝 얽었으나 살빛이 박속같이 희었다. 금이빨 하나가 말을 할 때마다 아른아른 드러나곤 했으며 몸집은 비대한 편이었다. 이 중년 여자는 강혜숙의 어머니였던 것이다. 겨울방학이 되면서 거동이 수상하다 했더니 어제저녁 때 찾지 말라는 편지 한 통을 남겨놓고 혜숙이 집을 나갔다 하며 쳐들어오다시피 그는 관수 집에 나타난 것이다.

"가시나 하나라꼬 금이야 옥이야 키아놨더마는 그 쇠 빠질 년이, 세상에 이럴 수는 없는 기라. 가시나 머시마 눈이 맞은 것만 해도 남사스런 일인데 이거는 골라도 우야믄 그렇기, 아하필이믄 소 잡는 백정 놈 자식이란 말가! 그년이 미쳐도 한두 분 미친 기이 아니라 카이, 내 이년을 잡기만 해봐라. 자식 하나 없는 셈치고 직이부리든지 지캉 내캉 함께 죽든지. 집안 망하는 꼴을 우예 보노 말이다! 어이구 가심이야, 속에서 막 천불이 난다!"

혜숙어머니는 털토시를 벗어 팽개치듯 방바닥에 놓는다.

처네도 풀어서 벗는다. 이마가 짧고 약간 곱슬머리다. 새까만 머리 새까만 눈동자, 큼지막한 손이다. 나긋나긋하고 하얀 손, 한 냥쭝가량의 쌍가락지는 황금이었다. 손톱은 깎을 수 있는 데까지 짧게 깎아서 손가락끝이 뭉실뭉실하여 언짢은 감을 준다.

"지 자식 놈 따문에 일이 이리됐이니 지도 주, 죽고 접은 맘밖에 없십니더. 다 부모 잘못 만난 죄로."

새파랗게 질려서 떨고 있던 영광네는 울기 시작한다. 부골스런 여자 앞이어서 영광네는 더욱더 초라하고 바람에 허리 꺾여서 날리는 마른 갈대처럼 가련해 뵌다.

"당신들이사 죽든 살든 우리하고는 관계가 없는 일이라예. 내 딸만 내놓으믄 그만 아닌교."

"간 곳을 알기만 함사 이리 속이 타겄십니까. 그 일이 있은 후 집을 나가부리고 여러 달이 되는데 그놈이 죽었는가 살았는가, 어이구우."

관수는 마누라에게 영광이 일본에 가 있다는 얘기를 하지 않았다. 친구 편으로 돈을 부쳐준 얘기도 하지 않았다.

"지금 우리가 당신네 아들 걱정하게 됐는교? 내 딸을 숨기놓지 않았다믄 간 곳이라도 대주소. 그라믄 나도 긴말 안 할기요."

"간 곳을 지가 우예 알겄십니까. 참말이지 이 일을 우야믄 좋노. 내사 마, 그놈이 남우 집 귀한 딸한테 펜지질 하는 것도 몰랐는 기라요. 아, 알았다믄, 알기만 했다믄 오르지 못할 나무 치다보지도 말라꼬 조세질 했일 깁니더."

혜숙어머니 짐작에도 영광네가 거짓말을 하는 것 같지는 않았다. 그러나 고삐를 놔서는 안 되겠다 생각을 했던지,

"실은 우리 주인양반이 올라고 한 기라예. 하도 성미가 무섭은 사람이라서 무신 일 터질까 봐서 한사코 내가 말리고, 피차가 안 그렇소? 일 잘못되믄 좋을 기이 없지."

은근히 협박한다.

"그년 오래비가 올라는 것도, 젊은 혈기에 무신 짓 할지 몰라서 내가 온 기라예. 당신네들도 양심이 있으믄 생각해보소. 계집자식이란 생물 아닌교. 험이 났다 하믄 그것으로 끝장 보는 것, 혼인길이 맥히는 거는 말할 것도 없고, 그 꼬라지를 눈감는 날꺼지 우예 볼 기요. 직일 년 살릴 년 해도 부모 맘은 매일반인데, 기왕지사 이리됐인께, 하고 생각해보는 것도 가외방해야지, 가외방해야 말이지. 도중 섬의 뱃놈이라 캐도 우리가 이리 천길만길 뛰지는 않았일 기요. 내 말 알아듣겄지요? 처지를 바꾸어 생각해보소."

"아, 알아듣겄십니더. 알아듣고말고요."

영광네는 계속해서 운다.

"내가 우예 그런 화냥년을 낳았는고, 세상 사람들이 에미보다 인물 좋고 행신이 요조해서 크믄 중신애비 맞니라고 개가 목이 쉬겠다 해쌓더마는. 믿는 도끼에 발등 찍힌다, 참말로

남의 애기가 아니네. 금이야 옥이야 키아놨더마는 에미를 속이고 애비를 속이고 그 찢어 직일 년이."

한탄을 하다가 욕을 하다가, 그러나 고약한 성미는 아닌 듯 싶었고 유족한 살림이나 언동으로 보아 행세하는 집안 같지는 않다. 손톱을 짧게 깎은 결벽증도 신체에 한한 것인 성, 일상에서는 데면데면하여 몸을 저미듯 울고 있는 영광네에 비하면 감정의 농도는 훨씬 떨어진다.

"오늘은 이만하고 갈라요. 다른 데 가서 수소문을 해보아야겠고, 혹 그 가시나를 보거든 방학이 끝나기 전에 돌아오라 카소. 방학 전에 오믄 없었던 일로 할 기라고, 지 아부지가 그러더라 그리 전해주소. 앞으로 두 달이믄 졸업 아닌교. 졸업이나 하고 나서 보자고 살살 꼬아보소. 아이구, 세상에 무신 이런 일이 다 있겠노. 지 아부지는 죽든 살든 내부리두라 다시 안 볼 거라 하지마는 참말이지 인병 들고 골병 드네."

남편이 오겠다는 것을 한사코 말렸다 한 자신의 말을 잊었는지 혜숙어머니는 실토를 하고서도 자신의 실책을 깨닫지 못한다. 처네를 다시 쓰고 털토시를 끼고 일어섰다.

"그러나 말이 그렇지, 만의 일이라도 무신 일이 있다믄 그 성미, 그년의 다리몽댕이를 쟁강 뿌라아서 앉은뱅이를 맨들었음 맨들었지, 나 역시나 그렇고오, 찰랑개비 재주를 지넜다 캐도 안 되는 일은 안 되는 기고."

백정네한테 딸을 주지 않겠다는 것은 태산만큼 확고한 신

념이었다. 그가 떠난 뒤 작은방에서 숨을 죽이고 있던 영선이,

"옴마!"

하며 쫓아 들어왔다.

"이 일을 우야노. 우야믄 좋을꼬. 아이구우, 그 처니는 와 또 집을 나갔노 말이다."

"그기이 어디 우리 잘못입니까. 우리가 꼬아서 나오게 한 것도 아니고 자기 맘대로 나갔는데 우린들 우얄 깁니까. 별도리 있겠소."

"그런 말 마라. 니 오래비로 인해서 그리 됐는데 우리 잘못이 없다 하겄나. 나도 자식 키우는 사람인데 남자하고 여자하고 같나. 그 무상한 놈이 오르지 못할 나무를 머할라꼬 치다보았는고. 이기이 다 부모 잘못 만난 죄지. 아니다, 아니다. 다이 에미, 에미 죄 아니겄나."

"울지 마소. 옴마 죄도 아니고 오래비 죄도 아닙니더. 세상이 잘못된 죄 아니겄소."

"해도 소용없는 말하믄 머하노. 내 좋은 아들, 내 좋은 자식들, 쭉지 뿌러진 새 아니가. 돌아가신 니 할아부지가 백정의 자식 인물 좋으믄 머하노, 인물 좋은 것이 화근이라, 하시더마는. 부모 말이 문서라, 참말이지 그 말씸이 문서고나. 아이구우 으흐흐흣……."

모녀는 서로 끌어안고 운다. 해도 소용이 없는 말, 해도 소용이 없는 말이었다. 잘못된 세상의 탓이라고 골백번을 외쳐

본들 무슨 소용이 있을 것인가. 언감생심. 수백 년 천년 세월은 그렇게 흘러오지 않았던가. 아이들의 수모도 감수해야 했으며 의복도 백정의 표식이 있어야 했던 세월, 세상이 달라져 가고 있다고는 하나 마음속에 찍혀 있는 피차간의 숱한 낙인들이 일조일석에 없어질 것인가. 혜숙의 부모를 탓하기는커녕 그들에게는 오히려 자신들이 가해자요 죄인으로 생각하는 영광네, 속죄할 길조차 없음을 안타까워한다.

"내만 없었이믄 너거들도 없었을 기고 니 아부지 가심에 한도 심지 않았일 긴데, 어느 강변의 소 잡는 사람 만냈이믄 그러려니 하고 살았일 긴데, 어이구 내 좋은 아들, 내 좋은 자식들 쭉지 뿌러진 새로 맨글어놓고, 인물이나 남만 못함사? 공부나 남만 못함사? 슬겁고 사리 깊은 내 아들, 불쌍해 우얄꼬. 어이구우 흐흐흐으으."

"옴마 그만하소! 그만."

겨울 해가 서산을 향해 뉘엿거리고 있을 무렵 관수는 얼굴이 노오래진 한복이를 데리고 집으로 돌아왔다. 눈이 퉁퉁 부은 마누라와 영선의 얼굴을 본 관수는,

"와 또 울었노! 그놈은 이자 내 자식 아니거니 생각하라꼬 말했는데 질기 이럴 기가."

화를 벌컥 낸다.

"아부지, 그기이 아니라예."

영선의 말에,

"그라믄 멋고!"

마누라를 노려본다.

"나중에 말하겄십니더. 손님도 기시고 한께 들어가시이소."

영광네는 한복에게 인사를 하는 둥 마는 둥 부엌 쪽으로 급히 가버린다.

"술상 채리라."

관수는 영선에게 말하고 마누라가 사라진 부엌 쪽을 힐끗 쳐다본 뒤 한복과 함께 큰방으로 들어간다.

"가나오나 와 이리 뒤숭숭하노. 요새 겉아서는 그만 세상 하직했이믄 좋겄다. 앉아라."

"야."

하고 자리에 앉은 한복은,

"아이들한테 무신 일이 있었십니까?"

하고 묻는다. 관수 집에 와보기는 처음이다. 장인이 백정이었다는 것 이외 한복은 관수 집의 내막은 전혀 모른다. 그러나 울적해하는 얼굴을 보고는 묻지 않을 수 없었다.

"집집마다 남 모르는 사정이야 다 있제."

튕겨버리듯 관수는 말했다. 그리고 마음을 가라앉히기 위해선지 담배를 붙여 문다.

"사람이 와 그 모양고. 선창가에서 갯바람 쐬믄서 얼매나 기다렀는지 아나?"

한복은 무안쩍게 웃었다.

"그기이 그만 배를 놓치고."

"세 살 묵은 아아도 아니고."

"형님이 기다릴 것 같아서 엉겁결에 마산을 돌아오는 통통배를 타지 않았겄소? 그랬더마는 도중에 샛바람이 불어서 어찌나 배가 놀던지, 가덕에 왔을 직에는 창자까지 토하겄십디다. 난생 그런 뱃멀미는 처음이오."

"나도 혹시나 싶어서 기선 회사에 물어보니 마산을 돌아오는 배가 하나 있다 카길래 기다렸이니 망정이지 안 그랬이믄 우짤라 캤더노."

"주소 보고 찾아갈라 캤십니다."

며칠 전에 관수는 한복으로부터 송영선 앞으로 온 편지 한 장을 받았는데 간단한 인사말과 부산에 도착할 날짜와 통영서 떠나는 배 시간이 적혀 있는 내용이었다. 강쇠도 집만 알았지 주소까지는 몰랐고 주소를 아는 사람이라곤 장연학이뿐이었다. 하여 한복이 장연학의 심부름으로 온다고 짐작을 했던 만큼 한복이 명시한 시각의 그 배에서 모습이 나타나지 않았을 때 가슴이 철렁했던 것만은 사실이다. 길상이 나오고부터 한층 경계를 강화하여 장연학도 직접으론 관수에게 편지를 내는 일도 없게 되었고 모두가 민감해져 있는 것도 사실이다.

"하기야 만주 바닥을 몇 분씩이나 내왕했으니 주소 가지고 집 찾는 데는 이골이 나 있겄제. 그거는 그렇고 배는 와 놓칬노?"

"그기이 그런께…… 참 이상한 일도 다 있지요."

"와?"

"임이를 통영서 만낸 기라요."

"임이? 임이가 누구?"

"임이를 모립니까? 홍이 누부 말이오. 임이어매 딸 안 있십니까?"

"아아, 참, 그렇지 그 아아."

"그 아아가 뭡니까. 사십이 훨씬 넘어서 할매가 다 됐던데, 처음 지는 임이어맨가 싶어서 깜짝 놀랬십니다. 늙으이 꼭 같더마요."

"그러니까 그때 정미년에 산으로 들어간 후로는 못 보았인께 보자아, 이십오륙 년이나 되는구마."

관수는 감회가 새로운 듯 잠시 동안 눈을 감았다.

"그런데 임이는 여직 어디 있었는고? 어매 아배가 세상 떴일 직에도…… 그러고 보이 홍이아부지나 홍이가 임이 얘기하는 거를 한 분도 못 들었고나. 바쁘다 보이 임이라는 아아는 까매기겉이 잊어부렀네."

"지도 용정 갔일 때 들은 얘깁니다마는 그곳에서 시집을 보냈던 모양인데 머시매를 하나 낳았다 카던지, 하여간에 바램이 나서 남정네를 버리고 도망을 갔다, 그런 얘기더마요. 그러이 용이아재랑 함께 못 나왔지요."

"……"

"나는 용정서 임이를 한 분 봤십니다. 그쪽에서는 몰랐겠지마는, 그곳 얘기로는 해를 많이 본 모앵이라요."

"어떻게?"

"식구들이 조선으로 나온 뒤 그곳 공노인을 찾아와서 신세를 많이 졌다 카던데 알고 보이 왜놈의 끄나풀이 되어."

"왜놈의 끄나풀?"

"야, 끄나풀인 사내하고 삼시로."

그 끄나풀인 사내가 형 김두수와 손이 닿아 있다는 것까지는 한복이 모른다.

"길상형님이 잽힌 것도 임이 소행이라 카더마요. 그래서 임이를 통영서 만냈일 때 가심이 철렁하고 예사롭지가 않아서 뒤를 종구다가(살피며 뒤따르다가) 배를 놓친 기라요."

길상이 잡힌 것도 임이 탓이란 말을 듣자 관수도 긴장한다.

"종구었다믄 어디 사는지 알고 왔다 그 말가?"

"야, 집은 알아놨십니다."

"그것도 잘한 일이네."

"까마귀 날아가자 배 떨어진다고 길상형님이 나오시자마자."

"그거는 머 깊이 생각할 것 없고, 앞으로 조심이야 해야겠지. 통영에는 조병수 씨가 있인께."

"와 아니라요."

뱃멀미 때문에 얼굴은 노오랗게 돼 있었지만 한복은 전과 달리 명랑했고 어조에도 매우 적극적인 것이 있었다. 그것은 큰 변화였으며 확실한 것이었다. 원인의 그 첫째는 마을 사람들과의 진정한 화해에 있었을 것이다. 다음은 과거의 굴레를 벗어나, 부친의 죄업은 부친으로 끝난 것 하며 인간의 존엄과 신념과 사명감을 가지게 해주었던 길상이 마을로 돌아왔기 때문일 것이다.

"그는 그렇고 자네는 무신 일로 날 보러 왔노."

"형님하고 용정 가라 카데요."

"……."

"말하믄 알 기라 캄서."

"엿장수 마음대로? 누가 그러더노, 연학이가 그러더나?"

"장서방보다 길상형님이 그러시더마요."

관수는 입을 다물어버렸다. 얼굴엔 아무런 표정이 없었다. 엿장수 마음대로, 하기는 했으나 거의 양해가 돼 있었던 일이었다. 한복이 동행한다는 것은 예상치 못했던 일이었으나. 처음 관수의 용정행 얘기가 나오기론 범석의 부친 김한경이 김훈장의 유해를 거두기 위해 만주행을 결심한 후부터다. 한경이 쪽에서는 범석과의 동행을 계획했던 것이나 길상은 그 기회를 이용하여 관수가 가는 것이 여러 가지 면에서 필요하다는 판단을 내렸던 것이다. 범석은 일의 전말을 모른다. 한경은 더더구나 새까맣게 모른다. 한마을에 살았기에 관수라는 인물은 알고 있었으며 김훈장을 따라 입산을 했다는 사실도 있어 그냥 신뢰하는 정도였을 뿐. 그러나 한경이 모든 것을 까맣게 모르고 있다는 사실이 중요했던 것이다. 길상이 관수와의 동행을 제의했을 때 범석은 깨달았다. 아무것도 모르는 아버지를 힐끗 쳐다보면서 범석은 그러는 것이 좋겠다는 찬의를 표했던 것이다.

"그래 떠날 날짜는 잡았나?"

한참 후 관수는 물었다.

"그거는 형님이 작정을 하시야지요."

"아직 겨울이 많이 남았는데 해동이나 돼야 안 하겄나."

"그런 말이 있었지요. 그러나 김훈장댁에서 서두는 기라요. 더욱이 범석이아부지가 십 리 이십 리 길이냐, 하루 이틀에 될 일이냐 함시로."

"옛날 생각을 하니 그렇지."

"길도 길이지마는 김훈장의 묘소도 확실히는 모르는 형편이고 보니 그곳에 가서 사람을 찾아야 하고, 그라고 길상형님 말씀도 만주는 얼음이 얼어 있을 때가 길 가기 좋다, 또 홍이 있으니까 유할 곳을 걱정할 것 없다."

"음…… 범석아부지는?"

"떠날 준비 다 해놓고 기다리고 기시오."

하는데 영선이 술상을 가지고 왔다.

"나중에 말하겄다 했는데 그기이 멋고."

역시 궁금했던지 관수는 딸에게 물었다.

"그 여학생 어무이가 오신 기라예."

"뭐?"

관수는 자리에서 일어섰다.

"니 어매 어디 있노?"

"작은방에 기십니더."

"잠시만."

한복에게 말하고 관수는 급히 나간다. 불안한 몸짓을 하며 영선도 뒤따라 나간다.

'참하게도 생깄다.'

속으로 중얼거리며 한복은 무심결에 아들 영호의 얼굴을 떠올린다. 평소에는 여자아이들을 보아도 영호 생각을 한 적이 별로 없었다. 세상은 개명이 되었다고는 하나 아직도 이십 미만에 장가가는 풍습이 성행하고 있었으니 영호의 혼인을 생각하는 것은 무리가 아니었다. 그러나 한복에게는 영호의 혼인이란 관심 밖의 일이었다. 괴로운 일은 생각 안 하는 편이 낫다는 오랜 습관 때문이었는지 모른다. 딱 한 번 주막의 숙이를 보았을 때,

'애비 에미도 없는 고아라 카이, 저 아아 같으믄 데리올 수 있겄제.'

그런 생각을 한 적이 있었다.

'형님의 딸 같으믄 못 주겄다 하시지는 않을 기다.'

한복은 술상을 내려다보며 곰곰이 생각한다.

'보통핵교는 나왔다 하던데 주막집 처자보담이사…… 퇴학

을 당해도 그놈이 아직은 기 안 죽고 있이니 다행이다마는, 범석이가 붙들어주어서, 얼매나 고마운지 모리겄다. 어매 닮고 내 닮았이믄 넘한테 해악은 안 끼칠 기구마는. 그런데 이 집에서는 무슨 일이 있는 길까? 아들아아한테 좋잖은 일이 있었일까? 태산이 무너져도 눈 하나 깜짝 안 할 것 겉은 관수형님이 와 저리 서두는지 아무래도 좀 이상타.'

한참 후 돌아온 관수의 얼굴은 굳어져 있었다. 술잔에 술을 부어놓고 술잔을 내려다보던 관수는,

"술 들게."

생각이 난 듯 말했다.

"자아 어서 들자고."

두 사람은 술을 마신다. 들창이 환했다. 해가 서산에 걸린 모양이다. 들창에 나뭇가지가 흔들리고 있었다. 선명한, 묵화같이 선명한 그림자다. 고리짝 하나에 이불밖에 없는 방이었다. 못질을 한 벽면에 옷 몇 가지가 늘어져 있었다. 가을에 도배를 했는지 장지문을 뚫고 들친 햇빛에 방 안은 온기와는 관계없이 차갑고 쓸쓸하지만, 생활의 군더더기를 느낄 수 없다. 뜨내기와 같은 관수의 생활, 진주에서 떠나온 후 영광의 학업 때문에 부산에서 뜨지는 않았으나 이 동네 저 동네로 전전해온 세월도 그간 수월찮이 흘렀다. 김환이 죽고 혜관은 만주로 떠난 채 생사조차 알 길 없었던, 그리고 관수 자신은 항상 왜경에게 쫓겨야만 했던 절벽과도 같은 세월, 그러나 관수는 절

망하지 않았다. 강쇠로부터 너는 김환이 아니라는 빈정거림을 받으면서까지 관수 자신은 허공에 떠 있었지만 그동안 가로 세로 날과 올을 엮듯 조직의 폭을 상당히 넓혀놓은 것은 사실이다. 강쇠가 김환의 초기 모습이라면 관수는 김환의 후기의 모습이라 할 수도 있다. 그러나 시대의 급격한 변화에 따라 관수는 김환을 극복해야 했었다. 형평사운동에서부터 소지감을 기점으로 한 서울 소위 지식분자들과 줄을 긋고 석이와 강쇠와 더불어 부산 바닥, 부둣가와 장바닥을 두더지처럼 그 밑창을 파놨으며 용정과 연해주 방면과도 끊임없는 연락망을 구축해왔다. 장연학은 혜관 없는 자리에서 나사를 풀었다 조였다 하면서 진일 마른일 대소사를 감당해왔던 것이다. 그러다 보니 지리산이 비어버린 것이다. 그것은 의식적인 것이었다. 김환도 죽기 전에 말했었다. 산에서 내려가야 한다고, 산의 시대는 당분간 끝난 거라고. 관수는 그러나 반전을 꾀하였다. 계기는 서희가 땅 오백 섬지기를 내놓았다는 데 있었고 길상이 돌아올 것에 대비하여 초점을 맞추었다 할 수도 있지만 산을 중심하여 사방에 거미줄을 쳐놓았던 조직은 잠들어 있을 뿐 흔들면은 언제나 깨어날 수 있었다. 흔들어 깨우는 손이 바로 그 자금이었던 것이다. 그 한 예가 길노인 부자의 경우다. 한편 지삼만의 이탈, 그의 죽음으로 저해분자는 소탕된 셈이요, 해도사와 일진, 그들과 관계가 깊은 소지감, 조막손이 손가의 아들 손태산도 그렇고 그들 새로운 인물들의 등장은 상당히 희망적인 것이었다. 관수로서는 조직을 움직이는 사람이 길상이든 누구든 그것은 조금도 문제 될 것이 없었다. 결국 관수는 그 나름대로 현실을 파악했던 것이다. 민족주의, 공산주의, 무정부주의, 그런 새로운 사상의 물결이 밀어닥치고 있으나 모두가 모두 머리통이 큰 대신 몸뚱이가 빈약하다는 것을 느꼈다. 학생들 속으로 맹렬하게 침투해가고 있는 추세이지만 그 학생 자체는 여전히 머리 부분을 구성할 뿐이요, 일제의 탄압이 극심하다고 하지만 크게 폭발할 힘이 못 되었다. 관수는 혁신 세력이 지원한 형평사운동이 그나마 성공하지 않았나 판단하는 것이었다. 신화와 같은 동학항쟁의 그 크나큰 불기둥을 관수는 상기하였다. 대가리도 컸었지만 몸뚱이가 좀 튼튼하였던가. 물론 종전과 같이 동학교보다 동학당으로 투쟁의 지렛대를 삼아야 한다고.

'따지고 보믄 다 엇비슷한 긴데 낯선 남의 것보담이야, 말가지고 이러니저러니 세월만 간다. 핍박 없는 세상 사람답게 살아보자는 거 아니가 결국에는.'

그런 생각을 관수는 말하지 않았다. 그 나름대로 자리를 다져본 뒤 가능성이 떠오를 때 구체적으로 상의하리라. 해서 강쇠로부터 오해도 받았던 것이다. 영광이 집 나간 뒤에는 더욱더 숨가쁘게 관수는 뛰었다. 그야말로 동분서주, 윤필구도 수차례 만났고 손태산, 그 밖의 여러 사람들, 외곽에 속해 있었던 사람들과 두루 접촉하며 길상과도 끊임없이 연락을 취해왔었다. 영광의 가출을 응어리처럼 가슴에 안고.

"무신 어렵운 일이 있는 모앵인데 그렇다믄 범석이아부지를 지 혼자 모시고 가도 되는데요."

침묵한 채 술잔만 거듭하는 관수에게 한복이 말했다.

"가고 안 가고 그런 일하고는 상관없다."

"야……."

"사람우 일생이란."

"……."

"살아가는 동안 마디가 하나씩 하나씩 생기다가 그라고 나믄 가는 기라. 마 혜관시님 겉은 사람이 젤 속 편했을 기다. 무자식 상팔자라……. 몇 년을 소식이 없는 거를 보이 얼음구덕에서 곱기 잠들어부린 모앵인데."

"마디라 카믄,"

"부산 생활도 이자 끝장이 났이니."

"부산 생활이 끝장났다고요? 와요?"

"그럴 일 있네."

"……."

"자아, 그러면 자네는 오늘 밤 여기서 자고오…… 내일 아침 집으로 가는 기이 좋겠다. 가서,"

"……?"

"내일 모레 글피, 아니지, 오늘이 며칠이고?"

"양력으로 정월 초여드레 아니오."

"그라믄 보자, 넉넉히 잡아서 열나흘날까지 범석아부지하고 통영 조씨 댁에 가 있도록, 거기서 기다리믄 내 볼일 보고 갈 기니."

"부산으로 바로 오믄 안 되겠소? 너무 폐스럽어서, 이분에도 거기 들렀다가 왔인께요."

"사정이 달라졌으이."

"……."

"내 살림이야 간단하지. 이불 보퉁이 하나 짊어지믄 그만이다. 노인네들은 다 세상 버렸고 자식 놈은 집 나가고 허허허 허헛……."

헛웃음을 웃는다.

"설마 만주로 솔가해 가시는 거는 아니겠지요?"

"솔가? 하하핫 하하핫핫 솔가라, 그럴 수야 없제. 하하핫핫하하 솔가해 간다꼬? 하기는 소리도 매도 없이 달라빼고 접은 생각이야 꿀뚝 같다마는 그럴 수야 없제. 술이나 들어라. 세상 뜻대로 되는 일이 어이 있더노. 하하핫핫……."

관수는 자꾸 헛웃음을 웃었다. 이날 밤 한복은 만취된 관수가 우는 것을 처음 보았다.

"우찌 이리 날이 안 새는고. 우찌 이리 맨날 밤이가 말이다. 캄캄한 밤만 있노 말이다. 으흐흐흐……."

"형님! 와 이랍니까."

"내가 머 잘났다고, 주는 밥이나 처묵고 살다 죽지, 강쇠 말

마따나 내가 머한다꼬 이 지랄을 하는지 모리겄다."

눈물을 흘리는가 하면,

"어느 연놈이든지 걸거치기만 해봐라, 배애지를 푹푹 찔러 직일 것이니. 소 잡는 백정, 사람 배애지 못 찌르겄나. 세상 참 가소롭다, 세상이 가소롭다!"

당장 살인이라도 하러 나갈 듯 눈에 불을 켠다.

"형님이 이래쌓으믄 지는 우짤 깁니까. 처음 만주로 가라 한 것도 형님이고 그래서 나도 발을 적싰는데 참말이지 와 이랍니까."

"그래 내 꼬라지를 본께 자네도 겁나제? 겁이 날 기다! 집 안은 풍지박산(풍비박산)이고오, 수풀에 앉은 새맨크로 바씨락 거리기만 해도 자리를 옮기야 한다. 온갖 수모를 복 받듯이 받아감시로, 지금도 늦잖아. 자네야 이제 게우 발 담갔는데 늦잖다 그 말이다. 사람우 한평생이 잠깐인데 인병할 놈의 이기이 무신 꼬라지고."

"형님이 우때서요."

"이놈아! 몰라서 하는 말가! 하기사 머 속에 젓국 담는 거를 남이 우찌 알 기고, 음 흠…… 알믄 또 머할 기고! 나한테 어느 놈이 상 줄 기가! 다아 일없다, 없단 말이다! 자식 놈도 부모를 헌신짝같이 버리는데 누가 머를 우, 우떻게 한단 말고, 이놈의 세상 하로아침에 그만 와장창 내리앉았으믄, 도끼로 부술 수 있다믄 그만 탕탕 때리뿌사아서."

몸도 가누지 못하게 취한 관수는 술을 엎지르면서 또 마신다.

"다른 사램이믄 모리까 저 앞에서는 형님이 그런 말 못할 깁니다."

한복이도 어지간히 술을 마시었다.

"못해? 와 못하노! 넘찐(건방진) 소리 하네. 니가 먼데, 니가 멋고?"

삿대질을 한다.

"형님은 백정의 사우고 지는 살인자의 아들 아닙니까."

"참 그렇고나, 그렇지."

하다가 관수는 소리를 내어 웃었다. 한복이도 함께 소리를 내어 웃었다. 두 사내는 자신들이 왜 웃는지, 웃어야 하는지 분별도 없이, 우는 대신 웃고 있는 것인지 모를 일이었다.

"형님, 지는 말입니다, 지는요, 지는 말입니다. 후회 안 할 깁니다. 겁이사 나겠지마는요, 발 빼지는 않을 겁니다. 영호하고 약조를 했인께요. 살인 죄인으로 세상 끝내기 보담이야 애국자로 세상 끝내는 편이 안 낫겠십니까."

애국자라 했을 때 한복의 얼굴에는 수줍음이 지나갔다. 그리고 술 안 마시고는 못할 말들이었다.

"그라고 그래야만 나는 빚을 갚는 기이 안 되겠십니까? 빚 안 지고 살겠다 그기이 지 평생의 소원인께요. 관수형님이 처음 지보고 만주 가라 했을 직에는 원망스럽기도 했제요. 하지마는 만주 가서 길상형님을 만나보고 그곳 사정을 보이, 야, 길상형님이 나를 깨우쳐준 기라요. 니는 과거의 굴레를 벗어라 벗어라 그것은 니 잘못이 아니다……. 남이사 머라 카든지 서럽어도 억울해도 이자 나는 기대고 떠받칠 기둥 하나를 잡은 기라요. 사람답게 살자……. 나는 발 못 뺍니다. 나도 이 강산에 태어나서 소리칠 곤리(권리)가 있인께요. 형님이 훌륭하고 그 발밑에도 못 가는 거는 지도 압니다. 하지마는 형님! 지 앞에서는 울믄 안 됩니다. 형님 우는 거를 보이 조금은 같잖다는 생각이 듭니다. 와요, 지 말이 틀렸십니까?"

"야, 한복아 그기이 정말로 니 말가? 니가 정말로 그런 말을 했나? 못 믿겄네?"

"와요, 거복이 동생이라꼬요?"

"하하핫 하하핫 니야말로 젤 깨끗한 애국자다!"

7장 부녀

주막에 영산댁 모습은 보이지 않았다. 숙이 혼자 술항아리에 기대어 졸고 있었다.

"할매 안 기시나?"

관수가 찬 바람을 몰고서 술청으로 들어섰다. 그의 뒤를 따라 팔에 보따리를 낀 영선이 두 손에 입김을 불면서 들어왔다. 숙이 소스라쳐 자리에서 일어섰다. 영선은 자줏빛 모슬린 치마에 검정 주란사 저고리를 입고 목에는 명주 수건을 감고 있었다. 양말 신은 위에 하얀 버선을 신었고, 추위와 피로 때문에 잔뜩 찌푸린, 거의 울상이 돼 있었다.

"할매 안 기시나."

관수는 또 한 번 물었다.

"편찮으서 누워 기십니다."

"그래?"

자리에 앉은 관수는,

"국밥 두 그릇 말아주고, 먼저 술 한잔 줄라나."

"야."

마치 동행도 아닌 것처럼 관수는 영선보고 앉으라는 말도 하지 않았다.

"저물기까지 장사하네."

따라주는 술잔을 들고 혼잣말하듯,

"치운다는 기이 그만 잠이 깜박 들었십니다."

"할매는 많이 편찮나?"

"감기 몸살인가 배요."

숙이는 얼른 밖으로 나가 국솥에 불을 지펴놓고 들어오면서 시골 처녀와 다르게 땟물이 빠졌고 울상이기는 해도 어딘지 모르게 상큼하면서 총명해 뵈는 영선을 신기스러운 듯 쳐다본다. 영선이 역시 들국화처럼 깨끗하고 유순한 느낌을 주는 숙이를 이상하다는 듯 쳐다본다. 하기는 주막에 영선이 같은 처녀가 온 것도 흔한 일은 아니었다. 주막에 숙이 같은 아이가 있는 것도 예사로운 일은 아니었다. 국솥은 술청 안에 있었다. 숙이는 솥뚜껑을 열고 크고 긴 놋국자로 밥을 담은 사발에 국을 퍼 담는다. 김이 무럭무럭 서려 오른다. 술판에 국밥 두 그릇과 양념장이 놓였을 때 처음으로,

"배고플 긴데 어서 묵어라."

딸에게 관수는 말했다. 영선은 배가 고팠으나 그보다 추웠다. 추웠기 때문에 얼른 숟가락을 들고 뜨거운 국물을 떠먹는다.

하동에 도착했을 때 해는 벌써 지고 있었다. 영선은 하동서 묵을 줄 알았다. 그러나 관수는 강물이 얼어서 나룻배가 없는 것을 투덜거렸다.

"걸어서라도 가야 한다."

걸어서라도 가야 할 곳이 그렇게 먼 곳인 줄 영선은 몰랐다. 강쪽에서 불어오는 밤바람이 그렇게 매운 줄 몰랐다. 돌아보지도 않고 바람을 끊듯 앞서가는 아비의 뒷모습이 원망스러웠던 어두운 둑길. 셋집이며, 그도 사글세 셋집인만큼 이사하기 쉽다고는 하나 하루 사이에 단칸 셋방으로 식구를 옮긴 관수는 무슨 까닭인지 영선을 우격다짐으로 데리고 나온 것이다. 영광네는 보따리를 싸주며 울었다. 영문을 모른 채 따라나오는 영선도 울었다.

"울기는 와 우노. 죽으러 가나!"

관수는 악을 쓰듯 말하였다. 이사한 것까지는 납득이 간다. 아직은 돌아올 것에 희망을 걸고 있었기 때문에 딸자식인 만큼 일을 크게 벌이지 않고 쉬쉬하며 강혜숙의 어머니가 다녀갔으나 혜숙이 쉬이 돌아오지 않는다면 사태는 심상할 수 없다. 경찰에 고발하는 지경까지 발전할 수도 있는 일이다. 그러지 않아도 관수는 진주경찰서에서 찾고 있는 처지, 그 사정을 식구들은 물론 잘 알고 있다. 그리고 또 이사 다니는 것은 이미 다반사가 되어 있었으므로 그러려니. 그러나 영선은 자신을 어디로 데려가는지 무슨 일로 데려가는지 아무래도 짐작이 가지 않았다. 몇 번이나 아비에게 물었으나 대답은 없었고 꼭 한 번 가면 안다 했을 뿐이다.

국밥을 다 먹고 난 뒤 관수는 담배를 붙여 물었다. 숙이는 문을 닫고 내일을 위해 잠을 자야 하는데 부녀로 짐작되는 이들의 분위기가 하도 암울하여 자고 갈 거냐는 말도 못하고 우두커니 앉아 있었다.

"처자, 오늘 밤은 여기서 자고 갈 긴데."

겨우 관수는 무겁게 입을 떼었다.

"야는 내 딸인데 처녀하고 함께 자믄 되겄네."

"예, 알겄십니다."

"나는 가겟방에나 아무데나 자믄 된께 요때기 하나 주믄."

"할무이, 할무이."

숙이는 방 앞에서 영산댁을 불렀다.

"이잉, 무슨 일이여."

"저기 손님이."

"워찌여? 저물었을 것인디 가게 문 아직 닫질 안혔어?"

"주무실 손님이 기십니다."

"주무실 손님이 있단 말시? 이부자리도 실찮은디, 어이구 삭신이 워찌 이리 쑤시남."

영산댁의 말소리가 들렸으나 관수는 그 소리가 들리지 않는 듯 멍하니 담배 연기만 바라보고 있었다. 추운 곳에서 따뜻한 방으로, 그리고 뜨거운 국밥을 먹은 탓인지 영선의 얼굴은 사과같이 빨갰다.

"어이구, 삭신이 자근자근 부서지는 것 같여. 병났다 허면은 그냥 곧장 저승으로 가야 허는 것인디, 어린것 혼자서 줄지갈지 얼매나 고달팠을까잉."

겨울바람에 잘 마른 시래기같이 그런 꼴을 하고서 술청으로 나온 영산댁은,

"자고 갈 사램이 이 처자여?"

영선을 눈여겨보며 말했다.

"야, 저기 저 손님하고."

"그라면 너랑 함께 자더라고."

"그라믄 가게는."

"금매 이자 정신이 난께로 걱정허덜 말어."

숙이는 영선을 손짓해서 함께 방으로 들어간다. 머리를 쓰

다듬고 술청에 나앉은 영산댁은 사발에 술을 조금 부어 홀짝 홀짝 마시며 손님은 본체만체했다.

"나도 술 한잔 주소."

관수가 말했다.

"그려."

술을 떠주고 나서,

"이제 바늘구멍만큼 숨이 트이는디 왜놈의 코뿔인지 워찌 그리 지독스럽디야?"

"이제 일어날 만합니까?"

"아파도 누워 있는 성미가 아닌지, 도사리겉이 살아나들 않았겠소. 헌디 이게 누구여?"

"알 만한 사람입니까?"

관수는 웃는다.

"가만히 있더라고."

영산댁은 관수를 빤히 쳐다본다.

"옳지, 맞어. 맞단 말시! 자네 관수 아닌감?"

"눈도 밝소. 나는 못 알아볼 줄 알았는데."

"죽지 않으면 어느 때고 만나는개 비여. 그려, 얼매나 고생을 했을꼬잉."

"고생이야 저저이 다 하는 기고, 할매도 많이 늙었십니다."

"박달나무도 좀 슨다 했이야. 늙는 것을 누가 막을 거여. 나보담도 자네 얼굴을 본께로 어이구우, 만고풍상을 다 겪은 모앵인디."

"허 참."

관수는 술을 마신다.

"듣자니께 진주서 산다 허던가."

"누가 그러던가요?"

"김서방이던가 이서방이던가."

김서방은 영팔이며 이서방은 죽은 용이다. 그러나 영산댁은 자세한 사정은 모르는 눈치였다. 하기는 관수에 관해서 평사리의 사람들은 거의 깊은 사정은 모르고 있었지만.

"그러면 저기 방으로 들어간 처자가 자네 딸이라?"

"딸자식이오."

"절색인디, 할매를 닮았는가, 자네 모친도 소싯적에는 인물이 좋았지라."

"그런가 배요. 어매를 닮은 모앵이오."

절색이란 과장된 표현이었고 영산댁은 흥분해 있었다.

"어매 소식은…… 어매를 찾았남?"

"찾기는 어디서 찾겠소."

"그 목이 뿌러질 조가 놈, 죽었다는 소식은 아직 못 들었는디."

"파란만장이제요."

"그려. 한만 쌓아놓고 가는 기여."

"술 한잔 더 주소."

"아암 주지비……. 자아 들더라고."

관수는 술을 벌떡벌떡 들이켜고 영산댁은 홀짝홀짝 마신다.

"좌우당간 반갑구만. 죽을 때가 가까워온께로 옛사람이 그리 반가울 수 없어야. 또 작별을 허고 떠나면은 다시 못 볼 것이다, 그런 생각 땀시 서러워. 그래 자네는 워딜 가는 길이여?"

"아 예, 목포 가는 길에."

관수는 서슴지 않고 거짓말을 한다.

"거긴 무슨 일로 가는감?"

"친척이 있어서."

"좌우당간 자넬 만나보니 내 맴이 좋고도 언짢네잉. 저승 가면은 자네 모친보고 헐 이야그도 생깄고이."

"더 살아야제요. 감기 들었다고,"

"아니여, 아니여, 나 또래 사람들은 다 갔어야."

"그거야 바삐 가는 사람도 있고 더디 가는 사람도 안 있겄소."

"지난날을 생각허믄 모두가 다 후회스러운 일뿐인디 그 후회스러운 날들이 그립단 말시."

"이제는 나이도 들고 했는데 편키 살다 가야 안 하겄소."

"주막 뜯어 개여라 그 말인디, 넘들도 그런 말 많이 허지라. 그러나 사람 못 보고 워찌 산디야? 오는 사람보고 가는 사람보고 날아가는 까마귀보고도 내 술 한잔 먹고 가라 하고 접은디, 아무 욕심 없어야. 돈 벌라고 이 짓 허는 것 아니여. 하기야 숙이 저 아아헌티 좋은 짝 골라주고 나면 훨훨 털고 나는 절에나 가서 죽을까 그런 생각을 혀보는디.”

“대체 그 처자가 누군데요?”

“일 점 혈육도 없는 나를 불쌍허게 여겼든지 하눌이 내린 은혜여라. 양딸이기보담 손녀라 혀얄 기구만. 그나저나 요새 골치 썩일 일이 생겨서 워찌헐까……. 그놈이 또 나타난다면은 동네 사람들 불러 모아 몽둥이뜸질을 하든지 정갱이를 뿌질러 앉히든지 그래야 헐 것인디.”

“그놈이라니.”

“기가 맥혀서.”

순간 영산댁의 눈이 번쩍번쩍 빛났다.

“아마 그놈 땀시로 내가 병이 났을 거여. 아 금매 워디서 무슨 짓을 허다가 굴러왔는지 꿈에도 보들 못헌 놈이, 그놈 생각을 허면 지금도 가슴이 두근두근 뛰는디, 그 염치 좋은 놈이 떡 나타나서 허는 거동 좀 보소. 큰엄니 절 받으시오, 허고는 자칭 그 팔난봉 늙은이의 아들이라 허들 않겄어? 자석도 없이 몇십 년 동안 장사를 혔으니 돈푼이나 있을 것이다. 그놈이 그리 생각헌 거여. 아니면 반반허게 생긴 우리 숙이를 보고 탐이 나서 허는 수작인지.”

“정말로 그런지 누가 압니까?”

영산댁은 팔을 내저었다.

“그렇다면 더더구나 말도 안 되는 일이란께. 나하고는 상관이 없는 일 아니더라고? 내가 평생을 워떻그름 살았는디, 남정네 번 돈으로 밥 한 끼 먹었남. 다 소용없어야. 가슴에 한이 서리서리 서려 있단 말시. 소싯적에도 한분 나타났다 헐 것 겉으면 눈에 쌍불을 켜고 애나는 돈 뺏아가서는 제집질허고 노름허고, 짚세기 한 켤레 얻어 신은 기억이 없단 말시. 워디서 어떤 제집이 내질렀는지 내 알 바 아니지라. 씨어빠진 밥덩이 하나 주고 접잖어. 아 금매 생각 좀 해보더라고. 사대육신 멀쩡헌 놈이 늙어 꼬부러져서 언제 저승갈지 모르는 늙은것 덕 보겄다? 참 그 늙은이 씨라 헐 것 겉으면 씨는 못 속이는 거여. 그놈이 있겄다고 온 것인디 내가 장대를 들고 내쫓았지라. 네 이노움, 여기가 워디라 등 붙이려 허는 기여!"

영산댁은 흥분했다. 눈앞의 관수가 마치 죽은 남정네의 아들이라도 되는 것처럼.

"내가 이 나이 되야도 제 가숙 섬기는 남정네를 보면 부럽지라. 세상에 제 가숙 박대허는 인사치고 옳은 죽음 하는 것을 못 봤인께로. 백정이든 갖바치든 지 자석 지 아낙 섬기는 그기이 사램이여. 내 소싯적에 조강지처를 버리고 소실에 빠져서 있던 사내가 서방질혔다고 소실을 직였는디 그 자석 놈이 또 그러더란 말시. 샐인을 하더라 그 말이여. 부모 안 닮는 자석 없단께로. 가사 넘보다 나을 것이다 허고 그놈을 집에 붙였다 헐 것 겉으면 우리 숙이 평생 술쪽 들고 살 것이란께. 사내는 바짓말에 손 넣고 제집질헐 것이고 놀음판에 나갈 것이고 그 짓을 내가 시킨다 말이? 어림 반 푼어치도 없어야. 대역죄인보다 샐인 죄인보다 나쁜 놈은 연약헌 제집 벌이시켜서 놀고 먹는 놈이여. 사람 아니여."

"그 말은 맞십니다."

하고서 관수는 속으로 소 잡아서 모은 처가의 유산으로 오늘까지 지탱해온 자기 자신을 돌아본다.

'나도 나쁜 놈이고 불출이다.'

"하하하핫 하하하핫……."

별안간 관수는 크게 소리 내어 웃었다.

"이 사람 보게? 남은 속에서 불똥이 튀는디 워찌 웃는단가?"

"그 말은 맞십니다. 해놓고 보이 내 꼬라지 생각이 나서 웃은 기라요."

"오매, 자네 꼬라지가 워찌혀서 그러남?"

"돈 벌 재주라곤 없는 순 날건달, 인간 말짜제요."

"허면은 자네 안사람이 벌어서 살았다 그 말이라?"

"남의 얼굴도 치다보지 못하는 벵신이 멋을 우떻게 벌겄소."

"딸아이도 참허게 길렀던디 그라면 무신 수로 살았는가?"

"처가 덕이지요."

"처가가 부재였던개 비여."

"부재는 무신, 처가의 피값이제요."

하는데 관수 눈에 눈물 같은 것이 돌았다.

"피값이라? 무신 소리여?"

영산댁은 깜짝 놀란다. 그러나 관수는 대답하지 않았다. 그는 그런 말한 것을 이내 후회했던 것이다.

"소름 끼치는 그런 말을, 워째 그러남?"

관수는 일어섰다.

"좀 나갔다 오겄소."

"이 밤에 어딜 가는 기여?"

"무덤이 있으니 찾아가겄소? 좀체 오기 어렵은데 어매 살던 집이나 한분 돌아보고 올라요. 잠도 안 오고 내일은 일찍 떠나야 한께요."

영선과 숙이는 곤하여 깊이 잠든 것 같았다.

"흥, 죽은 어매도 팔아묵고, 잘하는 일이다."

주막을 나선 관수는 자신을 비웃으며 최참판댁을 향했다. 그리고 그는 새벽녘에 돌아왔다.

영선은 따뜻한 조반을 먹었고 관수는 해장국에 술 한잔으로 아침을 때웠다.

"그라믄 이자 떠나야겄다."

영산댁은 감기몸살에 되잡혔는지 일어나지 못하고 있었다.

"할매, 잘 기시소!"

관수는 방을 향해 소리쳤다.

"어이구 어이구, 골이야."

하면서도 영산댁은 방문을 열고 내다보았다.

"인지 가면은 언제 또 볼꺼나."

코맹맹이 소리로 말했다.

"오래만 사이소."

영선도 따라서,

"안녕히 기시이소."

하고 인사를 했다. 그리고 숙이에게는 잠시 망설이다가 영선은 웃었다. 숙이는 웃는 영선을 쳐다보며 잇속이 참 예쁘다는 생각을 한다. 문간에서 숙이는 작은 목소리로,

"잘 가이소."

했다.

"응, 니도 잘 있거라."

관수가 말했다. 희뿌옇게 새벽이 걷혀져 가는 둑길을 향하여 떠나는 부녀를 숙이는 문간에서 한참 동안 바라본다. 지난날이 생각났다. 아비와 동생 생각을 안 할 수 없었다. 남자 손님은 아비와는 다르게 건강하고 팔팔했다. 그의 딸은 도시풍의 깔끔한 차림으로 옛날의 자신과 같이 남루하지는 않았다.

'야속한 울 아배, 우찌 나를 냄기놓고 가싰는고. 몽치야! 니가 살아 있나!'

이른 아침의 바람은 어제 불던 밤바람보다 더 매웠다. 산천은 다 얼어붙어 버린 듯, 그리고 죽어버린 듯 꼼짝하지 않는다. 다만 잎을 다 털어낸 나뭇가지만 미친년 머리카락처럼 바람에 흔들리고, 나부끼고 있었다. 인가 가까운 곳을 지나가건만 강아지 한 마리 얼씬거리질 않는다. 따뜻한 방에 푹 잠들

수 있었고 따뜻한 조반을 먹었기에 처음 길 떠날 적에는 영선도 추위에 견딜 만하였다. 그러나 행보를 거듭할수록 강바람과 추위는 사정없이 영선을 후려쳤다. 손발이 오그라들어 감각을 잃었다. 얼굴에는 바늘 비가 꽂히듯 살갗이 따가웠다.

"아부지이!"

관수는 돌아보지도 않고 대답도 없이 앞서간다.

"아이고 으흐흐흣……."

땅바닥에 주저앉으며 영선은 울음을 터트리고 말았다. 그의 울음은 추위 때문만은 아니었다. 저만큼 앞서 가던 관수는 걸음을 멈추고 담배를 꺼내어 붙여 물었다. 그리고 하염없이 강물을 바라보는 것이었다.

"으흐흐흣…… 으흐흐흣…… 대체 어디로 가는 깁니꺼!"

관수가 다가왔다. 댕강하게 짧은 솜두루마기를 벗어 딸에게 입혀준다.

"세상은 이 게울바람보다 더 맵다. 니가 우찌 살라꼬 이만 추위에 우노 말이다."

"아부지, 우리는 어디 가는 깁니꺼. 어무이만 두고 어디로 가는 깁니꺼."

"가믄 안다고 안 했나! 니를 팔아묵으로 가나! 와 이리 방정고오!"

입이라도 찢어졌을 만큼 관수는 고함을 질렀다.

"일어서지 못하겄나! 강물에 차 넣기 전에 일어서거랏!"

강물은 물이 아니었는데. 하얗게 얼어서 비웃듯 그곳에 멈추고 있었는데.

화개까지 갔을 때 날씨는 다소 풀리었다. 해는 솟아올라 중천을 향해 움직이고 있었고 까막까치가 날고 있었으며 솜저고리에 팔짱을 낀 나무꾼들도 지나갔다. 화개에서 다시 걸음을 옮겨 해도사 처소에 당도했을 때 해는 중천에서 기울고 점심때가 훨씬 지난 시각이었다.

"이놈이 날씨가 춥은께 꼼짝 않고 방에 있고나."

관수가 웃으며 말했다. 새까만 아이의 눈은 영선에게 쏠려 있었다. 필경 누이 생각을 하는 것이었을 것이다. 이들이 누이 숙이와 함께 하룻밤을 같이 있다 온 것을 알 턱이 없을 것이지만 산속에서 숙이와 비슷한 나이의 영선을 보고 누이 생각을 안 했을 리가 없다.

"몽치야!"

해도사가 불렀다. 몽치는 화닥닥 일어났다.

"왜 그리 놀라는 거냐."

해도사는 무심히 말했다. 누이 생각에 도끼질을 당한 것처럼 몽치는 일어선 뒤에도 안절부절못했다.

"솥에 물 붓고 불 지펴라."

몽치는 아무 말 않고 방에서 나갔다.

"내 딸자식이오. 영선아, 이 어른한테 인사 올리라."

굳어진 얼굴로 영선은 해도사에게 절을 했다.

"그런데 웬일이오."

영선을 한동안 응시하다가 해도사는 관수에게 물었다.

"차차 알게 될 기요."

"음……."

해도사는 다시 영선을 쳐다본다.

"점심은 어떻게 했소."

"여기서 얻어묵을라꼬. 아닌 게 아니라 배가 고파 죽을 지경이구마."

"찬밥 가지고 안 되겠네."

"쌀이든 보리든 내주소. 밥은 내 딸아이가 할 긴께."

"손님을, 그럴 수 있겠소?"

"아 안식구가 기시다믄, 다 큰 처자가 앉아서 아부지뻘 되는 사람이 지어오는 밥이 목에 넘어가겠소? 영선아, 남의 집이라 설겠지마는, 몽치한테 물어감서 밥해라."

"야."

영선이 방에서 나갔다.

"나로서도 점치기 어렵소. 딸아이를 이 첩첩산중으로 데려오다니."

"차차 알게 될 기라 하지 않았소."

"김장사 집으로 가시는 거요?"

"야. 딸애보고는 말 안 했인께 그리 아시오."

"음……."

"그런데 내 딸 관상은 어떻소."

"좋소이다."

"좋다믄, 머가 우떻게 좋은지 말해주소."

"좋으면 좋은 거지 뭘 더 알고 싶은 거요."

"여자란 팔자 아니겄소."

"호오 송형도 그런 면이 있었던가? 이거 참 놀랍소이다."

"자식 없는 사람이니 알 턱이 있나. 자식이란 애물이지."

"수많은 인연 중에 가장 끊기 어려운 것이 부모 자식 간의 인연이라, 그 정도야 모르겠소이까."

"와 묻는 말을 피하는 거요. 나빠서 말하기 어렵소?"

관수의 얼굴이 일그러진다.

"송형."

"말하소."

"왜 그리 서두시오. 송형답지도 않게. 팔자가 어디 있소, 팔자가. 다른 사람이면 몰라도 송형이 그러는 걸 보니 어째 이상하고 서글픈 생각이 들구먼."

"……."

"물이란, 물뿐만 아니라 연약하고 부더러운 것은 틀이 달라지면은 모양새도 따라서 달라지는 법이오. 팔자를 어찌 불변으로 보시오. 내가 점을 치고 관상을 보는 것은 말하자면 잡기(雜技)지요. 하하하핫……."

그러나 관수의 얼굴은 어두웠다.

"위로받고 싶은 게요, 송형은. 자위하고도 싶고, 부질없는 생각은 짤라버리고오, 불교에서 밀교(密教)를 말할 것 같으면 그 심오함으로 하며 바닥을 볼 수 없는데 바로 그 바닥을 볼 수 없는 데서 기복(祈福)과 재앙을 물리치는 주술로 떨어졌다……. 그것은 일종의 거역이며 순리는 아닌 게요. 이런 말 한다고 중놈들이 밥줄 떨어진다 하며 아우성칠지 모르지마는 하하하핫 핫 부처의 대자대비가 그리 값싼 것은 아닐 터인데 말씀이오."

"하지마는 사람이 하는 일이란 바로 복을 누리고저, 재앙에서 벗어나고저 그거 아니겠소."

"사람이 하는 일이지 비는 일은 아니지 않소. 기도란 우주 만물의 슬픔을 위하여. 하하핫핫핫……."

해도사는 진담인지 농담인지 가늠하기 어려운 태도로, 말할 때마다 웃었다.

"마 좋소. 한참을 조롱당했는데 안들 우떻고 모른들 우떻겠소. 복 누리는 사람들은 복 없는 사람이 있기 때문이며 재앙을 피해 가는 사람은 재앙을 맞는 사람이 있기 때문이며…… 언제까지 이래야 하는 깁니까."

"왜 이러시오? 날 보고 화낸다고 안 될 일이 되겠소. 징징 울기는 왜 울어. 다급하다고 송형이 그래 쓰겠소? 오십 안팎에 사람이 지팽이 짚을 생각 마시오."

이번에는 농담 같은 것은 아니었다. 준열했다. 관수의 낯빛이 변했으나 더 이상 말은 하지 않는다.

"몽치야! 이놈 몽치야아!"

대답 없이 몽치가 왔다.

"술부터 가져오너라아."

그새 술 시중은 많이 들었던 것 같다. 짠 김치 한 보시기에 술잔, 젓가락이 놓인 상을 몽치는 들고 들어왔다. 그리고 술병도 갖다 놓고 나간다. 과히 기분이 나빠 보이지는 않았다. 영선이가 부엌에 들어서서 밥 짓는 것에 신이 나 있는 것 같았다. 모성에 대한 그리움, 누이에 대한 그리움, 잠시나마 몽치는 영선에게서 목마름을 달래었는가.

술을 마시면서 해도사는,

"근원 벨 칼이 없고 근심 없앨 약이 없다 했는데."

어디로 얘기를 끌고 가려는지 운을 떼었다.

"근원 벨 칼이 없다. 뱃가죽 늘어질 소리 하는구마. 해도사 당신한테 그런 자격이 있어서 하는 말이요?"

"어허어, 저러니 무식하다 아니할 수 없지. 손바닥에 금 그어가면서 일하려 드는 것은 목수나 하는 짓이고 견문이 그리 좁아서야."

"제에기랄! 요 며칠 새 계속해서 엎어터지기만 하니 우찌 된 일인지 모리겄네. 아아 그래, 그라믄 근원이 부배의 정 아니란 말이오? 평생을 혼자 살믄서 근원이 뭣인지 알기나 할 기든가."

"부부의 정은 무엇인고?"

"정이믄 정이지, 자식 낳고 사는 정이지 머겄소."

"정이란 천지만물, 생명이 움직이는 근본이오."

"또 저놈의 천지만물, 일물도 뜻대로는 안 되는데 만물은 무슨 만물인고."

"천지만물을 떠나서 내가 있겠는가. 정을 떠나서 내가 있었겠는가. 정이란 생명을 이루게 하는 것이오. 부부의 근원은 생명을 탄생하게 하고 그 생명을 이루게 함이니 미세한 벌레도 생명을 낳게 할 뿐만 아니라 이루어지게 할 수 있는 곳에 알을 까고 초목도 열매를 맺기 위하여 꽃을 피우며 나비를 부를 뿐만 아니라 땅속의 진기를 숨가쁘게 빨아올려 열매를 이루게 함이니 만물의 생사는 더불어 있는 것, 더불어 있다 함은 정으로 엮어졌다. 정이 물(物)을 다스리고 정이 물로 향할 때 물에도 생명을 부여할 수 있으나 물이 정을 침범하고 다스리려 들 적에는 생명이 깨어져. 만물의 특성이 깨어지고 인성(人性)도 깨어지고 더불어 있을 수도 없거니와 천지만물은 서로 떠나서 나도 없게 되고 천지만물도 없게 되는 것, 좁게 보고 좁게 생각지 마시오. 다스림은 물을 빼앗는 것, 물로써 인성을 누르는 것, 그게 아니외다. 다스림은 고루 펴는 일이며 고루 편다 함은 마음이 하는 짓이오. 물은 언제나 그곳에 있지만 마음이 그것을 적소에 혹은 부적한 곳으로 옮기는 법. 부적한 곳에 물이 옮기어졌을 때 물에 사(邪)가 생기어 생명을 먹어치우고 천지만물을 파괴하여 천지만물의 운행이 정지되는 것이오. 어찌 사람은 극락을 만들고 지옥을 만드는 것인가. 극락도 지옥도 물로 인한 흥정이니 극락도 지옥도 없는 것이 극락이라."

"옴대가리 찜쪄묵고 개대가리 죽쑤묵는 소리는 그만 치우소. 아무리 그래쌓아도 신선 돼갈 날은 하자세월*이오."

"으흠, 송형."

"또 머요?"

"백정만 서러운 게 아니지 않소?"

"……."

"왜 백정만 서럽다 생각하시오."

"내가 언제 그랬소오!"

"보시오. 눈이 획탁 뒤집혀지는 걸. 그 병 안 고치면 당신도 칼 쓰는 사람에 불과할 게요."

"칼이야 옛날 옛적부터 들었고오, 총이 아니어서 유갬이었제."

우물쭈물 말한다. 해도사의 말뜻을 몰라 하는 얘기는 물론 아니었다. 좀체 무안을 타지 않는 관수였지만 해도사의 말은 아팠고 무안하다 보니 그는 말을 계속하지 않을 수 없는 것 같다.

"그나저나 도솔암에 그 서울 여인네 또 오지는 않았겠지요?"

어느 때보다 관수는 나약해 보였다. 뭔가 갈팡질팡하고 있는 것 같기도 했다.

"안 오기는 안 왔는데 앞으로도 와서는 안 되지요."

"실은 내 책임이오. 범준이라고, 소선생 사촌이라, 속사정도 모리고 무심히 말한 것이, 또 오게 된다믄 일 시끄럽기 되겄소."

"소선생이 알아 하시겠지요."

"워낙이 영악하믄 소선생인들 어쩌겄소. 저분에도 땀깨나 흘리던데."

"그렇게 되면 일진스님이 떠야지."

"그 지경 되믄은, 남녀 간에 어느 편이든 상사뱀 만낸 듯 징그럽겄소. 싫다는데 와 따라댕기는고."

"싫고 좋고가 어디 있소. 출가한 사람인데."

"그러이 하는 말 아니겄소. 맺은 인연도 고달픈 세상에."

하다가 반격의 기회라도 잡은 듯,

"그럴 경우는 근원이나 정하고 우떻게 되는 거요."

화제를 바꾸며 관수는 실실 웃었다. 그러나 그것은 마음의 겉가죽에 불과한 것이었다.

"그게 어찌 정일까. 주판이지."

해도사도 실실 웃으며 말했다.

"내가 손해를 보았다, 그것을 깨어던지는 것이 자존심이라는 것인데 한마디로 옹졸하고 못난 거지."

하는데,

"아부지, 밥상 딜이갈까예?"

영선이 문밖에서 말했다.

"그래라."

밥상이 들어왔다. 몽치가 조르르 따라와서 영선의 겨드랑 사이로 얼굴을 디밀었다.

"니는 우짤라노."

"지사 머 정지(부엌)에서 이 아이하고 함께 묵을랍니다."

해도사가 영선을 빤히 쳐다본다.

"그라믄 그러든지."

"주인이 객이 된 기분이오."

해도사가 말했다. 영선과 몽치는 방문을 닫아주고 부엌으로 가는 기색이다.

"딸 하나는 잘 키워놨구먼. 사람이 분명하게 뵈기란 그리 쉬운 것이 아닌데 팔자가 좋으냐 나쁘냐 그게 중한 것은 아니며 사람됨에 따른 것인데, 세상에는 고생을 낙으로 삼는 사람이 있고 대복을 타고났어도 그것이 겨운 사람도 있고 팔자란 허울이며,"

해도사는 중얼중얼 중얼거렸다. 관수는 아무 말도 없이 권하기를 기다릴 것도 없이 밥만 먹는다. 저녁 겸 점심이라 할 수 있는 밥상을 물린 뒤, 한동안 묵묵히 관수와 해도사는 서로 바라보다가,

"해 지기 전에 가야지."

하며 관수는 일어섰다. 방을 나가려다 말고,

"해도사."

돌아보지 않고 관수는 불렀다.

"우리가 강쇠 집으로 가는 것을 말릴 생각은 없소?"

"허허, 왜 그리 말귀가 어둡소. 말리기는 무엇 때문에 말린단 말이오."

"그럼 됐소."

하직을 하고 부녀는 산을 오르기 시작했다. 단념을 해버렸는지 영선은 어디로 가느냐 묻지 않았다. 춥다는 말도 하지 않았다. 산속에 구덩이를 파놓고 그곳에 들어가라 한다 하여도 거역하지 않으리라 작심을 한듯 영선은 묵묵히 걷고 있었다. 다리는 뻗장나무같이 오랜 도보(徒步)와 추위에 굳어버렸으나, 산속은 신음하듯 한 바람 소리뿐 동서남북을 헤아릴 길 없는 첩첩이었건만.

강쇠가 사는 수숫대움막집에 들어섰을 때다. 마당에 쭈그리고 앉아서 설피를 손질하던 영선보다는 한두 살 위인가? 소년 휘가,

"아재!"

하며 반갑게 맞이하였다.

"아부지이!"

강쇠가 방문을 열고 내다본다.

"아재씨!"

이번에는 영선이 소리 질렀다.

"아니 자아가,"

강쇠는 후다닥 방에서 뛰어나왔다.

"니가 니가 참말이제 이기이 우찌 된 일고."

"지도 모리겄십니더."

관수는 잠자코 서 있었다. 강쇠의 댁네 휘야네도 놀라서 쫓아 나왔다. 영선은 너무나 뜻밖의 일에 정신이 멍해지는 것 같았으나 안도의 숨을 내쉰다. 그는 체장수 강쇠가 지리산에 살고 있다는 것을 몰랐다. 가끔 나타났지만 어디서 온다는 얘기도 없었고 영선은 그것을 물어본 일도 없었다. 어떤 서슬에 누가 그런 말을 했는지 기억에 남아 있지 않았으나 강쇠는 남해 쪽에서 온다고 영선은 생각하고 있었다.

"아무튼지 임자는 저녁부터 하고 영선이 니는 방에 들어가거라. 발이 꽁꽁 얼었겄다. 그라고 휘야, 니는 짝쇠 집에 가 있거라."

강쇠는 급히 서둘듯 말했다. 그리고 관수의 등을 밀듯 작은 방으로 들어간다. 방 안은 어두컴컴했다. 질화로에는 불이 빨갛게 피어 있었다. 돗자리를 깐 방바닥은 뜨근뜨근했다.

"우찌 된 일고?"

강쇠의 사팔뜨기 눈이 크게 벌어졌다.

"살림을 동개부릴라꼬."

"살림을 동개부리다니 그기이 무신 소리고?"

"말을 하자 카믄 길어질 긴께 차차 하고 오늘 내가 여길 왜 왔는고 하니…… 앞뒤 짤라부리고 영선이를 맽기러 왔다. 맡을라나, 안 맡을라나.”

강쇠는 순간 숨을 죽인 듯 관수를 쳐다본다.

“와 말을 못하노!”

“맡는 것도 나름 아니가. 더 확실하게 얘기해봐라.”

“짐작이 갈 긴데 피하기가?”

“피하는 놈이 확실하게 얘기하라 하더나?”

“자부 삼으라 그 말이다.”

“조옿지.”

관수의 굳어졌던 얼굴이 확 풀렸다.

“너무 홍감해서 걱정이제.”

“이자 됐다. 자식 걱정은 덜었다.”

관수는 씁쓸하게 웃었다.

8장 진주행

시트에 머리를 얹은 오가타는 잠이 든 것 같았다. 레일을 구르는 기차 바퀴 소리가 정확한 간격으로 울려온다. 규칙이 무엇인가를 골수에 새겨넣듯, 새겨진 곳에 또 새기고 또 새기며 영원히 그리할 것처럼, 사람은 사라지고 그 소리만 남을 것처럼 기차는 커다란 밤의 아가리 속을 뚫고 남쪽을 향해 질주하고 있었다. 희미하게 떠도는 불빛 아래 오가타뿐만 아니라 대부분 승객들은 잠이 들어 있는 것 같았다. 희미한 불빛과 바퀴 구르는 소리와 칠흑 같은 창밖의 어둠, 그리고 잠들어버린 각양각색의 얼굴들, 찬하는 생명의, 삶의 부재(不在) 같은 것을 느낀다. 들국화 코스모스도 없는, 한 마리의 나비도 없는 철로 연변에 야적된 석탄을 비추며 반사하던 그 둔중한 빛마저 없는 석면(石綿)과도 같은 어둠은 어디로 이어지는 것인가. 찬하는 어떤 전율을 느낀다.

'우리는 모두 어디로 가고 있는 것일까? 도착한 그곳도 저 깊이 모를 창밖의 어둠과 같은 어둠이 있을 뿐일까.'

삶이 끝난 곳을 생각하게 했지만 찬하는 그 항구에 있다는 한 여인 곁에 당도했을 적에도 한 줄기의 빛을 상상할 수 없는 것이다.

'그런데 나는 왜 가고 있는 건가. 뚫을 수 없는 막막함이 있을 뿐인데 나는 무엇 때문에 기차를 탄 것일까. 그렇다면 나는 실오라기만 한 희망이라도 가졌더란 말인가. 마음의 한 오라기라도 가져보고 싶었더란 말인가. 아니야, 결코 그렇지는 않았어. 조금이라도 도움이 될 수 있다면, 도울 방법이라도 있다면, 내게 책임이 있기 때문이다. 나로 인한 파탄이었기 때문이다. 그러나 그럴까? 내가 그때 이혼을 반대한 것은 형수에게 오명을 씌웠기 때문이었다. 내어쫓긴 게 아니었고 스스로 떠났다는 것은 잘된 일이지. 그들의 생활은 깨어져야 했어. 만일 깨어지지 않았더라면 임명희라는 여성은 종잇장이 되어 바스러지고 말 것이다. 어떠한 오명, 어떠한 환난을 겪더라도 그분은 조씨 일문에서 해방되는 것이 중요했다. 형을 위해서도, 그는 비로소 인간적인 약점을 드러내기 시작한 것이다. 그의 사고방식, 그의 가치관이 모래성에 불과했던 것을, 권위나 재물이나 힘으로도 가질 수 없는 것이 있다는 사실을 그는 이제 깨달았을 것이다. 병적인 그의 유희(遊戱) 심리, 인생은 유희가 아닌 준열한 것임을 그는 깨달아야 한다. 가난한 자들에게는 인생은 늘 준열하였다. 가진 자에게는 인생은 유희였었다. 찰나주의, 향락주의…… 행복을 희구하는 소박한 마음은 재물로 하여, 권위와 힘에 의하여 썩는다. 그것은 생성하여 노화하고 죽음에 이르는 이치 때문일까. 고통받는 자, 가난한 자, 가난하기 때문에 고통스럽기 때문에 그들은 젊은 것인지 모른다. 소망으로 팽배해 있기 때문에, 소망은 먼 곳에 있고 탐욕은 가까운 곳에 있다. 탐욕은 손에 넣기 쉬워도 진실은 잡기 어렵다. 해서 사람들은 진실을 외면하고 맑은 물줄기에서 탈락한다. 숫자만 기억하고 숫자만 믿으려 한다. 숫자는 질(質)이 아니다. 양(量)이다. 양은 원래적인 것, 그러나 사람들은 원래적인 것을 조작한다. 조작할 수 있기 때문에 사람은 숫자를 믿는 것일까, 신봉하는 것일까.'

찬하는 담배를 붙여 문다. 이곳저곳에 모래 무덤을 만들어 보듯 찬하는 이곳저곳 나누어서 생각의 무덤을 만드는 것이었다. 일본에서 조선으로 또 만주로, 꽤 잦은 여행인데 그 여정보다 항상 길었고 목적지도 없었던 생각의 여행, 화살 같은 기찻길 뱃길과는 달리 항상 미로였을 뿐이던 생각의 여행, 육신은 두고 저 혼자 미로를 헤매며 부유(浮遊)하는 영혼을 위하여 이따금 벗이 되어주는 것은 담배였고 담배에 불을 당길 때 그는 제 육신으로 돌아오는 것이기도 했다.

'그러니까 작년 정월이던가, 서울역에 내린 것은, 밤이었다.'

임신한 아내를 동경에 남겨둔 채 겨울방학을 이용하여 만주 방면을 방황했던 찬하는 양력설이 지난 며칠 뒤, 부산으로 직행하여 관부연락선을 탈까 하고 망설이다가 서울역에 내렸던 것이다. 구내식당은 환하게 밝았다. 차 한잔 마시고 가려고 들렀던 그곳에서 그는 뜻밖에 명희를 만났다. 결국 그것으로부터 사건은 발생한 것이며 사태는 방향을 꺾었던 것이다.

'형수님은 그분답지 않게 짙은 화장을 하고 있었다.'

약간 고개를 숙인 자세로 우두커니 빈 찻잔을 내려다보며 혼자 앉아 있던 명희의 모습이 뚜렷하게 눈앞에 떠올랐다. 함께 차를 타고 집으로 향했는데 자동차 안에서 주고받은 대화가 활자같이 선명하게 되살아난다.

'가만있자, 가만있자!'

찬하는 저도 모르게 자신의 이마를 손바닥으로 쳤다.

'친구 말씀을 하시니까 생각나는 일이 있습니다만.'

찬하는 담배를 꺼내다 말았다.

'괜찮아요. 피우세요.'

'괜찮겠습니까?'

'네, 담배 냄새, 괜찮아요. 그보다 생각나는 일이란?'

'아마 전에 형수님이 계시던 학교 출신이지요? 무슨 사건 때문에 신문지상에서 이름을 본 기억이 나는데, 일본인 한 사람이 낀 사건이었지요.'

'계명회사건 말이군요.'

'맞습니다. 계명회사건.'

'유인실에 관한 얘긴가요?'

'그렇습니다.'

'그 애라면 제가 가르친 제자예요.'

'토막을 내어 짤라버린 듯 어째서 그때 그 자동차 안에서 한 이야기를 잊고 있었을까? 산장에서 인실 씨를 만났을 때 전혀 전혀 그 생각이 나지 않았다. 형수님의 제자라는 사실이, 그쪽에서 말을 했을 때도 백지처럼 기억 속에 떠오르지 않았다. 그럴 수 있었을까.'

찬하는 기가 막힌다. 그러나 그날 밤 우연한 만남으로 하여 그 충격적인 사건이 야기되지 않았던가. 분노 때문에 전신이 불타듯 했던 찬하 머릿속에서 그런 에피소드쯤 지워졌을 수도 있는 일이었는지 모른다. 형의 멱살을 잡았으며 험악한 말을 내뱉었던, 그런 일은 찬하 생애에 처음 있었던 일이었다. 하물며 신성불가침과도 같은 형에 대하여. 동생과 아내가 간통을 하였으니 누이를 데려가라 하며 임명빈에게 비수를 꽂

듯 말하던 그 악귀 같았던 형의 얼굴, 각본대로 연기하면서 즐기던 형의 얼굴.

'그러나 그렇다 하더라도 어째서 그 부분이 새까맣게 지워졌을까. 의외로 우리는 매우 중요한 일도 그같이 지워가면서, 그리고 하늘과 땅 사이에 내가 있다는 것도 잊어버리면서 살아가고 있는 게 아닐까? 그렇다면 이성은 어느 곳에다 발판을 놔야 하는가. 그래 이성을 믿는 것은 감정을 믿는 것보다 더 어리석은 짓인지 모르겠다.'

찬하는 명희와 나눈 그 대화의 한 토막을 잊은 것을 단순히 건망증으로는 생각할 수 없었다.

찬하가 오가타와 함께 최참판댁을 방문하기로 한 것은 명희의 소재를 안 후의 일이다. 명희를 찬하 혼자 찾아가서는 안 된다, 그것은 절대로 해서는 안 되는 일이었다. 더 이상 명희가 부서진다는 것을 찬하는 두려움 없이 생각할 수 없었고 또 명희가 만나주지 않을 것도 뻔한 일이었다. 해서 최참판댁을 방문하여 길상을 만난 뒤 통영에 가기로 결심한 것은 유인실이 동행해줄 것을 허락했기 때문이었다. 유인실의 경우도 찬하와 비슷했다. 오가타와 자신, 두 사람만의 여행은 인실의 양식이 용서치 않았다. 그보다 오가타와의 여행은 생각한 일조차 없었다. 옛날 친구 같았을 때 일본서 함께 조선으로 나온 일은 있었지만 지금은 사정이 다르다. 의도적으로 자신과 자신의 배경을 배신할 수는 없었다. 인실의 처지는 각박했고 달콤한 꿈을 꾸어서도 안 된다. 그러나 찬하하고 함께 간다면 여행 못할 것도 없었다. 출발은 인실이 하루 먼저 했다. 그는 진주서 두 사람을 기다리고 있을 것이다. 결국 시초에는 방관자였던 조찬하는 당사자가 된 셈이었고 여행의 목적에도 찬하 편이 더욱더 절실하다는 결과가 되었다.

삼랑진에서 기차를 갈아탄 조찬하와 오가타는 새벽이 뿌옇게 걷혀질 무렵 진주에 도착하였다. 두 사람이 다 처음 와보는 곳이었다.

"오종종하질 않고 훤히 트인 것 같군요. 바다도 없는데 말입니다."

오가타가 낯선 고장을 바라보며 말했다.

"강이 있어서 그렇겠지요."

"강을 끼고 들어오는 이 도시 어귀는 아름답더군요."

"여러 가지로, 유서 깊은 고장이지요."

"이곳이 형평사운동의 진원지라면서요?"

"그렇다더군요. 옛날에는 민란의 진원지였기도 했고."

"기생 논개 얘기도 있고."

"나보다 더 잘 아는데?"

"인실 씨한테 들었지요."

"흔히 색향(色鄕)이라고들 하는 모양인데 옛날 감영의 관기(官妓)들 전통이 이어져서 그럴 테고 농산물의 집산지인 만큼, 돈푼깨나 있는 지주들이 모여들기 때문에, 그러나 임진왜란 때도 그랬었지만 저항이 드센 곳이라 하더구먼."

두 사람은 역을 빠져나와 택시를 잡아탔다.

"인실 씨가 나올 줄 알았는데."

"집 못 찾을까 걱정이오? 최부자댁이라 하면 삼척동자도 안답니다."

"손님들 그곳으로 가십니까?"

운전수가 물었다.

"아니요. 시내로 들어가거든 해장국집 앞에서 내려주시오. 을씨년스럽게 아침 일찍 남의 집에 갈 수도 없고."

"그 댁은 촉석루를 지나야 합니다."

운전수는 또 친절하게 말했다.

두 사람은 해장국집으로 들어가 요기도 하고 추위를 풀기 위해 마주 앉는다. 선짓국은 뜨겁고 맛이 있었다.

그러나 두 사내의 마음을 지나가고 있는 것은 찬바람이었다. 충일감에 젖어 있던 오가타는 아무런 동기도 예상도 없이 마치 직각의 바닥을 수직으로 떨어지듯, 그에게 순간적으로 엄습한 절망의 나락. 결국 나는 혼자가 아니냐. 누구나 다 혼자이듯. 누구나 혼자라는 사실이 구제불능이 아닌가.

"나는 오래 못 살 것 같아요."

오가타가 중얼거렸다.

"무슨 소리 하는 거요."

"그런 생각이 듭니다."

"확실하고도 불확실한 게 죽음이지."

"……."

"자신에게는 죽음이란 끝까지 불확실한 거 아닐까요? 자신이 자신의 죽음을 볼 수 없으니 말이오."

"확실치 못해서 고통스러울까."

"사는 것 자체가…… 서울에서 도망쳐 나왔는데 여전히 우울하군. 이런 기분으로 혁명지사를 만나볼 수 있을까?"

찬하는 농치려 든다.

"용감하게 무쇠 가면같이 하늘을 향해 주먹질하는 사람이 혁명투사인가요? 무자비하게 철저하게 파괴하라, 파괴하라 하는 사람일수록 자기 자신이 먼저 깨어지더군."

"그렇다면 우린 매우 희망적이구먼."

"희망 없는 바보들이지요. 제에기랄. 철저하게 희망이 없지."

"인실씨가 마중 안 나왔다고 신경질이오?"

오가타는 움찔한다.

"요기도 하고 추위도 달랬으니 설설 가볼까요."

찬하는 먼저 일어섰다.

"그럽시다."

"아니겠지. 따뜻한 해장국 탓이겠지요. 조선 속담에 숭늉을 마시면 고향 생각이 난다, 그런 말이 있지요. 이제 시시한 말은 관두고 일어섭시다. 나 같은 사람이 가서 환영을 할지 모르겠소. 어쩐지 만나기도 전부터 주눅이 드는군."

"나도 마찬가지요."

"당신이야 구면이지만 나는 면식도 없으니."

해장국집을 나오면서 두 사람은 민적거긴다. 서울보다 추위가 누다 하지만 삼한(三寒)인지 얼굴을 치는 바람은 따가웠다. 언덕에서는 아이들이 연을 날리고 있었다. 최참판댁 문전에서 두 사람이 엉거주춤한 자세로 바깥어른을 뵈려고 서울서 왔다는 내의를 전했을 때 환국이 맨 먼저 달려나왔다.

"어서 오십시오, 선생님. 지금 기다리고 있었습니다."

그러나 역까지 마중 나가지 못한 설명은 하지 않았다. 환국을 뒤따라서 한복을 입은 길상이 나왔다. 어중간하게 자란 머리, 그는 미소를 머금고,

"오가타 씨, 잘 오셨습니다."

손을 내밀었다.

"고생 많으셨지요?"

두 사람은 굳게 악수를 한다.

"아버님, 이 어른이 조찬하 선생님이십니다."

어색한 듯 서 있는 찬하에게 마음을 쓰며 환국이 말했다.

"유선생한테서 말씀 들었습니다."

"처음 뵙겠습니다."

악수를 나누었다.

"자아, 어서 드시지요."

인실은 마루에서 내려선 채 웃고 있었다. 그의 옆에 윤국은

열기 띤 눈으로 이들을 바라보고 있었다. 세 사람은 사랑으로 들어간다.

"불시에 찾아와서 실례가 아닌지 모르겠습니다."

오가타 말에,

"별말씀을, 실은 환국이 역으로 나가겠다 하는 것을 내가 말렸습니다. 이곳 경찰에서 신경을 쓰는 것 같기에."

"만나 뵈니 무슨 말부터 해야 할지 말문이 콱 막히는 것 같습니다."

오가타는 무안쩍은 웃음을 흘리며 머리를 긁적긁적 긁는다.

"나 역시 그렇군요. 더군다나 이곳 사정을 전혀 모르기 때문에."

"네, 그러시겠지요."

"조선생 얘기는 환국이로부터 많이 들었습니다."

"여러 가지로 부끄럽습니다."

"서울 임선생댁에는 우리 식구들이 신세도 많이 졌던 모양인데……."

조찬하의 사돈댁이어서 길상은 인사치레로 한 말이었으나 찬하는 당혹해한다.

두 사람에 비하여 길상은 월등 노숙해 있었다. 나이도 아마 칠팔세 쯤은 연장이지만 긴 세월 칼날 같은 이역의 생활에서, 그리고 옥중 생활에서 닦여진 빛이라 할까. 그의 본래적인 잘난 바탕보다 그 빛은 월등하여, 미남이니 호남이니 하는 형용은 적당하지 않을 것 같았다. 아니 그렇다기보다 사람들 눈에 그의 용모는 전혀 두드러지지 않고 있었던 것이다. 한동안 침묵이 흘렀다.

"앞으로 어쩔 작정입니까."

불쑥 말해놓고 막연한 자기 질문에 오가타는 당황한다. 서로 얼굴은 알고 있었으나 말을 건네기는 처음이며 무척 가까운 사람 같은, 무척 먼 사람 같은 그런 착각이 동시에 있어서 오가타는 중심이 잡히지 않았다.

"절에 가서 관음상을 조성할까 싶기도 합니다."

"네?"

어리둥절한다.

"어릴 적에 나는 장차 금어(金魚)가 될 것이란 생각을 했어요. 또 금어스님 밑에서 배우기도 했구요."

두 사람은 다 같이 놀란다. 전혀 몰랐던 사실이기 때문이다.

"그렇다면,"

"네. 절에서 자랐지요. 나를 거두어주신 우관선사께서도 나에게 천수관음상을 조성하여 어지러운 세상, 불쌍한 중생에게 보살의 자비를 펴게 하라는 희망을 품으셨지요."

"초문이군요."

놀란 것이 부끄러워 오가타는 중얼거렸다.

"아득한 옛날 얘깁니다. 하하핫하……."

"해서 환국이도 화재(畵才)가 있었군요."

"화재가 있습니까?"

길상은 미소하며 되물었다.

"조카아이가 그런 말을 하더군요. 화가의 꿈을 버리지 못해 고민했었다는 얘기도."

"미술을 택하였더라면 좋았을걸……."

남의 일같이 말하고 역시 미소를 띤다. 그 미소 뒤에는 거칠고 메마르고 또한 치열한 것을 느낄 수 있었으나 그것이 왜소하거나 편협하지를 않아 두 사람은 압도당한다는 느낌 없이 어느덧 연장자에 대한, 훌륭한 선배에 대한 예의를 갖추는 것이었다. 누대로 높은 권위 속에서 살아온 조찬하조차, 아무리 그가 겸허한 천품을 타고났다 하여도 가풍에 젖지 않을 수 없었던 그도 한마디 말은 없었지만 심정적으로 경의를 표하고 있었다. 길상이 어떤 사람인지 오가타도 백지상태지만 찬하는 더욱 그렇다. 선입감에 맹종하는 찬하가 아니었지만 계명회에 연루되어 옥살이를 했다는 것 이외 아무런 선입감도 없다. 고통과 고뇌를 누비고 온, 그 자취가 뚜렷한 것에서 풍기는 인간적인 매력이랄까, 그런 것을 찬하는 감지한다.

"서로 국적이 다른데 매우 친밀한 사이 같습니다."

"묘한 인연으로 두 바보가 만난 거지요."

조찬하 말에 모두 소리 내어 웃는다.

"조반상 들여 갈까요?"

안자가 문밖에 와서 물었다.

"그렇게 해요."

길상이 말했다.

"저희들은 해장국을……."

"해장국은 해장국이고 조반은 조반이지요."

길상은 부드럽게 가로막았다. 조반상은 따로따로 차리지 않고 교자상이 들어왔다. 식탁은 진수성찬도 아니요, 빛깔이 화려하지도 않았다. 오히려 쓸쓸해 뵐 정도다.

"드십시오."

"그럼 먹겠습니다."

그들은 상 앞으로 다가앉았다. 반찬의 가짓수도 몇 안 되는 쓸쓸한 식탁이, 그러나 정갈하고 음식맛은 일품이다. 조선음식에 익숙지 않은 오가타도 맛있게 먹는다.

"김선생님."

찬하가 불렀다.

"네."

"만일에 전쟁이 난다면 어떻게 되겠습니까?"

뜻밖의 말을 한다.

"전쟁이 날 것 같습니까?"

길상이 반문했다.

"예상 밖의 일이 있긴 있지요. 흔히 있지요."

"예상 밖의 일을 가정하고서 하는 말씀인가요."

"아닙니다. 지금은 전쟁이 나지 않는다는 것이 예상 밖일 겁니다."

"네……."

침묵이 흐른다. 밥 먹는 소리만 들린다. 한참만에 찬하가 다시 말했다.

"더 이상 지체할 수 없는 일본의 사정 아니겠습니까? 서로 방법은 다르다 하나 군부와 정부가 만주, 몽고를 먹어야겠다 그 의지는 굳은 것입니다. 어디 그들뿐이겠습니까. 일본 국민 전체의 의지로 볼 수 있을 것입니다. 그 점 선생께서 더 잘 아시겠지만. 이제는 기회를 노린다기보다 일본은 쫓기듯 초조해 있으니까요. 중국 사정이 분열로부터 통일로 굳어져 가는 것은 일본으로선 좌불안석, 게다가 하마구치 수상의 저격으로 내각이 약화되는 대신 군부가 강해졌으니까 밀고 갈 것은 뻔하지요."

작년 십일월 역두에서 하마구치[濱口] 수상이 우익 청년에 의해 저격당한 것은 런던 군축회의에서 타협안에 내각이 조인한 데서 발단된다. 군비에 관해서는 천황에게 통수권이 있으므로 내각이 조인한 것은 천황의 통수권을 침범한 것이다, 하고 주장하는 군부와 야당인 정우회(政友會)가 동조하여 문제를 들고 나온 것인데 정우회로서는 군부가 강력해지는 것을 결코 원치 않았음에도 불구하고 당리당략에 치우쳐 민정당(民政黨) 내각을 타도하기 위해 편승한 것이다. 군축회의에서 타협안에 조인한 것도 문제였지만 유래 없이 급박한 국내경제를 선결하기 위하여 하마구치 내각이 종전까지의 대 중국 강경외교에서 후퇴한 것도, 만주와 몽고 문제에서 방관주의 노선이라는 공격을 면치 못하였으니 결국 수상의 저격사건은 만주 진군의 나팔소리가 머지않아 울릴 징후였던 것이다.

"두 분께서는 어떻게 생각하십니까. 전쟁이 일어나야 한다고 생각하시는지요."

길상이 물었다.

"절대 반댑니다. 전쟁이 있어서는 안 됩니다. 전쟁보다 더 큰 범죄는 없지요. 찬하 씨는 일본국민 전체의 의지라 했지만 거기 대하여 나는 항의합니다."

오가타는 다소 흥분해서 말했다. 그러나 말을 꺼내놓은 찬하는 묵묵부답 밥만 먹고 있었는데 깔끔하게 밥 먹는 모습이 참 예뻐 보인다. 풍파에 시달린 일이 없는 도련님같이.

"일본의 반전론자는 이리 떼 속의 양과 같고 힘든 투쟁을 하는 것이지만, 그러나 제 땅을 잃고 남의 땅으로 망명한 조선인의 경우는 다를 겁니다. 특히 만주, 중국에 있는 사람들은."

길상의 말에 오가타는,

"전쟁을 원한다 그 말씀입니까?"

"영원히 망명객으로 끝날 것을 원할까요?"

"……."

"어느 나라든 일본과 싸워줄 것을 바라는 마음은 절실한 것일 겁니다."

"일본이 만주를 먹고 중국을 먹어치우려는 싸움인데도 그럴까요?"

"국토가 없는 민족이 산지사방으로 흩어져 아무리 정신이 투철하다 한들 저항이지, 전쟁일 수는 없겠지요. 산화(散華) 또 산화, 정신은 이어질지라도 국토 회복은 지난한 일이지요. 그러나 어느 나라든 일본과 전쟁을 한다면 이기고 지는 것은 결과겠으나 일본이 망할 수도 있다는 가능성을 배제할 수는 없고, 그 가능성 때문에 절실한 거지요."

"하지만 전쟁을 하지 않고도…… 일본의 권력구조가 파괴된다면 조선 독립의 가능성이 있을 수 있지 않겠습니까?"

"그것은…… 글쎄요. 그러나 어떤 정치 형태이든 조선을 내놓지는 않을 겁니다. 가령 오가타 씨가 정권을 잡았다 하더라도 오가타 씨의 이상이 국리(國利)를 저버릴 수 있을까요? 일본이 약해지든지 조선이 강해지든지 그 두 가지 이외 무엇이 있겠소."

조반을 끝내었다. 상을 물리고 세 사람은 다시 마주 앉았다.

"두 분께서는 진주가 처음인가요?"

"그렇습니다. 큰 강은 아니었지만 강이 아름답고 강변의 대숲이 인상적이더군요."

찬하가 말했다.

"나도 서울서 내려왔을 때 진주는 처음 보는 고장이었소. 하기는 스물셋에 떠나서, 이십여 년 세월이 지나갔으니까. 자아 담배 태우십시오."

길상은 두 사람에게 담배를 권하고 자신도 붙여 문다.

"전쟁이 나면,"

찬하가 또 시작했다.

"일본이 이기고 지고, 결과는 어떻게 나든 전쟁하는 동안 조선인은 얼마나 살아남을까요. 더군다나 선생같이 옥고를 치르고 요시찰인물이 된 분들은."

처음부터 하고 싶었던 것은 그 말이었던 것 같다.

"저의 생각으론 선생께서 이곳을 빠져나가시는 것이……."

하다 만다. 찬하도 알 수 없었다. 무슨 까닭에선지 길상을 대면하는 순간 그 생각부터 했던 것이다. 혁혁한 독립운동의 지도자로 그 이름이 사방에 날린 사람도 아니요, 앞서도 말했지만 신문지상을 통해 계명회사건이란 활자와 함께 이름 석 자 기억할 뿐 구체적으로 길상에 대하여 아는 것은 아무것도 없다. 뿐만 아니라 찬하 자신 국외자로서 독립이다 운동이다 하는 것에 대하여 거의 무감각인 척했고, 자기 가문, 조씨 가문의 오류에 무감각인 척하듯. 길상은 껄껄 소리 내어 웃었다.

"내가 무슨 거물이라고, 한 일이 있어야지요. 일경의 신경과민 때문에 지사 하나 만들어놓은 것 아닙니까. 허허허헛……."

찬하는 자신이 소학생 같은 말을 했구나 생각했지만, 그러나 자존심이 상하거나 불쾌했던 것은 아니었다.

"그러면 진주 구경 좀 해보시겠습니까?"

"글쎄요."

"환국이가 두 분을 어떻게나 기다리던지, 내가 두 분을 독점해서는 안 되겠기에 시내 구경도 할 겸 환국이한테 두 분을 안내하는 기회를 주는 것이…… 어떨까요."

길상의 어투는 매우 정중했다. 두 사람을 회피하거나 경계하는 것은 전혀 아니었지만, 그것이 무엇인지 알 수도 없었지만 냉엄한 것을 느끼게 했다. 이번에는 찬하뿐만 아니라 오가타도 자신이 소학생같이 유치했다는 생각을 한다. 그리고 인실을, 명희를 두 사람은 잊고 있었다. 환국의 모친, 길상의 부인을 보지 못했던 것도 깨닫는다.

한나절을 두 사람은 환국의 안내를 받으며 시내와 고적 등을 구경했다.

"강물이 꽁꽁 언 것을 보니 금년은 예년보다 추운 모양입니다. 이곳 강이 어는 일은 좀체 없었으니까요."

촉석루 건너편 강가를 걸어가며 환국이 말했다.

"대숲을 지나가는 바람 소리가 마치 망령들 휘파람 부는 것 같소. 뭔가 으시시하군요."

오가타 말에,

"당신 일본인이니까 그래요. 임진왜란 때 이 강가에서도 사람 많이 죽었을 거요. 저기 보이는 저 바위가 논개바위 아닐까?"

찬하는 환국에게 물었다.

"그렇습니다. 이곳에서는 이해미 바위라 합니다. 임진왜란 때 논개는 열 손가락에 반지를 끼고서 왜장을 껴안았다, 그리고 물속에 빠졌다 그런 말들을 하더군요."

"끔찍스럽군."

오가타는 외면을 하며 중얼거렸다.

'일본여자하고 어떻게 다른 걸까. 히토미도 그 부류에 속하는 여자일까…….'

오가타는 남모르게 한숨을 내쉰다.

9장 선비와 농민, 무사와 상인

조찬하 일행이 차편으로 통영에 도착한 것은 서편 산허리에서 이미 노을이 사라지고, 노을의 흔적조차 사라지고 항구에 불빛이 돋아난 그럴 무렵이었다. 차머리(버스정류장)에서 찬하가 여관을 물었더니 사무실을 들락거리던 청년은 일행을 어떻게 파악했는지 저기, 저쪽으로 가면 일본 여관이 있다 하며 손가락질을 했다.

"조선여관은 어디 있습니까?"

찬하는 다시 물었다.

"선창가에 가보시이소. 거기 여관이 많이 있십니더. 그중에서 금강여관이 괜찮을 깁니더."

청년은 아까보다 친절하게 말했다. 세 사람은 부둣가로 돌아나왔다. 항구를 향해 즐비한 건물의 불빛과 항구를 등지고 연이어진 노점의 가스등, 그 사이의 길은 번화가답지 않게 호젓했고 입항하는 배, 출항하는 배가 없는 때문인지 오가는 사람도 그리 많지 않았다. 노점들은 해풍을 막기 위해선지 포장마차처럼 하얀 천이 둘러져 있었다. 가스등이 소리를 내며 타고 그 창백한 불빛 아래 울긋불긋 그림 같은 잡화가 펼쳐져 있었다. 이따금 노점 좌판이 비어 있는 곳에선 비스듬히 내리깔린 방천, 희번득이는 바다가 보였는데 돛을 접은 작은 배들이 신발같이 가지런히, 방천을 치는 물결소리가 들릴 때마다 작은 배들은 서로의 몸을 부비며 흔들리곤 했다. 인실이 고개를 들고 뒤돌아보았을 때 항구 모퉁이 쪽에 '적옥(赤玉)'이라는 붉은 네온이 어둠에 떠 있었다. 적옥…… 카페인 것 같았다. 찬하는 간판을 보며 걷고 있었다. 오가타는 땅을 내려다보며 찬하 옆에서 걷고 있었다.

"여관을 찾십니꺼."

목쉰 소리였다. 그들을 가로막고 선 사람은 빈 지게를 짊어진 노인이었다. 반백의 상투머리가 흩어져서 어수선했고 눈은 퀭하니 뚫린 듯, 지게 막대기를 쥔 주먹이 시꺼멓게 보였다.

"좋은 여관을 가리치드리겄십니더."

노인은 다시 말했다.

"아니오. 우리는 금강여관을 찾고 있소이다."

"맞십니더, 맞십니더! 바로 그 여관인 기라요. 내가 말한 것도 그 여관입니더. 자아 가입시다. 짐 이리 주시이소."

"아, 아니오. 별로 무겁지 않소."

찬하는 뒷걸음질했다.

"그라믄 지를 따라오시이소."

사령 육모방망이 흔들듯 지겟작대기를 상하로 흔들며 지게꾼 노인은 신이 나서 앞장섰다.

"깨끔박고 음식맛 좋고오. 금강여관 할무이가 끓이는 대굿국은 둘이 묵다가 한 사람이 죽어도 모린다, 그런 말들을 한께요. 지금이야 자부가 맡아서 하지마는, 그 집 자부는 신학문을 한 신여성입니더."

노인은 자기 자부이기나 한 듯 우쭐해서 말했다. 금강여관이란 간판이 나붙은 곳까지 갔을 때 노인은,

"아짐씨요! 마산댁 아짐씨요! 손님 오십니더. 그것도 하이카라 손님 아니겄소."

여자가 문을 열고 내다보았다.

"어서 오십시오."

방에서 나오는데 여자는 인실과 비슷한 나이로 보였고, 양머리[洋髮]에 감색 통치마, 저고리는 연보랏빛 호박단이었다. 여관과 신여성, 그것은 아무래도 걸맞지 않는 구성이었다.

"조용한 방 두 개가 필요합니다만,"

찬하가 말했다.

"조용한…… 그건 좀 어렵겠습니다."

"아무튼 그럼."

짜증스럽고 초조하게 찬하는 덧붙이기를,

"모두 피곤해 있으니까 쉴 수 있으면 좋겠는데요."

여자는 사용인을 부르지 않고 따라오라는 시늉을 하며 앞서 간다. 유리문이 계속되는 복도를 지나 막다른 곳까지 간 여자는 방문을 열며 돌아보았다.

"그 방엔 인실 씨가 드십시오."

서둘듯 말한 찬하는 여주인의 처사를 기다릴 것도 없이 잇따른 방의 방문을 열고 들어가서 코트를 입은 채 주저앉는다. 오가타는 엉거주춤 서 있었고 그의 등 뒤의 인실은 멍해 있다가 정해진 자기 방으로 들어가버렸다.

"저녁은 어떻게 하시겠습니까?"

"이제부터 해야지요."

시종 대변자처럼 찬하가 말했다.

"알았습니다. 그럼 편히 쉬십시오."

여자는 인실이 든 방 앞에 가서 문을 두드렸다. 벽을 바라보고 서 있던 인실은 방문 여는 소리에 돌아보았다.

"방은 곧 따뜻해질 거예요. 혹 불편한 것이 있으면 말씀하십시오."

"글쎄 아직은……."

"세수하실려면 유리문 밖에 물통이 있습니다."

"네, 고맙습니다."

인실은 미소 지었다. 순간 무표정했던 여자 얼굴에 수줍음 같은 비애라 할까 묘한 감정의 그늘이 지나갔다. 그 표정은 여자가 가버린 뒤에도 이상하게 인실의 눈앞에 남아 있었다.

'언제 내가 여기 왔지?'

무릎을 세우고 두 팔의 힘을 빼며 인실은 무릎 위에 얼굴을 얹는다. 이 순간 이전의 시간과 장소가 까마득하다. 이 순간 이전에 있었던 일들이 바람에 날려간 손수건처럼, 마치 머나먼 곳에서 까무러칠 듯이 사라질 듯이 깜박거리는 별빛처럼 아득하다. 오빠의 얼굴, 조카들의 얼굴을 떠올려보는데 윤곽이 잡히지 않는다. 자맥질하듯 희미한 윤곽이나마 사라지곤 한다. 기차를 타고 연락선, 또 기차를 타고 남의 땅 동경에 도착하여 하숙집 다다미 석 장짜리 방에 앉는 순간에도 번번이 그랬었다. 형무소 감방에서도 지금과 같은 의식 상태를 체험하였다. 그것은 단절감이었다. 시간이며 공간, 사건들이 말끔히 지워져버리는, 그 아무것도 존재했을 것 같지 않는 당혹함과 상실, 과거뿐만 아니라 현재에까지 상실감은 스며들어온다. 전등갓에서 우산같이 내려오는 불빛 아래 웅크리고 앉은 한 여자의 존재가 믿기지 않았다. 방바닥이며 벽면, 천장, 자신을 둘러싼 광경이 과연 현실인지 의심스러운 것이다. 머나먼 지평선 같은 시간 그 자체는 대체 무엇인가. 시간과 공간에 대한 공포, 지금 몽롱한 의식의 흐름은 그런 공포 같은 것인지도 모를 일이다.

'심장 한복판을 뚫고 바람이 설렁설렁 지나가는 것 같구나.'

외로움은 아니었다. 우수도 아니었다. 생과 사의 혼돈, 이승과 저승의 구분이 없어진 상태, 목적도 의미도 없어진 상실 그 자체, 인실은 강한 몸짓으로 그런 상념을 떠밀어내듯 일어섰다. 세면도구를 들고 방을 나섰다. 밖은 어둑어둑했으나 유리창을 통해 불빛이 새 나왔기 때문에 물통과 그 옆에 놓인 놋쇠 대야를 볼 수 있었다. 뒤뜰은 마름질하다 남은 자투리처럼 기다란 사다리꼴의 좁은 공간이었다. 판자 울타리 너머 왜식 목조건물에서도 불빛은 새 나오고 있었다. 인실은 놋대야를 두 번 헹구고 나서 세숫물을 부었다.

"따신 물 갖다 드릴까요?"

군불을 지펴놓고 마루 밑에서 기어나온 여관의 심부름 아이가 말을 걸었다.

"괜찮다. 겨울인데 물이 얼지 않았구나."

"방금 질어다 부었인께요. 웬간히 칩운 날 아니믄 물통의 물이사 안 업니더. 그라고 오늘은 봄날같이 따시거마는."

"겨울이 따뜻해서 좋겠다."

"손님요, 목간하실라 카모요, 우리 집 다음다음에 이발소가 있고 이발소 옆 골목을 들어가믄은 왜놈 목간통이 있십니더."

"알았다."

"군불 많이 땠인께 방은 마 따실 깁니더."

아이는 씩 웃었다.

세수를 끝내고 얼굴을 닦고 있는데 여관을 안내해주던 지게꾼 노인이 물지게를 지고 나타났다. 노인은 머뭇거리다가 물지게를 풀고 물통에 물을 붓는다.

"할아버지 여기 계세요?"

의아해하며 인실이 물었다.

"아, 아입니더. 나는 지게꾼이라요."

"그런데,"

"여기 선창가에서 칠팔 년을 지내다 보니 손님들을 데리다 주게 되고, 손이 비믄은 군불도 때주고 물도 질어다 주고 그래저래 술잔이나 얻어묵십니더. 벌이 없는 날에는 밥술도 얻어묵고. 우리네 신세가 다 그런 거 아니겄십니꺼."

"네……. 그렇군요."

"본시는 촌에서 논마지기나 부치묵고 살았는데 왜놈 땀시 쫒기났지요. 만주로 갈라꼬 고향을 나오기는 나왔는데 그것도 뜻대로는 안 되고."

"가족이 많습니까?"

"권속 말입니꺼? 흠…… 혈혈단신입니더. 굶기서 직이고 병들어도 돈이 없인께 저승차사를 우찌 말리겄십니꺼?"

"……."

"난생처음 도방에 나오고 보이 해묵고 살 기이 있어야제요. 다리 밑에서 거적 깔고 문전걸식, 지난 일 말하믄 머하겄십니꺼. 다 소앵이 없는 일이고 더럽운 세상 한탄한들 그것 다 소앵이 없지요. 왜놈이 철천지원수요. 인피를 써서 사람이지 삼강오륜도 모리는 짐승만도 못한 놈들, 품속에 땡전 한 푼 없어도 나는 왜놈의 짐만은 안 집니더."

노인의 수염이 흔들렸다.

저녁을 끝낸 뒤 인실은 망연한 모습으로 벽에 기댄 채 땡전 한 푼 없어도 왜놈의 짐은 안 진다는 노인의 말을 되새기고 있었다. 오가타를 의식한 때문이겠지만 그 말은 심장을 헤집고 들어오듯 아팠다. 대일본제국의 판사 검사 되어보겠다고 최고학부를 나와서 또 머리 싸매고 고문(高文) 패스를 목표하는 수재들은 차별이 자심한 식민지정책을 원망하며 영광의 길이 멀고 먼 것을 한탄하는데, 낫 놓고 기역 자도 모르는 노인이 삼강오륜을 앞세우며 땡전 한 푼 없어도 왜놈의 짐은 지지 않는다…….

'명분도 좋고 정신은 깨끗하다. 결벽증이라 할까? 뼈에 사무치는 원한 때문이겠지. 공장의 노동자가 파업을 하면 공장주 일본인이 타격을 받는다. 그러나 그 노인의 경우는? 그 자신이 굶어야 할 뿐 곤란해질 사람은 아무도 없다. 실리가 없는 것이다. 운동의 과정에서도 명분은 명쾌하고 고귀한 것이지만, 또 구심적(求心的) 요소이지만 그것 때문에 찢겨져나가는 것이 많다 할 수 있지 않을까? 구두선에 그칠 경우, 결과 없는 행위일 때도 허다하다. 왜 그렇게 극단적인 순결을 요구하고 또 지켜야 하는가. 너무도 허약하여 그것이 보루로 될밖에 없단 말일까? 일본이 너 죽이고 내 잘살겠다, 그것이라면 우리는? 너 죽고 나 죽자, 아 아니지, 내 죽으면 그만이다. 그래 내 죽으면 그만이다! 그게 이 민족의 주조(主調)란 말이지? 선량한 백성들, 인간적 존엄 때문에 존엄을 짓밟혀야 하는 이런 논리가 어디 있을꼬. 그러나 내일이 있다, 일 년, 십 년, 백 년의 훗날이 있다, 있다…….'

인실은 한숨을 내쉬었다.

'일 년, 십 년, 백 년, 천 년, 이리 떼 같은 세월, 신음 소리, 고통, 고통, 또 고통.'

문 두드리는 소리가 들렸다.

"접니다."

오가타의 낮은 목소리였다.

"들어오세요."

의외로 인실은 주저하지 않았다. 방문을 연 오가타는 들어오지는 않았다. 문밖에 선 채,

"왜 그러는지 모르지만 찬하 씨 골이 잔뜩 났어요."

"……."

"말도 하지 않고 본체만체, 혼자 자버렸습니다."

"이해하세요, 괴로울 거예요."

"잠이 안 와요. 답답하고…… 한데 저건 무슨 소리죠? 아까부터 들리는데."

"이 여관의 할머니께서 손님을 불러들여 책을 읽히는 소리

래요."

"책? 무슨 책입니까?"

"이야기책이지요."

인실은 희미하게 웃었다. 소년이 자리끼를 들고 왔을 때 높고 낮은 억양을 붙여가며 책 읽는 소리가 이상해서 인실이 물어보았다.

"할무이는요, 식자 든 손님만 오시믄 여관비 안 받고 이바구책 읽으라 하십니더. 『충렬전』, 『조웅전』, 『옥루몽』, 나도 많이 들었십니더. 자부럽어서(졸려서) 죽겄는데 할무이는 다 들어와서 들으라 안 카십니꺼."

그 말을 듣고 비로소 조용한, 그것은 어렵겠다고 한 여관 여주인의 말을 인실은 상기했다.

"바닷가에 나가보시지 않겠습니까? 아직 초저녁인데."

하며 오가타는 시계를 본다.

"그럴까요?"

인실은 코트를 걸치고 목도리도 둘렀다.

부둣가 거리는 아까보다 활기가 있어 보였다. 사방에서 소리가 일렁이는 것 같았고 빠른 걸음으로 짐을 들고 혹은 보따리를 인 채 뛰어가는 사람들, 부두 쪽에서도 사람들이 밀려나오고 있었다. 잡화상, 어구점, 기름집, 싸전, 이발소, 음식점, 여관, 그런 건물 공간의 불빛도 아까보다 훨씬 밝아져 있었다. 입항한 배가 출항의 채비를 하고 있는 모양이다. 두 사람은 부두 거리에서 꺾어져 동쪽으로 뻗은 해안 길을, 밤하늘에 선명한 적옥, 그 네온을 바라보며 걷는다. 역시 적옥은 카페였다. 기항한 배의 소위 마도로스들이 하룻밤 심기를 풀고 유행가 가락 같은 로맨스를 남기고 떠나는 곳, 술 취한 사내들의 목소리가 거리에까지 새 나온다. 카페 뒤편의 환하게 불빛이 밝은 이층 창가에서도 샤미센* 퉁기는 소리와 함께 고양이 울음 같은 왜기생의 노랫소리가 흘러 나왔다. 환락의 구역을 벗어났을 때 불빛은 차츰 사라지고 달빛이 해안 길을 하얗게 비춰준다. 왼편 방죽 아래서 찰싹거리는 바닷물 소리가 있을 뿐 조용했으며 오른편의 크고 작은 건물은 그늘을 드리운 채 항구를 묵묵히 바라보고 있었다. 항구는 암팡진 항아리 같았다. 대안(對岸)과 이쪽 해변이 차츰 가까워져서, 아주 가까워졌을 때 해안 길은 남쪽으로 휙 꺾여진다. 동시에 대안의 거리와 산등성이에 돋아난 불빛과 항구목에 잠긴 산[南望山]의 모양새가 시계에서 벗어나고 바다가 트인다. 한산도를 위시하여 크고 작은 섬들이 멀리 가까이 떠 있기는 했으나 뿌연 하늘과 맞닿은 수평선이 드러난 것이다. 등댓불이 깜박이는 아득한 수평선, 갠 날 남망산에 오르면 일본 대마도가 보인다던가. 서쪽으로 곧장 가는 곳이 한려수도, 동편으론 부산, 마산으로 뻗은 물길이다. 우람한 뱃고동 소리가 갑자기 두 사람의 등짝을 쳤다. 이들이 돌아보았을 때 휘황한 등불을 매단 기선이 하얗게 물살을 가르며 항구를 벗어나려 하고 있었다. 밤하늘에 불빛은 휘황했지만 쓸쓸한 밤배, 뱃전에 사람들이 멍청히 서 있는 것을 볼 수 있었다. 밤배는 동쪽을 향해 굽어져서 산마루를 돌아 모습을 감추었다. 두 사람은 우두커니 서서 배가 사라진 곳을 바라보고 있었다. 남겨진 사람, 떠나간 사람도 없는데, 어쨌거나 일행은 낯선 항구지만 함께 머물고 있었는데 폐부를 찌르는 듯, 외로움을 이들은 동시에 느낀다. 무리에서 떨어진 한 마리 짐승같이, 파문을 당하고 황야에 내쫓긴 한 사람의 남자같이, 한 사람의 여자같이 두 사람은 걷기 시작했다. 바다는 희번득이고 있었다. 달빛과 수면에 떠 있는 해파리의 발광(發光), 일렁이는 바다 자체의 운동 때문에 유리 파편같이 부서지며 밤바다는 희번득이는 것이었다. 해안 길은 한층 더 휘어져서 또 하나의 만(灣)을 형성하고 있었다. 암팡진 백자 항아리 같은 본항(本港)과는 달리 목이 넓고 이를테면 사발 같다고나 할까, 하더라도 더부살이처럼 작은 어선들이 군데군데 매어져 있었다. 길에는 사람의 그림자라곤 없었다.

"추운 겨울에만 둘이서 걷는군요."

담배를 붙여 물며 오가타는 말했다. 동경 있을 때 오빠 유인성을 따르는 후배요 인실에겐 동지였던 오가타, 관동대진재 때는 함께 걷고 뛰었었다. 구월이었으니까 그때는 겨울이 아니었다. 오가타가 야학교로 불쑥 찾아왔던 그때도 겨울은 아니었다. 그러나 인실은,

"그때같이 춥지는 않네요."

하고 말했다.

"창경원에서 말입니까?"

"눈이 하얗게 쌓여 있지 않았어요?"

"눈이 하얗게…… 그랬었지요."

담배 한 모금을 피우고 나서,

"이곳은 참 따뜻해. 외투 입은 사람이 거의 없더군."

"극기(克己)랍시고, 이곳 보통학교의 일인 교사는 한겨울 생도들에게 양말 안 신기를 강행했다던가요? 음 그래요. 지금 생각이 나네요. 여학교 동창에 이곳 출신이 한 사람 있었어요."

"그 친구한테 들은 얘깁니까?"

"네."

"여기까지 왔으니 한번 만나보시지요."

"지금도 여기 있을까요? 글쎄요."

"졸업 후엔 못 만나보셨습니까?"

"졸업하고 나면 지방 친구들은 만나기 어려워요. 거의 모두가 졸업장은 혼수의 하나니까요."

쓰게 웃는다.

"따뜻하군. 쇠붙이처럼 쨍! 하고 소리가 날 것 같은 경성의 공기를 생각하니 여긴 참 따뜻해."

"그 후배는 고향에서 눈을 본 일이 없었대요. 진눈깨비 정도, 그것도 아주 드물게요."

좀 있다가 인실은 다시 말을 이었다.

"어릴 적에 할머니가 옛날 얘기를 해주시는데 눈이 적설(積雪)같이 내린다……. 많이 내린다는 뜻으로 알았지만 그게 얼마만큼인지 실감할 수 없더라는 거예요. 아마 할머니도 그랬을 거라며 친구는 웃었어요. 또 적설이 형용사가 된 것도 우습다 하면서…… 의외로 한문의 단어가 지방에선 방언으로 착각된 채 통용되는 경우가 많은 것 같아요."

"모방에서 시작된 거지요."

"언어뿐만 아니라 지방 지식층의 행동거지, 의식구조도,"

"언어는 의식구조의 표현이니까."

"그러고 보면 지방 특성이 형성되는 데는 그 지방의 식자, 조선에선 선비지만 그들의 개성이나 가치관은 상당한 역할을 했다 할 수 있겠어요."

두 사람은 한산하게 빈 배 두 척을 매둔 선창으로 내려간다. 한동안 침묵이 흘렀다.

"권력에 대한 불신, 관속들에 대해서는 마음 깊이 증오하고 저항하면서도 선비에 대한 존경은 조선 백성들에게 거의 보편화된 감정이었는데, 왜 그랬을까요?"

분명 두 사람 사이에는 따로 할 말이 있었겠는데 무미건조한, 다분히 의식적인 화제를 인실은 부자연스럽게 잇는다.

"유교를 정치 이념으로, 학문을 숭상하는 국풍 탓도 있었겠지만 선비를 부패하고 수탈을 일삼는 권력층의 대항세력으로 보았기 때문이 아닐까요?"

"그런 면에서는 어느 국가에서나 사정은 비슷했을 겁니다."

"비슷했을까요? 저는 비슷했다고 생각지 않아요."

인실은 강하게 부정했다.

"어째서."

"이조 오백 년, 그 시대의 선비들과 백성을 대표하는 농민들은 세계 어느 국가의 식자나 농민들과 매우 다르고 독특했다고 생각하고 있으니까요. 물론 제 생각이지만 다르고 독특했다는 것은 나라의 사정이 달랐다는 얘기도 되겠지요."

"나라의 사정이 달랐다……."

"그건 정치 이념이 달랐다는 얘기예요. 구라파에선 십오 세기부터 마키아벨리즘이 주류를 이룬 정치사상 아니었어요? 유교가 기간(基幹)이 된 도덕을 정치 이념으로 삼았던 경우와는 아주 상반된 것이에요. 식자의 경우도, 과거 지배계급이 지식을 독점했던 것은 동서 모두가 공통된 일이지만 학문의 내용이 달랐지요. 서양에선, 그렇지요, 순수학문이라 해야겠지만 인간이 도외시되거나 아니면 간접적으로 취급되는 과학 분야, 모든 것을 합리적으로 집중함으로써 인간도 합리적 범주에서 벗어날 수 없는, 물론 그곳 학자들이 진리를 위해 교회와 기존 가치관에 도전한 것도 사실이지만 탐구하는 진리의 대상엔 차이가 있지요. 그들의 학설이나 실험이 오늘 보시다시피 인류에게 엄청난 변혁을 가져왔지만 당시에는 직접적인 대중과의 유대감은 없었다, 그렇게 전 생각합니다. 그리고 보편적인 식자들의 층(層)이랄까 군(群)이랄까 계급이라 해도 좋겠는데, 그런 것을 형성했던 것도 아니었구요. 아까 마키아벨리즘을 말했는데 그걸 전 제도적인 산물이란 생각도 해보았습니다. 제도적인 봉건사회, 그러니까 음…… 그렇지요. 인습적(因襲的), 전제적(專制的), 계급적(階級的)인 측면에선 조선도 확실히 봉건적이었다 할 수는 있겠어요. 하지만 제도적으로는 그렇지 않았어요. 봉건적이지만 봉건제도는 아니었다, 그러니까 성주(城主)의 개념이 달라지는 거지요. 당신에게는 지극히 상식에 속하는 얘기겠지만 우리 실정을 설명하려니까, 아무튼 봉건제도에서는 영지와 영지의 인민이 성주의 소유로서 일종의 군신(君臣)관계를 형성하지만, 조선에서는 성주, 정확하게는 관리인데 아시다시피 그들은 구획된 땅과 백성의 관리자에 불과한 거예요. 어느 것이 옳고 그르다는 전제하에 하는 얘기는 물론 아닙니다. 하여간 재력과 권력의 상징인 봉건제도하의 성주는 그런 기존의 것을 지키기 위해서든 더욱 더 비대해지기 위해서든 병력을 필요로 하고 자연 기사나 혹은 무사의 군을 이루게 되면서 끊임없는 각축은 권모술수를 낳고, 봉건제도를 생각할 때 우린 맨 먼저 창칼과 갑옷의 기사나 무사를 연상하게 되지요. 그러나 이조 오백 년의 풍경은 각처에서 산간 오지에서 괴나리봇짐과 짚세기를 꿰차고 대부분 종자(從者)도 없이 가난한 선비들이 과장(科場)에 구름같이 모여들었다, 그것을 상상해보세요. 그중에서 몇 사람이 등

용문을 통과하면 나머지는 다시 산야에 흩어져서 아무것에도 소속되지 않는 야인으로 돌아가는 거예요. 처지들이 그런 만큼 대체적으로 그들의 신분이나 재력은 엇비슷했다 할 수 있고 도덕을 높이 표방하면서 넉넉지 못하거나 가난했다면 우선 생활 면에서도 민중과의 거리는 가까워진다 할 수 있겠지요. 권력의 번견(番犬)으로서 소속되어 있는 창칼의 기사 혹은 무사를 대하는 백성, 야인인 선비를 대하는 백성, 그 차이는 과연 어떤 것일까요? 물론 과시를 목표로 한 학문의 고루함을 부정할 수 없고 치자(治者)에게 비중을 많이 둔 윤리 도덕은 백성들을 억누르는 도구가 되었다 할 수도 있고 관료제도가 빚은 폐단도 결코 적었다 할 순 없겠지요. 식자의 경우 말고 백성의 대부분인 농민에 관해서도 남의 나라 사정과 다른 것을, 특수한 것을 말할 수 있습니다. 흔히 농민들은 땅에 묶이어 뜨내기 노동자들보다 보수적이란 말들을 하는데 저는 조선 농민의 보수성은 상당히 질적으로 다르다는 생각입니다. 수백 년 동안 유교적 도덕률이 농민들 발목을 잡아맨 사슬 노릇을 했다면 했다고도 할 수 있으나 그것이 저항 없이 받아들여졌고 굳게 자리잡은 것은 농민들의 사회적 신분이 다른 나라와 달랐다는 것이 이유의 하나일 것 같아요. 미국은 아는 바와 같이 흑인 노예가 농사에 종사했고 러시아도 농노(農奴) 머릿수에 따라 재산을 가늠했으며 유럽 역시 장원제도(莊園制度)로써 농민은 노예로 보아야 했어요. 일본은 어떤가요? 돈

뱌쿠쇼, 미즈노미 뱌쿠쇼니 하면서 사회적 지위는 밑바닥 아니에요? 가혹한 수탈을 당해왔고 물만 마시는 백성인 것도 다를 바가 없지만 조선 농민의 자긍심은 사회적 신분이 그리 낮지 않다는 데서도 오는 것일 거예요. 농은 상, 공을 앞지르고 말하자면 상민에선 상층에 속하지요. 농자천하지대본(農者天下之大本)이라든가, 노래에도 농부님네 하며 경칭을 붙인다든가, 가난한 선비들도 그 자신이 농사를 지으며 그것을 수치로 생각지 않았으니까, 해서 아까 모방이란 말이 나왔지만 선비들 언행에 준해서 선영봉사라든가 의관의 정제, 예의범절, 불문율은 엄했구요. 시골 장터에서 농민이 장사꾼에게 하대하는 것은 흔히 볼 수 있는 광경이지요. 언젠가 한번 시골로 내려갔을 때 손님을 맞이한 농부가 우선 세수를 하고 옷을 갈아입은 뒤 갓을 쓰고 손님과 맞절을 하는 것을 보았습니다. 아주 감동적이었어요. 하나의 동작도 오랜 세월을 거침으로써 아름다워지는 것이구나, 하구요."

인실은 한동안 말을 끊은 채 침묵했다.

'무엇 때문에 내가 지껄이고 있는 거지? 얼음 위로 굴러가는 수레같이 얘기는 제 마음대로 굴러갔다. 아까 난 여관방에서 왜 그렇게 극단적인 순결을 요구하고 지켜야 하는가 자문하지 않았던가?'

"선배께서 조선은 선비와 농민으로 대표되고 일본은 무사와 상인의 나라라는 말씀을 하시더군요."

"오빠가……."

"그런 말 들은 일이 있었습니다. 그런데 히토미 당신은 중국의 경우는 말 안 하는군요."

오가타는 다분히 비꼬듯 말했다.

"무슨 답변을 원하시지요? 조선은 중국의 속국이 아니었나, 그건가요? 다른 일본인처럼."

"아, 아닙니다. 절대로."

"그럼 제가 말한 이조 오백 년의 그것은 모두 중국의 영향이다, 그러고 싶은 거예요?"

"그, 그 점은 부인할 수 없지요."

"네. 저도 그것을 부정하지는 않겠습니다. 우선 유교가 중국에서 왔고 불교도 그곳을 거쳐서 왔으니까요. 그리고 우리 글이 없어서 한자를 사용했던 시절도 있었지요. 하지만 오가타상, 당신도 감상가(感傷家) 야나기 소에쓰[柳宗悅]하고 별로 다르지 않는 것이 유감이군요. 야나기는 조선 미술에 열정적 찬사를 보내면서도 그것의 모체인 조선 역사엔 무식했고 혹은 왜곡된 오류를 범했는데 당신은 역사를 포괄적으로 보면서 지금은 어찌 지엽을 지적하는 거지요? 생각해보세요. 식민지 정책의 하나로 사대주의란 올가미를 조선역사에 씌워두고 자신들의 침략을 정당화하려는 음모에 동조하면서 우리 예술을 찬양하고 탄압에 시달리는 우리 민족을 동정한다는 것은 모순이에요. 저도 지엽적으로 말한다면 오늘날 영국이나 미국이 기독교 국가라 해서 유대의 영향을 받았다 할 수 없고 중국이 불교를 인도에서 들여왔다 해서 인도의 영향을 받았다, 그러니까 제 얘기는 전반적으로 그렇다 할 수는 없지 않겠느냐 그 말이에요. 어차피 문화란 다소간에 서로가 영향을 줄 수 있는 건데 처지에 따라 강조하는 것은 불공평한 일 아닙니까? 오늘 우리가 힘이 없다 해서 걸핏하면 중국을 들먹이는데 그건 의도적인 악의지요. 또 일본은 그럴 필요가 있으니까 그러는 거구요. 한자의 경우도 그래요. 글자란 엄밀히 말해서 전달의 수단이지 내용은 아니지 않겠는가. 한자를 우대하기론 일본도 마찬가지였고 당신네들한테도 우리를 거쳐 중국 것이 들어갔고 또 우리 것도 가져갔다면 모화사상(慕華思想)에다 모조사상(慕朝思想)도 성립이 되겠네요. 야나기의 그릇된 관점 중에 옳은 것이 하나 있어요. 조선의 예술은 고유한 것이며 독특하다고 한 그 말은 옳아요. 저는 중국의 문화를 상상할 때 광활하고 강력하고 정교하다, 이런 얘기 하면 우물안 개구리라 하며 비웃을지 모르지만 광활하다는 것은 평면적일 수도 있겠고 강력하다는 것은 자연에 대한 저항의 의지로 볼 수 있겠고 정교하다는 것은 복잡하다 할 수 있을 것 같아요. 한데 불교의 전성기를 이루었던 당대(唐代), 그 나라에서 쟁쟁했던 학승(學僧)들 중에 신라인이 많았던 것은 무엇을 의미하는 걸까요? 유교가 이조 오백 년을 떠받쳐왔다는 것도. 그것은 신비주의와 현실주의의 융화로 생각할 수 있을 것 같아요. 얼핏 생각하면 아주 상반된 관념이지만 알 수 없는 것, 이를테면 죽음과 탄생 같은 도저히 알 수 없는 신비가 존재하는 것도 엄연한 현실 아니겠어요? 저의 생각이 비약인지 모르지만 또 느낌을 어찌 설명해야 좋을지 모르지만 인도에서 중국, 조선, 일본으로 불교가 흘렀는데 경주 석굴암의 불상으로 뭔가 설명이 될 것 같아요. 신비와 현실적인 두 관념을 수용한 것에 한(恨)이란 말이 있습니다. 일본말로는 한을 원한으로 쓰고 그것은 복수라는 묘하게 엽기적인 분위기를 갖는데 우리가 말하는 한에는 거의 모든 것이 포함되어 있어요. 한이 된다, 한이 맺혔다, 할 때는 물질적이든 정신적이든, 빼앗겼든 당초 주어지지 않았든지 간에 결핍을 뜻하고, 한을 풀었다, 할 때는 채워졌음을 의미하는 것입니다. 해서 결핍은 존재할 수 없는 방향으로, 채워졌음은 존재하는 방향으로, 그렇다면 그것은 생명 자체에 관한 것이에요. 한은 생명과 더불어 왔다 할 수 있겠어요. 한의 근원은 생명에 있다 할 수도 있겠어요. 흔히 지옥이다 극락이다 하는 말을 쓰는데 하나는 공포의 상태, 하나는 안락의 상태, 그것은 정지된 상태로 볼 수 있지 않을까요? 그러니까 극락이나 지옥보다 실감 있게 쓰이는 말이 내세(來世)와 차생(次生)이에요. 이어짐으로써 시간 위에 서 있음으로 해서 생명은 존재하는 거니까요. 한은 내세에까지 하나의 희구 소망으로써 조선사람들 가슴에 있고, 때문에 현실주의와 신비주의는 조선사람에게 융화된 사상이라 한 거예요. 황당하지도 합리적인 것도 아니지 않습니까? 한데도 일본의 경우 종교란 지극히 합리적으로 불편하지 않게 돼 있는 것 같았어요. 중국은 공자의 나라답게 불교도 현실적 시각에서 보는 것 같은 느낌이었고 신비에 기울 때는 황당해지는 것만 같이 느껴집니다. 물론 역사의 지식에서 얻은 저의 느낌이지만요. 그리고 여담이지만 조선의 예술과 문화는 광활하고 강력하고 정교하진 않을 거예요. 생략하고 절제한 것을 느끼는데, 그걸 국토가 작아 조촐하다고들 하기도 하는데 저는 그렇게 생각하지 않습니다. 인도에서 중국을 거쳐서 석굴암의 불상을 본다면 국토가 크고 작음은 전혀 무의미한 것이니까요. 사실 생략하고 절제했다는 것도 무의식의 결과 아닐까요? 자연에의 접근 혹은 동화, 그건 생명에의 지향일 것입니다. 강력이 아닌 균형의 생명의 힘 그 자체로 생각합니다. 중국의 백발삼천장(白髮三千丈)이란 표현과 오이씨 같은 버선발이란 조선의 표현에서도 우리는 느끼지요. 삼천장이란 거대한 것에서 강력함의 허실을 볼 수 있고 오이씨 같다는 작은 것에서 생동하는 것을 감지할 수 있습니다. 다릅니다. 전혀 다르지요. 다른 문화예요. 사실 조선 민족만큼 남의 문화에 대하여 배타적인 경운 드물 거예요. 한 가지 예를 들겠어요. 조선 가옥은 일본의 여하한 것도 배척합니다. 아무리 고가의 물건이라도 조선의 가옥은 그것으로 인해 균형을 잃으니까요. 중국 것도 마찬가질 거예요. 무겁고 압도하고, 그런데 전 일본에서 일본 가옥에 백자 항아리가 놓인 것을 보았어요. 참 편안하게 놓여 있더군요. 그윽하다 할까, 따스하고 살아 있는 것 같았어요. 저는 이조백자가 서양의 가옥, 중국 가옥에 놓였어도 그러리라 믿습니다. 흔히들 백색은 모든 빛깔을 포용한다 하지만 그건 피상적 견해에 불과해요. 다만 색으로 인식하기 때문이지요. 출발점에서 수많은 산과 강을 넘고 건너서 돌아온 출발점, 백자를 그런 빛깔이라 표현하면 되겠는지, 가령 일본서 백자 항아리를 구워서 우리 가옥에 놓았다 합시다. 역시 우리 가옥은 그것을 거부할 거예요. 아무리 용을 써도 출발점에서 벗어나질 못해 그런 것 아닐까요? 어쩌면 우리 조상들은 만들었다기보다 살았던 것인지 모르지요. 이조백자의 비밀을 알고자 하던 어떤 일본인은 결국 그 아름다움을 우연의 산물로 낙착해버리더군요. 조선에서 얻어가고 빼앗아가고 끝없이 가져가도 빈곤한 바탕에서 생략할 수밖에 없는 일본의 치졸한 단순성, 풍요한 바탕에서의 생략과는 무서운 거리지요. 제 말이 틀렸나요? 임진왜란 때 수많은 도공들을 끌고 간 것도 그렇고 오랜 옛날부터 조선 자기에 미치고 탐했던 것은 그것을 만들지 못하는 문화적 빈곤 다시 말하여 정신적 빈곤에서 온 거 아닙니까. 안 그렇습니까?"

이야기는 들쭉날쭉했다. 노골적인 악의와 모멸이었다. 논리의 온당성, 부당함 그것은 일단 차치하고 인실의 어조는 감정의 파도였다. 썰물을 기다리듯 잠시 침묵해 있다가,

"중국은 전통적으로 군벌이 성한 나라 아닙니까. 일본과는 달라서 나라가 크니까 모든 것이 다 있고 군벌도 있는 것 중의 하나겠습니다만. 어쨌든 혁명은 중국의 정치 이념인 만큼 군벌은 그칠 새 없이 준동하는데 심지어 교단(敎團)인 백련교(白蓮敎)조차 군벌적 색채를 띠고 신해혁명(辛亥革命)으로 이어지는데 왕도에서 벗어난 군왕은 누구든 하늘을 대신하여 들어낸다는 본질적인 그 혁명 사상을 부정하는 건 아닙니다. 물론 조선은 그렇지가 않았어요. 완만한 쇠퇴 끝에 마치 자연사처럼, 그리고 대개 비슷한 계층으로 전쟁의 피폐를 거의 겪지 않고 정권이 넘어갔거든요. 낮은 곳에서 몸을 일으켜 대권을 잡은 그런 예가 없었어요. 유일하게 혁명적 요소가 강했던 동학전쟁을 들 수 있으나 사회체제를 바꾸고 외세를 몰아내자는 기치를 들었지만 왕권을 부정하는 단계까지는 못 가고 무너졌지요. 연표를 보면 간단히 설명이 될 거예요. 고조선(古朝鮮), 위만조선(衛滿朝鮮)에서 칠백 년이 넘는 삼국시대, 이백 년 남짓의 통일신라, 반세기도 못 되는 후삼국, 고려는 사백 년을 넘겼고 다음이 이조 오백 년이에요. 그만하면 연표의 마디가 적고 깨끗하지 않습니까? 삼국시대라는 것도 정연한 왕국을 각기 형성하여 더러 전쟁도 있었고 통일에의 집념으로 불타 있었지만 일본이나 중국과 같이 군웅이 할거하는 전국시대(戰國時代)를 볼 수 없을 거예요. 신라와 고려는 불교가 바탕이고 조선은 유교, 그러니까 칼로써 인민을 다스리지 않았다는 얘기가 되겠지요. 서양의 기사나 일본의 무사에서 연상되는 것은 신라의 화랑인데 어찌해서 무예를 닦는 소년들에게 꽃 화 자의 이름을 붙였는가, 그리고 남모(南毛)와 준정(俊貞)이라는 아름다운 아가씨를 화랑의 우두머리로 했는가……. 죽이는 것을 피하고 싶었다, 가능하다면, 글쎄요. 모르겠어요. 다만 막연하게 그 세계를 알 것도 같고…… 칼로써 힘을 빼고 황폐해진 정신으로, 파괴가 있을 뿐 창조는 없다, 당연하지 않습니까? 당신들이 즐겨 말하는 조선의 사대주의 그게 진실이라면 고유하고 독특한 문화는 있을 수가 없지요. 평화는 무력(無力)이 아니에요. 평화는 한의 대상이며 생명에의 지향이에요. 오늘날 결과가 어떠했든, 이건 악의 승리, 하지만 결정은 아닌 거예요."

인실은 날카롭게 몸을 돌렸다. 광기와 같은 분위기를 뿜어내며 그는 선창에서 걸어 나갔다. 그 모습은 인실 아닌 전연 딴 여자일 거라는 생각을 하며 오가타는 뒤따랐다. 길 위에서 인실은 다가오는 오가타를 쳐다보고 있었다. 달빛을 받은 여자의 입술이 새까맣게 오가타에겐 느껴졌다. 두 사람은 여관이 있는 쪽으로 가지 않고 본시 가던 방향대로 해안을 따라 걷는다. 물속에 잠긴 닻과 같이 무거운 침묵이 계속된다. 달빛이 내리쏟아지는 해변의 신작로가 흰 뱀처럼 뻗어 있다. 오가타는 가슴이 답답했다. 뭔지 모를 분노가 치밀었다. 괴물로서 떠오르는 역사에 대한 분노였는지 모른다.

"히토미상."

"……."

"그러면 당신의 얘기도 풍요한 바탕에서의 생략입니까? 그렇게 생각합니까?"

사학을 전공한 오가타였다. 듣기에 따라 그의 말은 모욕적일 수도 야유일 수도 있었다. 사실 인실의 논리엔 적잖은 독선이 깔려 있었고 미화와 옹호의 감정은 노골적이었다. 오가타의 의도는 역사를 덩어리로 보느냐 토막을 내고 있느냐, 아까 인실이 당신은 역사를 포괄적으로 보면서 지금은 어찌 지엽을 지적하느냐 했듯이, 그렇게 묻고 싶었으나 그러나 오가타에게 그것은 심각한 문제는 아니었다. 방관자의 고독이 훨씬 심각했다.

"언어란 생각만큼 풍부한 것은 아니지 않아요? 사물과 생각은 끝이 없는 거니까 언어란 늘 빈곤하게 마련이에요."

글이란 엄밀히 말해서 전달의 수단이지 내용은 아니지 않겠느냐, 했듯이 인실은 약점에 대한 궁여지책의 응수를 했다. 오가타는 담배를 붙여 문다.

'지금 히토미는 악을 쓰고 있다. 히토미는 이런 웅변가는 아니었는데…….'

"역사에 대한 얘기는, 오빠의 영향도 있었겠지요. 제 나름대로 책도 많이 읽은 셈이고요. 하지만 오빠나 오가타상처럼, 저에게 역사는 학문이 아니었으니까요. 현실이에요. 오늘 우리 민족이 겪고 있는 기막힌 고난에서 절실해지는 욕구라 해도 좋겠지요. 우린 결코 미래를 잃고 싶지 않은 겁니다. 잃지 않는다는 확신을 역사에서 찾아보고 싶은 건지도 모르지요. 역사는 과연 문서에 불과한 걸까요? 꿈틀거리는 생명으로 보고 싶습니다. 우리 민족이 소생할 수 있는 생명으로, 아까 한 얘기는…… 풍요한 바탕에서의 생략된 얘기, 그럴 수는 없는 거지요. 너무나 큰데요. 너무나 엄청나게 복잡한데요. 안다는 것이 도시 우습지 않아요? 과거 그 숱한 상황과 형체를 통하여 앞으로의 시간을 믿어보고 희망을 걸고 싶었던 거예요. 시간에 희망을 건다는 것은 소극적인지 모르지만 우리 조선인은 깨어 있어야 해요. 그런 희망까지 잃는다면 우린 잠들어버리거나 죽어야 하니까요."

오가타는 아무 말 하지 않았다. 다만 마음속으로 과연 희망대로 될까요? 중얼거렸다. 민족이 다시 살아나는 것, 조선 독립에의 희망, 오가타는 그것을 부정적으로 생각한 것은 아니었다. 인류의 앞날에 대한 의문이었다. 그리고 인실의 심적 갈등과 깊은 오뇌를 절감하는 것이었다. 그야말로 인실 자신이 말했듯이 그의 언어는 빈곤했다. 장황하게 한 얘기는 그러나 여자의 심중에 접근해 있지 않았다는 것을, 오히려 자신을 노출시키면서 남이 아닌 자신을 향해 소리치고 있는 것을 오가타는 깨달은 것이다. 평소 인실은 장황하게 얘기를 늘어놓는 여자는 아니었다. 오가타는 담배를 빨아 당긴다. 바람에 담뱃불이 튄다.

"일본사람인 오가타상."

"……."

"당신은 누구인가요? 만일 당신이 야나기와 같이 값싼 자비심으로 우릴 대한다면 전 분노를 느낄 것입니다. 그런데 당신에게 분노를 느낀 적이 없는 것은 무슨 까닭일까요. 진재 때 조선인 학생들을 많이 숨겨준 당신의 인도주의 때문일까요? 코스모폴리탄이기 때문일까요. 아니지요. 당신은 결코 일본을, 일본인을 초월하지도 극복하지도 못할 거예요. 제가 조선인인 것을 절대로 포기하지 않는 것처럼. 그러나 당신은 깨끗해요. 드물게…… 더러운 게 너무 많은 세상에, 심지어 우국지사라는 허울을 쓰고 소름 끼치게 더러운 인간도 많은 세상에…… 지난 진재 때 조선인 학살의 지옥 속에서 전 죽창과 곤봉을 든 일본아이들을 목격했습니다. 조선아이들에게 돌 던지는 일본아이들은 흔히 보는 일이구요. 그것은 저주받은 일본의 미래입니다. 당신네 역사의 산물이구요."

인실은 다시 지껄이기 시작했다.

"일본의 무사들이 칼을 갈고 어느 길모퉁이에서 지나가는 사람을 죽일 때 조선의 선비들은 글을 읽고 먹을 갈았습니다. 상무(尙武) 정신이 당신들 나라의 오늘을 있게 했다면 성인군자의 길을 닦던 조선의 선비들은 당신네들 침략을 막지 못하고 오늘의 비운을 당하게 했어요. 그러나 당신네 손들은 피에 젖어 있어요. 악(惡)의 승리지요. 승리는 악을 지고선(至高善)으로 끌어올려 놨고 야만이 문명으로 둔갑합니다. 짓밟힌 자에겐 도의가 악덕으로 뒤집히고 오랜 문화민족은 미개인으로 전락하는 역리를 낳게 했지요. 이기면 관군(官軍)이요, 지면 적군(賊軍)이라, 당신네 나라 전통을 여실히 말해주는 속담과 같이 말예요. 지난날 러시아의 남진을 막기 위해 전비 부담은 영미(英米)가 하고 일본이 전쟁 청부를 맡았던 노일전쟁, 그때 여순개성(旅順開城)에 즈음하여 스토셀과 노기[乃木]가 만났을 때 만든 노래 말예요. 어제의 적은 오늘의 친구라는 낯간지러운 노래 있잖아요. 만일 모스크바까지 진군을 했더라면 귀 자르고 코 자르고 러시아인은 모두 개돼지가 됐을 거예요. 일본 망나니들은 목이 터져라 성전(聖戰)을 외치며 발광을 했을 거구요. 진재 때 천견론(天譴論)을 떠들어대면서 한편으론 눈 뜨고 볼 수 없는 학살을 자행하지 않았습니까? 진재를 천벌로 받아들이면서 아이 밴 여자의 배를 찔러 죽이는 당신네 민족성, 거대한 러시아땅엔 손톱 한번 찍어보지 못하고서 군사기지 하나 점령했을 뿐 전쟁이 끝난 것도 아닌데 적에게 추파를 보내는 그따위 노래, 그게 일본이지요. 체모 없는 그 비굴을 십분의 일이라도 본받았던들 쓰러져가는 명(明)과의 우의 때문에 병자호란을 겪어야 했던 일도 없었을 것이며 대륙침략의 길을 빌려주고 두둑한 통행료를 요구했던들 임진왜란은 겪지 않았을 테니까요. 온통 모두가 바보였어요. 중국, 일본이 서양 함대에 굴복하여 문호를 개방했을 때 조선만은 불란서 함대가 오고 미국 함대가 오고 또 일본이 왔지만 무력에 굴복하지 않았고 문호를 개방하지도 않았어요. 자주성이 희박하다구요? 사대주의라구요? 러시아의 남진을 막는 공로로 영미는 아무 상관없는 조선을 일본의 전리품으로 동의했어요. 배부른 사자들과 배고픈 이리가 무고한 사람을 찢어발기는 흉계였지요. 치욕이라면 동물의 법칙에 따른 그들의 치욕이요 범죄 아닙니까? 어떤 경박재사[輕薄才子]가 나물 먹고 물마시고 이만하면 대장부 살림살이, 했다고 해서 선비 정신을 무척이나 비웃기도 했지만 극기란 진정 어릿광대였더란 말입니까. 세상이 이렇게 돌아가니 정말 어리석고 못나긴 못났던가 봐요. 어쨌거나 인간답게 사는 것은 어렵고 동물같이 산다는 것은 참 쉽네요. 하기는 내 나라의 닭 돼지가 되어 살지언정 왜놈의 종은 아니 되겠노라 한 독립의사도 있었지만요."

달빛 아래 하얀 뱀같이 뻗은 신작로를 무작정 걸어가면서 인실은 이제 병적일 만큼 무방비 상태로 지껄이는 것이다.

"언젠가 요시노 사쿠조[吉野作造]선생이 쓴 글을 읽은 적이 있었습니다. 일본인 지휘에 반항하는 조선인을 불령도배(不逞徒輩)로 비난하는 논리에 대해서 선생은 적어도 도덕적으로 그들의 입장은 부당한 것으로 볼 수 없다 했는데, 그분도 한계는 있었겠지만 우리의 정당함을 지적한 것은 훌륭했어요. 우리에겐 자비나 동정을 받을 이유가 없거든요. 요시노선생은 귀한 양심이었습니다. 일본 같은 나라에선 말예요. 왜냐하면 그분이 길러낸 수많은 제자, 영향을 받은 지식인도 적지 않았겠는데, 공산주의를 논하고 사회주의를 신봉하면서도 일본 군국주의 자본주의의 밑깔개가 되어 신음하는 조선에 대하여 거의 어떤 소리도 없었으니까요. 오히려 염치도 없이 적반하장의 진보적 지식인들, 약탈의 범죄엔 뚜껑을 덮고 법을 지켜라! 법을 지켜라! 좀 더 자비심 있는 지식분자는 대우를 개선해라, 개선해라, 껍데기나 핥고 있는 그따위 지식인들! 걸핏하면 내놓은 사대주의 사색당파, 하지만 당론으로 당쟁하는 데 비하면 동족상쟁은 훨씬 더 험하지요, 섬나라이기에 외적의 침입을 면하는 대신 일본의 역사야말로 동족상쟁으로 점철돼 있지 않아요? 점잖지 못하게 원색적으로 조선인을 멸시하는 것도 그만큼 일본은 문화적인 콤플렉스를 가지고 있다 할 수 있을 거예요. 야나기는 참아라, 바위에 깔리어 빈사상태에 있는 우리에게 참아라! 폭력과 살생은 어느 쪽이든 나쁘다, 아아 비운의 민족이여! 하며 슬퍼했지요. 조선에서는 또, 소위 지식의 반풍수들이, 지적 댄디스트, 그리고 민족개조론 따위를 쓰는 기회주의자들이 조선예술의 예찬자 야나기에게 박수를 보내고 감사 감격하며 그런 자신을 애국자로 착각하여 또 감격하는데 한마디로 치사해요. 골자를 얘기하자면 조선의 예술은 참담한 민족 수난이 빚은 쓸쓸하고 비애에 젖은 아름다움이라, 야나기의 그런 관점의 저변에는 사대주의의 조선이란 의식이 짙게 깔려 있어요. 그는 예술만은 사대가 아니라 했거든요. 민족 수난이 빚은 예술은 사대가 아니란 논리는 성립될 수가 없어요. 그리고 또 비애에 젖은 아름다움, 그것도 전적으로 틀린 말입니다. 조선의 예술은 생명이 내포된 힘의 예술이에요. 전 조선인을 예술적인 천재로서 선택받았다, 따위의 비현실적인 얘길 하는 게 아니에요. 필연성에 대해 말하고 싶은 거예요. 칼로써 힘을 빼는데 무한한 힘이 소요되는 창조에 바칠 힘이 있겠느냐, 일본의 문화적 빈곤은 바로 거기에 이유가 있고 칼을 삼가며 치지 않고 내 나라를 지키는데 그친 조선은 당연히 창조에 그 힘을 살렸다, 전 그렇게 보고 싶은 거예요. 비애가 아닌 생명에의 힘, 그 예를 들어보겠어요. 일본의 춤은 손목, 발목의 춤이더군요. 조선의 춤은 전신의 율동이에요. 탈춤의 도약을 보면 그건 터져 나오는 힘이에요. 또 서양의 춤은 발끝으로 땅을 밟고 손등이 하늘을 보는데 조선의 것은 발뒤꿈치로 땅을 치며 손바닥이 하늘을 향하고 있어요. 다음엔 노래인데요, 일본 노래의 콧소리, 목구멍 소리에 비하여 역시 조선의 창은 몸 전체에서 터져 나오는 것입니다. 폭포와 맞서서 목을 트는 수련 과정이 그것을 증명하지요. 악기 얘길 할까요? 조선의 가야금은 비애 아닌 통곡과 환희, 한마디로 그것은 한(恨)이에요. 일본의 고토*를 들었을 때 전 소리로 들렸을 뿐 움직이는 것이 없었습니다. 예를 들자면 많겠지만 양쪽의 모든 것은 그와 같은 일관성을 가지고 있다는 생각이에요. 정신도 포함해서 말입니다. 당신들이 착각하고 있는 것 중에 일본인은 용기가 있고 조선인은 나태하고 무기력하다는 것인데 사실 조선은 헤일 수 없이 많은 외침(外侵)을 당했습니다. 그러나 한 번도 나라를 잃은 적은 없었어요. 오늘과 같은 일은 없었던 거예요. 만일 일본이 섬나라 아닌 조선과 같은 조건의 국토였다면 어땠을까요. 당신네들이 외국 함대에 눌려 문호개방을 했지만 조선은 물리쳤습니다. 무력으로 문호개방이 안 됐던 거예요. 조선이 넘어간 것은 무력에 의했다기보다 계략에 넘어갔지요. 그리고 오늘 조선의 처지를 일본의 처지라 가상한다면 그렇게 치열하게 끈질기게 저항했을까요? 당신네들은 내심 무서운 거예요. 중국에서, 만주에서 연해주, 미국, 또 일본 내에서 조선 국내에서도 벌어지고 있는 독립투쟁, 당신네들의 야만적인 탄압은 공포에서 오는 거예요. 거듭되는 학살은 당신네들 공포의 표현입니다. 당신네들이 용기다 생각하고 있는 것은 용기가 아닌 잔인성이에요. 어처구니없이 미화된 셋푸쿠에서 난 그것을 느낍니다. 잔인성, 길들여진 잔인성 말입니다. 일본인의 본성이 잔인하다는 게 아니에요. 역사적으로 길들여온 잔인성이란 것이지요. 그러면 왜 길들여졌는가. 반문하게 되면 당신네들이 생각하는 용기, 그것이 애매해지지요. 자살에는 물에 빠져 죽는 것, 약을 먹고 죽는 것, 목을 매달기도 하고 이마나 가슴팍에 총을 쏘아 죽고 목이나 가슴을 칼로 찔러서 끝내는 일, 자살도 가지가지인데 배를 갈라서 내장이 쏟아지는 죽음, 생선, 산짐승, 동물의 경우를 두고 생각할 때 내장이 나오는 것은 죽음 후의 일이지요. 사람을 포함하여 동물에게 가장 더럽고 추악해 보이는 것이 내장이에요. 배를 갈라서 내장을 드러내 죽는 방법은 그래서 가장 추악한 거 아니겠어요? 그것을 의식화(儀式化)하고 미화하는 이유가 뭐죠? 그야말로 야만적이며 그로테스크한 것을 아름답고 숭고하게, 따라서 사람에 틀림이 없는 천황이 현인신(現人神)도 될 수가 있었던 거예요. 가치전도, 전도된 진실에 순치(馴致)되어온 일본인은 비극이라는 감각도 없는 채 비극 속에 있는 겁니다. 그것은 다 약탈의 도구며 장치예요. 보다 높은 곳을 향하는 이상이나 고매한 목적을 위해서라면 그와 같은 도구 장치는 도저히 있을 수가 없는 거지요. 당신네 나라에 사상이 없는 거지요. 당신네 나라에 사상이 없는 것은 너무나 당연하지 않습니까? 문화가 빈곤한 것도 말예요. 민족주의도 없구요. 애국이라는 말을 빌린 공범 의식, 당신들의 애국심은 공범 의식이지요. 유일하게 아름다운 죽음이 있었다면 도회령(蹈繪令)에 의해 순교한 나가사키[長崎]의 천주교도, 그들의 죽음뿐일 거예요."

순간 오가타는 몸을 퉁기듯 놀라며 인실의 옆모습을 본다. 상당한 충격을 받은 것이다. 오가타는 언젠가 자신도 도회령에 의해 순교한 천주교도들의 죽음을 일본 역사상 가장 아름다운 것이라 생각한 적이 있었다.

"조선에도 끔찍스럽게 소름 끼치게 잔인한 풍문, 당신 나라에 관한 풍문이 있었고 오늘날까지 항간에 떠돌고 있습니다. 어쩌면 그것은 풍문이라기보다 신앙일 거예요. 낮은 곳에 있는 사람들의 신앙입니다. 임진왜란 후 사명대사(四溟大師)가 일본으로 건너갔다, 일본인이 사명대사를 죽이려고 큰 가마솥에 넣어서 불을 땠는데 가마의 뚜껑을 열었을 때 눈썹에 고드름이 붙은 사명대사는 일본 나라는 왜 이리 추우냐, 해서 사명대사는 일본으로부터 항복을 받고 해마다 인피(人皮)를 조선에 바칠 것을 다짐하고 돌아왔다, 수많은 인피를 해마다 가져오게 한 것은 일본인의 씨를 말리고자 한 계책이다, 대강 그런 얘기인데요, 물론 황당무계하지요. 하지만 그것은 조선 백성들의 가슴에 사무쳐 있는 증오의 표현입니다. 또 진정 그렇게 되기를 염원하는, 아까 신앙이라 했는데, 사명대사에 대한 신앙은 다시 말하여 일본의 멸망을 희구하는 신앙이지요. 되풀이 되풀이하여 배은망덕했었던 일본, 조선사람에게는 악령이지요. 그런데 과거에도 수없이 우리 땅에서 해적질을 했었고 임진왜란으로 나라가 한때 쑥밭이 되었었고 오늘 이 지경으로 잔인무도한 발아래 신음하지만 조선인들은 도무지 당신네들을 무서워하지 않는다는 사실, 일본은 콤플렉스 때문에 우릴 업신여기고 또 거드름을 피우기 위해 우릴 업신여기는데, 생각해보십시오. 잔인성에 길들여진 당신들과 도덕으로 길들여진 우리 백성과, 그러면 모멸의 깊은 진심이라 해도 좋겠는데 그건 어느 쪽일까요? 도덕적인 기준에서 문화적인 척도에서 조선 백성들은 당신네 정체를 바로 파악하고 있거든요. 조선의 농민들은 선비 정신의 토양이에요. 또 선비 정신의 씨앗이 뿌려진 대지이구요. 양반계급이 학문을 독점하고 있었지만, 하여 무학(無學)이지만 무식(無識)은 아닌 거예요. 그들은 가난하지만 예절이 스스로의 존엄을 지탱한다는 것을 알구요. 조선 백성들이 일본인을 향해 즐겨 쓰는 말 중에 상놈이란 말이 있어요. 그것은 신분을 말함이 아닙니다. 예절을 모른다, 사람의 도리를 모른다는 뜻입니다. 지금 삼천리 강산에서 사리사욕을 위해 친일을 한 소수의 무리, 이미 썩어서 쓸모없게 된 무리를 제외하면 아이 어른 할 것 없이 일본인 멸시의 뿌리는 뽑을 수 없을 거예요. 당신들은 정복자로서 조선 백성을 내려다보지만 조선 백성은 결코 당신들을 우러러보진 않아요. 소수 교양 있는 사람 말고는 모두 당신들을 왜놈, 쪽발이라 불러요. 의식 속 깊은 곳에서도 당신들은 여전히 왜놈 쪽발이예요. 결코 일본은, 끝내 조선을 지배하지 못할 것입니다."

아까부터 인실의 목소리는 사방에서 웡웡 울렸으나 팔매질 같은 말의 속도, 가혹한 내용에 의해 말하는 당자 인실은 물론 오가타도 격앙된 상태였으므로 주변 풍경에 대해선 거의 망실 상태였었다. 그들은 신작로를 따라 해저터널까지 와 있었던 것이다. 천장에 매달린 전등이 터널 안을 환하게 비쳐주고 있었다. 아무것도 없는 공간, 벌레 한 마리 없을 것 같은 공간이었다. 벽도 바닥도 천장도 온통 콘크리트로 굳혀진 곳, 인실은 무너지듯 땅바닥에 주저앉는다. 오가타는 선 채 인실을 내려다본다. 열병에 걸린 것처럼 인실의 얼굴은 새빨갰다. 주저앉은 인실은 두 다리를 뻗었다. 비로소 그는 터널 속이 따뜻하다는 것을 느낀다. 지금쯤 터널 위로 배가 지나가고 있을지도 모른다는 엉뚱한 곳으로 생각은 넘어간다.

"오가타상은 절 고발하여 감옥으로 보내지도 않을 거니까…… 결국 이불 밑에서 활갯짓한…… ㅎㅎㅎㅎ……."

인실은 낄낄 웃었다.

"비겁했네요."

"자아, 일어나요."

오가타는 인실을 잡아끌었다. 여자의 손은 차디찼다.

"자아."

일으켜 세우다가 오가타는 인실을 꼭 껴안는다. 힘이 빠져버린 인실은 저항 없이 새같이 가볍게 몸을 기울였다.

"계속 소리 지르고 악을 쓰고."

"제가요?"

"……."

"안 그랬는데……."

"몸으로 소리치고 악을 썼지."

인실은 몸을 떨기 시작했다.

"오가타상, 난 갈 거예요. 싸우러 갈 거예요. 시베리아 벌판? 만주 벌판? 눈 속에 묻혀서 죽고 싶어요, 죽고 싶어, 죽고 싶어……."

오가타는 더욱 강하게 인실을 껴안으며 귀뿌리에 입술을 대고,

"말 없을 때 히토미는 강했어. 왜 이렇게 무너지는 거요, 히토미."

뭔가 옆을 스치고 지나갔다.

"아아니 저기이 멋고? 더럽운 것들이, 여기가 저거 안방이가? 세상이 망조라 에이, 애잉곱다!"

그물을 어깨에 짊어진 어부는 큰 소리로 욕설을 하며 침을 탁 뱉는다. 포옹을 풀고 손을 잡으며 돌아본다. 우쭐우쭐 걸어가는 어부의 뒷모습, 이윽고 그 모습은 굽어진 터널 모퉁이에서 사라졌다.

"이제 돌아갑시다."

여관으로 돌아왔다. 인실은 자기 거처방으로 들어갔고 오가타도 방문을 열고 방으로 들어갔다. 일찍부터 자리에 들었던 찬하는 웬일인지 단정하게 앉아서 담배를 피우고 있었다.

"일어나 있었어요?"

찬하는 대답 대신 험악한 눈으로 오가타를 노려본다.

"……?"

"어디 갔다 오는 거요?"

감히 네가 이 나라의 여자를 넘볼 수 있느냐, 찬하의 눈빛은 그런 분노를 나타내고 있었다. 일본여자를 아내로 한 그가, 오가타의 사랑을 알고 있는 그가, 오가타는 당황하며 혼란에 빠진다.

"나 나쁜 짓 안 했소."

저도 모르게 오가타 입에서 그 말이 나왔다. 당신들의 사랑을 이해하고 동정하지만 조선여자의 육체는 안 된다! 오가타는 찬하의 심중을 그렇게 받아들인 것이다. 그것은 또 틀리지 않은 것이었다.

오가타는 캄캄한 절벽으로 떨어지는 것을 느낀다. 헐어버릴 수 없는 기나긴 역사의 벽을 인실의 수백 마디 말보다 찬하의 눈빛에서 그것을 확인하는 것이었다.

10장 명희(明姬)의 사막(沙漠)

해저터널의 아치형 출구를 나왔을 때 학교는 왼편 언덕에 있었다. 지상 부분인 터널 옆을 따라 되돌아가는, 그러니까 바다의 방죽을 못 미쳐서 학교로 향한 길이 있었는데 왼편에는 채마밭이었고 오른쪽에는 초가 한 채, 야트막한 싸리 울타리를 친 채마밭, 다시 초가 한 채가 있었다. 방 하나에 외양간을 거느린 대문채와 안채의 규모로 보아 조금은 넉넉한 듯한 농가였다. 학교길은 그곳으로부터 가파른 돌계단이었으며 여남은 개의 계단이 끝나니까 양켠에 벚나무를 즐비히 심은 오르막길이었고 다시 여남은 개의 돌계단을 올라섰을 때 콜타르를 칠한 단층 목조건물이 눈앞에 드러났다. 넓지 않은 운동장은 비어서 휑해 보였다. 메마른 잔디를 입고 비스듬히 드러누운 꽤 높은 축대 위에 교사는 마치 제단 위의 관(棺)과도 같았다. 교실이 네댓 개나 될까? 축대에도 양켠과 중심, 세 곳에 계단이 있었다. 황량하고 을씨년스런 풍경이었다. 그러나 교장의 주거인 듯 번뜻한 왜식 주택이 교사와 좀 떨어진 곳에 있었고 읍내 신사(神社)가 멀었기 때문인지 혹은 진충보국(盡忠報國), 국수(國粹)에 투철한 어느 교장의 창안인지 알 수 없으나 교무실 앞의 장난감같이 축소하여 만들어놓은 신사, 국기게양대, 그런 것들은 식민지 교육정책의 준엄한 권위를 충분히 나타내고 있었다.

세 사람은 운동장을 질러 중심부의 계단 앞에까지 가서 멈추어 섰다. 찬하는 담배를 꺼내어 붙여 물었고 인실과 오가타는 사방을 둘러본다. 저 밑에 겨울 바다가 펼쳐져 있었다. 짙푸른 빛을 띤 바다는 호수같이 잔잔하였다. 돛단배가 떠 있었고 갈매기도 날고 있었다. 인실의 시선이 찬하를 잠시 스쳤다. 암울한 얼굴에 담배 연기가 흩날리고 있었다.

"제가 가서 물어보지요."

인실은 말을 남기고 돌계단을 올라갔다. 여닫이의 유리창문을 열었다. 시골학교의 대개가 그러하듯 서류장에다 책상들, 별다를 게 없는 교무실이었다. 소사가 난로 속의 재를 후벼내다가 얼굴을 들었다.

"말씀 좀 여쭙겠습니다."

"예."

"여기, 이 학교에 임명희라는 여자 선생님 계시지요."

"예, 그렇심더."

소사는 일어서며 대답했다.

"그분을 찾아왔는데 어디 가면 만나뵐 수 있겠습니까?"

"방학이라서요, 핵교에는 안 나오시고 하숙집에 가보시이소."

"하숙이 어딘지, 모릅니다."

"와 거기, 층계다리로 올라오싰지요?"

"네."

"바로 거기, 층계다리 옆에 붙은 집입니더."

"고맙습니다."

두 사내는 망연한 모습으로 서로를 외면한 채 서 있었다. 인실이 내려왔지만 그들은 그런 자세를 허물지 않았고 말도 걸지 않았다.

"여기서 잠깐 기다리고 계세요."

아까 왔던 길을 되잡아서 인실은 천천히 걷는다. 계단도 천천히 밟고 내려간다. 이런 한촌에는 도저히 어울리지 않는 도

시퐁의 남녀 세 사람이 새끼줄 잡고 칙칙폭폭, 기차놀이 하는 아이들처럼 명희 하숙에 줄줄이 들어가는 광경은 아무래도 우스꽝스럽고 멋쩍은 일이 아닐 수 없다. 그리고 명희가 충격을 받을 것 같기도 해서 일단 혼자 그를 먼저 만나야겠다고 인실은 생각했던 것이다.

"임선생님을 만나뵈려고 왔는데 계시는지요."

장독가에서 삶은 빨래에 방망이질을 하고 있던 중년의 아낙이 방망이를 든 채 화드득 일어섰다. 삶은 빨래에서는 김이 피어오르고 있었다.

"어디서 오싰습니까?"

"서울서 왔습니다."

"예……. 저기 선상님은요, 핵교에 가싰는데예."

인실은 난감해한다.

"학교에 갔었습니다. 학교에서는 하숙에 계실 거라 해서 왔는데, 그럼 임선생님이 안 계시단 말씀이군요."

아랫방 문이 열리면서 소년이 쫓아 나왔다. 서둘러 신발을 신은 소년은,

"선생님은요, 분교에 가 계실 겁니더. 지가 가리치드릴 긴께 지를 따라오시이소."

기세 좋게 말했다.

"참, 그래라. 그래야겄다. 그라믄 자 아를 따라가보시이소. 촐랑대지 말고 어 가거라!"

아이를 향해 소리 지르는 아낙에게 고맙다는 인사를 하고 인실이 집을 나서는데 아이는 돌층계와 반대 방향을 향해 벌써 저만큼 가고 있었다.

"이 애! 이 애야!"

"야?"

아이는 걸음을 멈추고 돌아본다.

"잠시만 기다려주겠니? 일행이 운동장에서 기다리고 계시니까 내 가서 뫼시고 오마."

"아니라예, 개않십니더. 핵교로 해서 가는 길도 있인께요."

솜저고리 앞섶 밑에 두 손을 찔러넣고 염소 새끼가 뛰듯 아이는 껑충껑충, 되돌아왔다. 검정색 솜바지, 잿빛 솜버선, 신발은 검정 고무신이었다. 김이 무럭무럭 나는 삶은 빨래처럼, 쇠죽을 먹던 살찐 암소의 콧김처럼 아이는 따뜻해 뵌다. 벚나무가 즐비히 선 오르막길에서,

"이리로 가믄요, 핵교 뒷산을 넘어가야 하고, 바닷가 신작로로 해서 가는 길도 있십니더."

아이가 말했다.

"너도 이 학교엘 다니느냐?"

인실이 물었다.

"야."

"몇 학년이지?"

"삼 학년입니더."

아이는 손등으로 코를 문지르며 인실을 한번 살펴본다.

"임선생님은 몇 학년 담임이니?"

"선생님은 담임 안 하십니더."

"어째서?"

"삼 학년에서부터 육 학년까지 여자아아들만 모아놓고 수예하고 재봉만 가리치니께요. 그런께 촉탁 선생님이라 안 캅니꺼."

"그래서 분교에 가 계시니?"

"아니라예. 그거는 아니고요, 방학 동안 아무도 없인께…… 선생님은 혼자 기시는 거를 좋아하는가 배요. 저기, 그런데 물어봐도 되겄십니꺼."

"뭘?"

"혹, 우리 핵교에 오시는 선생님 아닙니꺼?"

"나 말이냐?"

"야."

"아니다."

아이는 실망을 나타낸다.

"우리 핵교는 여선생님이 한 사람뿐입니더. 그라고 또오, 선생님이 모자라니께요."

그래서 새로 오는 선생님으로 생각했다는 뜻인 모양이다.

"일 학년은 옥선생님이고 이 학년은 키다리 배선생님이고 삼 학년, 우리 반 담임 선생님은 도다[戸田]라고 눈이 쪼맨코

입이 튀튀하게 나와서 별명이 돼지라예. 또 도다리라고도 하지마는 맘씨는 개않십니더. 아아들 안 때립니더. 사 학년은 교장 선생님이 가리치고요. 분교의 오 학년, 육 학년은 황선생님이라꼬, 서울내깁니더."

해놓고 아이는 당황한다. 명희 선생도 그렇지만 안내해 가는 손님도 서울내기라는 것을 깨달은 때문이다.

"오륙 학년을 한 분이 가르치느냐?"

"야. 와 그런고 하니요, 사 학년에서 졸업하는 생도들이 많십니더. 그란께로 오륙 학년을 모두 합쳐도 한 반밖에 안 되거든요."

"음."

운동장으로 올라간 인실은 아이를 따라가면서 두 사나이에게 손짓하며 따라오라는 시늉을 했다. 왠지 가서 친절하게 설명하고 싶은 생각이 없었다. 따라오려면 따라오라, 그런 심정은 명희가 받을 충격을 생각한 때문이지만 막상 와보니 상상했던 것 이상으로 명희가 비참한 처지에 놓여 있는 것을 깨달은 것이다.

'왜 내가 이런 행동에 동행했을까.'

처음부터 찜찜했었다. 찜찜했던 것이 이제는 노골적인 후회로 인실은 괴로워지기 시작했다.

교사와 교장 사택 사이를 지나 학교 뒤켠으로 돌아갔다. 후문을 나와 무덤 두 개가 나란히 있는 언덕을 올라가서 다시

내리막의 오솔길로 접어들었다. 소나무가 듬성듬성 솟아 있는 산은 향(向)이 서북쪽이어서 음산했고 척박해 보였다. 얼마나 긁어내었는지 솔갈비[枯松葉] 한 줌 찾아볼 수 없는 땅바닥엔 세월에 부서지고 모가 난 돌멩이만 굴러 있었다. 눈 아래는 여수로 향한 좁은 수로, 해저터널이 바닥에 가로놓여 있는 그 수로의 목이 넓어지면서 섬들이 포개어지고 비켜서고, 바다는 서쪽으로 아득히 수평선을 긋고 있었다. 그러니까 교정에서 내려다본 곳이 앞바다라면 산에서 내려다보이는 곳은 뒷바다라 할까. 해저터널 하나로 통영읍과 연결이 되는 미륵도(彌勒島), 산양면(山陽面)인데 이곳은 봉화대와 사찰 용화사(龍華寺)가 있는 용화산의 자락인 셈이다. 본래는 섬이 아니었는데 임진왜란 때 조선 수군에 쫓긴 왜군의 전함이 이곳에 몰리어 어마지두한 병졸들이 이 목을 파서 수로를 내었다 한다. 세칭 다이코보리[大閣掘り], 풍신수길(豊臣秀吉)의 군사가 팠다는 뜻일 거다. 그러나 대부분 이곳 사람들은 이 좁은 수로를 판데목이라 한다.

내리막길을 다 내려갔을 때 수로의 방죽 옆은 꽤 넓은 신작로였다. 산자락에 바싹 붙어 있는 신작로, 그 사이의 좁은 공간에 바라크 같은 목조건물이 바다를 보고 한 채 서 있었다. 그것이 분교였다. 아이는 바람개비같이 날아갔다.

"선생님! 선생님! 서울서 손님 오십니다!"

복도 같은 것도 없고 건물 처마 밑에 들어서니 유리창을 통해 책상이며 걸상, 칠판 따위가 있는 교실 내부를 환히 볼 수 있었다.

"선생님! 선생님! 서울서 손님 오십니다!"

교실에 잇달리어 ㄱ자로 되었으며 장지문이 닫혀져 있는 방 앞에서 아이는 소리쳤지만 방 안에서는 대답이 없었다. 그러나 신돌 위에 검정 여자 구두 한 켤레가 놓여 있었다. 세 사람은 가까이 가지 못하고 아이의 뒤통수만 지켜보고 있었다. 아이의 고함은 종기를 째려는 순간의 칼끝처럼 이들의 마음을 긴장시키는 것이었다. 명희는 과연 어떤 모습으로 어떤 태도로 나타날 것인가.

"선생님요!"

침묵이 안타까웠던지 아이는 주먹으로 문을 한 번 탕! 하고 쳤다. 방문이 열렸다. 검정 치마저고리를 입은 임명희의 창백한 얼굴이 세 사람을 향해 떠올랐다. 그것은 유령이었다. 세 사람은 동시에 전율을 느낀다. 살아 있는 징표, 생명의 빛을 잃어버린 모습, 그러나 다음 순간 명희 얼굴에 분노가 나타났다기보다 분출이라 해야 할까, 동시에 그것은 살아 있었다는 신호가 되었다. 인실이 달려갔다.

"선생님."

"……."

"죄송합니다."

"……."

"용서하세요."

"어떻게 된 일이니?"

격렬한 분노의 얼굴과는 딴판으로 목소리는 평탄했다.

"어쩌다 보니, 일이 이렇게 되었습니다."

"……."

"선생님은 원치 않으셨겠지만, 어, 어떻게, 수수방관만 할 수 있겠습니까."

인실은 터져 나올 것만 같은 자신도 알 수 없는 울음을 참으며 말했다. 찬하가 다가와 모자를 벗었다.

"형수님, 오래간만입니다."

창백했던 명희 얼굴이 진홍빛으로 변해갔다. 눈이 증오에 타듯 희번덕인다. 찬하는 새파래진다.

"너무들 하시는군요."

기계로 압축한 목소리 같았다.

"이러지들 마세요."

명희는 다시 말했다. 상처투성이, 이 사람이 걷어차고 저 사람이 걷어차고 굴러서 굴러서 어느 구석에 처박힌 돌멩이 같이 되어버린 명희, 그것은 너무나 엄청난 변화였다.

"모, 모든 일은 저의 잘못으로,"

찬하는 얼어붙어서 말했다.

"이상하군요. 찬하 씨의 잘못이라구요?"

"대안의 불구경하듯 할 수 없는 심정이었습니다."

"여기 오시는 일이 옳은 방법이었을까요?"

"그걸 왜 모르겠습니까. 그 그냥 떠날 수가 없었습니다."

"책임과 의무가 찬하 씨에게 있습니까? 그럴 이유가 없지 않아요?"

옛날 명희의 어투가 아니다.

"무슨 말씀을 하셔도…… 집으로 돌아가시라는 말씀은 않겠습니다. 나오시기는 잘하신 일입니다. 하지만 이곳에 이렇게 계셔서 되겠습니까."

"상관 마세요. 제발 상관 말아주세요!"

의아해하며 서 있는 아이에게 병아리 몰듯 인실은 팔을 벌리며,

"애야, 고마워. 이제 가도 되겠구나."

인실은 신작로로 나가는 아이를 뒤따른다. 아이는 신작로로 곧장 걸어갔고 인실은 방죽가에서 멈추었다. 목도리 대신 타월을 목에 감고 통을 인 생선장수 아낙이 지나간다. 아이는 굽어진 해안을 따라가다가 한 팔을 치켜들고 빙빙 돌리며 뛰었다. 그 모습은 어느덧 사라지고 생선장수 아낙도 사라지고 방죽을 치는 물결 소리, 그리고 사위는 적막하게 가라앉았다.

'이상한 여행, 쓸쓸한 이 바닷가, 이곳에서 만나야 했던 임 선생님, 내가 왜 여길 왔지?'

잘못했다는 후회는 명희를 위한 것이면서 또 자신을 위한 후회이기도 했었다. 마치 주술같이 끌려 이 땅끝과도 같은 바

닷가에 서 있는 느낌이다.

오가타가 옆에 와서 머물렀다.

겨울 하늘과 겨울 바다, 척박한 언덕이 등 뒤에 있었고 수로 건너편 마주 보이는 곳은 햇볕에 등살을 펴듯 산의 능선은 부드럽다. 산자락에 띄엄띄엄 놓인 인가, 이따금 사람이 지나간다. 도대체 삶은 무엇이며 존재는 무엇인가, 인실은 한숨을 깨문다.

'마치, 철새가 떠나버리고 텅 빈 갈대숲 같다. 여기까지 오게 한 마음도 목적도 왜 이리 어렴풋한가. 기묘하기만 하고, 정녕 이 순간, 이곳, 이 풍경은 정상이 아니다.'

기묘하다는 것은 뭐 새삼스런 느낌은 아니었다. 여행하는 동안 시시로 벙어리 노릇을 해야 했고 꾸어다 놓은 보릿자루같이 있어야 했던 오가타의 처지가 우선 기묘했다. 떠나올 때부터 형용하기 어려운 절실한 것, 그 절실한 것이 이곳까지 오게 했지만 인실뿐만 아니라 두 남자의 경우도 그 절실함이 무엇인지, 사실은 정시(正視)할 용기가 없었던 것이다. 어쩌면 정시하라! 정시하라! 외치며 뒤쫓아오는 이성에서 도망치듯 애써 애매모호한 베일에 몸을 숨기며 왔는지 모른다. 생각하기에 따라 단순한 여행길에 진주 최씨네댁을 방문하고 겸해서 명희도 찾아보고, 그럴 수도 있는 일이다. 그러나 이들 세 사람의 관계는 복잡미묘하고 감성은 보통 이상으로 섬세하며 예민하여 결코 단순치는 않다. 명희를 찾아온 명분에서도 그러했다. 실상 이들 세 사람은 모두 명희를 찾을 명분이 없는 것이다. 찾아와야 할 이유, 의무가 없고 다시 말해서 주제넘다는 것이 이들 대면의 비극에다 희극적 요소를 가미한 결과가 된 것이다. 오가타는 아예 명희와는 면식이 없는 인물이었다. 은사이거나 친구라면 혹 모를까 제자인 인실이 개입했다는 것도 당돌하다는 비난을 면키 어렵고 스승을 수치스럽게 했을 뿐이다. 찬하는 더더구나 명희를 찾아와서는 안 되는 사람이었다. 조용하의 인간됨에 원인이 있었고 명희의 잘못된 선택에서 빚어진 일이기는 하지만 결과적으로 조용하와의 돌이킬 수 없는 파탄에서 받은 타격보다 찬하가 그 파탄의 동기가 되었다는 사실이 명희를 재기 불능의 경지까지 몰고 갔으니까. 진실은 엄폐된 채 찬하와의 불미스런 관계 운운 그 자체가 명희에게는 악몽이었다. 영원히 깨어날 수 없는 것만 같은 악몽, 세 사람의 심정이 백 프로 선의라 하더라도, 물론 백 프로 선의지만 이들의 방문은 명희에게는 심장을 도려내는 비수 같은 것이었다. 불안은 이들이 떠나올 때부터 있었다. 과연 명희를 찾아가는 것은 옳은 일인가. 냉혹하게 얘기하자면 백 프로 선의의 뒤켠에는 에고이즘이 숨어 있었다. 불안을 외면하고 욕망에 쫓기어 이들은 왔다. 인실은 주술에 걸린 것처럼 왔다고 표현했지만. 찬하는 명희를 불행의 구렁텅으로 떠밀었다는 자책감에 견딜 수 없었을 것이다. 어떻게 하든 그를 구원하고 싶었을 것이다. 그러나 그의 가슴속에 사랑의 불길이 있는 한 명희를 만나보고 싶었을 것이며 한 오라기의 반응이라도 건져내고 싶은 욕망은 있었을 것이다. 인실과 오가타는 여행 그 자체에 대한 유혹에 저항하지 못했을 것이고, 외형으론 두 남녀는 찬하의 들러리로 온 것 같지만 편승이라 해야 옳았는지 모른다. 아니, 어쩌면 찬하 편이 들러리였는지 모른다. 두 남녀는 서로 사랑했으니까. 막연한 불안, 애매모호한 상태, 그러나 끝내 그들 자신의 에고이즘을 호도할 수는 없었다. 올 데까지 와서 코너에 몰린 명희와 마찬가지로 그들 자신도 코너에 몰린 것을 깨달았다.

"저 사람들…… 비극이군요."

오가타가 중얼거렸다.

"희극인지도 모르지요."

"어째서."

"글쎄요…… 현실 같지가 않아서요."

"왜 저렇게 돼야만 했을까?"

오가타는 등을 꾸부리며 바다를 내려다본다.

"시간적으로 안 맞은 거 아니었을까요?"

"한발 먼저 청혼을 했다, 그 얘기군요. 한발 처졌다면 그건 찬하 씨 성격 탓이지요. 찬하 씬 내성적인 사람이니까."

"성격을 말하면 임선생님한테도 원인은 있었을 거예요. 전 선생님을 좋아했고 지금도 좋아하지만 사는 것을 너무 쉽게 생각하고 너무 어렵게 생각하는 양면을 가지고 있는 것 같아요."

"이해할 수 없는 말이군요."

"뭐라 할까요, 소극적이라 해야 할지, 그러니까 무엇이든 보호를 받을 때 쉽게, 그 보호가 없을 때는 힘들게 사는."

"그거야 누구에게나 해당되는 것 아닙니까?"

"그렇게 말하면 그렇지만 선택이 까다롭다는 점이 있지요. 조용하 씨를 선택한 것은 친정에 대한 희생 같은 것이 있었을 테지만 선택의 잘못을 알면서 들어갔을 성싶어요. 그러니까 대단히 어렵게 힘들게 살았을 거예요."

인실의 말은 횡설수설인 듯도 했다. 명희의 사람됨을 말로는 표현하기 어려운 안타까움도 있는 듯했다.

"너무 착하고 더러운 것을 모르고 소극적으로 해서 힘이 들었을 거예요."

덧붙여 말했다. 옛날 처녀 시절에 대담하게 상현의 하숙을 찾아갔던 일, 바로 이곳 바다에 투신했다가 어부가 건져주었던 일을 인실이 알았더라면 명희에 대한 인식은 좀 달라졌을지 모른다. 아니 그래도 어쩌면 달라지지는 않았을 성싶다.

"너무나 황폐해졌어요."

"그분 모습에 나도 놀랐습니다."

한동안 침묵이 흘렀다.

"어젯밤엔,"

인실이 중얼거렸다.

"사과 안 해도 좋습니다."

"사과 같은 것 안 해요."

"그럼 공격할 일이 또 남아 있습니까."

오가타는 애써 인실의 가라앉는 기분을 일으켜 세우려는 듯 우스개 비슷하게 말했다. 인실은,

"졸렬했어요."

"……."

"혼란스러웠고요."

"다 압니다. 모순과 갈등, 히토미 당신만이 아니지요. 세 사람 다 그랬습니다."

"우린 잘못한 거예요. 이곳에 오는 거, 오지 말았어야 했어요. 부끄럽군요."

한편 찬하는 덫에 걸린 짐승처럼 괴로워하며 명희를 설득하고 있었다. 서울이 싫으면 진주 최씨네댁에라도 가는 것이 좋겠다고.

"찬하 씨가 왜 이러지요?"

명희의 눈매는 칼날 같았다.

"당신 형님 말대로 내가 찬하 씨의 애인이라도 되나요?"

"그, 그런 말씀을."

"나는 내 육친한테도 이런 꼴 보이기 싫었어요. 한 마리 지렁이같이 꿈틀거리는 이 꼴 말예요!"

"……."

"제발 가주세요. 도대체 저기 서 있는 사람들, 찬하 씬 나에

게 뭔가요? 당신네들 동정이나 받아서 눈물 흘릴 그런 처지는 아니에요."

"동정이 아닙니다."

찬하의 목소리는 낮았고 절망적이었다.

"왜 더 이상 못 가는가 싶어요. 새가 되어서라도 이 땅에서 빠져나가고 싶어요. 조씨 가문, 그 집 자부, 조 아무개의 아내."

명희는 몸을 떨었다.

"십 년 동안 그게 때라면 밀어버리지요. 십 년을 벗길 수 있다면 난 살갗이라도 벗겨내고 싶은 심정이에요. 누굴 원망하는 건 아니에요. 내 자신을 원망하는 거예요."

"형수씨에겐 아무런 때도 묻지 않았습니다. 벗겨낼 그 무슨 때가 있겠습니까."

"아니에요. 어떤 사람은 귀족의 귀부인의 전락된 모습으로, 어떤 사람은 친일파의 자부로 불미스런…… 네,"

하다가 말을 끊었다. 명희는 이성을 잃었고 감정은 극도로 흥분된 상태였다.

"그런 것 관계 없습니다. 헌신짝처럼 다 버리세요. 피해망상입니다."

"내가 형제를 농락했나요? 비밀이지요? 왜 내가 이런 비밀을 가져야 합니까! 왜 사람의 눈을 무서워해야 합니까! 난 찬하 씰 사랑한 적이 없는데, 난 조씨 집안의 조씨 성 가진 사람 누구도 사랑한 일이 없는데, 왜 내가 십 년을 그 집에서 살아야 했는지 아세요?"

찬하는 새파랗게 질려서 공포에 가득 찬 눈으로 명희를 쳐다본다.

"나를 요녀(妖女)같이 대하는 당신네 부모, 나는 결벽을 증명하고 싶었고 나는 그 오욕을 말살하고 싶었어요. 내 결벽을 알면서 조용하는 독사를 내게 들이대듯 즐겼어요. 찬하 씨는 잘 아실 텐데요. 왜 내가 그 집에서 못 나온 줄 아세요? 내가 나오면 그것을 무기 삼을 것이란 공포 때문이었어요. 난 사람이 무서워요. 아무도 믿지 않아요! 가세요! 왜 내게 공포를 환기시키는 겁니까. 나는 구경거리가 된 동물원의 원숭이가 아니에요! 하지만 난 구경거리가 되었답니다."

비로소 명희는 울음을 터뜨렸다.

찬하는 새파랗게 질린 채 인실과 오가타가 서 있는 곳으로 달려왔다.

"인실 씨! 가보세요! 가봐주세요. 흐, 흥분해서,"

인실이 명희에게로 뛰어간다.

"갑시다, 우린 가는 게 좋겠어요."

찬하는 혼잣말같이 중얼거리며 급히 도망치듯 걸음을 옮긴다. 한동안 당황하여 어찌해야 좋을지 인실 쪽을 바라보던 오가타도 허둥지둥 걸음을 내디뎠다. 해안 길을 따라 코트 자락을 펄럭이며 가는 찬하는 눈앞에 아무것도 보이지 않는 듯 귓가에 아무 소리도 들리지 않는 듯 몽유병자처럼 걷고 있었다.

담배 피는 것도 그는 잊은 듯했다. 터널의 입구, 국화빵을 구워 파는 중늙은 여자와 삶은 고구마를 파는 노파가 이쪽저쪽 마주 보고 앉은 터널 입구에서 내리막길을 한참 지난 뒤 오가타는 겨우 찬하를 따라잡았다. 지상 부분을 지나 커브를 돌았을 때 터널 입구에서 비쳐들어오던 광선은 차단되고 띄엄띄엄 천장에 매달린 전등은 어둠 속에서 마치 숲속의 등불같이 깜박이는 듯했다. 오가는 사람도 별로 없는데 발소리는 메아리가 메아리되어 끝없이 울린다. 오가타는 견딜 수가 없었다. 이 벽 저 벽에 부딪치며 울리는 메아리에 힘입어 물었다.

"가엾어서 그래요?"

찬하는 걸음을 멈추고 오가타를 쳐다본다.

"아니."

"그럼 왜 이러는 겁니까. 당신은 넋이 나간 것만 같아요."

찬하는 겨우 생각이 난 듯 담배를 꺼내어 붙여 문다. 성냥개비를 바닥에 떨어뜨리고 걸으면서,

"백 년 천 년 얼어붙어서 녹아버릴 것 같지가 않소. 끔찍스러워."

"뭐가?"

"산다는 게."

한참을 걷다가 오가타는,

"이 어두컴컴한 굴속처럼 말이지요? 암중모색이지 뭐. 인생이란 끝없이 쓸쓸해. 저승길을 가는 것처럼. 이승길 저승길

따지고 보면 다를 게 하나도 없는 거요."

"……."

"산카상(찬하 씨)!"

"……."

"역시 나나 당신은 봇짱*이야. 모두들 배짱 두둑하고 낯가죽도 질기던데, 사이교의 방랑을 꿈꾸고,"

오가타는 찬하에게 말한다기보다 윙윙 울리는 자기 목소리를 듣기 위해 말하는 기분이었고 왠지 모르겠으나 소리를 질러 목청껏 노래를 부르고 싶은 기분이었다.

"그건 오가타 당신의 경우겠지요. 나는 사이교의 방랑 따위는 꿈꾸지 않소이다. 그보다 도덕과 휴머니즘은 다르지요, 분명히."

어세가 강했다.

"네. 다르고말구요. 때론 다를 정도가 아니라 상반되는 거 아닙니까."

한참 있다가 찬하는,

"그분은 도덕적이었지만 휴머니스트는 아니었소. 사막이었소."

하며 짧아진 담배를 버린다.

"나는 꿈 같은 것 꾸지 않소. 대체로 조선인은 일본인만큼 꿈꾸지 않아요."

"감상을 모멸하는군요. 그건 알 만해요."

그러고는 말이 끊어졌다. 그런데 응얼응얼 이상한 소리가 멀리서 울려오는 것이었다. 그 소리는 차츰 가까워져서 뚜렷해지기 시작했다.

"관세음보오살! 관세음보오살!"

그런가 하면,

"나무아미타아불! 나무아미타아불!"

웡! 웡! 울리는데 바구니를 인 중늙은 여자가 그것도 조만한 여자가 한 팔은 바구니를 잡고 한 팔은 열심히 휘저으며 모습을 나타내었다.

"관세음보오살! 관세음보오살! 나무아미타아불! 나무아미타아불!"

오가타는 마음속으로 아아 하고 납득했다. 아까 목청껏 노래 부르고 싶었던 자신의 심정을 비로소 이해할 수 있었던 것이다. 중늙은 여자는 극락왕생을 빌며 소망을 염원하며 염불을 했다기보다 세상과 동떨어진 바다 밑의 공간, 그 공간 자체에 자유로움을 느꼈을 듯싶었고, 별로 걸리적거리는 사람, 부딪치는 행인도 없는 터에 갈 길을 밝혀줄 만큼의 어둠이 허물을 묻어주듯, 그리고 제 목소리가 그토록 오래 울리며 연이어져 사라지는 것이 마치도 육체를 망각하고 자신의 영혼의 목소리만을 들으며 영혼의 부유(浮遊)를 확실하게 느끼며—그렇다, 육신을 빠져나온 자유로움, 자의식을 풀어버린 홀가분함, 그것은 목소리로써 표현되고 인식된다. 중늙은 여자는 명부(冥府) 길을 환상하며 염불을 외었는지 모르지만 명부 길엔 육신은 없다. 육신이 없음은 욕망과 소망도 없는 것이다. 욕망과 소망이 없음으로 해서 자유로워지는 것이다.

오가타가 그런 생각을 하고 있는데 터널에 빛이 들어왔고 소리도 제자리에, 그리고 눈부신 외부로 그들은 나왔다. 국화빵장수, 고구마장수가 웅크리고 앉아 있던 저켠과 달리 이켠은 훨씬 풍요했다. 잡화상, 음식점, 한약국도 있었고 철물점, 사람이 사는 품을 갖추고 있었다.

신작로를 따라서 걷는다. 오른편 바닷가에는 그물 손질하는 어부들이 노래를 부르고 있었다. 한참 가서 노천조선소(露天造船所)라고나 할까 목수들이 배를 만들고 있었다. 잇달아 건어장, 그물공장, 뭔지 모를 작은 공장들이 차례차례 지나갔다. 왼편에는 산을 등지고 민가가 즐비했으며 간간이 영세한 상점들이 끼어들곤 했다. 잔물결에 일렁이는 오후의 바다는 은빛으로 빛나고 있었다.

얼마 후 두 사람은 읍내 중심가로 들어왔고 여관에 당도했다.

"부산 가는 배가 어떻게 되지?"

여관에 들어서자마자 찬하는 심부름 아이를 불러서 물었다.

"낮 배는 떠났어요."

"그러면?"

"네 시에 있는 거는 마산으로 돌아서 가는 밴데 시간도 많이 걸리고 조맨한 것이 통통배라요. 장사꾼들이 타고 가는 짐배나 다름없십니더."

설명이 장황하다.

"그 배 말고는 없느냐?"

"아닙니더. 밤배가 안 있십니꺼. 그 배는 크고 부산으로 직행이니께 시간도 덜 걸리지요. 뱃멀미도 덜 납니더."

역시 설명이 장황하다. 찬하는 오 원권 지폐 한 장을 주며 밤배의 표를 사라고 이른다. 한 장만 사라고 덧붙인다.

"이등표지요?"

"음, 그리고 술상 좀 차려줄 수 있겠느냐?"

"예. 그라믄 술은 머로 할까요? 정종으로 할까요?"

"그래라."

여관방으로 들어온 두 사내는 외투를 벗어놓고 마주하고 앉아서 새삼스럽게 서로의 얼굴을 바라본다. 찬하의 낯빛은 파랗게 질린 그대로였다. 이따금 그의 입가에서 경련이 일곤 했다.

이윽고 술상을 소년이 들여왔다. 두 사내는 작은 유리잔에 서로 술을 부어주며 말없이 마신다. 찬하는 이따금 오한 같은 것을 느낀다. 언어 자체의 의미보다 명희의 분위기는 거의 살인적일 만큼 강하고 살벌하였다. 명희의 입장에서 보면 그럴 수밖에 없었는지 모른다. 그의 고통이 얼마나 컸던가 그것도 능히 짐작이 된다. 그럼에도 불구하고 찬하는 섬찟섬찟한 공포까지 느낀다. 마음속에 품었던 것이 죄가 될지 모르지만 찬하는 단 한 번도 시동생으로서 예의에 벗어난 일은 한 적이 없다. 꽃같이 귀하고 소중했던 모습이, 한 오라기의 애정이 흐르는 눈빛을 기대했던 자신의 어리석음을 모르지도 않았는데 찬하가 본 것은 자기방어의 영악한 명희의 본능이었다.

"오가타상!"

"네."

"지금 당신은 낭인(浪人)이오?"

"낭인이냐구요?"

"아니면 비밀결사에서 일하고 있는 거요?"

뒤틀린 어투였다. 터널 속에서 사이교의 방랑, 그따위는 꿈꾸지 않소이다, 했을 때처럼 신경의 날을 세우고 떠밀어내듯, 찬하는 결코 그런 투로 얘기한 적은 없었다.

"이번에 돌아가면 시골 중학교 선생질이나 할까 생각 중이오."

"왜요? 왜 그런 생각을 하는 거지요?"

"현실도피죠 뭐."

"현실이 어때서,"

찬하의 음성은 한 옥타브 떨어지는 것 같았다. 혼잣말같이 다음을 잇는다.

"세상이란 늘 이랬었지……. 지겨워하지도 않고 변하지도 않고, 지식인의 혓바닥으로 돌아가는 것 같기도 하고 그 혓바닥이 짤려서 돌아가는 것 같기도 하고……."

오가타는 술잔을 내려다보고 있다가 환약을 털어넣듯 입 속에 술을 붓는다. 여관의 젊은 여주인의 손이 간 듯 술상은 조촐했다. 마른 대구를 먹기 좋게 찢어서 초장을 곁들여놨고 단칼에 싹둑 베어낸 대구알은 잘 익어서 석류같이 빨갰는데 참기름 한 방울 떨어뜨리고 고춧가루 깨소금을 살살 뿌려놨고 파아란 파래무침은 그 향기가 드높았다.

"옷을 갈아입고 또 갈아입고 나타나지만 기는 놈, 서는 놈, 나는 놈, 변함이 없이 따로, 따로."

오가타 말에,

"뭐가 말이오."

"그렇지요. 사람 사는 게…… 지겨워하지도 않고 변하지도 않고 그렇지요, 뭐. 천지만물이 모두 다, 진화가 어디 있어요? 되풀이지 뭐."

술에는 안주가 필요하다. 말은? 말을 위해 술이 따라갈 수도 있고 술을 위해 말은 안주가 될 수도 있는 것인지. 이 경우 두 사람은 술을 마시기 위해 말을 한다. 그것도 흠뻑 마셔야 했고 흠뻑 취해야만 했다. 싫든 좋든 알맹이야 있든 없든. 무슨 내용이든 빈정거려야만 했다. 아니, 그보다 술만으로는 의식이 말똥말똥했고 살벌하고 황량한 광경이 통증처럼 가슴에 새겨져 지워지지 않았기 때문인지 모른다. 그러나 어찌 그것만이겠는가. 찬하는 물론이었고 오가타나 지금 이 자리에는 없는 인실의 경우만 하더라도 자기모멸, 자기 자신에 대한 혐오감은 절실한 욕망에 못지않게 준열했을 테니까. 빈정거리는 말투, 말뚱말뚱한 의식에 먹칠을 하고 싶은 것, 그것은 자기 혐오 자기모멸에서 빠져나가고 싶은 심정, 심정을 부인할 수는 없을 것이다.

"엊그제 바람이 불었던 것처럼, 백 년 전에 홍수가 있었던 것처럼 바야흐로 지금도 홍수, 홍수요."

"뭐가요."

오가타 말에 찬하는 퉁명스럽게 반문했다.

"이데올로기 말입니다."

"그거 좋지요. 대포 없이 혁명하고 독립도 하고, 하기는 그들이 승리하는 날 나 같은 싸구려 포장지 같은 귀족문벌에 친일파, 타살되기 십상이지. 그렇다고 해서 지금이 그보다 나을 것 한 푼 없어요. 내 부친께서는 생각을 매우 잘못한 겁니다. 친일파란 합방되기 이전에 필요한 것, 합방이 되고 나면 쓰레기로 변하는 것을 몰랐다, 세계만방에 체면 세우기 위하여 조선 왕실을 일본 황족으로 하고 친일파에겐 작위를 주고 그것도 일종의 체면용일 뿐, 일본이 필요로 하는 것은 영토와 자원과 노동력뿐이지요. 다 써먹고 이제는 필요없게 된 밥버러지가 뭐 그리 반갑겠소. 죽어 없어지는 것을 학수고대하고 있을 게요. 처량한 신세지요. 나의 부친은 매우 셈을 잘못한 겁니다. 작위를 받을 게 아니라 상놈으로 격하됐어야 옳았어요. 노역

형(勞役刑)보다 금고형(禁錮刑)이 가혹한 걸 몰랐지요. 대학을 나오면 뭣합니까? 손도 발도 내밀 수 없는데, 과거 조선문화에 대한 일본의 콤플렉스는 그것을 말살하려고 혈안이 되어 있는데 그 유산을 많이 싸안고 있는 과거 지배층이 반가울 까닭이 있겠어요? 일본에게 협력하고 일본이 회유하여 목적을 달성한 오늘 그 계층이야말로 일본이 가장 기피하는 존재가 된 것은 공리에 철저한 일본이고 보면 당연한 귀결 아니겠소?"

찬하의 얼굴은 일그러졌다. 자학은 극에 달한 것 같았다.

"타살을 당하거나 종신 금고형을 받거나 피장파장, 내 뿌리를 내린 조국이 독립된다면 어느 편이든 나는 상관없지요. 어차피 내가 속한 계층은 사라져야 하니까요. 그러나 당신 말대로 실개천이 아닌 홍수가 난다 하더라도 일본은 결코 변하지 않을 겁니다. 천황제 폐지를 주장하는 급진파도 조선 독립을 언급하는 자들은 별로 없고."

"그런 소리 마십시오. 여기 있지 않습니까."

서둘며 오가타는 자기 가슴을 가리켰다. 그리고 두 사람은 함께 웃는다. 동양인 특유의 감정을 빼버린 소리뿐인 웃음을.

"나카노 시게하루도 있지요. 「비 내리는 시나가와역(品川驛)」 말입니다. 신(辛)이여 잘 가거라, 김(金)이여 잘 가거라, 그대들은 비 내리는 시나가와역에서 승차한다, 그 시를 쓴 나카노 시게하루."

나카노 시게하루[中野重治]는 시인이면서 소설가, 평론가이며 나프[NAPF, 全日本無産者藝術團體協議會]에 속해 있는 사람이다. 「비 내리는 시나가와역」은 조선의 독립과 독립운동에 대한 뜨거운 지지를 나타낸 시다.

"나도 《개조(改造)》에서 그걸 읽었어요. 그래 오가타상, 당신 진짜 코스모폴리탄이오? 하기는 계명회사건에 연루되어 옥고까지 치르었으니까 그중의 어느 하나임에 틀림이 없겠지만."

찬하는 술잔을 놓고 담배를 붙여 문다.

"명칭이야 어떻든, 코스모폴리탄, 아나키스트…… 어느 것이든, 한마디로 허황하지요."

"그게 그거지 뭐."

"그게 그거지요. 허공에 둥 떠 있으니까, 허공에 뜬 달같이 에너지가 없으니까 그게 그거 아니겠소."

오가타는 묘하게 둘러대었다. 그게 그거라는, 불투명한 언어 자체가 이들의 막연한 심정의 표현이었을 것이다.

"에너지가 없기론 다 마찬가지요. 하나만 빼고, 홍수가 나도 태풍이 불어도가 아니라, 결코 홍수가 나고 태풍이 부는 일은 없을 게요만 실개천, 그게 사방에서 찔끔찔끔 흐르는 거 아니오?"

"일본에서 말입니까?"

의아해하며 오가타는 되물었다.

"그렇소. 일본에서 말이오. 야나기는 조선의 예술만은 사대(事大)가 아니라고 웃기는 강변(強辯)을 했는데 문화에서 사대로 일관해온 일본의 역사가 증명하듯 지금 불고 있는 새 바람, 흐르고 있는 실개천도 분주하게 들여오는 서구문화에 묻어서 온 것 아니오. 박래품 선호 사상의 일단에 불과한 거요."

"허허어, 참 어젯밤 히토미상도 마구 쥐어박았지요. 야나기에 관해서."

"그랬어요? 생각 이상으로 훨씬 똑똑하군요. 아무튼, 설사 홍수와 태풍이 온다 한들, 홍수가 나면 뭘 해. 태풍이 불어도 다 소용없어요. 천황과 일본도(日本刀)에 잠시 나타나는 피부병 같은 거고 녹이 슨 것에 불과하지. 천황의 피부병은 군부에서 약 발라줄 것이고 일본도의 녹은 천황이 닦아내고 기름 발라줄 것인데, 천황이야말로 불 먹는 공룡 같은 존재 아니오? 일본에서는 황도 사상 이외 어떤 사상도 에너지를 가질 수가 없어요."

일본인들에게는 기절초풍할 만큼 불경스런 찬하의 말이었고 어투였다. 증오와 모멸이 가득 차 있었다.

"어젯밤부터 계속 얻어터지는군요."

오가타는 쓰게 웃었다. 인실이 여자여서 그랬을까? 아니면 사랑하기 때문에 그랬을까. 감싸 안아주었는데, 히토미는 말을 안 할 때 더 강했다는 얘기도 했었다. 그러나 찬하의 경우는 그렇지 않다. 평소 온건하고 지극히 객관적이던 찬하 어디에 이 같은 증오와 분노가 숨어 있었던가. 그의 분위기는 마구 밀어붙이는 탱크와 같이 오가타에게 압도해왔다. 오가타는 저항을 느낀다.

"오가타상이 조선의 독립을 바라는 그 우정을 나는 믿습니다. 한데 어떻소? 진보적인 사상을 가진 당신, 천황을 부정할 수 있습니까?"

오가타는 당황한다. 불의의 습격을 당한 듯 순간 어쩔 줄을 모른다.

"솔직히 말해서, 그, 그거는, 네, 아직 심각하게 생각해보지 않았습니다만…… 역시 어려운 일이겠지요."

"……."

"그게 대부분 일본인들의 한계가 아닐까요?"

오가타 얼굴에 막연한 표정이 지나갔다. 두 사람은 한동안 말없이 술을 마신다. 말없이 술을 마시는 동안 두 사람 사이에는 서로의 약점을 연민하는 이상한 애정 같은 것이 싹트는 것이었다. 오가타가 입을 열었다.

"1928년 보통선거가 실시됐을 때 군주제 철폐를 필두로 하여 열두 조항의 정책을 들고 처음으로 대중 앞에 나타난 공산당은 선거 중의 탄압은 물론 3·15의 비극을 불렀는데 산카상도 아시다시피 삼천 명 이상을 잡아들이는 검거 선풍이 불었고 야마센[山本宣治]이 의회에서 폭로했듯이, 또 고바야시[小林多喜二]의 소설 『1928년 3월 15일』에도 상세히 묘사되었듯이 그 무시무시한 고문을 우리는 알고 있습니다. 그렇게 해서 공산당은 침몰하지 않았습니까. 그러고도 마음을 놓지 못하고 공산당을 발본색원하기 위하여 이듬해 정부는 치안유지법을 보다 가혹히 개정하고 의회에서 긴급칙령(緊急勅令)으로 개정된 법안 승인, 이때 홀로 반대한 야마센은 그날 밤 우익청년에 의해 사살되었습니다. 그간의 사정이야 산카상도 물론 잘 아시겠습니다만 이런 결과를 초래한 공산주의운동은 일본에서 과연 그 전술 전략이 옳았는가. 열두 조항의 정책 중의 군주제 폐지, 그것은 우익의 합리화, 타당성을 위해서는 가장 쓰기에 생광스런 조목이었습니다. 치명적인 그것을 들고 나온 공산당의 모험주의는 옳았다 할 수 있겠는지?"

보통선거 때 내걸었던 공산당의 정강정책이란 1. 군주제 철폐 2. 노농(勞農)의 민주적 의회의 획득 3. 남녀 18세 이상의 선거권 피선거권 획득 4. 언론 출판·집회 결사의 자유 5. 일체의 반노동자법의 철폐 6. 단결권·파업권·시위운동의 자유 7. 실업자 수당의 획득 8. 대토지 소유의 몰수 9. 소득세 상속세 자본 이자세에 대한 극도의 누진부과 10. 제국주의 전쟁 반대 11. 소비에트 러시아의 방위 12. 식민지의 완전한 독립, 이 열두 조항이었다.

"자폭 행위나 다름없었지요. 일본에서…… 군주제 철폐를 찬성하는 프로테지는 과연 얼마나 될지……."

천황을 부정할 수 있느냐고 찬하가 물었을 때 오가타는 명확한 대답을 하지 않았다. 그러나 그는 그 문제에 대하여 개진하고 싶은 심정인 것 같았다. 술을 마시고 오가타는 얘기를 계속했다.

"최초의 공산당 결성에 참가했었던 아카마쓰[赤松克磨]의 경우는 군주제 폐지를 지령한 코민테른에 반발하여 민주주의 획득에 이의는 없으나 국체 변혁을 주장할 필연성은 없다, 하고 오히려 반공으로 선회했는데 일본의 사회주의운동의 한 면을 살필 수 있는 예가 되겠지요. 그러한 아카마쓰를 비난할 만큼 내게는, 사실 이념이 투철하지 않습니다. 아카마쓰의 경우 군주제 폐지 때문에 선회했다면 그는 애초부터 공산당에 참가할 필요가 없었고 그는 우익인 것입니다. 사회개혁을 하더라도 일본주의(日本主義) 깃발 아래서 한다, 일본주의가 뭡니까? 그건 황도주의(皇道主義), 절대로 천황을 부인할 순 없지요. 어떤 뜻에선 일본의 골격 그 자체니까요. 정면으로 군주제 폐지를 들고 나온 공산당은 침몰했지만 그들의 정강 제1조에 군주제 폐지가 있고 마지막 조항에 식민지의 독립이 있습니다. 첫째 조항이 전부를 건 필사적인 것이었다면 마지막 조항은 다분히 관례적인 것으로 나는 보고 있습니다. 그건 무슨 뜻인가, 천황을 부정하고 소위 공산주의 독재가 실현된다 하더라도 결코 국가주의는 포기하지 않을 것이란 저의 예상이지요. 어중이떠중이 그 많은 급진파들이 조선 독립에 대하여는 입을 다물고 있는 것은 관심이 없다기보다 기득권으로 인정하기 때문입니다. 나카노 시게하루 같은 사람은 드물지요. 나카노는 커뮤니스트지만 나는 그를 사이교의 흐름에다 묶고 싶습니다. 아름다움은 청정하고 진실되고 착한 것이며 슬픔은, 대상에 대한 슬픔은 휴머니티가 아니겠습니까. 그런 정신도 일본 속에 흐르고 있습니다. 산카상이나 히토미상은 그것을 부정하고 싶을 겁니다. 당신네들이 처하고 있는 위치에선 그럴 수밖에 없겠지요. 어느 사람 어느 민족이든 다소의 차이는 있겠지만 부정적 긍정적 양면은 다 가지고 있는 것 아닙니까. 사실 나 이런 얘긴 하고 싶지 않았습니다. 언어란 불완전해서 늘 보편에 빠지기 쉽거든요. 얘기를 하다 보니 야나기를 연상하게 되어 내 자신이 안타깝습니다. 사실 나 자신 내 동족에게 환멸을 느끼는 것은 여러 가지가 있겠습니다만 그중에서도 저질의 감상주의, 구태여 저질이라는 말을 붙이는 것은 의리와 인정을 제외하고 싶었기 때문입니다. 언젠가 산카상도 감상주의를 얘기한 것을 기억하고 있습니다. 저질이든 아니든 감상 그 자체는 허위이며 자기기만이지요. 사실 나는 보다 명확하게 얘기하고 싶습니다. 정직하게 얘기하고 싶어요. 그러나 지금 내 자신 나를 기만하며 얘기한다는 것은 아닙니다. 나 자신도 역사 속에 길들여진 일본인의 한 사람에 지나지 않는다는 의문은 있지만. 그렇습니다, 일본인은 자기기만에 길들여져왔습니다. 셋푸쿠를 미덕으로 아는 그 자기기만 말입니다. 히토미상도 그랬어요. 가장 추악한 자살이라고. 네 그랬습니다. 하지만 나는 히토미상이 말한 추악한 자살이란 것을 절실하게 실감할 수가 없거든요. 네, 히토미상만큼 실감할 순 없지요. 칼과 천황이 일본의 역사를 만들었다, 그런 말도 하지요. 그러나 그 점에 있어선 일본만 그런 것은 아니지 않습니까. 어느 민족 어떤 집단이든 다소의 차이는 있으나 그런 과정 속에 집단이든 민족이든 역사가 형성되는 거 아니겠습니까?"

하다가 오가타는 한동안 말없이 자기 무릎을 내려다보고 있었다.

"그렇지요……. 권력에는 힘, 어떤 형태로든 힘이 수반, 아, 아니 권력 그 자체가 힘이지요. 이런 물리적인 힘과 대립되기도 하고 융합되기도 하는 또 하나의 힘, 정신적인 것으로 종교나 때에 따라 철학, 도덕일 수도 있겠고 그러한 것이 서로 대립되거나 융합하거나 또는 어느 한쪽이 독재를 하거나, 그런 양상에서 본다면 일본의 경우는 매우 이질적입니다. 거의 대부분 천황은 권력 밖에 있었고 힘을 상징하는 군주가 아니었다, 물리적인 힘을 말하는 거지요. 그러면 천황은 무엇이냐, 정신적인 힘, 여기 와서 애매해지거든요. 당신들 공격의 대상이 되며 조선의 식자들은 대개 이 문제를 거론하는데 현인신, 그 현인신으로 얽어두지만 사실 종교도 철학도 도덕도 아니거든요. 그 세 가지를 때에 따라서 조금씩 필요한 만큼 치장을 해주지만요. 현재도 그렇지요. 국민들을 모조리, 정신적으로 말입니다. 천황에게 붙들어 매놨다가 물리적인 힘이 그것을 필요한 만큼 갖다 쓰고 있는 형편이 아닙니까. 대단히 불경스런 얘기지만 국민정신의 저장고라고나 할까요? 그런데 종교도 철학도 도덕도 그 어느 것이라 할 수 없는 애매한, 해서 맹목적일 수밖에 없고 맹목이라는 것을 깨달아도 자기기만을 할 수밖에 없고 긴 역사 속에 국민들은 자기기만도 깨닫지 못하게 길들여졌습니다. 그러한 천황의 존재는 결코 변혁을 필요로 하지 않습니다. 천황은 정신적으로 물리적으로도 독재한 일이 없다고 보아야 하며 따라서 역사가 증명해주듯 정권은 여러 번 바뀌어도 황실은 존재했으며 혁명이 없었지요. 도대체 이러한 합리적 방법이 어디서 왔으며 장구한 세월 동안 존속해왔는가, 나는 여러 번 그것을 생각해봤습니다. 산카상, 나도 역사를 전공한 사람입니다. 아무리 길들여졌다 하더라도 합리주의가 진실에의 접근을 저해하는 것은 뻔한 일이며 바로 그 합리주의가 일본을 존속시켰으나 참다운 문화를 형성하지는 못했습니다. 남의 것 빌려올 수밖에 없고 그것을 보전하거나 변형했을 뿐이지요, 그것도 열악하게. 진실을 추구하는 치열함과 영원을 소망하는 그것 없이 과연 창조가 가능할까요? 일본인은 현세적입니다. 본시부터 유물론이지요. 그런 비정한 것에 구멍을 뚫어주는 것이 바로 감상이며 쾌락주의입니다. 참 아까 저질의 감상 얘길 하다 말았지요? 음 그렇지요, 저질의 감상이 일본만의 것은 물론 아닙니다. 정도의 차인데 그 정도의 차이라는 것이 시간과 공간을 거치면서 어떤 결과를 낳는가 그것은 매우 중대한 일인 것 같아요. 진부한 애깁니다만, 적절한 예가 될는지…… 어떤 사람이 나카무라야[中村屋]의 소마[相馬] 부부를 찬양하더군요. 그들의 국경을 넘은 세계주의를 말입니다. 그때 나는 찬양하는 사람도 그랬었지만 소마 부부에 대해 일종의 혐오감을 느꼈어요. 신파조의 냄새가 물씬 나더란 말입니다. 인도의 망명객 포스의 후원자들, 그들의 낯짝들을 보면 뻔한 것이지요. 도야마[頭山滿]를 필두로 하여 오카와[大川周明], 이누가이[犬養毅], 그 밖의 누구누구 모사가에다 정상배, 거물 정객들 아닙니까? 기왕의 식민지는 말할 나위도 없고 대륙 진출의 야심으로 눈에 핏발이 선 면면들이 인도의 독립운동가를 비호한다? 하긴 그들이야 내놓은 사람들이지요. 이득을 위해선 어떤 것이든 정당화하니까요. 국익은 어떠한 악덕을 행해도 정의(正義)라 믿는 사람들이지요. 그들을 따라 장구 치면서 엔야완야 하는* 소마 부부, 그래 그들의 행위가 세계주의며 인류애라 그 말입니까? 나는 그들에게 혐오를 느끼지만 그들을 통해서 본 저질의 감상과 그릇된 시각과 뭔가 접근해보려는 심각함이 결여된 위선에 좌절을 느낍니다. 게다가 소마는 기노시타 나오에의 친구로서 영향을 받았다는 얘기도 있으니 넌센스지요. 지순했던 것을 광대춤으로 펼쳐놓고 우롱하는 것 같아서 말입니다."

기노시타의 말이 나오자 비로소 처음으로 찬하는 웃었다. 그 웃음을 보는 것이 괴로웠던지 오가타는 얼굴을 찡그렸다. 화제의 소마 아이조[相馬愛藏]는 크림빵으로 유명해진 나카무라야의 주인이다. 노일전쟁 때 고토쿠 슈스이[幸德秋水], 사카이[堺利彦]와 함께 비전론(非戰論)을 폈던 기노시타 나오에[木下尙江]는 기독교적 공산주의를 표방한 사상가이자 소설가인데, 소마는 그의 친구로서 영향을 받았다는 것이며 유명한 빵가게인만큼 저명한 예술가들이 들락거려, 자연스럽게 살롱 비슷한 것을 형성하게 되고 소마 부부는 그들 예술가를 지원하기도 했다는 것이다. 그 무렵 일본으로 망명한 인도의 독립투사 라스비봐리 포스는 추방령에 의해 관헌에게 쫓기는 몸이 되었는데 그를 숨겨주고 보호한 사람이 소마 부부였다. 오가타가 말했듯이 이 망명객을 후원한 정가의 거물들을 비추어 관헌으로부터 지켜준다는 행위에 연극적 요소가 없지 않은 것은 사실이다. 게다가 소마 부부는 사랑하는 딸까지 포스에게 주면서 요란을 떨었고 소마의 처 요시[良]는 남편보다 더 적극적이어서 눈먼 러시아의 망명 시인 앨센코를 자택에서 보호했던 것이다.

"그네들은 과연 그 후 진재 때, 무수한 조선인 학살,"

다시 오가타는 얼굴을 찡그렸다. 피해자 앞에서 가해자가 진상을 말해야 하는 아이러니, 오가타는 당황했던 것이다.

그의 얘기는 마무리되지 않고 다음으로 넘어갔다.

"방금 학살이 행해지고 있는 대만의 무사사건을 어떤 시각에서 바라볼 것인지 의문입니다."

무사사건(霧社事件)이란 일본 학정에 시달린 대만의 원주민이 반일 폭동을 일으켜 일본인을 습격한 사건이다. 물론 그것은 곧 진압되었지만 동족을 앞장세워 동족을 사살했을 뿐만 아니라 후일 사악한 사주에 의해 무사사건에서 살아남은 사람들까지 동족에 의해 학살되었다.

"새삼스럽게 치부를 드러낸들 뭣하겠습니까. 이미 다 아는 일을, 배신과 음모, 부도덕과 위선에 이골이 난 정상배들, 비정한 공산주의의 이론가들, 그들 얘길 하자는 건 아닙니다. 평범한 시민의 그 값싼 감상이 얼마나 냉혹한 것인가를 말하고 싶었던 것입니다. 머뭇거리며 주저하는 행위와 충동적인 행동에는 적어도 그 동기에 있어선 정직합니다. 그러나 정돈이 잘 되고 아늑한 방에 앉아서 이제 펴볼까? 하는 따위의 행동에는, 잉여상태에서 감상을 즐기는 냉혹함이 있거든요."

찬하는 계속 웃고 있다가,

"아까 저질의 감상을 말하면서 의리와 인정을 제외한다 했는데 나 한 가지 물어보고 싶은 게 있어요. 한때 신문지상을 시끄럽게 했던 오니구마[鬼熊]사건 있지 않았소? 내용을 보면 정부(情婦)를 장작으로 패 죽이고 여자와 관계 있는 사내를 낫으로 죽이고 방화하고, 또다시 다른 정부를 죽이고 관련된 남자들을 또 죽이고 무려 예닐곱 명의 사람을 죽였는데 부락민들이 그에게 밥을 주면서 도망 다니는 것을 도와주었다는 사실, 또 하나는 범인이 말하기를 도망 다니면서 옥수수 한 톨 남의 것 훔쳐먹지 않았으니 처자에게 알려 안심시켜라, 그리고 오니구마의 기사를 읽은 독자 중에는 오니구마를 응원하는 기미도 있었다 하고 노래로까지 불리운, 이런 일련의 사회적 심리라 할까, 나로서는 도저히 이해할 수가 없어요. 폭력에 대한 쾌감은 사람들 누구의 마음속에나 숨어 있는 것이지만 오니구마는 압제자나 강자에게 폭력을 가한 것도, 의적(義賊)도 아니지 않소? 그것은 짐승의 가장 포악한 본능이었었소. 한데도 말입니다. 일본인의 소위 그 시각이란 것을 조선인인 나는 도저히 이해할 수가 없어요. 연가사(演歌師)가 사랑에는 처도 자식도 버린다는 뭐 그런 따위의 노래를 부르고 다닌다는데, 천인공노할 살인마의 행적이 어찌해서 사랑 노래의 소재가 될 수 있느냐, 그리고 그 행위를 사랑이 빚은 비극으로 볼 수 있느냐, 그게 과연 사랑인가? 사랑으로 보는 일본인의 의식은 참으로 기이할 뿐이오. 그것도 두 사람이나 되는 정부, 그 여자들도 소인(素人)은 아니지 않습니까? 그러한 오니구마에게 동정이나 연민을 갖는 사회심리, 그게 의리요 인정입니까? 오니구마도 그래요. 엄청나게 전도된 가치관, 왜 그럴까? 짐승같이 살인한 인간이 옥수수 한 알갱이 훔쳐먹지 않았다 그런 도덕적인 얘기 할 수 있습니까? 그것도 자신이 배신한 처자에게 전하라, 그 당당함은 왭니까? 셋푸쿠를 미화하는 그것과 일련의 공통점이라도 있는 겁니까? 참 알다가도 모를 일이오. 나로서는 도저히 이해 못하겠어."

나중에는 혼잣말같이 했다.

"그거는,"

하다가 오가타는 술을 마시고 나서,

"쾌락에 관대한 때문이지요."

"그, 그렇겠군. 일본에선 치정과 사랑이 전혀 구분돼 있지 않더군요. 구분돼 있는 듯하면서도."

"치정을 감상으로 포장하니까 그렇지요. 해서 탐미주의로 가는 겁니다."

오가타는 자조하듯 말했다. 어지간히 취해오는지 그의 눈동자는 풀리기 시작했다.

"그러나 말입니다. 유토피아는 없습니다. 다시 말하지만 어느 곳이든 부정적인 특성과 긍정적인 특성은 다 있기 마련 아닙니까. 그러고 그 특성은 수적 개념으로 파악돼서도 안 된다고 나는 생각합니다. 이건 제 개인의 감정인지 모르지만 일본은, 할 때보다 일본인은, 할 때 저항을 느낍니다. 맑은 물줄기 탁한 물줄기는 다 끊이지 않고 흐르고 있습니다. 물론 나는 좌절하고 절망합니다. 그것도 아주 빈번히. 아름다운 것들이, 맑고 깨끗한 것들이, 사이교의 세계가 합리주의에 밀려 퇴영으로 몰릴 때 슬프지요."

"사이교가 일본의 최고 시인이지만 그 역시 낭만주의 이상은 아니오."

"그렇지 않습니다. 그 이상의 것입니다."

오가타는 고개를 흔들며 뇌었다.

"산카상이 무슨 말 할려는지 나 압니다. 이 오가타도 자기 기만은 아닐지 모르지만. 착각에서 오는 감상주의자, 그런 말 하고 싶은 거지요?"

"그렇지는 않소. 때론 그렇지만, 누구나 때론 착각하지요."

"이건 얘기가 달라집니다만 산카상은 터널 속에서 말했지요. 나는 꿈 같은 것 꾸지 않소. 대체로 조선인은 일본인만큼 꿈꾸지 않아요, 하면서 화를 냈지요. 그 말은 상당히 충격적이었습니다. 꿈은 실체가 아니지요. 황당하기도 하구요. 조선인은 일본인만큼 꿈꾸지 않고, 조선인은 일본인보다 훨씬 강한 소망을 가졌다, 꿈은 달콤하고 소망은 치열하다, 꿈은 구름이고 소망은 바위다, 꿈은 잊어버리는 것, 소망은 가슴속에 맺혀 있는 것, 그렇게도 말할 수 있겠습니다."

오가타는 빈정거리듯 말했다. 눈은 더욱 풀어지고 가끔 입술을 떨곤 했다. 그러나 찬하의 눈빛은 강했고 가라앉았으며 암울했다.

"따지고 보면 우습지. 인도의 독립투사, 눈먼 러시아의 망명 시인, 그 따위를 돌보아주는 것이나 조선인 뒤꽁무니를 졸졸 따라다니면서 속죄양같이 음매음매 우는 내 꼴, 뭐가 그리 다르겠소. 피장파장 아닙니까? 악인을 죽이거나 도적놈을 죽이거나 살인 죄인이기 매, 매일반 안 그렇습니까. 산카상! 다수의 공약에다 소수의 절대 권력, 뭐 그런 진실과 관계 없는 것으로 세상은 돌아가고 세월은 쌓이고 다 부질없습니다! 부질없는 짓입니다!"

"자아 오가타상, 우리 건배합시다. 세끼 밥 먹고 할 일 없는 두 마리의 돼지를 위하여."

"하기는 인간이라고 외쳐보아야 별수 없지."

술잔을 부딪친 뒤 그들은 술을 마신다. 술잔을 놓으면서 찬하는,

"당신 얘기는 용두사미로 끝났어. 용 대가리에 용 꼬리는 내가 붙여주지."

"용 꼬리라…… 아아 이대로 서서히 서서히 침몰하고 싶군. 산카상, 당신 참 말 잘했어요. 세끼 밥 먹고 할 일 없는 두 마리의 돼지, 하하핫핫핫 걸작이요 걸작, 하하핫핫하……."

밖은 어느덧 어둑어둑해지고 있었다. 그새 심부름 아이는 두 번이나 들락거렸다. 새 술을 가져오느라고.

"그래 용 꼬리 얘기는 어찌 되었소?"

"겁나서 딴전 피워놓고서, 그래도 궁금하기는 한 모양이지요."

"술 힘이 있질 않소."

"당신 나라 천황을 내가 미워하는 줄 아시오? 그렇지 않소이다."

"뭐라 했지요? 그건 무슨 뜻입니까?"

"당신 나라 천황의 손엔 피가 묻어 있지 않으니까."

오가타의 취한 눈이 크게 벌어졌다.

"실은 내 얘기라기보다 당신이 하려다 만 얘기라 해야 옳지. 용 꼬리라기보다 사족인지도 모르고…… 당신들의 천황은 물리적으로도 그러하나 정신적으로도 독재를 한 일이 거의 없다? 일종의 완충지대, 압제자가 아닌 존재로서 국민의 증오의 대상일 수 없어요. 그러나 다른 민족이나 국가에서 종교 혹은 신의 문제는 죽음이 개재되면서 강렬한 의문을 늘 제기하지요. 광신자가 되는 것도 바로 그 의문 때문인데 그것은 죽음의 의문과 통할 겁니다. 신은 있는가? 신은 없는가? 그 문제는 인간을 끝까지 몰고 가지요. 그러나 일본에는 기독교적 광신자나 기타 잡다한 종교에서 볼 수 있는 그런 광신자는 없어요. 사실 황도주의의 광신자들 하기도 하지만 그것은 표현일 뿐 내용은 달라요. 일본에서 종교가 형식적인 것으로 사람들에게 밀착하지 못하는 이유, 철학과 사상이 없는 이유, 그런 것들의 영향이 약하기 때문에 아까 오가타상이 말한 대로 쾌락에 대한 관대함도 사람들 의식 속에 심어졌지만, 여하튼 그 이유는 바로 천황의 존재에 있는 겁니다. 천황에게 의문을 제기할 필요가 있습니까? 천황은 실상이지 가상은 아니지 않아요? 천황은 분명히 눈앞에 있고 분명히 인간이면서, 서로 다 납득하에 신격화하고 있거든. 거기서 일본인은 딱 걸음을 멈추어버린 겁니다. 당신 나라 문인들의 잦은 자살을 나는 이렇게 봅니다. 대개의 경우 개인적인 것보다 사상적인 막다른 골목에서 이도 저도 못하고 목숨을 끊은 거로 알고 있는데 그것은 면역이 안 되었다고나 할까, 저항력이 없었다고나 할까요? 의문에 대하여 거의 투신하듯 한 광신자, 시니시즘의 무신론자들, 두 가닥의 올로 꼬아온 다른 곳에 비하여, 무풍지대에서 납득하고 공모하고 안주해온 일본인들, 안주한 곳의 문을 열고 나가기도 어렵지만 일단 나가보면 엄청난 황야란 말입니다. 나가떨어지지요."

"……."

"그 황야야말로 창조의 활력이 숨어 있는 곳 아닙니까? 정교하게 갈고 닦고, 일본의 직인(職人)은 성실하고 리츠키*하지요. 그러나 생명을 부여하진 못하는 것 같더군. 황야에 나가지 못하니까 그렇지요. 훌륭한 기능인…… 합리주의의 긍정적 측면이지요. 당신네들의 단결도 그 합리주의의 측면이구요. 자아 오가타 선생!"

"네?"

"우리 다시 건배합시다."

"네, 세끼 밥 먹고 할 일 없는 두 마리의 돼지를 위하여!"

두 사람은 술잔을 부딪치고 술을 마신다. 그리고 동시에 낄낄 웃었다. 밖은 아주 어두워졌다. 그러나 인실은 돌아오지 않았다. 오가타는 초를 친 것처럼 흐느적거렸다. 혀 꼬부라진 소리로 계속 지껄이다가 자리에 쓰러져 코를 골기 시작했다. 찬하는 일어나 오가타에게 베개를 받쳐주고 이불을 덮어준다. 동생을 돌보는 형처럼 자상하게. 제자리로 돌아온 찬하는 혼자 술을 든다. 취기가 없는 것은 아니었지만 취기는 찬하의 아픔을 마비시킬 정도는 아니었다. 얘기가 끊어지고 얘기의 상대가 잠들고 보니 천지강산 외톨이가 된 듯 쓸쓸함이 엄습해온다. 쓸쓸함에는 늘 이골이 나 있었던 찬하였지만 오늘 밤은 견디기가 어려웠다. 낡은 바라크 건물 앞에서 만났던 검정옷 입은 여자, 그것은 찬하 자신의 인생을 위한 상복(喪服) 같았다. 숨 쉬는 시체, 새삼스런 생각은 아니었다. 이루지 못할 사랑 때문만은 아니었다. 이곳에 내려온 것은 충동적인 것이었지만 자제 못할 성질의 것도 아니었다. 오가타와 인실과 함께 온 것으로 그의 자제력은 설명이 된다. 희망은 백분의 일도 못 되었다. 그는 명희에게 형의 몫까지 합하여 보상하고 싶었던 것이다. 그것은 비록 물질적인 것에 지나지 않더라도. 올 때는 충동적이었지마는 와서 이렇게 충격을 받을 줄은 상상 못하였던 것이다. 거부감을 나타내기는 하겠지만 거의 발광적으로 증오할 줄은 몰랐다. 소외된 사나이. 그것은 찬하의 일상이다. 찬하는 말하기를 도덕적일지는 몰라도 휴머니스트는 아니다. 명희를 두고 한 말인데 그는 자신을 밥 세끼 먹고 할 일 없는 돼지라고 자학하지 않으면 안 되는 심정적 고뇌와 갈증에 한 그릇의 물이라도 되어주기를, 이성(異性)이 아닌 인간끼리의 따뜻함이나마 바랐을 것이다.

코 고는 소리를 들으며 찬하는 세 사람의 묘한 관계를 생각한다. 여행의 동반자 세 사람의 관계를.

'어쩌면 세 사람의 관계는 오늘의 현실의 축소판인지 모른다. 아니 역사의 축소판이라 할까? 거창하지만.'

찬하가 축소판이라 한 것은 어떤 관점에서 흘린 생각일까. 인간은 갈등으로 엮어진 시간 속에 풀지도 매듭짓지도 못한 역사의 숙제를 짊어진 채 이곳까지 왔고 미래를 향해 가지만 첨예하게 인식하는 사람, 안 하는 사람이 있다. 물론 찬하는 인식하는 편이며 오가타와 인실도 첨예하게 인식하며 고뇌하는 사람들이다. 찬하는 왜 그런 생각을 했을까. 세 사람의 관계를 현실의 축소판 역사의 축소판으로 왜 생각했을까? 인실과 조찬하의 경우 한 핏줄이라는 민족적 동질감은 있다. 그러나 이들의 거리는 명문과 중인 출신이라는 신분에 있지만 지식 계급으로 뛰어오른 인실의 현재에서 보면 신분의 차이는 상쇄된다. 아니 오히려 망국의 책임을 보다 무겁게 져야 할 조찬하의 계층이 켕긴다면 켕긴다 할 수 있다. 아무리 조찬하가 비켜서 왔다고 하나, 그는 지금도 그 신분의 자락을 끌고 있으며 과거의 지배층, 친일파, 오늘의 부르주아, 그런 것에 무관할 수 없다. 그가 사회주의를 이해하고 이론적으로 긍정한다 하더라도 관동대지진을 목격한 인실이 조국 독립을 위하여 헌신할 것을 맹서했고 한 번도 승리해본 적이 없는 눈물과 땀으로 살아야 했던 계급 편에 서서 투쟁할 것을 다짐한 인실과 조찬하 사이의 간격은 넓다. 아니 적대적 관계라 해야 정확할지 모른다. 뿐인가, 이들은 만난 지 얼마 되지 않았고 서로를 이해할 시간도 없었다. 오가타와 인실의 경우 한 때 동지였고 서로 깊이 사랑하지만 넘을 수 없는 이민족, 그것도 지배자와 피지배자, 참으로 격렬한 적대 관계가 이들 등 뒤에 있다. 오가타와 조찬하와의 관계는 또 좀 다르다. 개인적인 일이지만 일본여자를 아내로 한 남자, 조선여자를 사랑하는 남자, 동병상련 같은 것이 있다. 그리고 그들은 서로를 이해하며 이민족이라는 것도 비교적 극복한 우정으로 맺어져 있다. 상반되고 상합되는 이들의 관계는 바로 갈등 그 자체이지만 세 사람의 공통점은 지식인이라는 점이다. 첨예하게 인식하는 사람들이라는 점이다. 이 기둥 하나를 잡고 이들은 상반된 것, 상합된 것 때문에 갈등하고 역사가 안고 내려온 숙제를 물려받아 이들은 고뇌한다. 참 묘한 짜임새라 아니할 수 없고 찬하가 말한 대로 축소판임엔 틀림이 없다.

찬하는 천천히 술을 마시면서 인실이 오기를 기다린다. 그러면서 한편으로는 인실보다 시간이 먼저 와주기를 기다리는 것이기도 했다. 심부름 아이를 불렀다.

"손님, 불렀십니꺼?"

방문을 열고 얼굴을 디밀며 소년이 물었다.

"배 시간이 얼마나 남았나?"

"한 시간쯤 기시믄 됩니다. 시간이 되믄 알리드릴라꼬 생각하고 있었십니더."

"알았다. 가보아라."

"예. 걱정 말고 가시이소. 한 손님은 주무시네요? 일본사람이지예?"

"쓸데없는 소리 말고."

"알았습니더."

소년이 나간 뒤 찬하는 가방 속에서 노트를 꺼낸다. 노트 한 장을 뿍 찢어서 노트 위에 올려놓고,

> 동경에서 만납시다. 나 먼저 갑니다. 놔두고 가는 봉투는 인실 씨에게 전해주십시오. 임명희 씨에게 꼭 전해달라는 말과 함께.
>
> 조찬하

종이를 접고 다른 봉투 하나를 꺼내어 함께 놔둔다. 그리고 다시 술잔을 기울인다.

'이들을 놔두고 간다…… 이들을, 이들을 놔두고 가는 것은…… 아, 아니지.'

찬하가 도덕과 휴머니즘이 다르다 했을 때,

"네. 다르고말구요. 때론 다를 정도가 아니라 상반되는 거 아닙니까."

한 오가타의 말을 떠올렸다.

'이들을 놔두고…… 내가 상관할 바는 아니다.'

어젯밤에는 인실과 오가타의 밤늦은 외출에 대하여 몹시 불쾌했었다. 지금도 한 가닥의 불안이나 묘한 책임감 같은 것

이 없지는 않았지만 사실 찬하로서는 이곳을 한시라도 빨리 떠나고 싶다는 그 감정만이 절실했다.

'두 번 다시 돌아보고 싶지 않다!'

그는 일어서서 외투를 걸치고 가방을 챙겼다. 그리고 쪽지와 봉투를 자고 있는 오가타 양복 주머니 속에 찔러 넣었다. 오가타는 늪에라도 빠진 듯 잠들어서 깨나질 않았다.

계산을 끝내고 여관의 여주인에게,

"저녁은 안 해도 될 테니까 손님 깨우지 마십시오."

이르고 아이에게 선표를 받아 든 찬하는 밤거리에 나왔다.

제4편

인실(仁實)의 자리

1장 - 2장

1장 휘의 갈등

"봄아 봄아, 우찌 그리 더디 오노. 고봉준령 넘니라고, 허리 아파 쉬니라고 더디 오나. 산 밑에는 명춘화 산수유도 피었일 기고 까치는 안짱걸음 걸음시로 고개 넘어 손[客] 온다고 까까거릴 긴데 첩첩산중 이 골짝은 우찌 이리도 적막강산인고."

납독이 올라 얼굴과 입술, 잇몸까지 푸리딩딩했던 춘매는 봄이 더디 온다고 푸념하곤 했었다. 그러던 춘매도 이른 어느 봄날, 꽃바람에 할미 죽는다는 말을 뇌면서 세상을 떴는데 그것도 꽤 오래된 일이다.

지리산 산록의 옹기종기 모여 있는 마을에 봄은 분명히 와 있었다.

휘는 돌소금 한 줌을 들고 개울가로 나왔다. 높은 계곡에는 낙수가 하얗게 얼어붙은 채 있었지만 개울은 녹아서 맑은 물이 구슬처럼 구르고 있었다. 엉거주춤 쭈그리고 앉아서 이를 닦는데 휘는 발소리를 들었고 돌아보지 않았지만 순일 거라고 직감했다. 순이였다. 그는 이를 닦는 휘로부터 좀 떨어진 곳에서 이고 온 사기를 내렸다. 소매를 걷고, 팔뚝이 터서 빨갛다. 사기에 물을 붓고 휘휘 젓다가 물을 쏟은 뒤 보리쌀을 씻는다. 휘는 멈출 수 없는 듯 계속해 이를 닦고, 순이 역시 계속해 보리쌀을 씻는다. 두 사람의 침묵은 터질 듯 팽팽했고, 두 사람 사이의 거리도 터질 듯 팽팽했다.

"오빠는 좋겄소."

드디어 순이 비양거리듯 말했다.

"머가?"

순이 입에서 말 떨어지기를 기다리고 있었던 것처럼 양치질을 멈추고 두 손으로 물을 모아 입 속을 헹군 휘는 퉁명스럽게 말했다.

"내일 장개가는데 그라모 오빠는 아무렇지도 않다 그 말이오?"

휘는 대답 대신 개울에 얼굴을 처박듯 하며 세수를 한다.

"오빠!"

보리쌀 씻던 동작을 멈추고 순이는 악쓰듯 불렀다.

"응, 응?"

얼굴을 씻다 말고 눈을 치뜨고 고개를 비틀며 휘는 순이를 본다.

"사람우 가심에 못을 박고도 아무렇지 않소?"

"내가 언제?"

"이제 와서…… 오빠가 장개가고 나믄 나는 우찌 살겄소."

순이 눈에서 눈물이 후덕후덕 떨어진다. 휘는 요란스럽게 소리를 내며 얼굴을 씻는다. 그동안 순이와 마주치지 않으려고 휘는 신경을 써왔다. 순이는 반대로 휘와 단둘이 만날 기회를 초조하게 기다렸다. 지금도 휘가 개울로 가는 것을 보고 순이는 서둘러서 뒤쫓아왔던 것이다. 그렇다고 해서, 휘와 단둘이 만난다고 해서 내일 있을 혼사가 무너지리라는 희망을 순이 가지고 있었던 것은 아니다. 눈물을 연신 닦으면서,

"모두 다 나를, 나를 오빠하고 혼인할 기라고 그리 생각했는데, 이기이 무신 꼴이오."

개울가에서 물러서며 휘는 허리춤에 찔러둔 수건을 뽑아 얼굴을 닦는다.

"나는, 나는, 참말이제 이렇기 될 줄은 몰랐십니더."

"……."

"사람우 맴이 우찌 그리, 오빠! 와 말이 없십니꺼."

"나는."

잠시 말을 끊었다가,

"나는 순이를 동생같이 생각했구마는,"

"거짓말 마이소! 그 말이믄 다 된 겁니꺼, 야? 우짜믄 그리도 쉽소!"

"……."

"내 신세는 우떻기 하고, 으흐흐흐."

두 손으로 얼굴을 싸며 흐느낀다.

"죽고 싶소. 그만 죽어부렀이믄 싶소."

"언약한 것도 아닌데 이라믄 우짤 기고!"

휘는 화를 낸다.

"언약한 거 아니라고요? 언약이 따로 있소? 이제 와서, 사람들은 모두 그렇기 될 기라고, 으흐흐흐…… 내가 남부끄럽어서 우찌 살겠소."

"남의 일 가지고 객담하기 예사지."

휘는 얼굴을 찡그리며 괴로워한다. 그 자신이 말한 대로 휘는 순이를 동생같이 생각한 것은 사실이다. 그러나 영선이가 산에 나타나지 않았더라면 이들의 혼사가 이루어졌을 것은 거의 확실한 일이었다.

"하루아침에 우찌 그리 맴이 싹 변했일꼬, 오빠뿐이겠소. 아재 아지매도 안 그랬십니꺼? 나를 며누릿감으로 생각 안 했다 할 수는 없일 깁니더. 그래 놓고 이제 와서, 참말이제 나는 우찌 살겠소."

"세상에 남자가 나 하나뿐이가."

"머라꼬요?"

울다가 얼굴을 쳐들고 휘를 본다. 눈물 콧물에 범벅이 되고 머리칼이 엉겨붙은 순이 얼굴을 외면하고 먼 산을 바라보며 휘는,

"좋은 데 시집가믄 될 거 아니가."

"그렇기 말할 수 있소? 정말 그렇기 말할 수 있십니꺼? 작년 가을에, 가, 가을에 송이 따러 갔일 직에 오, 오빠는."

으흥! 소리를 내며 순이는 운다. 먼 산을 바라보는 휘의 관자놀이가 부르르 떤다. 목에서부터 양 볼이 시뻘겋게 물든다.

"무신 소리 하노!"

소리를 지른다.

"그러이 내가 우, 우찌 살겄소. 내 신세가 우찌 되는 깁니꺼."

"그런다고 머가 달라질 기가! 나는 애시부터 니하고 혼인할 생각 터럭만큼도 없었다!"

몸을 날리듯 돌아선 휘는 언덕을 향해 쏜살같이 달린다.

'빌어묵을 가시나! 그런 소리는 와 하노!'

피리바위까지 간 휘는 걸음을 멈추고,

"빌어묵을 가시나!"

씩씩거린다. 숨이 차서 그런 것만은 아닌 것 같다. 휘의 얼굴은 창백하게 변해 있었다. 괴로움보다 살벌해진 눈, 달려왔던 길을 뒤돌아본다. 울던 순이 모습, 세수를 했던 개울도 보이지 않고 마치 핏줄처럼 꿈틀거리는 뱀처럼 산줄기들이 흐르고 있는 것이 내려다보인다. 그는 바위에 가서 걸터앉는다.

피리바위, 이곳에 와서 피리를 불곤 했기 때문에 휘가 지은 바위 이름이다. 바위는 언덕에서 밀려나와 평평한 바닥을 이루었고 소나무 한 그루가 바위 옆에 바싹 붙어서 하늘로 치솟고 있었다.

"와 이리 답답하노. 가심이 터질 것 겉다."

중얼거린다.

어제 한나절에는 바람이 심하게 불었다. 계곡은 으르렁거렸고 나뭇가지에 매달려 있던 가랑잎들이 눈보라처럼 휘날렸다. 그 바람 속을 헤치듯 깡마르고 작은 눈에 핏기를 실은 송관수가 나타났다.

"아부지!"

영선은 땅바닥에 주저앉을 듯, 눈물을 흘렸다.

"와 이리 청승을 떠노. 죽은 사램이 살아왔다 말가?"

딸을 나무라던 송관수는 어줍잖게 인사하는 휘를 빤히 쳐다보았다. 그리고 강쇠에게 시선을 옮겼다.

"입 하나 늘어서 양식이 딸리지는 않았는가."

"사람을 우찌 보고 하는 말고. 여식아아 배 골리실까 봐 그라나? 그나저나 이 바람 속에 우찌 왔노?"

"겸사겸사…… 오늘 안 오믄 내 딸 그냥 데꼬 살 것 겉애서 왔제."

"한다는 소리가 점점, 자식들 앞에 밑천 들나기 전에 방으로 들어가는 기이 좋겄다."

강쇠는 송관수의 등을 밀었다.

"빌어묵을 가시나……."

휘는 손등을 깨문다. 지난가을이었다. 그러니까 영선이 산에 오기 전의 일이었다. 휘는 순이와 그의 동생 길륭(吉隆)을 데리고 송이를 따러 갔었다. 어차피 산속으로 들어가면 일행은 흩어지게 마련이다. 길륭이 먼저 휘의 시야 밖으로 사라졌고 졸졸 따라다니던 순이 모습도 어느새 안 보이게 되었다. 가을이라지만 숲속의 녹음은 아직 짙었다. 녹음 사이로 망개나무의 붉은 열매, 말채나무의 검은 열매가 이따금 알른알른 비치곤 했다. 인기척 때문인지 풍성한 산속의 열매 탓인지 모습을 드러내지 않은 뭇새들의 지저귐은 요란하고 수다스러웠다. 휘는 묵은 나무둥치의 언저리를 살펴가며 조심스럽게 송이를 따고, 송이를 따라 걸음을 옮겨갔다.

"오빠, 오빠! 날 좀 내려주소."

땅을 살피며 가다 말고 휘는 얼굴을 들었다. 지난여름 장마에 흙더미가 무너져서 들난 바위 위에 순이는 광주리를 들고 서 있었다. 휘는 망태를 놔두고 바위 쪽으로 간다.

"오빠!"

순이는 등을 꾸부리며 아래쪽으로 손을 뻗쳤다. 휘는 흙더미를 밟고 올라가며 순이 손을 잡았다. 그리고 끌어내리는데 순이의 발이 땅에 닿기 전에 몸이 쏠려서 휘에게 안겨버린 꼴이 되었다. 강한 여자 머리 냄새, 가슴에 닿은 유방의 감촉,

눈앞에 불이 튀었다. 그것은 일순간의 일이었다. 휘는 어느새 순이를 포옹한 채 입맞춤을 하고 있었다.

"왜 이래요, 오빠!"

놀란 순이는 팔에서 몸을 비틀듯 하며 빠져나가서 땅바닥에 주질러 앉았다. 두 손으로 얼굴을 감싸고 읍하듯 그는 엎드렸다. 망연자실한 듯 서 있던 휘는 망태도 내버린 채 혼자 산을 내려오고 말았다. 그는 길룡이 부근에 있으리라는 사실을 깨닫지 않았더라면 더 무슨 일을 저질렀을지 모른다는 생각을 하며 전신을 부르르 떨었다. 바위를 번쩍 들어올려 메어치고 거목을 송두리째 뽑아 젖힐 것만 같은, 터져 나올 것 같은 힘, 미쳐 날뛸 것 같은 힘, 알 수 없는 흉악한 힘에 시달리며, 집에 돌아왔을 때 그의 전신은 땀에 흠뻑 젖어 있었다. 그날 이후 휘는 순이를 되도록이면 피해 다녔고 순이는 휘를 쫓아다녔다. 피해 다녔을 뿐만 아니라 휘는 두 번 다시 순이에 대하여 이상한 욕정을 느끼지 않았다. 오히려 자기 자신에 대한 혐오감과 함께 순이에 대해서도 알 수 없는 혐오감을 느끼기 시작했다. 작달막한 다리, 치마끈으로 질끈 동여맨 허리, 쌍꺼풀이 굵게 진 눈매, 건강한 혈색, 누구든 순이를 보면 복스럽게 생겼다고 했다. 휘의 어미도 순이는 밥 붙은 얼굴이라 했다. 그러나 휘는 그 일이 있고부터 자기 주변을 맴도는 순이의 분위기를 느낄 때마다 한 마리 암짐승이 연상되어 자신도 어쩔 수 없는 강한 거부의 몸짓이 되었다. 그래서는 안 된다. 자신을 나무라고 잘못은 자기 자신에게 있다고 누누이 자신을 향해 타이르지만 소용이 없었다.

첩첩으로 연이어진 산봉우리, 축지의 술법이라도 익혔더라면 단숨에 저 첩첩연봉을 건너뛰어 어디론가 가고 싶다는 생각이 갑자기 떠올랐다. 사람들이 와글거리는 저잣거리, 세상구경이나 실컷 하고 홀가분한 마음으로 돌아다녔으면, 광대패거리와 어울리어 피리를 불며 산산골골을 누비고 다녔으면, 그런 생각도 문득문득 떠올랐다.

돌팔매같이 새 한 마리가 날아가면서 울부짖는다. 순간 산속의 뭇새들의 우는 소리가 휘의 귀청을 찢는 것 같다. 그동안 산의 새들은 계속해 그리 울었을 터인데 휘는 듣질 못했다.

"빌어묵을!"

개울 흐르는 소리도 들려왔다. 갑자기 산은 용트림을 하고 온갖 소리를 내지르며 휘에게 육박해오는 것만 같다. 그런데 다음 순간 산의 움직임, 온갖 소리들은 얼어붙어버린 듯 적막하고 쓸쓸하고 소리 죽인 울음과도 같이 휘의 눈에 비치는 것이었다.

땅 위에 사는 뭇짐승들, 헐벗고 메마른 초목, 땅속에 엎드린 헤일 수 없는 목숨들, 겨울 하늘을 나는 굶주린 새들, 모든 일체의 생명들이 지나간 겨울을 견디며 꺼질 듯 잦아질 듯 생명의 불길을 사르며 이제 봄은 산자락에까지 왔는데 아직 산속은 하늘이 풀리고 땅이 열리지 아니하였는가. 적막은 철벽

같이 사위를 둘러싸고 있는 것이다. 억조창생에게 참혹한 것은 절망이 아닌지도 모른다. 체념도 참혹한 것이 아닌지도 모른다. 기다림, 치열한 기다림, 그것은 시간이다. 사람들은 화살같이 지나가는 것을 세월이라 하였고 인생을 초로 같은 것이라 했다. 그런데 어찌하여 일각이 천추이며 끝간 데 없는 들판에 씨를 뿌리며 곡식을 거두어들이는가. 저 망망대해를 건너 불모의 땅을 질러서 때론 낙엽같이 떨어지고 때론 석벽에 부딪치며 수만 리 장천을 나는 철새, 오히려 그들의 여로는 세월보다 길 것만 같지 아니한가. 그 치열한 삶은 왜인가? 그 치열한 생명은 왜 오고 또 가는가. 화살 같은 세월과 천추 같은 일각, 이 양켠 골짜기, 생과 사의 골짜기를 지나는 억조창생, 장엄한 비극이다.

겹겹이 싸인 산봉우리는 어느덧 뚜렷이 선을 그었다. 뿌옇던 하늘은 영롱한 푸른빛으로, 실구름이 떠 있었다.

"참말이지, 넓은 대처로 나가부릴까? 와 이렇기 산중에서 살아야 하노 말이다."

아무도 산중에서 숯이나 굽고 살아야 한다고 강요한 사람은 없었다. 아비 강쇠만 하더라도,

"어른이 되믄 니도 자연고로 도방에 나가게 될 기다. 나가서 사람구겡도 하고 사람들 제제금 사는 꼬라지도 보게 될 기다. 니 어매 생각은 우떨지 모리겄다마는, 나는 니가 하나 자식이라꼬 해서 산중에 붙들어두고 부모 봉양이나 하라 할 생

각은 눈곱만치도 없다."

그 말에 대해서 휘는,

"그라믄 엄니 아부지는 우찌 됩니까?"

하고 물었다.

"우찌 되기는, 산 입에 거미줄 치는 법 없고 살다가 눈감으믄 그만인 기라. 앞서거니 뒤서거니 혼자 가게 매련 아니가. 춘매할망구도 혼자 살다 혼자 죽었이까? 환이성님도 혼자 살다 혼자 죽었이까?"

"하필이믄 와 거기 비합니까?"

"비할 기이 머 있노? 죽음은 구중궁궐 상감이나 집 없는 거렁뱅이나 다 마찬가지 아니가. 죽으믄 그만인 기라. 춥고 덥운 거를 알아 걱정이가, 배부르고 배고픈 거를 알아 걱정이가. 그런 걱정이사 할 필요가 없고오, 뜻이 있이믄 날개를 훨훨 피고 넓은 천지를 날아보는 것도 사나아가 세상에 나온 보람 아니겄나."

하고 말했다.

"그러나아 도방은 사람 살 곳이 못 된다는 것도 알아야 하는 기라. 인심이 야박하고 가진 기이 없이믄 죽는 곳이제. 묵고살 기이 없고 보이 도방으로 사람이 모이고 사람이 많고 보이 사람우 값이 없어지는 긴데 있는 놈 없는 놈 그 칭아(차이)가 하늘하고 땅이라. 그라믄 나는 하늘하고 땅 사이 어디만큼 있는가 생각도 하게 되고 와 그런가 이치도 깨닫게 되고,

하기사 머 저저이 다 그런 생각하게 되는 거는 아니제. 사람 못된 거는 도방에 나갔다 하믄은 불량배 되기 십상이고 하늘이 돈짝만 하게 간이 부풀어 신셀 조지고 어리석고 미련한 놈은 바가지 차기 일쑤, 다 지 되기에 매인 일이다마는…… 나라 없는 백성이라 하기사 신세 조진 놈이나 밥 빌어묵는 놈이나 지가 되고 싶어서 그리 됐겄나. 우리 조선은 자고로 염치를 중하게 여깄고 옛적에는 상것들이라 해서, 천민이라 해서 허랑방탕, 유리걸식이 흔치 않았건마는 지금은, 말도 마라. 주막이라 카믄 오고 가는 나그네들이 술 한 잔에 목을 축이고 국밥 한 그릇에 허기를 달래던, 그런데 지금은 우떻노. 사람들 발씨가 조맨치라도 잦다 카므는 색주가 데리고 영업하는 집이라. 벌건 대낮부터 술판 치문서 육자배기 노랫가락, 이래 가지고는 땅만 뺏기나? 맘도 뺏기지. 그런가 하믄 거리거리마다 바가지 치키든 거렁뱅이가 우굴거리고, 만주땅에 가고 접어도 여비 없어 못 가고 개천가 다리 밑에 움막 치고 사는 가련한 백성이 부지기수라. 이기이 다 누구 때문이고? 목을 쳐서 소금에 절여도 씨원찮을 원수의 왜놈들! 참말이제 하늘이 있는지 없는 건지 모리겄다!"

그런 말을 하기도 했다. 어쨌거나 휘가 대처에 나갈 것을 반대 안 하는 강쇠, 은근히 나갈 것을 부추기기조차 한 강쇠는 그러나 일 년의 절반 이상 집을 비우면서 부산이다 마산이다 진주다 하며 광주리를 메고 떠돌아다녔으나 한 번도 휘와 동행하려 했던 적은 없었다. 심지어 화개장, 하동장에도 아들과 함께 가는 것을 회피하였다. 언제 어떻게 될지 모르는 자기 처지를 생각한 때문이리라. 아들을 아끼는 마음과 동시에 아들일지라도 아직은 미성인인 만큼 비밀을 털어놔서는 안 된다는 의무였을 것이다. 다만 휘는 숯을 팔기 위해 안서방과 함께 하동장에는 더러 갔었고 일용품을 구하기 위해 화개장이 서는 날이면 내려가곤 했었다. 내성적인 성질의 휘는 장에 갈 때마다 기대와 곤혹스러움을 늘 동시에 느끼는 것이었다. 그러나 왜 산중에서 살아야 하는가 의문을 가진 일은 없었다. 축지법을 써서 첩첩연봉을 훨훨 건너뛰어 넓은 세상으로 나가고 싶다는 충동도, 광대 패거리와 어울려 피리를 불며 산산골골을 누비고 다니는 자유분방을 꿈꾼 적도 없었다. 내일 치르게 될 혼례를 앞두고 전에 없이 하필이면 그런 생각을 왜 하는지, 순이의 원망과 울음이 마음을 산란하게 했고 부끄러운 기억을 되살아나게 한 것은 사실이나 그것 때문만은 아닐 것이다. 순이는 마음이 변했다 했지만 휘의 형편에서 보면 마음이 변한 것은 아니다. 본인의 의사와 관계없이 대부분 부모가 맺어주는 대로 순응하는 것이 혼례의 관습이기는 하나 그보다 이웃을 갖지 못한 산속에서는 더더욱 선택의 여지가 없다. 영선의 경우도 그렇고 설령 영선이 나타나지 않았다 치고 순이와의 혼사가 성사된다 하더라도 휘의 선택은 아닌 것이다. 두 처녀 아이를 두고 만일 휘가 선택을 한다면 영선을 선택했을 것이다. 아비를 따라 영선이 왔을 때 휘는 난생처음으로 감미롭고 슬픔 같은 이상한 설렘을 느꼈다. 그러니까 본인의 동의 없는 부모의 결정은 휘에게는 매우 행복한 결정이었던 것이다. 행복한 결혼을 앞두고 순이의 원망과 울음이 마음을 산란하게 했기로 산중에서 탈출, 당장 떠나고 싶은 충동은 무엇 때문인가. 장에 갈 때마다 기대와 곤혹스러움을 늘 동시에 느낀 것처럼 결혼에 대해서도 그와 비슷한 것을 느꼈는지 모른다.

휘의 나이 십팔 세, 혼비를 마련하지 못하여 삼십에도 장가를 못 가는 처지라든지 더러는 과부, 소박데기를 보쌈해 와서 육례는커녕 정화수 한 그릇의 예도 갖추지 못하고서 야합하는 데 비하면 휘의 경우는 순조로웠고 이르게 드는 장가라 할 수 있겠다. 그러나 일반적으로 십이삼 세가 남아의 적령기로 풍습이 되어 있었고 어지간하면 십오륙 세를 넘기지 않는 관례에서 보면 휘의 결혼은 이른 편도 아니다. 휘의 신체 발육은 거의 완성돼 있었다. 체격은 보기 좋게 균형이 잡혔고 키는 중키보다 좀 높았는데 앞으로 더 클 소지는 있었다. 골격은 가늘지 않을까 하는 느낌이다. 게다가 아비의 살성을 닮아 얼굴빛이 희어서 어느 반가의 도련님이었더라면 유약하다는 말을 들을 법도 했다. 그러나 산에서 자란 그의 근육은 차돌같이 단단했고 탄력이 있었으며 강인한 심지를 풍겼다. 미소년이라 할 수는 없고 호남이라 할 만한 용모는 아니었으나 청초하다 할까 깨끗하다 할까, 인상이 그러했다. 특히 눈동자가 맑았다.

"산놈이 귀골로 생겼으니 어찌 앞날이 평탄할꼬. 뼈대가 저래 힘이나 쓰겠는가."

언젠가 해도사가 한 말이었는데,

"그런 말 마이소. 저래 봬도 심이 장사요. 용의 새끼는 용이지 구렁이 되겄소."

안서방이 볼멘소리로 말했다.

"용의 새끼라?"

"아부지가 장사니께 하는 말 아니겄소. 자식은 부모 정기를 타고나는 기고, 저 아아는 이 산의 정기도 타고났일 기요. 내 생각은 그렇거마는, 범상치 않은께요."

짝쇠댁네도 휘의 뒷모습을 바라보며 말한 적이 있었다.

"우짠지 저 아아 눈을 보고 있이믄 실픈(슬픈) 생각이 드요. 너무 저리 맑아도 안 좋다 카던데…… 멩이나 질란가."

"무신 소리를 하노! 입도 도꾸날 겉다. 저놈의 방정맞인 주딩이를 그만, 이이."

짝쇠는 화를 냈다.

"내만 그라요? 넘들도 다 그라데요. 눈이 저렇기 옥수겉이 맑으믄은 절살이를 해야, 그래야 멩을 때운다, 넘들도 다 그랍디다."

"절살이라니, 중 되라 그 말가!"

"넘들이 그러이 하는 말 아니겄소."

"이 산중에 넘들이 어디 있노!"

"산중이라꼬 오고 가는 사람도 없이까?"

"처묵고 할 일이 없인께 별 지랄 겉은 입방아들 찧고 있네. 하필이믄 와 중이 되노. 될라 카믄 신선이나 되지."

무심결에 한 말이었으나 짝쇠로서는 중을 뭐 각별히 모멸하여 한 말은 아니었고 일반 통념이 중을 존경하든 하시하든 어느 쪽이든 간에 속세를 떠난다는 것은 달가워하지 않았으니까, 더욱이 휘는 외아들이라는 생각에서 한 말이었을 것이다. 그럼에도 신선이나 되지, 속세를 떠나기로는 피장파장인데 결국 짝쇠도 휘가 남다르다는 것을 인정한 셈이며 막연한 불안을 가지고 있었다는 얘기가 되겠다.

"내사 마, 그놈의 피리도 안 불었이믄 좋겄더마는, 그 아아가 부는 피리 소리를 들으믄 와 그런지 심란하고 한스러운 생각이 들고."

그 말에는 동감이었던지 짝쇠는 대꾸하지 않았다.

"바우에 혼자 앉아서 피리 부는 거를 멀리서 바라보믄 그냥 구름 타고 날아가부릴 것 같고, 그 어른이 와 하필이믄 그 아한테 피리를 주고 가싰는지 예삿일 겉지가 않소."

짝쇠는 그 말에도 대꾸가 없었다. 그 어른이란 죽은 김환을 두고 하는 말이었다. 김환을 본 일은 없지만 산속에서 전설같이 되어버린 김환에 대하여 짝쇠댁네도 얼마간 들은 얘기는 있었다. 그가 주고 갔다는 피리에 관한 것도 휘의 어미, 그러니까 사촌 동서한테 들어 알고 있었다.

바위에 걸터앉았던 휘는 일어섰다. 바위 위로 올라가서 엉덩이가 바닥에 닿지 않게 쭈그리고 앉는다. 그리고 찬 바람에 까칠까칠해진 얼굴을 두 손으로 빡빡 문질러본다. 여전히 뭔가 개운치가 않았고 걷잡을 수 없는 안개구름 같은 생각이 피어오른다. 겨울 산바람에 빨개진 순이의 손목과 터질 듯 통통한 얼굴, 쌍까풀이 굵은 눈매가 지나가고, 낭창한 어깨의 영선 모습이 지나간다. 스스로 와서 멈칫멈칫하던 영선, 두고 온 어미를 못 잊어서인지, 종적을 감춘 오빠 생각이 나서 그랬던지 뒤란의 나뭇단을 짚고 울던 영선의 뒷모습이 안개구름같이 피어오르는 생각 사이로 지나간다.

"만사 다 뿌리치고, 소리도 매도 없이 가부릴까."

떠나고 싶은 충동은 점점 강해진다. 우연히 신체 어느 부위가 가려워서 긁었는데 그것이 빌미가 되어 가려움은 전신에 퍼지고 격렬한 소양감(搔痒感)에 견딜 수가 없는 것처럼. 실은 휘 자신 자기 마음이 왜 그런 생각에 사로잡히는지 알 수가 없었다. 감미롭고 슬픈 것 같고 가슴이 죄어드는 것 같은 설렘을 난생처음 느낀 여자와의 혼례, 하룻밤만 자고 나면 그 찬란한 날이 오는데 왜 떠나고 싶은가 말이다. 왜 그 찬란한 날이 두려운가 말이다. 떠나고 싶다는 생각은 이제 망상으로, 혼례의 그 빛깔 이상으로 현란한 망상으로 치닫는다. 현란한 빛깔, 광대들의 펄럭이는 옷자락이었다. 부잣집 상여행렬의 나부끼는 만장이었다. 눈이 시리도록 푸른 하늘을 가르고 길게 길게 꼬리를 끄는 상두가, 요령 소리, 농악꾼의 꽃갓이며 진홍빛 쾌자 입은 무당이었다. 구례 장터에서 보았고 하동장 가는 길에서 보았던 광경이다. 현란한 빛깔들은 마음 바닥에서 차츰 울려 퍼지는 꽹과리, 징, 북소리, 피리 소리에 따라 흔들렸다. 장단이 빨라지면서 빛깔들은 눈부시게 어지럽게 소용돌이친다. 숨이 가쁘게 선회하고 반전한다. 그러나 갑자기 꽹과리, 북, 피리가 멎고 징이 드음응— 하고 울리면서 여운이 길게 꼬리를 끌 때 휘의 코에 송진 냄새가 풍겨왔고 하얀 관이 눈앞에 떠올랐다. 상여도 없이 상두꾼도 없이 짝쇠와 안서방이 어깨에 메고 가던 할머니의 관이었다. 그것은 또 춘매의 관이기도 했다.

"이 몹쓸 가시나야! 에미 가심에 못을 박고 니가 가나!"

거적에 말려 땅속에 묻히는 누이, 울부짖던 어미, 먼 산을 바라보며 담배를 꺼내 물던 아비의 모습이 떠올랐다. 현란한 빛깔은 차츰 암울하고 칙칙하게 변해간다. 휘는 눈을 감는다. 장바닥을 누비는 수없이 많은 짚세기, 짚세기 신은 발들이 어지럽게 눈에 밟힌다. 옹기전의 옹기에 눈부신 햇살이 번뜩이며 반사한다. 새까만 옹기, 짚세기 신은 발과 새까만 옹기, 망태 속에서 대가리를 내민 수탉의 시뻘건 벼슬이 흔들린다. 각설이 떼들의 누더기가 줄레줄레 흔들린다. 붐파! 붐파! 침을 튀기며, 바가지를 뚜드리며, 엿장수 가위 소리, 하늘을, 강물을 가르듯 사공의 노랫소리— 옹기가 공중으로 떠오른다. 홍수에 떠내려가는 수박덩이처럼 옹기는 공중에서 자맥질한다. 공중에서 난무한다. 그것들이 일제히 지상으로 떨어지며 박살나는 소리를 듣는다. 휘는 소스라치듯 눈을 떴다.

"꿈도 아니고……."

고개를 흔든다.

"뜬금없이 와…… 병나겄네."

고개를 흔든다. 언덕을 내려간다. 개울가에 순이는 없었다. 순이는 여기서 얼마나 울었을까 하고 휘는 생각한다. 보리쌀이 개울가에 흩어져 있었다. 또 생각했다. 훈장어른한테 가야겠다고. 그는 해도사와 마주 앉고 싶었다. 조반 전이면 조반을 차려서 함께 먹고 싶었다. 내리막의 오솔길을 내려가는데 먼발치로 어미가 짝쇠네 집으로 들어가는 것을 본다.

"일이 우찌 돼가노."

짝쇠네 마당으로 들어선 휘의 어미의 말이었다.

"해나절쯤이믄 그반 다 되겄지요."

기명물을 버리며 짝쇠댁네가 말했다.

"밥은 묵었나?"

"야, 설거지도 끝나갑니더."

몸집이 크고 뼈대가 굵은 짝쇠댁네는 휘의 어미보다 훨씬 나이가 처지는데도 거의 같은 또래로 늙어 보였다.

"하는 일도 없이 맴이 바빠 죽겄다."

"들어가보이소."

"어이구 다리야."

휘의 어미는 방문을 열고 들어간다.

"성님 오십니까."

안서방댁이 이불을 꾸미다가 얼굴을 들었다.

"운야."

휘의 어미는 당황하듯 어색하게,

"일찍부터 왔고나, 밥은 묵고 하나."

"야."

방이 좁아서 이불은 삼분의 일을 접어놓고 꾸미고 있었는데 그래도 일하기가 매우 옹색해 보였다.

"헹펜이 발등에 불 떨어진 꼴이라, 참 말하기가 머엇한데, 여러 가지로 순이네 식구들한테는 면목이 없다. 우짜겄노."

바늘에 실을 꿰고 벽에다 한껏 몸을 밀어붙이며 휘의 어미는 이불 홑청 한 귀퉁이에 바늘을 꽂는다.

"그런 말 마이소. 인연을 임우(임의)로 합니까?"

그러나 목멘 소리다.

"아야! 내 정신 봐라. 골미도 안 끼고."

휘의 어미는 골무를 찾아 낀다.

"신부집에서 할 일을 여기서 할라 카이."

마음속에는 불평 같은 것 하나도 없으면서 순이네 앞이어서 일부러 그래보는 것이다.

"그것뿐이가. 불각처(별안간) 들어닥쳐서 모레로 날 받았다 하이 참말이제 정신 차릴 새도 없다."

"그래도 신붓감이 좋으니께요."

눈을 내리깔고 실을 물어 끊으면서 순이네가 말했다. 다시,

"우리 순이사 부산 처니한테 비하믄 꽁지 빠진 새 꼬라지, 천양지간이제요."

"섭하게 생각지 마라."

"섭하게 생각한들 우짤 것입니까. 다 소앵이 없는 일이제요."

그 말을 할 때 살이 찐 순이네는 여위고 조만한 휘의 어미를 압도하는 것 같은 분위기를 자아냈다.

"니 말마따나 인연이 따로 있는갑다. 너거하고 우리 사이 혼사하자는 말이사 없었다마는 맘으로는 그렇기 될 기라고…… 나도 실상은 일이 이렇게 될 줄은 꿈에도 몰랐다."

"아닌 게 아니라 성님, 억울하고 원통한 맴이사 우찌 다 말하겠소. 태산겉이 믿었는데, 하기사 우리 복에 가남하기*는 가남했제요. 자다가도 생각하믄 억장이 무너지고,"

"원망해라. 그래서 너거들 맴이 조맨치라도 편해진다믄."

"성님을 원망한다믄 우리가 벌받제요. 우리 길륭이아배도 섭섭하기로는 똑 손바닥의 여의주를 잃은 맴이라 캅디다. 하지마는 개구리가 올챙이 적 모리믄 사람이 앙이고 복 받기 어렵다 캄시로, 우리가 뉘 덕에 이만큼이나 목심을 보존하고 사

는가. 그놈들한테 붙잽혔이믄 순이가 온전하겄는가, 버얼써 청루에 팔리갔일 기고, 우리 식구는 바가지 차고 빌어묵으러 댕깄일 거 앙이가, 말이사 길룡이아배 말이 하낫도 틀린 거는 아니제요."

"너거들이 그리 생각하이 얼매나 고맙노. 고맙다."

"아무리 애리고 씨리더라 캐도 뉘 내지 말고 혼사일 잘 봐주라꼬 길룡이아배가 신신당부함시로 신새벽부터 나를 후둣가 보내서 아침도 이 집에서 얻어묵고,"

"고맙다. 사람이란 전사 생각하기 쉽지 않네라. 내 가심이, 그 말 듣고 보이 내 가심 위의 돌덩어리가 없어지는 것 같다."

"우리 욕심이제요. 성님 잘못한 것 하나 없십니더. 다 된 혼사도 깨지는데 하도 아깝고 하도 탐이 난께로."

홑청을 접어 넣는 손등에 눈물방울이 떨어진다.

"이 사람아, 산중에서 보느니 우리 아아만 본께 그렇지, 세상에는 얼매든지 좋은 신랑감이 있네라. 순이는 밥 붙은 얼굴이라 좋은 사람 만내서 옛말 하고 살 기다."

"조선 팔도 다 댕기도 어이서 그런 신랑감을 구하겄소. 짚신도 짝이 있는데 시집 못 보내기야 할까마는, 야, 처니로 늙기야 하겄십니까. 그런데 그 철없는 가시나가 허파에 바람이 잔뜩 들어놓으니 이 구석 저 구석 댕기믄서 찔끔거리는 꼬라지 딱 보기가 싫습니더. 우세스럽고,"

"나도 안다."

"빌어묵을 년, 문딩이 겉은 년, 지가 이세를 제대로 배웠다 말가, 본 바가 있단 말가, 지 주제에 청루 기생 면한 것만도 감지덕지해얄 긴데 문딩이 겉은 년! 지가 머 천하절색 양귀비 던가? 갈 데 없는 남우 가시나, 앉은뱅이 용써봐야 무신 별수 있일 기라고."

휘의 어미 낯빛이 달라진다. 순이네는 자기 자신도 모르게 신경질이었다. 화가 나면 아이를 때린다든가, 울적한 심정을 끝내 누르지 못하겠는지 딸을 마구 짓이긴다.

"그러지 마라. 그라믄 우리 휘는 뭐꼬? 숯이나 굽고 강주리나 잣는 산놈 아니가. 무슨 별수가 있노."

"천양지간이제요. 빌어묵을 년, 아무 놈이나 기영머리 풀어 주믄 그것만으로도 잘 풀리는 긴데 지가 지 주제를 모리고 오르지 못할 나무는 치다보지도 말라 캤는데, 그 빌어묵을 년이 울기는 와 우는지."

울기는 와 우느냐 하면서 순이네는 운다.

"다 살았나. 앞길이 구만리 겉은 아이를 두고 무신 그런 말을 하노. 사람우 일은 모리네라. 질고 짧은 것은 대봐야제. 아아가 부실해서 퇴혼한 것도 아니고 사정이 그리된 거를,"

하는데 짝쇠댁네가 물 묻은 손을 닦으며 들어왔다.

"길릉어매 또 와 이라요? 엎지러진 물인데 그래쌓으믄 된정만 나고, 서로 안 보고 살라꼬 이러요?"

무심히 한 말이었으나 짝쇠댁네 말에는 다소 어폐가 있었

다. 아니나 다를까,

"이 사람아, 자네 무신 말을 그렇게 하노."

휘의 어미 어조에는 날이 서 있었다. 그렇잖아도 순이네 비아냥거리는 말에 속이 부글부글 끓었던 참이다.

"언제 우리가 대접에 물 담았더나. 엎지러진 물이라니."

언제 혼사할 것을 언약했더냐는 뜻인데 휘의 어미도 동서를 통해 순이네에게 응수한 것이다. 짝쇠댁네는 당황하고 순이네는 긴장한다. 서로 안 보고 살려느냐 하는 짝쇠댁네 말에서 찔끔했는데 휘의 어미의 따지듯 하는 말에 정신이 번쩍 든 것이다. 아무리 속이 쓰려도 순이네 식구들이 이러고저러고 할 계제도 아니거니와 전적으로 강쇠댁네 비호 아래 사는 처지고 보면 이만저만 실수가 아니다.

"서, 성님 지가 잘못했소. 좋은 일에 눈물을 빼고 길룡아배가 알믄 굿이 날 깁니더. 사람이 욕심을 내다 보믄 경우 없는 짓을 하는 갑십니더. 지가 잘못했소."

"셈 난 아재비가 참더라고, 하기사 서운한 사람은 너거들이니께."

그제야 짝쇠댁네는 웃으며,

"방이 좁아서 지가 앉아 일할 자리도 없네요."

했다.

"집에도 일이 태산 같은데."

하고 휘의 어미는 일어섰다.

"참 옷은 우찌 됐노?"

"밤새워서 길륭어매하고 해났십니더. 바느질이 말이 앙입더."

"급한데 우짤 기고. 그나마 휘의 옷은 해났으니 망정이지."

휘의 어미는 종종걸음으로 집에 돌아왔다. 일이 태산 같다고 했으나 장 보아올 새도 없이 치러야 할 혼사, 냉수 떠놓고 할 판인데 일이 태산 같을 까닭도 없고 다만 마음이 태산 같았을 것이다. 강쇠는 방에 우두커니 혼자 앉아서 담배를 피우고 있었다. 뜻하지 않게 굴러들어온 호박덩이 같은 혼사, 순이네는 천양지간이라 했지만, 비아냥거려서 한 말이기는 했지만 영선은 순이에 비하여 월등한 것만은 사실이다. 보통학교를 나왔대서가 아니라 어느 모로 보나 몸가짐이 조신스러웠고 몸매나 용모에도 귀티가 있었다. 휘의 어미는 과람하다는 생각에서 마음이 설렜고 드디어 아들이 장가들게 된다는 황홀감에 젖어 있으면서도 때때로 왠지 불안하다. 순이네가 울고불고 원망 섞어 하는 말쯤이야 예기치 않았던 것도 아니었다. 그들과 관계없이 야릇하게 신경질 비슷한 것이 뻗치는 것은 무신 까닭일까. 행복을 많이 누리지 못한 사람들의 공통된 심리, 호사다마에 대한 두려움 때문인지, 좋은 일에 익숙해지지 못한 혼란 같은 것, 그것은 인생을 겸허하게 살 수밖에 없었던 사람들의 주고서 빼앗아가는 기억 때문인지 모른다.

"날짜를 보름만 물리도 찬물 떠놓고 혼사는 안 할 긴데."

불안과 함께 서운함도 있었다. 종이로 바른 싸구려 농짝 문을 열면서 휘의 어미는 또 중얼거렸다.

"농짝 하낫도 매련하지 못하고 날씨 풀릴 것만 기다리고 있었는데 불각처에 들이닥치니."

"몇 분 말해야 하노. 헹펜 닿는 대로 하는 기라고, 자식 낳고 해로하믄 그만이지 무슨 잔소리가 그리 많을꼬."

강쇠는 곰방대로 재떨이를 뚜드리며 말했다.

"그래도 어디 그렇소? 하나밖에 없는 내 아들, 인륜지대사 아니오. 저녁거리가 없는 처지라믄 모리까."

"그라믄 우리가 볏섬 웃묵에 재놓고 산다 그 말가?"

"생각해보소. 가실 내내 싸리 꺾고 겨울 내내 강주리 잣고 숯 굽고, 우리 휘, 장개 밑천 장만 못했다 하겄소?"

"허허어."

휘의 어미는 농짝에서 꺼낸 옷감을 펴보고 만져보고 다시 접는다. 아들을 위해 장차 어떤 며느리가 입을지 모를 옷감을 큰마음 먹고 장만한 것들이다.

"내사 마, 누가 이렇게 졸지 간에 들이닥칠 줄 알았이야제. 조금만 기다리믄 꽃삼월 좋은 날에."

"한 소리 또 하고 한 소리 또 하고, 와 그라노? 노망들라 카나."

"아아 이녁도 그리 생각 안 했다 그 말입니까! 해동하믄 혼사할 기라는 말 몇 분 했십니까?"

"봄이야 온 셈이제."

"시상에 어제 와가지고 그것도 저문 연에 와가지고 모레로 날 잡았다, 온 세상에 납비네는커녕 나무 깎아 비네 맨들 새도 없겄소."

"허허 참, 날 풀리거든 하동장에 가서 은비네 은가락지, 내 똥 묻은 중우를 팔아서라도 장만하믄 될 거 아니가."

"아이구우, 말만 가지고 할라 카믄 금비네 금가락진들 못하겄소? 말만이라도 그리 하는 거를 보이 떠맡았다, 떠맡았다 함서도 그 아아가 속으로는 기엽은 갑소. 빈말로라도 은비네 은가락지 해쌓는 거를 보이."

"임자는 안 그렇다 그 말이가?"

"안 그러믄 와 내가 이래쌓겄소. 우리 성시(형편)에 은비네 은가락지는 못하더라 캐도."

"말이야 바로 하지. 영선이는 우리한테 가남한 며누리라. 숯 굽고 강주리 잣는 놈이 백정보다 나을 기이 없고 억울하다믄 관수 쪽이제."

"우리 휘가 우때서요."

"휘가 우떻다는 기이 아이라, 영선이 가아가 똑똑하고 인물도 그만하이 더 나은 데 갈 수도 있었다 그 말이제. 보통핵교까지 나와서 이런 산중에 시집오기 쉬운 일은 아닌께, 고생할 거를 뻔히 알믄서 애비 된 관수 맴이 어디 좋겄나. 부모 맴이사 매일반이제."

"그거사 그렇소만."

"컬 때부터 보아왔인께 내가 잘 알지러. 아아야 참하고 심성도 좋지."

"부모 안 닮은 자식이 없다 카이."

"어질기로야 어마니 편이제. 백정이란 이름이 더럽아서 그렇지 요조숙녀라. 하기야 백정이란, 갖바치라는 이름이 더럽나, 세상이 더럽지."

"지도 마 흡족하기사, 자다가도 좋고, 한 가지 걱정은 도방서 편키 살다가."

"도방이라고 해서 편키 산 아이도 아니거마는. 밤낮 그놈들, 왜놈들한테 쫄대기를 치고(못살게 굴고) 수풀에 앉은 새맨크로 이사 댕기기 바빴인께."

"보통핵교 나왔다고 서방을 눈 아래로 보믄 우짜겄소."

"우리 그놈도 고학을 하고 있인께 꿀릴 기이 없고, 두고 봐라. 기울지 않을 긴께. 나는 임자가 걱정이다."

"와요?"

"외아들의 외며누리, 잘 보는 씨에미 없다 안 카던가."

"그런 소리 마이소. 우떤 며누리라꼬."

"첫날 묵었던 맴이 끝까지 가야 하는 기라. 며누리라 생각할 기이 앙이라 딸이거니."

"아무리 생각해봐도."

"잘 나가다가 또 와 이라노."

"영선아부지가 약속해서 안 그러요. 미리 기별이라도 하던가, 자식이 또 있단 말가, 예를 갖추고 싶었던 것이 소원이었는데, 우리네 사는 낙이 머 있었십니꺼."

"헹편이 그런 거를."

"그쪽 헹펜이지 우리 헹펜이오?"

"관수 헹펜이 내 헹펜이고 내 행펜이 관수 헹펜 아니가! 그거를 몰라서 자꾸 이러나? 실삼시럽게 자꾸 또 내뱉었단 봐라!"

강쇠는 소리를 팩 지른다.

2장 초야(初夜)

혼례는 치렀다. 신방에 신랑도 들어갔다. 산은 끝없는 정적에 묻혀 있었고 이따금 밤새 우는 소리, 부엉이 우는 소리가 들려왔다.

짝쇠네 집에서는 술판이 벌어지고 있었다. 처음 합석했던 짝쇠는 술이 몇 순배 돌자 일어섰다. 연소하여 그랬던지, 의기소침한 안서방 보기가 딱하여 그랬던지 안서방을 이끌고 슬그머니 나가버렸다. 하기는 방이 협소해서 여섯 사람이 앉아 술 마시기는 매우 옹색했다. 사돈지간이 된 김강쇠와 송관수, 그리고 혼례랄 것도 없는 초라한 의식을 흉내나마 절차를 밟아준 해도사, 일진도 없는 빈 절간에 상좌와 함께 머물러 있던 소지감, 네 사람이 남았다.

"그 댁에서는 이장을 해왔소?"

해도사가 관수에게 물었다.

"얼음이 풀리야 이장이고 머고."

관수가 대답했다.

"하면은 송형 혼자만 왔다, 그 말씀이오?"

"질수가 다른께 함께 와야 할 까닭도 없고."

"조카딸이 있다니께 유하는 데는 걱정이 없일 기고 느긋하게 구겡이나 하고 오믄 되겄네."

강쇠 말이었다.

"구겡이 다 뭐꼬? 일각이 여삼추라 얼음 녹기만을 눈이 빠지게 기다리고 있는 거를 보고 왔구마."

"하기는."

해도사 술잔을 놓으며 말했다.

"뿐이건데? 이거는 석고대죄라도 하는 꼴이라. 울기는 와 그리 찔찔 우는지, 핏줄도 아닌 양분데 머가 그리 맺히고 설분지 알다가도 모리겄더마."

"그게 법이라."

해도사 말에 강쇠가 덧붙인다.

"양반네 법이제요."

"양반이라고 저저이 다 그러지는 않소이다. 아무튼 매우 지순한 사람이군요."

소지감이 한마디 했다.

"그 양부에 그 양자라, 할 만은 하지요. 내 어릴 직에 이웃에서 보아왔지마는 김훈장 그 양반 추수가 끝났다 하믄 노자 맨들어서 양자 찾니라고 사방을 쏘다녔구마는. 가문을 닫고 내가 무신 면목으로 조상을 대할까 부냐, 그게 그 양반 입버릇이었제요. 꼬장꼬장한 늙은이, 고집이 평양땅 고집이고 나도 산에서 많이 대들고 했는데…… 지내놓고 보니 그 양반만한 어른도 세상에는 드물더만요. 말이 양반이지 농사꾼으로 살았고 글을 빌릴라 카믄 동네 사람들 그 양반 찾아갔인께, 그래도 비단가리(살림살이) 하나 바라는 게 없었고, 답댑이, 그 골수에 박힌 양반이라는 생각이 병이었제요."

"……."

"한경이 그 사람도 좀 모자라서 그렇지 부처님 가운데 토막이오. 그러니 효성이 지극하고 남부럽지 않은 아들을 두었고."

그 말을 할 때 관수의 얼굴은 쓸쓸해 뵀다. 소지감은 모르지만 강쇠와 해도사는 영광이 집 나간 것을 알고 있었기 때문에 분위기가 묘해진다.

"그러면 그때는 산에 들어갔으니 의병이었고 다음에는 동학군이었고, 다음에는 뭔고? 형평운동 하는, 시쳇말로 무정부주의가, 사회주의가 뭐 그런 것인가? 아니면 독립투사인가? 송형 알쏭달쏭하오이다. 어쨌거나 장돌뱅이 아들치고는 경력이 출중하니 개천에서 용 났다 할 수도 있겠구먼."

해도사는 빈정거리듯 말했다.

"지나간 얘기는 와 하는고. 된 일이 머 하나 있어서, 젠장."

"하는 짓짓마다 남 안 하는 걸 했으니 하는 말이지."

"앗따! 사내장부가 된장 담고 꼬치장 담고 산속에서 멀거니 해 쳐다봄시로 개대가리 죽써묵고 옴대가리 찜쪄묵는 소리나 중얼중얼, 그거는 남 하는 짓이던가?"

"하하핫핫핫…… 시비 나겠소. 면대하여 칭찬하기 면구스러워 그러는 거 아니겠소. 해도사 속으론 부러울 게고 부끄러워 그러는 거요."

소지감 말에 해도사는,

"아아니 물굽이가 왜 그렇게 돌아가지요? 은근슬쩍 사람을 화살판으로 내밀어 놓으면서 뒤에서 두 손 싹싹 부비는 꼴이구먼."

소지감은 껄껄껄 웃었다.

"자알들 노네. 오늘이 우떤 날이라꼬 송관수만 날개를 다노 말이다."

"오늘이 무슨 날이오?"

짐짓 놀란 척하며 해도사가 묻는다.

"내 아들 장개간 날, 몰랐소? 말을 하자 카믄 내가 상객인데 뒷방 안늙은이맨크로 푸대접을 하니."

"가만히 있자아, 여기가 그러면 지리산이 아니고 부산 항구란 말인가?"

해도사는 능청을 떤다. 강쇠는 피식 웃었다. 소지감도 웃고, 그러나, 관수는 웃지 않았다.

"저놈의 인사 때문에 상객 노릇도 못하고 제에기랄!"

강쇠는 농치면서 관수를 곁눈질해본다. 신부집에서 초례를 치러야 말 타고 따라간 신랑집 어른이 상객이 되는 때문에 해도사가 한 말이었다. 어쨌거나 강쇠는 상객이 아닌 주인의 처지인 것이다.

"그나저나, 용케 무덤을 찾았구먼요."

소지감은 내내 그것이 궁금했다.

"그것은 어렵지 않았소. 뫼 쓴 사람이 있었인께요. 무슨 핵교 선생이라 카던지 용정에서 한참 떨어진 곳인데, 또 최참판댁 환국이아부지가 소상하게 알으키주었고 홍이가, 그러니까 조카사윈데, 발 벗고 나서주었제요."

"그 참 다행이구먼. 옛날에는 호지(胡地)에서 부모 뼈 추려올려면 수천 냥을 짊어지고 가야 했다는데 왜놈들 때문에 그렇지 돈은 안 들어서 좋았겠소. 그는 그렇고, 어떻던가요? 희망이 터럭만큼이라도 있어 뵈던가요?"

해도사의 말이었다.

"머가요?"

"아, 뭐긴 뭐겠소. 그곳 형편 말이오."

관수는 한동안 말이 없다가,

"무식한 내가 머를 알겠소. 잘난 사람들 만나본께 희망이 있다 카고 헹편 돌아가는 거를 보니 하자세월, 이곳이나 그 곳이나 다를 기이 머 있겠소. 왜놈한테 쫓기고 되놈한테 쫓기고, 오나가나 그 신세가 가련키는 매일반이지. 옛날에는 조선 사람들이 되놈으로 민적을 옮기기만 하믄 얼매든지 땅을 부치묵을 수도 있고 개간도 할 수 있었다 카는데, 그래도 오만 고생 다 하믄서 민적 옮기는 것을 마다했다, 흥, 그 시절이 좋았다는 거요. 지금은 묵고살 수가 없고 왜놈 등쌀에 이도 저도 할 수가 없으니 되놈으로 민적을 옮기고 머리도 깎고 하지마는 또 그기이 앙이라는구마. 왜놈이 민적을 파주지 않은께 되놈 민적에 왜놈 민적 두 개를 달고 댕긴께 그 고달픔이 오죽하겠는가. 생각해보소."

"어째 그럴 수가 있을꼬."

해도사가 말했다.

"결국에는 왜놈 되놈 사이에 끼어서, 따지고 보믄 중국사람이 그럴 만도 하지. 육시랄 왜놈들이 조선땅 묵고 또 야금야금 중국땅 묵을라 카이 그 사람들 와 안 그러겠소. 왜놈은 조선사람이 땅 가지는 거는 언제든지 저거 거로 할 수 있인께, 때에 따라서는 조선사람 앞세워 땅을 살라고도 한께. 또 한 가지는 조선사람이 중국 민적으로 옮겨가믄 왜놈들이 잡아들일 권한이 없어지는 거라. 그러니 독립운동하는 사람 잡기도 어렵어지는 기고. 중국사람들은 또 일본놈 손에 움직이는 일부 조선사람들이 있인께 조선사람들을 경계하고 발 못 붙이게 하고, 그러니 죽어나는 것은 조선사람들 아니겠소. 먼저 가서 자리잡은 사람들은 그래도 괜찮지마는 뒤늦기 간 사람들은 그 고생을 입으로는 다 말 못하는 거요. 풍찬노숙, 북풍이 쌩쌩! 부는, 죽어도 누가 알기나 하나. 돌아오자니 땅이 있어, 집이 있어. 생각해보믄 목이 터질 일이제. 땅 뺏기고 만주로 쫓기 간 사람치고 힘 있는 백성 한 사람이나 있었나? 의병이다 독립투사다 하는 사람들 말고는 땅 파믄서 게우 멩줄 잇던 불쌍한 사람들뿐이었제. 죽지 못해 간 사람들이 그곳에서는 더한 핍박을 받으니, 그놈들이 땅 뺏고 이 땅에서 몰아냈이믄 그곳에서나 살게 내비리두지…… 우리는 한사코 싸워야 하요, 싸우는 것밖에 없소. 그 길밖에 없단 말이오. 사람우 한세상 안 죽을 사람이 어디 있겠소."

목소리는 낮았지만 절규하듯 응혈이 터질 듯 관수가 자아내는 분위기는 그러했다. 관수가 이 지점까지 온 것은 우연도 작심에서도 아니다. 동학당으로 죽음을 당한 장돌뱅이였던 아비, 김훈장을 따라 산에 들어간 사이 행방을 모르게 된 어미, 그리고 은신처에서 만나 부부로 맺어진 백정의 딸인 아내, 그 응어리가 여기까지 오게 했으며 또 앞으로 가야 할 길에는 아들 영광의 한이 짙게 서릴 것이다. 네 사람 중에 가장 많은 설움과 고통을 넘어온 송관수, 해서 그는 누구보다 치열하다. 딸을 남겨두고 아들의 행방은 모른 채 떠나야 할 자신, 그는 마음속으로 오열하고 있는 것이다. 그것을 강쇠는 너무나 잘 안다.

"잘 처묵고 잘살믄서 유세 부리고 살던 사람들, 그 잘난 사람들 때문에 백성들은 헐벗고 굶주리야 했는데, 이 강산에서 젤 덕을 많이 본 그 잘난 사람들이 내 강산을 팔아묵고 연명을 하는데 백성들은 설 땅조차 없으니 이자는 그 잘난 사람들 처분만 기다리서는 안 되는 기라. 내 살길 내가 찾더라고 언제꺼지 백성들은 이렇기만 살아야 하노 말이다."

"그래 아까 듣자니까 그쪽 잘난 사람들 얘기는 어떻던가요."

해도사가 말했다. 관수는 해도사를 빤히 쳐다본다. 해도사는 그 눈을 여유 있게 받는다. 한참 후,

"세상 버리고 구찮은 짓 안 하고 태펭으로 삼서 세상일 머가 그리 알고 접어 안달복달하요."

관수도 조금은 여유를 찾은 듯 말했다.

"내가 언제 세상을 버렸던고? 여기는 세상 아니란 말이오? 내가 세상을 버렸다면 옛날 옛적에 삭발을 했지. 그러지 말고 귀동냥 좀 합시다."

"잘난 사람들 한둘이 아니고 제제가끔 얘기의 질수가 다른께 나 겉은 무식쟁이가 우찌 옳게 듣고 제대로 얘기할 수 있겄소. 그러나 대충 잡아서, 우떤 사람은 내다보기로 멀잖아 왜놈하고 중국이 붙을 긴께 장개석이하고 손을 잡아서 함께 싸워야 한다 카고, 우떤 사람은 장개석은 좀체로 일본하고 싸울라 카지 않은께,"

"와 그렇노? 와 안 싸울라 카노?"

뚝배기 깨지는 소리로 강쇠는 관수의 말을 잘랐다.

"대국이 쥐새끼 겉은 왜놈 무섭아서 안 싸울라 카나!"

"제발 철 늦은 소리는 그만해라."

"얼씨구? 잘난 소리 하네."

"꿈에도 못 잊는 그 성님 말할 직에 나는 귓구멍에다 소캐(솜)를 박았더나? 몰라도 한참 모린다."

"부작대기(부지깽이) 갖고 와서 귀 좀 후비야겄구마는. 그래 한참 모리는 이바구 해봐라."

"청국이 일본하고 싸워서 진 것도 모리나."

"지금이 어디 청국가?"

"아라사하고 싸워서 일본이 이긴 것도 모리나."

"그런께 간단하게 말해서 일본이 대국보다 세다 그 말이구마."

"방천에서 풀 뜯는 소 새끼를 붙잡고 얘기를 하는 기이 낫겄다."

"허허어, 사돈지간에 왜들 이러시오."

소지감이 중재에 나섰다.

"자중지란이 망조라. 자중지란이 없었던들 일본이 득세했을까. 거 김장사, 말에 뉘 넣지 말고, 늦은 밥 먹고 파장에 가는 말은 두었다 하시오."

해도사의 면박이다. 물론 수작에 불과한 것, 아무도 진지하게 말하지는 않았다.

"묵사발이네. 제에기랄! 아들 장개가는 날에도 유세 한분 못하고 접시 물에 빠져죽든지 해야지 어디 살겄나. 설어서 못 살겄다."

한바탕 웃는다.

"송형 하던 얘기나 이어보시오."

혼자 웃지 않고 있던 관수는 해도사 재촉에,

"어지간히 보채쌓는다. 그렇기 알고 접으믄 찰떡 해 짊어지고 내일이라도 떠나는 기이 우떻겄소?"

"아닌 게 아니라 한번 그래볼까 하는 생각도 없지 않소이다. 그는 그렇고 하는 얘기나 끝내시오."

"내가 어디까지 얘기를 하다 말았는고? 그렇지, 장개석이는 일본하고 싸우는 동안 공산당이 뒤통수 칠까 바서 일본이 별의별 짓으로 유인을 해도 꼼짝 않은께 공산당하고 손을 잡고 싸운다믄 아라사도 가만히 있지는 않을 기니, 또 앞으로의 세상은 공산당 천하가 될 기고 핍박받는 백성이 사람 대우받고 살 것인즉 그쪽 편에 서서 뛰어야 머가 돼도 될 기라, 그런 말을 하는가 하믄 또 우떤 사람은 이를 갈믄서 그놈들을 믿느니 시베리아 벌판의 늑대들을 믿겄다, 지난날 피맺힌 원한을 몰라 하는 소린가, 우리 독립군을 모조리 제 땅으로 불러딜이 놓고 박살을 냈던 전사를 몰라 하는 소린가, 그 아무도 믿을 기이 없고 마적질을 하던 우리 힘으로 무장을 해서 왜놈들 뒷구멍으로 파고 들어가야 하고 그러기 위해서는 왜놈 앞잡이들을 모조리 암살해야 한다, 그라고 나라 안에서도 그런 방향으로 나가야 한다, 남에게 얹혀서 일하다가는 죽 쑤어 개 주는 꼴이 될 기라 캄서, 나는 그 말에 일리가 있는 것 같더마."

"아무리 일리가 있어도 힘을 도외시해서는 움직일 수 없지요. 주먹으로 바위를 친다고 끄덕이나 하겠소."

소지감이 말했다.

"그거야 머 주먹 대신 지렛대를 쓸 수도 있고 바위 깨는 화약을 쓸 수도 있고,"

"지렛대, 화약을 쓰자면은 역시 빌려와야지 우리에겐 주먹밖에 없질 않소. 약게 그들 힘을 이용하는 것은 나쁘지 않소이다."

그 말 대답은 없이 있다가, 관수는 딴생각을 하면서 건성으로 하던 말을 계속한다.

"전쟁이 나야 하는가 하는 것도 생각들이 구구하더마. 전쟁이 나믄 조선사람들 씨가 마릴 기라 걱정하는 사람도 많고 전쟁 없이는 끝도 없고 우리나라 독립의 기회는 영영 없어진다 하는데 내 생각도 그렇소. 소선생이 아까 말씸했듯이 큰놈끼리 붙어서 부서지는 사이에 우리가 살아남을 기라는. 전쟁이 안 난다 캐도 왜놈은 우리를 말리 직일 기요. 우쨌든 꽝! 터져부리고 보아야 한다."

"그래 쾅! 터져부리야, 하늘하고 땅하고 하루 한시에 붙어부리라! 시시로 나는 생각이제."

강쇠는 내뱉듯 말했다.

"동문서답하네."

해도사의 핀잔이었다.

"와 이라요? 나도 그런 뜻 아니라는 것쯤은 알고 있다 말이요. 서당 개 삼 년이믄 풍월을 읊는다 했고 도방 출입 수삼 년, 제에기럴! 이런 날에도 그런 얘기 해야 하나?"

"누가 말려. 며누리 해주는 밥이나 먹고 구들막이나 지키시오."

핀잔은 또 날아왔다. 사실 강쇠는 심사가 좀 뒤틀리어 있었다. 술은 별로 하지 않고 줄담배만 피고 있는 관수 모습을 보고 있자니 숨이 막힐 것 같았다.

'내 아들이 우때서? 그렇기 앵하믄(아까우면) 누가 지 딸 데꼬 오라 캤나.'

패주고 싶기도 했다. 패주고 싶다는 것은 강쇠 자신이나 휘의 자존심 때문은 아니었다. 산에 두고 가는 딸에 대한 연민은 지금 송관수에게서는 지극히 작은 부분에 지나지 않는다. 가족이라는 전후좌우의 역사와 상황에서 보면 영선은 작은 한 부분일 뿐이다. 그러나 관수에게 개인적인 그런 고통만 있는 것은 아니었다. 앞으로 해야 할 일, 위험하고 반드시 성공하리라 믿을 수도 없는 일이 그를 기다리고 있었다. 송관수는 자신의 개인적인 갖가지 비극을 지금 반추하고 있는 것이다.

그리고 새김질이 잘된 것을 해야 할 일터로 넘겨주면서 해야 할 일에 튼튼한 준비 작업을 하고 있었는지 모른다. 강쇠가 관수를 패주고 싶다는 것은 연민의 감정 때문이다. 소지감 때문에 뚜드려 패주었던 그때의 미묘한 배신감하고는 전혀 다르다.

'제기랄! 잘난 놈들이나 할 일이제. 잘난 놈들 쌩이고 쌩있는데 와 우리 겉은 놈들이 맨 앞자리에 나서야 하노 말이다. 이런다고 백정이, 갖바치가 영웅호걸 될 기가. 흥, 우리 생전에 회포할 것 겉지도 않는 일을.'

슬픔과 분노가 치미는 것을 어쩔 수 없었다. 분노가 치밀 때마다 강쇠는 관수를 패주고 싶은 것이다.

"식자우환이라."

지금까지의 화제와 연관이 없는 것은 아니었지만 왠지 방안의 사람들은 생소한 느낌을 받는다. 사실 처음부터 이 술자리는 경사를 치른 뒤의 느긋하게 즐기는 그런 분위기는 아니었다. 안서방과 짝쇠는 순이 때문에 강쇠나 해도사의 기분이 가라앉는다고 생각했다. 그들 역시 술자리에 어울릴 기분이 아니었으므로 물러났지만, 그러나 미묘한 관계를 모르는 소지감도 너털웃음을 웃곤 했으나 일말의 긴장을 내포하고 있었다.

"해도사의 말이 맞긴 맞소. 용이 못 된 이무기가 제아무리 뛰어봤자 승천은 못할 기니 말이오. 내 아들놈의 경우도 공부

대신 칼을 쥐여주었더라면 저잣거리서 쇠고기나 팔고 살았일 긴데, 가심 쥐어뜯는 일도 없었일 기고."

관수 입에서 말이 튀어나왔다.

"새벽녘에 그것을 깨달으면 어떻게 하나. 하기야 용이 될지 이무기가 될지 그건 세월이 말해줄 것이고,"

하다가 해도사는 관수를 곁눈질하며,

"백정의 자식이,"

말을 끊고 다시 관수를 곁눈질하며 본다. 전같이 관수 얼굴에 살기는 떠오르지 않았다. 애비가 백정 아닌데 아들이 어째 백정이냐는 말도 하지 않았다. 그것은 아내에 대한 측은함 때문이리라. 하기는 여태 관수는 그런 말을 한 적은 없었다.

"백정의 자식이 칼 놔두고 붓을 들었다면 까시밭길로 들어선 거지. 식자 줏어담아서 잘난 사람, 험집 없는 사람, 그들 속으로 엉덩이 부비며 들어가 보아야 눈총에 송곳방석, 못 견딜 것이고 옛둥지에 돌아와본들 반쯤 양반이 되어 왔으니 그들에게는 낯선 나그네라. 혹 백정의 지도자로 떠받쳐 뫼실 경우가 있을 시에도 그건 깃발인 게요. 높이 쳐든 깃발이 바람을 타는 것은 정한 이치, 앞으로 몇 번 그 깃발이 찢기고 쓰러져야 백정의 흔적이 없어질런고 그건 불가지라. 해서 이리 가나 저리 가나 까시밭길이라 그 말이오."

"이래도 저래도 죽은 판이다 그 말이구마."

강쇠 말이었다.

"아암."

"그라믄 송관수 사위도 공부 때리치워야겄네."

강쇠는 또 말했다.

"귀가 꽉 막혀버렸군. 눈은 옆과 앞을 동시에 보면서."

"뭐라 캤소?"

"고학(古學)하고 신학(新學) 구별 못하오? 이제는 상놈들 고학 좀 해두어얄 게요. 시체 양반들 고학하는 것 보았소?"

"그런가?"

"자고로 양반 쓰다 버린 것 상놈이 줏어 하게 돼 있고."

"더럽아서."

소지감은 무슨 생각을 하는지 화제에서는 물러나 앉은 채 술만 마시고 있었다.

"더럽다 할 것 없소이다. 입다 버린 누더기도 아니겠고 먹다 버린 밥찌꺼기도 아니겠고, 때에 따라서는 보화를 버리고 유리구슬을 줍는 어리석은 사람도 있으니까. 생각해보시우? 지금 일본으로 유학 가는 사람들 말이오. 말짱 다 버리고 가지 않던가요? 말짱 다 버리고 알몸으로 건너갔으니, 가서 걸음마부터 배워야 할 판이오. 일본 구경도 못한 내가 이런 말을 하니 소선생은 배우는 데 편견 갖지 말라 할 것이며, 하나라도 더 배워서 하루라도 빨리 그들을 따라잡아야 한다고 할 것이오마는, 그것이 그렇지 않소이다. 또 나는 남의 것 배우지 말라 고집하는 것도 아니오. 배우기는 배우되 우리 것을 내동댕이치고 박살을 내지 마라 그 얘기요. 그러나 형편을 보아하니 배우는 것보다는 버리고 박살내는 것을 더 주장하고 있으니 상놈들이라도 버리는 것 박살내기 전에 줏어서 간수하라 그 말이오. 내가 세월을 보아하니 한동안 벽에 부딪치기까지는 소위 신학문이라는 것을 가지고 용천지랄들 할 모양인데 생각해보시오? 세월은 그냥 세월이 아니외다. 세월은 만들어놓고 가는 거요. 다듬어놓고 가는 거요. 갈아놓고 가는 거요. 물(物)만 그러하더이까? 생각도 만들어놓고 다듬어놓고 갈아놓고 가는 거요. 왜 만들며 다듬으며 갈아놓는가. 삼라만상 생명 있는 것이 그 생명을 부지하기 위함이요, 부지하더라도 좀 더 편안하게 부지하기 위함이 아니겠소이까. 하면은 우리의 수천 년이 그리 헐값은 아니라는 게요. 생각해보시오. 자고로 상층에서는 변화무쌍하여도 하층의 외곬이 그나마 이만큼이라도 전해준 거요."

"꿈보다 해몽이 좋구려."

겨우 소지감이 말참견을 하고 나섰다.

해도사는 입술을 오무리며 끼룩끼룩 웃는다. 웃다가,

"소선생, 사람 사는 이치는 안팎을 뒤져도 뻔한 거 아니외까?"

"아니라고 내가 말할 것 같소?"

"삼라만상의 이치도 뻔한 것 아니던가요?"

"글쎄, 모르는 게 많아서 이치가 뻔하다 할 수 있을는지, 하하핫핫…….”

“달이 뜨고 달이 지고 해가 솟고 해가 지고 그 얘기지, 왜 달이 지고 뜨는가 왜 해가 솟고 지는가 이유가 아니지 않소.”

“그렇다면은 뻔한 얘기지요.”

“신학문이라고 뻔한 이치에서 벗어났다고 생각하시오? 양인들의 귓구멍이 셋은 아니지 않소? 눈알이 한 개도 아니지 않소? 서양서는 물고기가 산에서 살고 들짐승이 물속에서 사는 거는 아니지 않소? 그들도 비상을 먹으면 죽을 것이요 동삼을 먹으면 힘이 솟을 것이오. 연장이 좀 다르다 하여 근본이 다르지 않을 것이며 수많은 목숨들이 각각 흩어져서 살다 보니 사는 곳마다 산과 내가 조금씩 다르고 바다와 들판이 조금씩 다르고 사계절 기후가 조금씩 다르고.”

“염불하는구마.”

“허허어, 김장사, 끝까지 들으시오. 해서 목숨 있는 그 모든 것의 사는 방법이 조금씩 달라졌을 뿐인데 그쪽이 서방정토는 아닐 터인즉 또 천당도 아닌 터에, 천당이라면 천당 가려고 예배당에 나가겠소? 하는 짓들을 보아하니 해놓은 밥 놔두고 쟁피(피) 훑어서 죽쑤어 먹겠다고 들판으로 내달리는 꼬라지라. 굳이 내가 옛것 우리 것을 고집하자는 게 아니외다. 뿌리 없는 나무가 어디 있으며 조상 없는 자손이 어디 있겠소이까. 남의 것을 가져와서 접목을 하더라도 뿌리는 있어야 아니하겠소오? 하기는 우주 근본의 얘기를 하자면 이것들은 지엽이요, 또 지엽이란 뿌리에 이어지는 것."

"점입가경이오. 하여간 그 얘기는 한참, 한참 두었다 하시오. 나뭇가지를 말짱 잘리어 몽당나무가 되어 숨이 갈락 말락, 이 판국에 엿가락 늘이듯, 하기야 뭐 길게 내다보고 하는 얘기 나쁠 것도 없겠소만, 그새 숨 넘어가고 나면 아무 소용이 없지요. 하늘에는 비행기가 날아다니는데 돌팔매로 새 잡자, 하하핫핫……."

심각한 논쟁도 아니었고 열을 올리는 것도 아니었다. 죽이 맞아서 주거니 받거니 시간을 흘리는 것이었다.

"허허어, 이럴 수가 있나. 소선생도 내가 말한 큰 뜻을 몰라준다면 이거 이제 세상 다된 거요. 그래도 내 딴에는 속이 꽉 찬 선비로 알았는데 영 사람 잘못 보았어. 실버들 한 가지 꺾어 들고 태산을 자질해도 유분수, 그래 내 말하리다. 제아무리 비행기가 잘난들 제비를 당할쏜가, 벼락 한 번 번뜩하면 콩가루가 될 터인데, 그래 그게 대수란 말씀이오? 만물에서 인간이 가장 영악하다고들 하지마는 나고 죽는 것을 어찌 관장할 것이며 봄은 제 발로 오는 것이지 사람이 끌고 오는 것이 아닐진대 만물의 소생이 어찌 그쪽 사람들의 능사이겠는가."

"내사 귀신 운감하는 소리맨크로 머가 먼지 하낫도 못 알아듣겄소."

해도사는 강쇠의 말 따위는 들은 척도 하지 않고,

"결국 내가 말하고저 하는 것은 천지조화를 깨뜨려서는 아니 되고 인간이 영악하게 조화를 한사코 깨뜨리려 들면은 끝에 가서 재앙을 받을 것이라, 재앙을 받기 전에 증산(甑山)의 말을 빌리자면 천지공사(天地公事)를 바로잡지 않으면 아니 될 것이오. 서양 그들의 문물은 헛되고 헛된 것이 될 것이오. 더도 말고 덜도 말고 오장육부도 그래야 보존이 되는 법, 많이 먹어서 배 터져 죽고 적게 먹어서 부황에 죽고, 이치에는 한 치 어긋남이 없나니, 총, 대포 끌고 와서 남의 땅 거먼거먼 줏어먹듯 어찌 그들인들 배가 터지지 않을 것이오. 당장에는 강대국이라 하겠지만 과다한 섭취는 병들기 마련, 갖가지 처방은 하겠으나 혈맥이 제대로 통할 리가 없고 여기저기 막히니 여기저기 뚫어보나 뚫기보다 막히는 게 더 많아 그래 말기에는 광증으로 박살이 나는 게요. 우주 만물이 막힘이 없이 돌아가야 그래야만 모든 생명들 거하는 곳이 극락도 되고 천국도 되고."

"하하하핫 하핫핫핫…… 그거 그럴싸한 얘기로군. 한데 도사님, 그때가 언제쯤 되겠소?"

"어찌 천기를 누설할쏜가."

해도사는 씩 웃었다.

"그라믄 그때꺼지 감나무 밑에서 잠을 자야겄네."

주거니 받거니 하다가 이들은 자정이 지났을 때 밀담(密談)으로 들어갔다. 머리를 맞대고 소리를 죽이며, 바닥에 자락을 깔았던 긴장이 노골화되었다.

이 무렵, 밖에서도 횃불을 켜든 안서방과 짝쇠는 산속을 뒤지고 있었다.

"경사에 소란시럽기 하지 말고 가만히 기다리고 있어라. 지가 갔이믄 어디로 갔일꼬? 이 근처 어디에 있겠지."

안서방이 당부하고 나갔으나 그 말이 귀에 들어올 리 없었다. 순이네는 집 뒤란을 쏘다니며 울고불고 야단이었다. 짝쇠 집은 다소 거리가 있어 바깥 기척을 모르고 있었지만 휘의 어미는 눈치를 채고 나왔다.

'그 무상한 가시나가 일 저지른 거 아니까?'

신방에 신경을 쓰며, 울고불고 하는 순이네에게 말도 걸지 못한 채 팔짱을 끼고 우두커니 서 있었다.

"이 빌어묵을 가시나 뒤질라꼬 나갔나. 오밤중에 어디로 갔다 말고. 어이구 내 팔자야!"

순이네는 주먹으로 자기 가슴을 쳤다.

혼사 끝에 이것저것 배불리 먹고 깊이 잠들었던 길룡이 방에서 기어나왔으나 정신이 몽롱한 상태로 땅바닥에 주질러 앉아 있었다.

"어이구 이눔의 가시나를 우짜믄 좋노. 쇠 빠져 죽을 년 그만 범이나 물어가지. 부모 속 썩이는 년은 자식도 아니다. 차라리 죽어부리는 기이 나을 기다! 어이구우, 이 일을 우짜노!"

순이네는 어둠 속을 뛰어나갔다가는 자빠지고, 미끄러지고 하면서 돌아왔고 뒤란을 돌다가는 울곤 한다.

"참말이제 기도 안 찬다. 일이 우찌 이리 돼가노. 오늘겉이 좋은 날에."

팔짱을 끼고 떨면서 휘의 어미는 중얼거렸다.

신방에는 촛불이 켜져 있었다. 열여덟 동갑내기 신랑과 신부, 휘는 진솔의 흰 무명 바지저고리를 입고 있었다. 영선은 친정서 보내온 옷감으로 짝쇠댁네와 순이네가 밤새워 지은 다홍치마 유록색 저고리를 입고 있었다. 짝쇠가 마을까지 내려가서 겨우 빌려온 족두리는 벗겨져 있었으나 그들은 그냥 우두커니 앉아 있는 것이다. 철은 다 들었지만 암된 성질의 휘는 어떻게 해야 좋을지 꼼짝할 수가 없었던 것이다. 그런 참에 밖에서 술렁대는 기척을 이들은 들었다. 휘는 굳게 입을 다물고 있었지만 관자놀이가 흔들렸고 무릎 위에 놓인 두 손은 주먹을 불끈 쥐고 있었다.

밤새 우는 소리가 들려왔다. 마치 꽃잎이라도 떨어지듯 그렇게 들려왔다. 순이네의 우는 소리도 아슴푸레 들려왔다. 신방에 차려놓은 술상은 손도 대지 않은 채 그대로였다. 영선은 고개를 숙이고 그림자같이 앉아 있었다. 산에 온 후 이상한 순이의 태도가 마음에 걸렸다. 바깥 기척에 영선이 예민해진 것도 마음에 쌓였던 의혹 때문이다.

"빌어묵을 년! 덩신 겉은 년! 내보란 듯 살 생각은 안 하고 지가 죽기는 와 죽노! 그래 이년아, 잘 생각했다! 죽을라 카믄 진작 죽어라! 어이구 이 일을 우짜믄 좋노. 어이구."

넋두리하는 순이네 목소리가 바람 방향 탓인지 꽤 가까이서 들려왔다. 세상에 이런 난감한 일이 흔할 것인가. 휘는 무거운 맷돌이 가슴을 짓눌러오는 것을 느낀다.

"저기."

고개를 숙인 채 영선이 입을 떼었다.

"저기, 저어…… 혹 남 못할 짓 한 거는 아닌지."

대답이 없었다. 밤새 우는 소리, 바람이 이는가 문풍지가 조금 흔들렸다.

"저기."

영선이 다시 말하려 했을 때,

"우리 부모는 남 못할 짓 해감서 아들 장개들일 사람들은 아니거마는,"

한참 있다가,

"나도…… 나도 남 못할 짓 해감서 자, 장개들 그런 인간도 아니고, 씨, 씰데없는 걱정 안 하는 기이 좋을 기고,"
하면서 휘는 고개를 흔들었다. 송이 따러 갔을 때의 일이 눈앞에 떠올랐던 것이다. 그 일이 큰 죄가 되는지, 그냥 있을 수 있는 실수일 뿐인지 휘의 머리는 혼란스러웠다. 그러나 그것보다 자기 때문에 한 여자가 죽을지 모른다는 생각은 그를 공포로 몰고 갔다.

'순이가 죽으믄 나는 우찌해야 하노. 왜 순이가 죽어야 하노 말이다. 왜, 왜!'

휘는 술상을 끌어당겼다. 술잔에 술을 부어 마신다. 술은 쓰고 술이 타고 내려가는 가슴이 뜨거웠다. 처음 마셔보는 술이었다. 다시 술을 붓고 연거푸 마신다.

'내가 지한테 우쨌다고 죽노 말이다! 열 사람 백 사람, 그라믄 다 안 받아주믄 죽어야 하나 말이다!'

그러나 입맞춤에 생각이 미치면 휘의 분노에 힘이 빠지고 부끄럽고 두려움이 앞선다.

"저어어 저기, 아무래도 지가 산에 잘못 온 것 겉십니더."

참다 못해 영선이 말했다.

"무신 소리! 그, 그게 무신 소리요."

눈앞이 몽롱해진다. 소리를 질러놓고 휘는 영선을 보는데 반쯤 고개를 든 영선의 얼굴이 눈앞에서 흔들린다. 다홍빛 유록빛이 흔들린다. 얼굴이 두 개가 되고 세 개도 된다. 촛불도 두 개가 됐다가 세 개도 됐다가, 휘는 팔을 들어 휘저어본다.

"나, 나도 처음 보았일 직에 거, 거기가 좋았소. 난생처음 그런 생각을 해보았소. 음…… 으음."

휘는 몸을 뒤틀듯 했다. 캄캄한 절벽이 왔다 갔다 했다.

"으음…… 음."

못 마시는 술을 계속해 마셨기 때문에 휘는 도저히 자신을 가눌 수가 없었다. 영선이나 촛불뿐만 아니다. 방 안이, 천장이 올라갔다 내려갔다 한다.

"그, 그렇지마는 거기가 안 왔이믄 수, 순이하고 혼사하게 됐을지 그, 그거는 모릴 일이구마. 모, 모릴 일, 언약한 것도 아, 아니었인께, 거, 거기서 걱정할 일은 아니고."

정신이 몽롱한 속에서도 휘는 순이와 입맞춤한 일을 얘기해서는 안 된다고 생각했다. 첫날인 영선이 상처를 받아서는 안 되고 순이에게도 그것은 부끄러운 일이었기 때문이다.

"거, 거기서 걱정할,"

하다 말고 휘는 꿍 하고 모로 넘어졌다.

횃불을 켜들고 짝쇠와 함께 순이를 부르며 찾아다니던 안서방은 거의 새벽녘이 다 되어 기진해 돌아왔다.

"못 찾았소!"

남정네에게 달려간 순이네는 거머리같이 달라붙으며 소리쳤다. 길룡이는 마당에 퍼질러 앉아서 아비를 쳐다보았다.

"와 이라노!"

거머리같이 달라붙는 순이네를 안서방은 떠밀어낸다. 휘의 어미는 얼어붙은 듯 서 있었고 짝쇠는 말없이 담배를 말아 불을 붙인다. 짝쇠 집에서는 불빛이 없었다. 술 마시던 사람들은 모두 잠든 것 같았고 온종일 혼사일에 바빴고 저녁 늦게까지 술 시중을 든 짝쇠댁네도 곤해서 곯아떨어진 눈치였다.

"이기이 무슨 날베락이고! 아이구우 청천의 하느님!"

"야밤에 제집이 요망시럽기, 울음 잡힐라 카나! 누가 죽기라도 했단 말가!"

안서방이 나무란다. 멈칫멈칫하는 휘의 어미가,

"안서방, 우짜믄 좋겠소."
하고 한마디 했다.

"걱정 마이소."

"우찌 걱정이 안 되겠소."

"집 나갔다고 꼭 죽어라는 법은 없인께요."

"그래도 그렇지, 이 산중에서 갈 만한 곳이 어디 있겠소."

"저 제집이 끝내 그럴 기가!"

자기 가슴을 치며 우는 순이네에게 야단을 쳐놓고,

"날 새기를 기다리보아야제요. 걱정한다고 머가 우찌 되겠십니꺼. 아짐씨는 그만 들어가보시이소."

"천하태평이고나! 딸자식은 사람 앙이가! 우리 순이가 와 죽노! 누구 땜에 죽노!"

"이렇기 아구성(아우성)을 칠 기가!"

안서방은 순이네 양 겨드랑에 손을 넣어 일으켜 세운 뒤 질질 끌고 가서 방문을 열고 엎어버리듯 방 안으로 냅다 던지고 방문을 닫는다.

"만일에 무신 일이 있다 카믄 자식 하나 안 낳은 셈 치지요. 일이 이렇기 되니 면목이 없십니더."

방 안에서는,

"아이고, 미치고 기들겠네! 아이구우 아우구우 불쌍한 내 새끼!"

방바닥을 치며 순이네는 운다.

날이 밝았다.

짝쇠네의 손님들은 언제 빠져나갔는지 다 가고 없었다. 딸에게 잘 살아라는 말 한마디 남기지 않고 송관수도 떠나고 없었다. 강쇠 혼자만 아침을 헤치고 짝쇠 집에서 나왔다. 그런데 순이는, 일이 싱겁게 끝났다. 밤 사이의 그 소동은 아랑곳없이 그는 숯가마 속에서 자고 있었던 것이다. 길룡이가 행여나 하고 가보았더니 자고 있더라는 것이었다.

누구 골탕 먹이려고 그랬던 것은 아니었고 죽으려고 그랬던 것도 물론 아니었다. 숨어서 울 곳을 찾다보니 거기 가게 되었고 울다가 지쳐 잠이 들었기에 그는 까맣게 밤의 소동을 모르고 있었다.

"이년, 그만 뒤이지지 머할라꼬 살아왔나. 십년감수, 그보다 남부끄러 우짜노, 이놈의 가시나!"

순이네는 딸을 쥐어박았다. 순이가 죽지 않아 천만다행이었지만, 그러나 없느니만 못한 사건임엔 틀림이 없다. 그리고 휘나 영선에게 큰 상처를 남긴 것도 사실이다.

〈15권으로 이어집니다〉

가남하다: 과람하다. 분수에 지나치다.

거물장: 거멀장. 가구나 나무 그릇의 사개를 맞춘 모서리에 걸쳐 대는 쇳조각.

거천: 봉양. 부모나 조부모와 같은 웃어른을 받들어 모심.

고토[琴]: 거문고.

나리킨[成金]: 벼락부자. 졸부.

눈에 심이 찌어 못 보겠다: 눈앞에 벌어진 상황을 차마 눈 뜨고 볼 수 없다.

리츠키[律氣]: 고지식. 정확.

물미가 나다: 이치를 깨치다.

봇짱[坊ちゃん]: 도련님. 도령. 아드님.

부애질: 부아를 일게 하는 짓. ≒부아질

뿔뚝성: 불뚝성. 갑자기 불끈하고 내는 성.

샤미센[三味線]: 일본 전통음악에 사용하는 세 개의 줄이 있는 현악기.

숫구리 꽁 잡아먹는다: 쑥구렝이 꿩 잡아먹는다. 지지리 못난 구렁이가 꿩을 잡아먹는다는 뜻으로, 어리석고 못난 사람이 놀랄 만한 일을 하는 경우를 비유적으로 이르는 말. ≒숫구리 꽁 잡아묵는다

신이나 돌리다: 개가하다. 재혼하다.

엔야완야[えんやわんや] 하다: 앙앙거리다.

찌작바작: 티격태격. 옥신각신. ≒짜짝빠작

쿠소도쿄[糞度胸]: 똥배짱. 강심장.

하자세월: 하시세월(何時歲月). 기약할 수 없음을 뜻함.

한 다리가 짧다: 부모 중 한쪽이 천민이라는 뜻.

한 다리가 천 리: 촌수나 친분은 멀어질수록 더욱 사이가 벌어진다는 뜻의 속담.

토지 14 완간 30주년 기념 특별판

4부 2권

특별판 1쇄 인쇄 2024년 6월 14일
특별판 1쇄 발행 2024년 6월 26일

지은이 박경리
펴낸이 김선식

부사장 김은영
콘텐츠사업2본부장 박현미
디자인 정명희
콘텐츠사업6팀장 임경섭 **콘텐츠사업6팀** 정지혜, 곽수빈, 정명희
마케팅본부장 권장규 **마케팅1팀** 최혜령, 오서영, 문서희 **채널1팀** 박태준
미디어홍보본부장 정명찬 **브랜드관리팀** 안지혜, 오수미, 김은지, 이소영
뉴미디어팀 김민정, 이지은, 홍수경, 서가을, 문윤정, 이예주
크리에이티브팀 임유나, 변승주, 김화정, 장세진, 박장미, 박주현
지식교양팀 이수인, 염아라, 석찬미, 김혜원, 백지은
편집관리팀 조세현, 김호주, 백설희 **저작권팀** 한승빈, 이슬, 윤제희
재무관리팀 하미선, 윤이경, 김재경, 임혜정, 이슬기
인사총무팀 강미숙, 지석배, 김혜진, 황종원
제작관리팀 이소현, 김소영, 김진경, 최완규, 이지우, 박예찬
물류관리팀 김형기, 김선민, 주정훈, 김선진, 한유현, 전태연, 양문현, 이민운

펴낸곳 다산북스 **출판등록** 2005년 12월 23일 제313-2005-00277호
주소 경기도 파주시 회동길 490
전화 02-704-1724 **팩스** 02-703-2219
이메일 dasanbooks@dasanbooks.com
홈페이지 www.dasan.group **블로그** blog.naver.com/dasan_books
용지 스마일몬스터피앤엠 **인쇄** 상지사피앤비 **코팅 및 후가공** 제이오엘앤피 **제본** 상지사피앤비

ISBN 979-11-306-9945-5 (세트)

- 본 특별판 도서는 세트로만 판매됩니다.
- 파본은 구입하신 서점에서 교환해드립니다.